D1750390

De nachtwandelaar

Marianne Fredriksson

De nachtwandelaar

Uit het Zweeds vertaald door
Janny Middelbeek-Oortgiesen

UITGEVERIJ DE GEUS

Oorspronkelijke titel *Den som vandrar om natten*, verschenen bij
Wahlström & Widstrand
Oorspronkelijke tekst © Marianne Fredriksson, 1988
Nederlandse vertaling © Janny Middelbeek-Oortgiesen en
Uitgeverij De Geus bv, Breda 2003
Published by agreement with Bengt Nordin Agency, Värmdö, Sweden
Omslagontwerp Helma van Bergeijk
Omslagillustratie © Marieke Peters
Foto auteur © Leo van Velzen
Druk Koninklijke Wöhrmann bv, Zutphen

ISBN 90 5226 657 3
NUR 302

Niets uit deze uitgave mag verveelvoudigd en/of openbaar gemaakt
worden door middel van druk, fotokopie, microfilm of op welke wijze
dan ook, zonder voorafgaande schriftelijke toestemming van
Uitgeverij De Geus bv, Postbus 1878, 4801 BW Breda, Nederland.
Telefoon: 076 522 8151. Internet: www.degeus.nl

Verspreiding in België via Libridis nv,
Industriepark-Noord 5a, 9100 Sint-Niklaas

Voor Sven

met dank voor alle hulp

'DE DOOD BETEKENT voor de beeldmaker het einde', zei ze. 'Alleen dan, wanneer we ons geen voorstellingen van het verdriet meer kunnen maken, kan medelijden ontstaan.

Dat is het geheim van de doden,' zei ze, 'dat het leven mysterieus en het lijden onontkoombaar maakt. Daarom is de opdracht altijd dezelfde: met jezelf samenvallen in de dood.'

Hij kon haar ogen niet zien; ze zaten achter de donkere sluiers van haar dikke haar verborgen. Toch wist hij dat ze bodemloos waren, dat het verdriet van alle mensen erin besloten lag – van degenen die al geleefd hadden, van degenen die nog leefden en van de ongeborenen.

Maar opeens streek ze haar haren uit haar gezicht, met een resoluut gebaar, en hij kon haar in de ogen kijken en zien dat alleen daar, in het onuitputtelijke, alles te vinden was.

'Kom', zei ze, met zo'n overtuiging dat hij niet aarzelde. Hij liep over het water om naast haar te gaan zitten; hij voelde de koelte en wist op datzelfde moment dat de vijver bodemloos was als haar ogen.

Zijn angst duurde korter dan hij met zijn ogen kon knipperen, maar toch zakte hij door de waterspiegel. Tijdens zijn val herinnerde hij het zich: dat de vrouw in de vijver de poortwachtster was tussen leven en dood, en dat hij die eerder gezien had, die gouden waterlelie die ze in haar hand hield.

Hij zou gaan naar het leven dat vergetelheid inhield.

DEEL I

'En ik zal de blinden leiden
op een weg die zij niet kennen;
op paden die zij niet kennen
zal ik hen doen treden.
Ik zal de duisternis voor hen uit
tot licht maken
en de oneffen plaatsen
tot een vlakte.'
'Gij doven, hoort,
en gij blinden, slaat uw ogen op om te zien.
Wie is er blind dan mijn knecht,
en doof als de bode die ik zend?'
           JESAJA

ZE ZOU EEN zoon baren, dan zou ze vrij zijn.

Daarna, gereinigd, bijna onstoffelijk, zou ze doordringen in het mysterie van Juno, zoals ze dat al die jaren gedroomd had.

Ze was kalm en vastberaden, zoals ze daar zat met haar handen gebald voor haar schoot. De vijand had zich te kennen gegeven, na jaren ongrijpbaar te zijn geweest. Ze zou hem in de ware Romeinse geest tegemoet treden.

Cornelia had veel bevallingen gezien en ze hadden haar allemaal aan de oorlog doen denken, aan de slagen op de vlakten van Dacië, het gegil, het bloed en de stank.

Het fysieke aan de beide grenzen van het leven stond haar tegen. Ze was echter zeker van de overwinning, net zo zeker als haar vader, veldheer Lucius Cornelius Scipio, dat in Dacië was geweest. Daar was zij ontboden, vijftien jaar oud, en daar had hij haar uitgehuwelijkt aan Marcus Salvius, een jonge officier uit een onaanzienlijke familie.

In zijn tent waren de verkrachtingen begonnen, ook die gedrenkt in bloed. Met het gegil van de gesneuvelden nog in haar oren had ze zich onderworpen.

Zij had niet gegild, ze was stil en gesloten als een dode geweest.

Toen al had ze gehoopt op het kind dat haar zou bevrijden. Een zoon, eentje maar, en Salvius zou nooit meer geslachtelijke omgang met haar hebben. Maar het zaad dat in haar gesloten schoot werd geplant wilde niet ontkiemen. Sinds Dacië was er vijftien jaar voorbij gegaan, maar het verstrijken van de tijd boezemde haar geen angst in. In haar ogen was niet zij degene die ouder werd, maar de wereld.

Ze maakte zich alleen zorgen om haar zoon die haar ontweek.

Maar nu was hij er, gevangen in haar lichaam, veroordeeld tot heilige Romeinse plicht.

Ze hoorde hoe de stad met een kakofonie van lawaai uit zijn middagslaap ontwaakte, als iemand die een nare droom over de dood heeft gehad en er zich snel van wil vergewissen dat er in ieder lichaamsdeel leven zit.

Buiten gingen honderdduizenden hun lot tegemoet, maar Cornelia dacht daar geen moment aan. Ze dacht na over haar eigen lot.

'Mijn spiegel', zei ze, want ze was van plan om de groei van haar wenkbrauwen en het resolute van haar zware gelaatstrekken te inspecteren. Maar toen de Griekse slavin zich omdraaide, zag Cornelia dat ook zij een kind verwachtte; de zachte ronding van haar lichaam tekende zich duidelijk af tegen het licht uit het atrium.

Salvius, die bok, heeft zich weer geamuseerd, dacht Cornelia, en in eerste instantie voelde ze alleen maar verbazing. Ze had gedacht dat zijn voorkeur voor jongens de overhand had gekregen. Het huis zat er vol mee. Kimbren, zo schuw als reeën, met in hun bewegingen de mystiek van de bossen; een fijn gebouwde Griek; twee Kelten met vlammend rood haar; en dan de exotischer types: een goddelijke Indiase jongen met een huid als honingkleurig fluweel, en een opwindende zwarte Afrikaan, met een smeltende blik.

Salvius hield van hen allemaal, zoals hij van zijn schilderstukken en zijn bronzen hield, zijn Griekse beelden en Etruskische urnen, en Cornelia sloeg het met vermoeide verachting gade.

Ze nam de Griekse op alsof ze haar voor het eerst zag.

Het meisje was mooi op een boerse manier, zwaar als de zaaivelden op Sicilië, blond, onverstoorbaar, geduldig naar binnen gericht op het kind dat ze droeg.

Een drachtige koe.

Er was echter ook iets anders; haar gezicht en de handen die Cornelia de spiegel aanreikten, straalden verwachtingsvol. Als een geheim geluk, dacht Cornelia, die heel even verbittering voelde, maar onderdrukte wat ze zag en haar verstand weer ging gebruiken.

Ik heb een min nodig. Het meisje is gezond als de lucht in de Attische bergen en haar borsten zijn groot als uiers.

Het slavenkind zou worden afgemaakt, zoals Cornelia dat al eerder met Salvius' bastaarden had gedaan. Maar ditmaal niet meteen; als je het kind bij het wijfje weghaalde, kwam ze misschien droog te staan.

Cornelia nam de spiegel van de Griekse aan om haar eigen beeld te bestuderen. Haar ogen waren echter niet zo kalm als ze had gewild en er lag een trek van afkeer rond haar mond, alsof ze door iets smerigs was aangeraakt en zich daarvoor schaamde.

Ze legde de spiegel weg, dronk van de amandelmelk die de slavin haar aanreikte en liet haar draagstoel komen. In de tempel van Juno zou de reinheid worden hersteld. Ze koos haar uitdagende rode stola en toen ze in haar draagstoel zat en haar geparfumeerde zakdoek naar haar neus bracht, bedacht ze dat ze het meisje zou verkopen zodra het zogen voorbij was. De Griekse was pas zeventien jaar; je kon nog een goede prijs voor haar krijgen. Een melkwitte huid en zware borsten werden zeer gewaardeerd in de bordelen.

Ondanks al haar vastberaden gedachten voelde Cornelia een grote woede. Ze werd zich daar pas goed van bewust toen ze voor de godin in de tempel neerknielde.

Die woede gold niet Salvius, voelde ze, nee, die gold het kind dat de slavin droeg.

Hij was het, de nog onzichtbare, die haar beledigde.

Voor het eerst vroeg Cornelia zich af wie degene was die in haar eigen lichaam groeide en maakte dat ze 's ochtends moest overgeven. Die vraag richtte ze niet naar binnen, tot het kind, maar tot de godin, die haar verzekerde dat haar zoon welgeschapen was en goede verstandelijke vermogens bezat.

Dat was voor Cornelia voldoende.

SELEME, HET MEISJE uit de wouden van Bithynië, had het gezien en begrepen. Niet de aard van Cornelia's gedachten, niet de details, maar voldoende om bang te worden. Toen ze het bed in Cornelia's vertrek opmaakte en de stola's teruglegde waar haar heerseres in had zitten rommelen, voelde ze haar hart tekeergaan als een opgesloten vogel.

Het Griekse meisje had nooit geluisterd naar de roddels die rondgonsden in keuken en moestuin, naar de eindeloze verhalen van de slaven over Cornelia's wreedheden. Seleme geloofde niet in het kwaad en ze had medelijden met slechte mensen.

Ongevoelig was ze niet; ze had de kilte rond Cornelia opgemerkt en haar beklaagd om haar eenzaamheid en duisternis. Ooit was het meisje door een vaag schuldgevoel gekweld geweest, alsof zij Cornelia van Salvius' liefde had beroofd. Ze had dat tegen hem gezegd, maar hij had gelachen en haar verzekerd dat hij zijn echtgenote al sinds hun bruiloft in Dacië haatte.

Er was in het grote huis in Rome veel dat Seleme niet begreep en waaraan ze maar liever niet dacht.

Toen ze Cornelia's vertrek verliet, kwam ze Esebus tegen, de zwarte jongen. Ook nu maakte hij haar weer bang; hij dook geruisloos op uit het niets, en de witte glimlach op zijn donkere gezicht was altijd even verontrustend.

'Ze zeggen dat Cornelia de slavenkinderen van Salvius eigenhandig de keel afsnijdt', zei hij. Zijn glimlach ging over in geschater, waarbij zijn rode tong op en neer golfde in zijn grote mond. Selemes angst nam toe. Hij is een dier, dacht ze, een dolle hond.

Meteen daarna moest ze denken aan een wijsheid uit haar jeugd: honden bedwing je met je blik. Ze keek hem strak aan en hoewel hij niets deed om het leedvermaak in zijn blik te verbergen, dwong ze hem de ogen neer te slaan.

Net zo snel als hij gekomen was verdween hij weer en Seleme liep verder door het atrium, het peristyle waar de jasmijn bloeide, in de richting van Salvius' vertrekken. Ze stak de kunstige mozaïekvloer in zijn bibliotheek over en liep door de slaapkamer de tuin in. Hier groeide een grote sycomoor die schaduw gaf aan de enige plaats van het grote huis die voor niemand te zien was en door niemand kon worden afgeluisterd.

Ze ging op een bank onder de boom zitten en keek naar de Indiase lijsters, alsof ze met behulp van de kooivogels haar kracht wilde hervinden.

Thuis, in het Griekse stadje aan de monding van de Sakaria, werd ze het vogelmeisje genoemd. Al toen ze leerde lopen in de open ruimte tussen het huis en de muur die de nederzetting tegen de barbaren moest beschermen, kwamen de vogels in zwermen uit de bossen en streken rond het kind neer. Ze aten uit haar hand en gingen op haar schouders zitten alsof ze hun geheimen in haar oren fluisterden. De volwassenen verwonderden zich daarover, zagen het als een teken.

Het meisje had het hoge voorhoofd en de lichtblauwe blik der Ioniërs. Ook door haar blonde haar viel ze op in deze streek, waar het lichte Griekse bloed nog een donkere zweem had meegekregen. De zwaarmoedigheid van de Oriënt viel als een schaduw over het volk in de Griekse kolonie.

Seleme begreep de taal van de vogels. Niet hun lied, maar de boodschap die ze in de stilte uiteenzetten. Ze vertelde dat echter nooit aan iemand, misschien omdat ze niet begreep dat het een zeldzame gave was.

Het meisje werd aangetrokken door de grote bossen, het lichte groen van de hoge eiken en het serieuze van de rechte dennen. Ze zwierf langs de rivier en droomde ervan die te volgen het grote woud in en verder omhoog naar de bronnen in de met sneeuw bedekte bergen in het zuiden.

Het was haar echter streng verboden verder te gaan dan de doorwaadbare plaats.

De grote gebeurtenissen in Selemes leven waren de voorjaarsfeesten ter ere van Artemis. Ze hield van de vuren die opvlamden naar de hemel en de serieuze blijdschap wanneer ze het vlees van het offerlam deelde met de godin, die de atmosfeer vulde met haar aanwezigheid en haar genegenheid voor de stervelingen.

Selemes vertrouwen werd tijdens de lentefeesten gegrondvest. Artemis zorgde voor haar, het vogelmeisje, dat die nacht bij het vuur mocht slapen, omringd door de gedachten van de godin. Op een ochtend na het feest besloot ze eindelijk toe te geven aan haar grote verlangen en de rivier te volgen de hoge bergen in. De anderen sliepen nog; toen ze de rotsplateaus bij de doorwaadbare plaats overstak en omhoog begon te klimmen, steeds verder, werd ze niet door angstige ogen in de gaten gehouden.

Zweet ontnam haar het zicht toen ze verrast werd door een rustig stuk van de rivier waar het water zich verzamelde voordat het zijn weg naar het laagland en de zee in het noorden zocht.

Hier, in het licht van de dageraad, baadde het meisje en ze rustte een poosje voordat ze verder klom door het ravijn, dat steeds steiler werd. Ze bleef aan de schaduwkant, en de koelte van het bad zat nog in haar lichaam toen ze het gebulder hoorde en wist dat ze de waterval naderde. De blauwe bergen waren niet dichterbij gekomen, bedacht ze, maar de witte sneeuw op hun toppen werd nu verguld door de dageraad. Huiverend trok ze haar mantel om haar schouders en liep verder naar de stroomversnelling.

Nooit had ze zich kunnen voorstellen dat de waterval zo fantastisch was, het water zo geweldig, het schuim zo wervelend zwaar en wit. Bijna devoot stond ze daar, denkend dat ze de eerste mens was die dit mocht zien, maar direct daarna herinnerde ze zich dat haar vader hier in het voorjaar altijd zalm ving. Hij had echter nooit over de stroomversnelling verteld, dacht ze verwonderd, over het gebulder en gewervel, over de kracht van het water.

Maar haar vader was een eenvoudige man, die geen genoegen in schone woorden schepte zoals de Grieken.

Het schuim spatte over haar heen, maar ze had het niet koud meer en haar hoofd was bijna leeg. En met haar gedachten hield ook het verstrijken van de tijd op, totdat ze zich er opeens van bewust werd dat de wereld om haar heen was verbleekt en dat er in het gebulder van de stroomversnelling een grote stilte zat.

Het moment daarop zag Seleme de godin. Ze kwam uit de bergen, op een afstand gevolgd door de dansende-berenmeisjes. Het meisje en de godin wisselden geen woord toen ze elkaar ontmoetten, toch voerden ze een rijk gesprek en Seleme kreeg de bevestiging dat er voor haar gezorgd werd, dat Artemis haar beschermde. Voordat de godin werd opgezogen door het groene donker van het ravijn wees ze met een beslist gebaar naar de weg waarlangs het meisje was gekomen. En Seleme begreep dat ze niet verder in Artemis' rijk mocht doordringen.

Thuis vertelde ze niets over de ontmoeting; het was een kostbaar kleinood dat door woorden en nieuwsgierigheid geschaad kon worden.

Die zomer, waarin ze vijftien jaar werd, klauterde ze nog twee keer langs de rivier omhoog naar de stroomversnelling. Maar Artemis kwam haar niet tegemoet en Seleme besefte dat ze te veel verlangde. Toch bleef ze zich door de waterval aangetrokken voelen, en op haar derde tocht werd ze door de slavenjagers van de barbaren op Artemis' ontmoetingsplaats opgewacht.

Tijdens heel de barre reis op het slavenschip naar Rome bad het meisje tot de godin. Toen ze op de slavenmarkt Salvius zag, wist ze dat haar gebed was verhoord en met de heldere blik van haar blauwe ogen dwong ze hem haar te kopen.

Ze was een kind; hij moest haar veel leren over de verrukkingen van de liefde.

Cornelia ontwaarde ze alleen als een donkere schaduw in het grote huis, waar ze een beschermde positie kreeg, niet hoefde te zwoegen en werd ontzien. Tot de dag waarop Cornelia's kamerdienaar voor een onnodige boodschap werd weggestuurd door de kok, die zich al langer ergerde aan het argeloze vertrouwen van het Griekse meisje.

Ganymedes, Salvius' huismeester, was te laat om in te grijpen toen Seleme naar de heerseres werd gestuurd om haar na haar middagslaap te bedienen.

Seleme stond op van de bank, gesterkt door de beelden van de grote wouden, de rivier en de godin.

'Er is niets gebeurd', zei ze hardop tegen zichzelf. 'Er is niets gebeurd.'

Ze ging op Salvius' bed liggen om op hem te wachten. Maar hij bleef lang weg en ze sluimerde in, sliep lang en diep.

SALVIUS DACHT ZELDEN aan Cornelia; hij had zich erin getraind onaangename gedachten te vermijden. Wanneer ze in zijn herinneringen opdook, belandde hij altijd in de doodlopende straat die de huwelijkswetten van Augustus schiepen, die voorschreven dat een man bij een scheiding de bruidsschat aan zijn echtgenote moest teruggeven.

Velen van Salvius' vrienden scheidden, hertrouwden en scheidden opnieuw. Er waren mannen bij die in het huwelijk traden met vrijgemaakte slavinnen en Augustus zelf was van Clodia en Scribonia gescheiden om Livia te huwen, de vrouw die hij liefhad.

Wanneer Salvius eenmaal zo ver in zijn doodlopende straat was gekomen, voelde hij zich altijd machteloos. De keizer had de eigendommen van zijn vrouw niet hoeven te belenen.

Nu was Cornelia zwanger en alleen Jupiter wist hoe dat mogelijk was. Salvius troostte zich een poosje met de gedachte dat hij nu voor altijd ontslagen was van de plicht om eens per maand het bed met haar te delen, een plicht die hem er door de jaren heen toe gedwongen had zo veel te drinken dat hij zich onverschillig genoeg voelde, maar niet zo onverschillig dat hij geen erectie kreeg.

Het was alsof je de liefde bedreef met een dode nadat het lichaam al in rigor mortis was verkrampt, dacht Salvius huiverend, toen hij in zijn draagstoel op weg naar huis was.

De doodsbange vijftienjarige in de tent in Dacië was hij allang vergeten.

'Ze is gek', zei hij halfluid en zijn gedachten gingen verder naar haar broers en de krankzinnigheid die de gesel vormde van de oude patriciërsfamilie. Cornelius had zijn zoons eigenhandig omgebracht toen de ongeneeslijke geestesziekte hen in zijn macht kreeg. Nu zat hij daar in zijn magnifieke villa in de bergen bij Lacus Albanus, eenzaam, zonder erfgenamen, maar rijk als de keizer zelf en niet zonder invloed.

Hij beschikte waarschijnlijk over betrouwbare informatie dat Salvius Cornelia's eigendommen had beleend, de boerderij op Sicilië en de grote landerijen op de vlakte even ten zuiden van de Rubicon.

Salvius zuchtte en spoorde zijn dragers aan harder te lopen. De stad was donker alsof ze in een enorme zak was gestopt, maar in het schijnsel van de fakkels van de slaven zag hij de pilaren van de Saturnustempel flakkerende schaduwen over het Forum werpen. Hij bleef lang naar de tempel kijken en dacht na over de Romeinse schatkamer onder het altaar.

Onmetelijke rijkdommen.

Zoals gewoonlijk had hij te veel gegeten en hij voelde zich opgeblazen na het lange diner bij Setonius. Hij zou zijn zwak voor gebraden flamingo met gegiste makreelsaus moeten overwinnen; hij wist uit ervaring allang dat zijn maag het taaie vlees niet op de juiste manier verteerde. Met de wijn was hij terughoudend geweest, misschien omdat hij vermoedde dat hij die avond een helder hoofd nodig had.

Het was laat, maar zoals altijd waren er een heleboel luidruchtige mensen op straat. Weldra zouden de straten kermen onder de wielen van de volgeladen karren die in de nanacht de stegen binnenrolden om de stad van groente en fruit, vlees en vis te voorzien.

Rome slaapt tegenwoordig nooit, dacht hij. Vervolgens verzonk hij tegen zijn gewoonte in weer in pijnlijk gepieker.

Hij kon niet ontkennen dat zijn huwelijk met Cornelia voordelen had opgeleverd. Het militair gezag in Dacië, waar hij plotseling tot de naasten van de veldheer had behoord, was daar slechts één voorbeeld van. Maar hij was niet met de eer gaan strijken; de overwinning was aan Cornelius Scipio geweest. En al heel snel had Salvius' gebrek aan voorliefde voor alle ongemakken van het leven in een legerkamp de overhand gekregen. Met hulp van zijn schoonvader had hij een post gekregen bij het beheer van de watervoorziening van de stad. Het werk was nauwelijks belastend en werd uitstekend waargenomen door een van Salvius' Griekse slaven.

Salvius bezat één talent dat op zichzelf zeldzaam was in Rome, maar dat weinig opleverde: hij hield van zichzelf met een pure en bijna kinderlijke liefde. Tot zijn geheimen behoorde ook een droom over passie, om één keer in zijn leven de verschrikkelijke macht van het genot te mogen beleven.

Die droom had hem in de richting van de knapenliefde gedreven; lange tijd had hij gehoopt dat volmaakte jongenslichamen zijn bloed in brand zouden zetten en zijn ziel zichzelf zouden doen vergeten tijdens het mysterie van de extase.

Hij had zijn jongens met uiterste zorg gekozen en de aankopen hadden hem hetzelfde licht koortsachtige gevoel gegeven als de aanschaf van een zeldzame antieke vaas. De roes was echter uitgebleven; in bed hadden jongens niet méér voor hem betekend dan de slavinnen die hij door de jaren heen had gekocht om het dagelijks leven wat te veraangenamen.

Minder zelfs; ondanks alles was een vrouw toch het andere geslacht, mysterieus. Haar lichaam was zacht waar het zijne hard was en haar wezen bleef raadselachtig. Weldra verveelden de herdersuurtjes met de jongens hem. Ze waren voorspelbaar. En hun soepele lichamen herinnerden op een pijnlijke manier aan de jeugd die zijn eigen middelbare lichaam voor altijd was kwijtgeraakt.

Salvius was al bijna opgehouden met hopen op de liefde toen het onverwachte gebeurde. Op een ochtend op de slavenmarkt had een meisje, een heel jong wezentje, niet mooier dan andere, een beetje zwaar, een beetje boers, haar blik op hem gericht en de atmosfeer tussen hen was vervuld geweest van een smachtend verlangen. Salvius was gevloerd.

Het jaar dat volgde werd het rijkste in zijn leven; toen de hartstocht uitgroeide tot liefde verlegde het centrum van zijn universum zich buiten hemzelf. Zoals altijd wanneer het bestaan tot leven komt, werden de contouren duidelijker, het licht scherpte de schaduw aan en Cornelia's macht over zijn gemoed werd groter. Hij wilde niet denken aan wat de slavinnen met wie hij door de jaren heen het bed had gedeeld was overkomen.

Maar zijn angst nam wel toe.

Hij hield Seleme in het huishouden in de luwte en voor het eerst in lange tijd schiep hij weer plezier in de exotische jongens. Die waren zo opzienbarend dat het moeilijk was je ogen van hen af te houden.

En Cornelia was nieuwsgierig noch oplettend.

Ganymedes, zijn trouwe huismeester, begreep het zonder dat hij iets hoefde te zeggen en zorgde ervoor dat de Griekse op de achtergrond bleef, opging in het gewemel van de slaven.

En nu? Allebei in verwachting.

Van pathetiek hield hij niet, dus zat hij niet handenwringend in zijn draagstoel toen hij bedacht dat hij onverbiddelijk tot een besluit werd gedwongen. Hij beet zich echter vast in het idee dat Cornelia in het kraambed zou sterven, een troostrijke gedachte die hij nu al maanden koesterde. Hoe, zo hield hij zichzelf voor, zou dat dode lichaam het kunnen verdragen leven voort te brengen? Hij had bij Cornelius Scipio dezelfde vraag gezien. De oude man had zelfs ronduit gezegd: het belangrijkste is dat de jongen het overleeft.

Precies, dacht Salvius, het belangrijkste is dat het kind het overleeft. Of het nou een zoon of een dochter was maakte niet uit; de erfgenaam van Cornelius' rijkdommen zou in zijn huis opgroeien als een waarborg dat het hem, Salvius, aan niets van het goede in dit leven zou ontbreken.

Ze kwamen aan bij de grote villa op de Palatijnse heuvel, een gesloten façade die Salvius' trots en oogappel beschermde. En toen hij uit zijn draagstoel stapte, verdrong hij het feit dat ook zijn huis een cadeau van Cornelius was.

Ganymedes ontving hem en aan de bezorgde trek op het voorhoofd van de oude man zag hij meteen dat er iets was gebeurd. Salvius gunde zichzelf niet de tijd om in het peristyle te blijven staan en te genieten van de geurende jasmijn, maar rende naar zijn vertrekken. Daar wachtte Seleme hem op de bank op en toen hij zag hoe bleek ze was, verdwenen alle troostrijke gedachten en voelde hij opnieuw hoe het besluit dichterbij kwam.

Toen hij even later haar relaas had gehoord, besloot hij om de kok die Cornelia's slavin had weggestuurd te laten afranselen met de zweep. Dat zei hij echter niet tegen Seleme; hij troostte haar, bedreef de liefde met haar en algauw sliep zij terwijl hij wakker lag en worstelde met zijn grote besluit.

Al de volgende ochtend, na de vele bezoeken van cliënten, zou hij maatregelen treffen om Seleme vrij te maken. De bureaucratie had geen haast; het kon een maand of langer duren, maar dan zou het meisje buiten Cornelia's onmiddellijke machtssfeer zijn.

Cornelia zou haar woede op hem afreageren, maar uiteindelijk zou die haar zelf het ergste treffen. Salvius genoot een poosje van de gedachte hoe deze krenking zou afglijden van Cornelia's stenen hart om de klauwen in haar buik te zetten en haar eeuwige misselijkheid erger te maken. Ze zou nog zieker worden, dacht hij, tijdens de bevalling nog een stap dichter bij de dood komen.

Ze moet sterven, het is beter voor ons allemaal dat ze sterft, dacht hij, en hij wenste dat hij zijn gebeden had kunnen richten tot een welwillende god. Hij kon er echter geen bedenken en weldra werd hij door de slaap van die inspanning bevrijd.

De volgende ochtend kwamen de gedachten van de nacht hem als onnodig somber voor. Toen hij wakker werd, stond Seleme in de opening van de tuindeuren haar lange haren te kammen, en ze leek meer op de Kariatiden van de Acropolis dan ooit. Net zoals zij leek ze sterk genoeg om enorme lasten op haar hoofd te dragen nu de slaap haar het vertrouwen had teruggeschonken.

Hij vond dat niet prettig.

Hoe groot was haar onderwerping eigenlijk, en hoe belangrijk voor zijn liefde? Hoezeer werd zijn lust aangewakkerd door het feit dat ze helemaal van hem was, voor haar leven en denken van hem afhankelijk? Voor deze ene mens was hij de absolute heerser, de bezitter van haar dromen, degene die haar wensen bevredigde, de gever, de schepper.

Een jaar geleden was ze nog verlegen en onontwikkeld. Ze had een beperkte Griekse woordenschat en haar taalgebruik werd misvormd door een vet dialect. Nu was het helder en mooi.

En haar Latijn, de taal die hij haar had geschonken, was niet armzalig, zoals bij de andere slaven, maar welluidend en soepel. Hij dacht aan Setonius, zijn oom, bij wie hij gisteravond op bezoek was geweest. Met de laatste opvlammende begeerte van een oude man had hij van een slavin gehouden. En hij had haar vrijgemaakt. Nu was zijn passie verdwenen en de vroegere slavin heerste over de dagen van de oude man, over zijn huis en zijn geldkist.

Het moment daarop gooide Seleme haar hoofd achterover, met een gebaar vol trots. Ze glimlachte toen ze zei: 'Zoals je weet ben ik een uitverkorene.'

Dat was een oud grapje tussen hen, maar deze ochtend kon Salvius het niet waarderen. Toen hij opstond had hij al besloten dat hij zijn besluit over het vrijmaken zou opschorten. Voorlopig.

Ze maakten nooit ruzie. Toch was hij doodsbang voor haar en moest hij moed verzamelen voordat hij 's ochtends aan haar deur durfde te kloppen. Het waren korte bezoekjes, maar omdat de tijd stilstond begon hij niettemin altijd te rillen van de kou.

'Ik hoop dat je gezondheid goed is.'

Zoals gewoonlijk had hij twee stappen in haar vertrek gezet en was toen blijven staan.

'Dank je, met mij gaat het goed.'

Ze loog, het was duidelijk dat ze loog; de kleur van haar gelaat was geelachtig en ze had een koortsachtige blik in haar ogen, die onnatuurlijk groot waren.

'Daar ben ik blij om.'

Hij keek haar aan zonder te zien, alsof hij wist dat er iets vreselijks zou gebeuren als hij haar beeld in zich opnam.

Ze zag zijn angst niet, alleen zijn verachting, dezelfde die haar vader ook voelde, de blik die dwars door haar heen ging alsof ze niet bestond, nooit had bestaan.

Net toen hij zich weer omdraaide om weg te gaan, zei ze: 'Je hebt weer een slavin zwanger gemaakt.'

Hij draaide zich naar haar om, wachtte met de niet-ziende blik die haar tot niets reduceerde. Maar hij zei niets.

'Ik heb een min nodig voor mijn zoon', zei ze. 'Dus ditmaal mogen zij en het kind blijven leven.'

Hij hoopte dat zijn gezicht hem niet zou verraden, dat ze noch zijn enorme opluchting noch zijn gloeiende haat gewaarwerd toen hij een buiging maakte en zich omdraaide. Maar opnieuw stokten zijn bewegingen bij de deur.

'Ik dacht dat het ónze zoon was', zei hij. 'Maar misschien heb ik het mis.'

Hij smaakte het genoegen te zien hoe Cornelia heel even van haar stuk gebracht werd.

De belediging kwam aan als de klap van een zweep. En de angst, want als Salvius het kind niet erkende, was het met haar gedaan. Ze bleef in haar bed liggen en voelde hoe haar buik zich samenbalde. Dat deed pijn, maar nog erger waren de rode nevelen achter haar oogleden.

Meer dan voor iets anders was Cornelia bang voor deze vlammende mist. Daarachter school de vernietiging, de zwarte waanzin. De broer van wie ze hield had het vaak gehad over de wuivende rode nevelen, waartegen je moest vechten om niet ten onder te gaan.

Hij had dat niet volgehouden, en op een dag was hij verdwenen.

Cornelia zou echter standhouden en vastberaden vestigde ze haar blik op het beeld van Juno. Haar ogen schrijnden van de inspanning die het kostte om niet te knipperen.

LUCIUS CORNELIUS SCIPIO was vijfenvijftig jaar, maar zag zichzelf zoals de wereld hem zag: als een oude man.

Hij behoorde niet tot de tak van de familie die in Spanje tegen Julius Caesar had gevochten en zijn vader had toevallig de goede kant gekozen bij de slag om Philippi, toen Brutus overeenkomstig zijn dromen zijn kwade genius had ontmoet.

Cornelius zat dus redelijk veilig in zijn villa in de bergen van Albanus en op zijn zetel in de Senaat. Niet zonder bewondering zag hij hoe Augustus de menigte die het rijk had veroverd en bestuurde, veranderde in een blatende kudde schapen.

Zelf behoorde hij tot de zwijgende schapen. Hij wilde leven, ook al vroeg hij zich wel eens af waarom.

Wanneer hij over zijn jeugd sprak, vertelde hij altijd hoe hij Julius Caesar de muiters op het Marsveld had horen onderwerpen door hen aan te spreken met *Quirites*, burgers. Maar dat was een herinnering van het soort waarop je nooit helemaal kunt vertrouwen. Het verhaal over hoe hij op zijn vaders arm gezeten Caesar had horen spreken, was in zijn jeugd vele malen herhaald.

Zijn vrienden haalden hem wel eens over te vertellen over de samenzwering; dan voegde hij er altijd aan toe dat hij in Rome geen standbeeld had zien huilen als voorbode van de moord. Een herinnering aan hoe Rome door angst werd geregeerd toen Caesars lijk op het Forum werd verbrand, had hij eigenlijk niet.

Hem stond daarentegen wel helder voor de geest hoe Julius Caesar in het Circus Maximus een giraf had laten zien.

Als veldheer van twee legioenen had hij Dacië gepacificeerd en de Romeinse grens aan de Donau veiliggesteld. Hij was een van Augustus' grote generaals, maar een triomftocht werd er voor hem nooit gehouden. Het huwelijk van Pompeius met de dochter van Metellus Scipio stond dat in de weg. En verder had de keizer de Janustempel gesloten en de Pax Romana uitgeroepen.

De oorlogen herinnerde hij zich in beelden die nooit aan scherpte verloren. Ze hadden zijn leven overzichtelijk gemaakt.

Hij was heel jong getrouwd met een nicht, die hem drie kinderen had geschonken, maar de twee zoons waren bezweken aan hun geestesziekte.

Zijn dochter? Hij was thuis geweest toen zij ter wereld kwam en hij wist nog dat hij vanaf het eerste moment een hekel aan haar had gehad. Een slecht kind, nu een vrouw van middelbare leeftijd op de rand van de waanzin.

Zijn zoons had hij zelf omgebracht. Zijn vrouw had de hand aan zichzelf geslagen. Zijn dochter werd verzorgd door Nadina, een vrijgemaakte slavin en de enige verstandige mens aan zijn zijde. Ziek van duistere gedachten was hij naar de Donau teruggekeerd, waar hij het op een avond had aangedurfd zijn hart te luchten bij zijn oude lijfarts Coresus. Cornelius was nooit bang geweest zijn eigen verstand te verliezen, maar had wel gedacht dat er een vloek op de familie rustte.

De dokter had zijn mening echter niet gedeeld; hij weet het aan het feit dat het een huwelijk tussen neef en nicht was geweest. Cornelius, die honden en paarden fokte, wist natuurlijk wel hoe een slechte erfelijke aanleg tot bloei kon komen als je niet uitkeek met inteelt.

De woorden van de lijfarts hadden hem getroost en enige hoop gegeven. Hij had immers ook een dochter, en wanneer zij de juiste man huwde...

In die tijd had hij zijn oog op Marcus Salvius laten vallen, een officier die zich niet anders onderscheidde dan door een opgewekte, zorgeloze geest en een gezond, beetje mollig lichaam. Zijn vader, een koopman uit Antium, had een vermogen vergaard van zo'n omvang dat hij zich daarmee kwalificeerde voor de ridderstand, en hij had voor zijn zoon een officiersplaats verkregen in het Romeinse leger. Met lichte verachting zag Cornelius Scipio hoe zijn schoonzoon viel voor het goud toen hij het aanbod kreeg om met de dochter van de veldheer te trouwen.

Maar de dekhengst was een teleurstelling geworden. Hij smeet Cornelius' geld lichtzinnig over de balk en er kwam geen kind. Tot nu, vijftien jaar later. Toen hij het bericht van de blijde gebeurtenis ontving, had Cornelius een vreugde gevoeld die in zijn leven zo ongewoon was dat hij er versteld van stond. Eindelijk bevatten de dagen van de oude veldheer weer een sprankje hoop en hij bezocht zijn dochter dagelijks om zich ervan te vergewissen dat ze zich zo goed voelde als in haar omstandigheden mogelijk was.

Nu was ze in de zesde maand, het risico van een miskraam was verdwenen en Cornelius besloot een dankreis te maken naar de villa van Scipio Africanus om de voorvaderen zijn eerbied te betuigen. Het eenvoudige, uit zandsteenblokken opgetrokken huis in het overweldigende groen van Liternum vervulde Cornelius met eerbied. Hier had de man die de schrik van Carthago werd genoemd zich teruggetrokken toen hij begreep dat zijn aanwezigheid in Rome de eenheid bedreigde, en hier had hij eigenhandig de aarde bewerkt als een eenvoudige boer.

NA HET NEGENDAAGSE feest in augustus kwam de hitte naar de stad aan de Tiber. De bedelaars stierven als vliegen in de straten, de rijken vluchtten naar de kusten waar nog wind en schaduw te vinden was onder de hoge bomen. Rome stonk. De vuilnishopen, waar de armen hun latrines leegden, kookten in de hitte. De stank was het moeilijkst te verdragen bij de huizen van de leerlooiers, waar de urine gistte in de kuipen.

De flamen Dialis, de hogepriester van Jupiter, hij die de god representeerde en daarom de stad niet mocht verlaten, stond doodsangsten uit in zijn paleis. Ook Cornelia was in de stad gebleven.

Haar gemoed was wat opgeklaard sinds Salvius met de Griekse slavin was vertrokken. Cornelia realiseerde zich dat het meisje meer was dan een gril, dat de oude geile bok uiteindelijk aan passie ten prooi was gevallen.

Hij maakte zich belachelijk en dat raakte ook haar, Cornelia.

Nu waren ze weg en ze bande hen resoluut uit haar gedachten. De rode nevelen waren nog steeds een beproeving voor haar, maar Flaminica, die in haar huwelijk met de flamen Dialis het heilige leven van Juno leefde, had haar verzekerd dat die bij de zwangerschap hoorden, net zoals allerlei andere vreemde aandoeningen.

Cornelia wilde dat geloven en slaagde daarin. Wanneer de bevalling voorbij was, zou de waanzin zijn uitgedreven. Net als het kind dat in haar groeide en aan wie ze steeds meer dacht als aan een monster dat haar bloed dronk en de kalk uit haar botten zoog.

Ook Cornelius was in Rome gebleven en bezocht haar dagelijks. Hij kwam kijken of ze wel goed at, en gedwongen door zijn onverbiddelijke blik nam ze van de verkwikkende witte pap. Af en toe voelde ze de wens om geprezen te worden voor haar inzet, maar ze wist wel dat ze geen enkel waarderend woord kon verwachten en dat hij niet werd gedreven door bezorgdheid om haar.

Salvius bezat een enigszins vervallen boerderijtje aan de kust even ten zuiden van Antium, dat hij van zijn vader had geërfd. Maar hier was Cornelia nooit geweest en hier waren geen sporen van haar geld. Nu knapte hij het boerderijtje zo goed en zo kwaad als dat ging op voor Seleme, die hield van de kleine huisjes, de wind uit zee en de volle geur van de pijnbomen in de schemering. Hier wachtten ze samen op hun kind, slechts omringd door enkele slaven.

De jongen werd begin september geboren na een nacht vol pijn.

Tussen de weeën door hield Seleme haar blik strak gericht op de muur, waar ze een altaar voor Artemis had opgericht en Salvius een antiek beeldje van de godin had geplaatst.

Daaraan ontleende ze haar kracht tijdens heel die lange nacht, de kracht om zich te openen en te persen. En toen de jongen vroeg in de ochtend de baarmoeder verliet, gilde Seleme van geluk.

Ze zagen het tegelijkertijd: het kind leek op zijn vader, met een lange neus en een fijn getekende, wellustige mond. Alleen zijn tinten waren die van zijn moeder: honinggeel dons op zijn hoofd, een bleke huid en intens blauwe ogen.

Salvius nam zijn kind met een heel plechtig gebaar in de armen en liep in het eerste zonlicht met hem langs het strand. De jongen sliep, uitgeput van het zware gevecht, en toen Salvius zag hoe hulpeloos het kind was, werd hij door angst overvallen.

Opnieuw herhaalde hij de gedachte die nu een magische formule was geworden: Cornelia moet sterven.

Seleme bleef op de boerderij achter toen Salvius terugkeerde om aan zijn verplichtingen in Rome te voldoen. Hij stelde vast dat Cornelia zo mager was geworden als een skelet, met een grauwe huid, maar met een grotesk dikke buik.

Haar ogen waren nog het ergst: die puilden bijna uit hun kassen.

Begin oktober kwam Seleme met haar zoon naar het huis in de stad en op een vroege ochtend halverwege de maand begonnen Cornelia's weeën. Ze jammerde niet, maar het zweet dat op haar voorhoofd uitbrak vermengde zich met tranen. Haar grote buik trok zich heftig samen, maar Cornelia was geslotener dan ooit en het kind verroerde zich niet.

Twee artsen van Cornelius waren aan haar zijde; ze bidden en smeekten, en schreeuwden tegen haar dat ze zich moest overgeven, maar tevergeefs. Ze had de richting verloren, de strijd ging niet langer om het uitdrijven van de vrucht uit haar lichaam, maar om het bestrijden van de nevelen die haar dreigden te vernietigen.

In het tiende uur kon de oudste van de twee artsen het niet langer aanzien; hij gaf haar keihard een klap in haar gezicht en schreeuwde: 'Loslaten, mens!'

Die klap redde het leven van het kind en voorkwam dat Cornelia krankzinnig werd. Haar enorme woede vond een uitlaatklep in de persweeën, het kind werd naar buiten gestuwd en Cornelia was gloeiend van haat terug in de werkelijkheid.

'Die klap zal u uw leven kosten', zei ze met een vreemd rustige stem tegen de arts. Haar wang bloedde; zijn ring had daar een wond gekerfd.

Het kind werd aangenomen door zijn grootvader, die in diepe dankbaarheid zag dat de jongen gezond van lijf en leden was en in iedere trek op hem leek, op het oeroude geslacht van de Scipio's.

De jongen werd in bad gedaan door geroutineerde, maar onpersoonlijke handen. Heel even was hij in de verleiding om het op te geven, terug te keren, om de eenzaamheid die zijn deel zou worden te ontvluchten. Maar een paar minuten later lag hij aan Selemes borst en laafde zich totdat hij vergetelheid had gevonden.

Salvius, die de hele ochtend op een bank in het atrium had zitten wachten en zijn tweede zoon nauwelijks een blik had waardig gekeurd voordat het kind aan de min werd overhandigd, was zwaar teleurgesteld en kon maar aan één ding denken: Cornelia had het ondanks alles overleefd.

Toen hij opstond om in de deuropening van haar vertrek een buiging te maken, hoorde hij het gejubel vanaf het Forum. Het was de vijftiende en het oktoberpaard was juist door de flamen Martialis afgemaakt.

Enkele uren later op diezelfde dag ondertekende keizer Augustus het bevel dat de provincie Judea aan de beurt was om bij het gehele rijk te worden ingeschreven.

ZOALS DE GEWOONTE voorschreef, werd hij naar zijn vader vernoemd: Marcus.
Een lelijk kind. Maar geduldig en flink.
Zo zag Seleme hem.
Ze was af en toe vertederd door die stakker die het er levend af had gebracht toen hij uit Cornelia's lichaam kwam, alsof hij ondanks alles toch wilde leven. En ze ging zorgvuldig te werk; ze voedde eerst Cornelia's zoon. In blinde gretigheid dronk hij maar door, met een volharding die maakte dat Seleme hem soms verafschuwde. Ze was bang dat hij alles zou nemen, dat er te weinig voor haar eigen kind zou overblijven.

Maar Seleme ondervond al snel dat ze op haar lichaam kon vertrouwen. Hoe hongerig de jongens ook waren, ze had voldoende melk en er bleef zelfs nog over.

Terwijl Seleme met haar eigen kind aan het spelen was, huilde Marcus vaak van darmkrampjes en eenzaamheid. Het geluid bereikte Cornelia, die haar baarmoeder voelde samentrekken en uit haar vertrek kwam rennen, buiten zinnen van woede.

Selemes ongerustheid ging over in paniek; ze moest er hoe dan ook voor zorgen dat Marcus stil bleef. Zolang hij last van krampen had, liep ze nachtenlang met het jongetje op de arm rond, totdat hij eindelijk in slaap viel en ze zelf ook een paar uur kon rusten.

Om dan te worden gewekt door haar eigen zoon, die levenslustig om eten schreeuwde.

Salvius ontvluchtte het huis, hij was aan de boemel in de stad en kwam laat thuis, bijna altijd aangeschoten.

Seleme had die moeilijke winter maar één steunpunt, uit onverwachte hoek, van de man die ze bijna net zo had leren vrezen als Cornelia. Iedere avond kwam Cornelius Scipio om een uurtje met Marcus op schoot te zitten en rust te verspreiden in Selemes wereld. Hij zag haar vermoeidheid en op een dag sprak hij met haar over Nadina, een oude vrouw in zijn huis in Albanus.

Zij had ervaring met zuigelingen, zei hij. Wilde Seleme hulp van haar?

Seleme voelde zich enorm opgelucht, maar Salvius werd kwaad. Ze begreep toch wel dat Nadina kwam om haar te controleren en om duidelijk te maken dat Marcus meer rechten had dan Eneides.

Salvius durfde zich echter niet tegen zijn schoonvader te verzetten en Nadina nam haar intrek in het huis op de Palatijnse heuvel, waar ze vanaf het eerste moment een zegen was.

'Lieve kind', zei ze tegen Seleme. 'Als je niet slaapt, heb je straks geen melk meer.' Zij zorgde na het ontbijt voor de kinderen, zodat Seleme dan eindelijk rust kreeg.

Rondom de Griekse en de kinderen werd orde geschapen. Nadina had de autoriteit die Seleme miste en zorgde ervoor dat de slaven gehoorzaamden en respect toonden. En het mooiste van alles: ze kwam er algauw achter wat de reden was van Marcus' darmkrampjes.

'Hij krijgt te veel eten', zei ze. 'Hij moet niet zo lang aan de borst liggen.'

'Maar als hij dan huilt?'

'En wat dan nog? Alle gezonde kinderen huilen.'

'Als hij huilt komt Cornelia.'

'Die neem ik wel voor mijn rekening', zei Nadina.

En dat deed ze ook. Toen Cornelia de eerstvolgende keer haar vertrek uit kwam stormen, onderwijl vreselijke dingen uitkramend, versperde Nadina haar groot en stevig de weg, met de huilende Marcus in haar armen: 'Kijk uit voor de waanzin, Cornelia. Je weet wat Scipio doet met zijn kinderen wanneer ze niet in staat zijn die te bestrijden.'

Tot haar enorme verbijstering maakte Seleme mee dat Cornelia zich terugtrok, zwijgend en klein.

In maart, toen de zon weer warm werd, vertrokken Seleme, Nadina en de kinderen naar de boerderij aan de kust. Daar zag Marcus voor het eerst de lucht en de enorme zee, het zachte gras en de grote geheimzinnige bomen. Langzaam kreeg hij het gevoel dat de aarde toch goed was en dat het gras en de zee aan zijn kant stonden.

Hij had inmiddels geleerd dat hij geen blijdschap bracht en dat

Seleme, die voor hem het licht was, haar vreugde ontleende aan Eneides, de broer die mooier was dan alle andere kinderen van de wereld. Maar Marcus had ook een besef van zijn eigen waarde, van het feit dat de beschermende macht van Cornelius op de een of andere manier met hem, Marcus, de kleine lelijkerd, verband hield.

Op momenten van jubel danste Seleme aan het strand rond met haar zoon, met hem die haar vreugde schonk. Seleme wilde haar verbond met de vogels hernieuwen en daarin ook Eneides opnemen. Af en toe slaagde ze daarin, af en toe streek een lijster of zelfs een meeuw op haar schouder neer om naar het kind in haar armen te kijken. Maar meestal wachtte ze vergeefs. De kust- en zeevogels hadden een andere aard dan de bosvogels in Bithynië, begreep ze.

De kinderen groeiden voorspoedig, de donkere schaduw verdween langzaam uit het leven van de Griekse en wanneer ze aan Cornelia dacht, was het met een rustiger gemoed. Nadina had Cornelia één keer overwonnen; ze zou dat opnieuw doen als het nodig was.

Toen in april de velden in bloei stonden, begon Seleme Nadina moeder te noemen en het hart van de oude vrouw werd hierdoor geraakt. Tegen Cornelius, die een paar keer per week de lange weg naar hen aflegde, zei ze: 'U moet ervoor zorgen dat Salvius Seleme vrijmaakt.'

En Cornelius beloofde dat hij er alles aan zou doen om Salvius over te halen tot die beslissende stap.

Salvius werd woedend. Hij durfde zich echter niet openlijk tegen zijn schoonvader te verzetten, maar deed een halve belofte, zijn gemoed vol rebelse gedachten.

Seleme en het kind waren zijn enige eigen bezit, veroverd in de strijd met Cornelia en haar familie. Bij Jupiter, wat haatte hij hen, de Scipio's, die hem jong hadden gekocht en sindsdien zijn leven beheersten. Het leek wel of hij hun slaaf was, en nu hij laat in zijn leven de liefde had gevonden, maakten ze met hun geboden weer inbreuk.

Salvius haatte zelfs de jongste Scipio, die voortdurend bij Seleme aan de borst lag.

Af en toe, heel even, zag hij de redelijkheid in van Cornelius' voortdurende opmerkingen dat hij Seleme moest vrijmaken en Eneides adopteren. Dat had hij zelf immers ook al gedacht, hij was langzaam naar dat besluit toe gegroeid.

Maar nu was het zijn besluit niet meer.

Als een koppig kind keerde Salvius terug naar de wijnkroes, naar de troost van Bacchus, het enige wat hem restte nu ook Seleme hem in de steek had gelaten.

CORNELIA HERSTELDE WONDERBAARLIJK snel. Ze at goed, werd weer wat dikker, haar lichaam genas en ze werd minder somber. In de tempel van Juno werd ze met nieuw respect tegemoet getreden, vanwege haar zoon.

De flamen Dialis behoorde ook tot de oude geslachten, maar in tegenstelling tot de Scipio's was zijn hele familie erin geslaagd tijdens de burgeroorlogen de juiste kant te kiezen. Dat had hem de zeer in aanzien staande functie van hogepriester van Jupiter opgeleverd.

Samen met zijn echtgenote verpersoonlijkte hij nu Jupiters heilige huwelijk met Juno. Flaminica en Cornelia waren jeugdvriendinnen en hun band was door de jaren heen blijven bestaan.

Flaminica had een groot hart.

Zo vaak als ze dat met goed fatsoen kon doen, bezocht Cornelia het huis van de flamen Dialis op de Capitolijnse heuvel. Zij behoorde tot de weinigen in Rome die het heilige echtelijke bed hadden gezien, waarvan de poten altijd in verse modder moesten staan. Gericht op procreatie moest de god van de dag de nacht doorbrengen met de aarde.

Cornelia bewonderde de flamen Dialis, maar was bang voor zijn blik.

Ze dacht veel na over de man die de helft van het universum, de kosmos van het licht, omvatte. Dat zijn echtgenote het vrouwelijke principe en de duistere hemel van Juno verbeeldde, was nog moeilijker te begrijpen.

Ze geloofde Flaminica echter toen deze zei dat iedere vrouw die vrucht had gedragen een verbond met de duistere godin en haar eigen Juno kon aangaan. Dat verbond zou de vrouw magische krachten schenken en de macht van de godin op aarde versterken. Flaminica bezocht vaak de grot van Juno in Lanuvium, van waaruit ze met behulp van de slang over de verborgen kant van de mensen heerste.

Binnenkort, terug in een gezond lichaam, zou Cornelia mee mogen op de tochten, die begonnen in de binnenste kamer van de tempel.

Verwachtingsvol als een kind bereidde Cornelia zich op de reis voor, maar de lange uren van bidden voerden haar niet buiten haar lichaam.

'Je moet geduld hebben', zei Flaminica.

Maar hoewel Cornelia dagelijks aan de cultus deelnam, vaak urenlang, werd het mysterie nooit aan haar geopenbaard. En de flamen Dialis, die zijn echtgenote over Cornelia's mislukking hoorde vertellen, zag dat als een teken. Cornelia zou misbruik maken van Juno's krachten als ze er toegang toe kreeg.

Op een keer zei hij dat tegen haar; ze sloeg haar ogen neer en liet uit niets blijken hoe diep hij haar beledigd had. Maar toen ze die dag naar huis ging, werd ze door de waanzin bedreigd.

Het was vroeg in het voorjaar, Seleme en de kinderen hadden de stad verlaten, en Cornelia ging naar bed, beangstigd door de rode nevelen die opnieuw aan de binnenkant van haar oogleden opvlamden. Heel haar grote lijden was voor niets geweest. Zelfs de godin der duisternis wees haar af.

Misschien zou ze deze keer niet de kracht hebben gehad om de waanzin te weerstaan, als niet een hand naar haar was uitgestoken. Die hand behoorde toe aan Esebus, de zwarte jongen die in huis was achtergebleven toen de anderen verkocht werden. Salvius had hem achtergehouden in afwachting van een koper met de juiste exotische smaak, iemand die een prijs zou bieden waardoor de jongen een goede transactie werd.

Er bestond al lang een goede verstandhouding tussen Cornelia en de jongen; ze hadden blikken gewisseld en begrepen elkaar. Maar pas vandaag was ze zo diep gezonken dat ze in staat was de vriendschap van een slaaf te aanvaarden.

Nu zat hij aan haar zijde en troostte haar met gemene roddels over Salvius en Seleme. Cornelia voelde bijna fysiek hoe haar grote teleurstelling in haat omsloeg, een woede die zich richtte op de Griekse die haar haar man en kind had afgenomen.

De rode nevelen verdwenen toen ze de zwarte jongen naast het bed strak aankeek en wegsmolt bij zijn blik.

Ze pakte zijn hand, een ongelooflijke daad.

'Je moet niet denken dat ik het opgeef', zei ze. 'Ik wacht alleen op de juiste gelegenheid.'

Hij glimlachte naar haar.

Ze haalden hun banden snel en stevig aan. Schaamteloos vertoonde Cornelia zich overal in de stad met de zwarte slaaf aan haar zijde, hij ging mee naar wedrennen en ontvangsten, en algauw begon het geroddel. De trotse dochter van Scipio en een zwarte slaaf, mooi als een god uit donker Afrika.

De mensen moesten lachen.

Cornelia en Esebus gingen vaak naar de grote gladiatorenspelen, waar men ze samen kon zien gillen als de spanning haar hoogtepunt bereikte.

Naar de tempel van Juno Lucina op de Capitolijnse heuvel keerde Cornelia nooit meer terug.

OP EEN PLATEAU in de bergen van Albanus had Cornelius Scipio zijn villa gebouwd, een flink stuk verwijderd van Cicero's Tusculum. De plaats was met zorg gekozen: op de achtergrond had hij de blauwe bergen en voor zich de koele wouden met hun altijd groene steeneiken, grote groepen haagbeuken en kurkeiken, en esdoorns en lindes in het teerste lichtgroen.

De behuizing was strak en mooi; een groot hoofdgebouw sloot via een terras aan op de gebouwen waarin gastenverblijven, feestzalen en niet in de laatste plaats de grote bibliotheken, een Latijnse en een Griekse, waren ondergebracht.

Vanaf het terras kon Cornelius Lacus Albanus ontwaren, het diepe kratermeer dat het landschap verkoeling bood wanneer de zomer op haar heetst was.

Tussen de gebouwen en de stallen, de hondenkennels en de behuizing die na verloop van tijd voor de slaven was opgetrokken, had Cornelius een grote tuin aangelegd. In zijn rijkdom aan soorten kon deze zich in feite meten met de beroemde tuinen van Caesar aan de andere kant van de Tiber. Nu, in het voorjaar, bloeiden er sneeuwwitte azalea's, rode pioenrozen, blauwe hortensia's en de eerste roze rozen. De springbron speelde op het terras, en langs de lange muur zette het voorjaar zijn woeste aanvallen in met messcherpe hulst, goudgeel havikskruid en wilde rozen.

Het voorjaar was echter ook de tijd van de witte maan en de nevelen. En met de nevelen kwamen de doden bij Cornelius op bezoek; ze stapten uit het meer en naderden met soepele bewegingen het terras waarop hij zat.

Zoveel doden, zoveel thuislozen.

Duizenden en nog eens duizenden uit de vele veldslagen, gevallenen die waren achtergelaten in de wouden van Germanië en in de steppen achter de Donau. Maar ook drenkelingen uit de zeeslagen langs de Griekse kusten.

Zonder gezicht en zonder naam kwamen ze terug bij hun oude veldheer. Cornelius zat daar op zijn terras en zag hen naderbij komen en terugkeren naar Lacus Albanus, waar ze opnieuw uitgevaagd werden. Aanvankelijk probeerde hij hun namen en gezichten te geven, hij meende dat hij hun dat verschuldigd was.

Maar het waren er te veel.

Zijn leven was tot de rand toe gevuld geweest met de dood. Toch wist hij niets over de dood, hoe deze iemand in de ogen keek op het moment van de overgang.

Ze maakten hem niet bang, de doden, maar ze vervulden hem met verdriet. Niet vanwege het leven dat ze ooit hadden gegeven, maar vooral omdat hij niets voor hen kon doen.

De dood heeft geen vaderland, had hij gezegd, de Griekse filosoof wiens lezing Cornelius in Rome had gehoord. Dat had hij herkend als een waarheid uit de slag bij Philippi, toen de Romeinen elkaar hadden gedood uit naam van Antonius en Octavianus. Verder was hem niet veel bijgebleven van de lange voordracht over de dood, hoewel het een beroemde filosoof was. Hij had gezegd dat de dood voortdurend in het leven aanwezig is, dat het verleden op ieder moment van ons wegsterft.

Hij had gesproken over het leven als afscheid nemen en over de dood als het enig zekere. Maar Cornelius had zich in die weergave niet herkend. Het leven was te groot om een afscheid te zijn, het was zichzelf met blijdschap en pijn, overwinningen en verliezen. Het leven, en de geschenken die je eruit kon persen, waren juist het enig zekere. Schoonheid, waarvan je kon dromen en die je kon verwerkelijken. Vriendschap, die meer van je vroeg maar ook zoeter was om te verwerven. Trouw.

En verder enkele grote gevoelens, groter dan jezelf. De roes van de overwinning. Macht. Eer. Al in de woestijnoorlog bij de Eufraat had hij dat ervaren, een gevoel dat uitgroeide tot verrukking en maakte dat je buiten zinnen raakte. Daar hadden de doden een rol gespeeld als bevestiging dat het grote spel serieus was. En het doden, ja, hij kon zich herinneren dat ook dat een roes was, bloedrood, superieur in zijn enorme schoonheid.

Het andere gevoel dat groter was dan de mens, was het verdriet. Verbitterd herinnerde Cornelius zich zijn huwelijk, zijn geesteszieke echtgenote en de zoons die hij had omgebracht. En zijn vertwijfeling, die buiten de grenzen van het lichaam trad en als een kreet naar de hemel opsteeg.

Die roep had de harten van de goden moeten raken, dacht hij, had de kille sterren in beroering moeten brengen.

Maar het universum trok zich niets aan van de ellende van mensen.

Enkele doden maakten zich nu los uit de rijen, trokken op, kwamen tot de muur bij het terras. Het waren niet de gezichtlozen, het was Lucius, zijn oudste zoon. En Gaius, het kind dat zo nieuwsgierig was geweest voordat de waanzin hem opslokte.

'Ik heb het enig mogelijke gedaan.'

Cornelius' stem was breekbaar, en het liefst had hij zijn handen voor zijn gezicht geslagen om niet te hoeven zien.

Maar de dode zoons hoorden hem niet, ze glimlachten naar hem. Ze waren niet gekomen om hem te veroordelen, ze zochten naar hun herinneringen in hun oude huis, en misschien bestonden die herinneringen wel uit een paard met drie benen of een pop zonder ogen.

Nu raakte Mythekos, de slaaf, de oude man even aan en sprak met tedere stem: 'U bent in slaap gevallen, heer, u had een boze droom.'

En Cornelius stond op, stijf in zijn gewrichten. Hij keek uit over de bossen en zag het meer glinsteren in het maanlicht. Hij was terug in het leven.

Behoedzaam hielp Mythekos zijn heer naar bed, maar daar liet de slaap hem in de steek. Klaarwakker, zijn blik op het plafond gericht, trachtte hij zijn dode zoons in zijn geheugen op te roepen.

Opnieuw probeerde hij zich hun gezichten te herinneren, iedere trek ervan. Dat is misschien het enige wat we kunnen doen voor de doden, hen herinneren, dacht hij. Maar zijn herinneringen boden hem weinig houvast. Hij was zo weinig thuis geweest toen de kinderen klein waren.

Pas tegen de dageraad kwam de slaap en daarmee kwamen ook de dromen. En toen kon hij hen zien, de jongens. Lucius, een ernstig kind, en Gaius, de geestdriftige. Hij kon hen ook horen, hun heldere vogelstemmen. Maar hij kon niet horen wat ze zeiden.

Hij had nooit geluisterd.

In zijn droom zag Cornelius dat Lucius op Marcus leek, het kind van wie hij eindelijk durfde te houden.

Hij werd wakker met de gebruikelijke, knagende ongerustheid over Marcus.

Ik zal vandaag opnieuw de kwestie van Selemes vrijmaking aan de orde stellen, dacht hij.

Eneides bleef een heel mooi kind. Zijn Romeinse gezicht met de rechte neus, de stevige kin en de zachte, expressieve mond vormde een verrassend contrast met het blonde haar, de bijna gouden huid en de blauwe ogen.

Hij was levendig en vlug, en toonde gemakkelijk zijn gevoelens, er volledig van overtuigd dat die zouden worden geaccepteerd. Zowel zijn nijdigheid, die maakte dat zijn ogen vlamden, als zijn teleurstelling, die tranen voortbracht die zo groot waren dat geen menselijk wezen er ongevoelig voor bleef. Hij toonde ook snel tederheid, met warme omhelzingen en dikke natte zoenen.

En als hij lachte, lachte heel de wereld met hem mee.

Natuurlijk ontwikkelde hij zich snel; hij kon al lopen voordat hij één jaar was, rende vóór zijn tweede verjaardag al snel als de wind over de velden en hij praatte onafgebroken, die schattige kindertaal die een hart van steen nog doet smelten.

Het was gemakkelijk om van Eneides te houden, te gemakkelijk, dacht Nadina, die wel zag dat die gedachte ook bij Seleme opgekomen was, die haar vreugde en trots probeerde te onderdrukken.

Salvius kende helemaal geen remmingen; hij verafgoodde zijn zoon, de slavenjongen die zijn eigenaar om de vinger wond. Het gebeurde wel dat Salvius in het licht van de jongen even ontnuchterde en op eigen initiatief nadacht over zijn verantwoordelijkheid: hij moest Eneides adopteren en Seleme vrijmaken.

Maar het boosaardige spel met Cornelia had weer bekoring gekregen, er was een nieuw element toegevoegd. Zij wist haar afhankelijkheid van de zwarte slaaf niet te verbergen, en tijdens hun dagelijkse korte gesprekken speelden Salvius en Cornelia dat tegen elkaar uit. Niet openlijk, maar voor beiden kon er geen misverstand over bestaan: wanneer Seleme ook maar even bedreigd werd, zou daarop de onmiddellijke verkoop van Esebus volgen.

Misschien was het menselijk, misschien was het vanuit de langdurige nadelige positie van Salvius te begrijpen, dacht Nadina, die het zag en zich ermee ging bemoeien.

'Uw sterke positie is minder sterk dan u denkt', zei ze soms. 'Cornelia's liefde is broos vergeleken met haar haat. Op een dag offert ze haar Afrikaan op voor wraak.'

Toen zijn eerste nijdigheid was afgezakt, kwam Salvius tot de conclusie dat de oude vrouw gelijk had. Op een dag, morgen, zou hij zijn advocaat opzoeken. Na dat besluit volgde angst, een weerzin waarvan hij de reden niet kon achterhalen en de inhoud duister bleef. Maar die weerzin was zo pijnlijk dat hij hem meteen met wijn moest blussen.

Zo brak er een nieuwe tijd van roes en vergetelheid aan. Het spel met Cornelia werd gevaarlijker, hij liet te veel het achterste van zijn tong zien, zijn dreigementen werden te grof en wanneer hij de verachting in haar ogen zag, had hij meer wijn nodig. Tot Seleme en de jongen op een ochtend door de nevelen heen wisten te dringen, en Salvius een paar dagen ontnuchterde en heel angstig nadacht over zijn verantwoordelijkheid.

Toen Eneides drie jaar was, was hij wild als een jong hondje; het grote huis was nog niet groot genoeg om aan zijn ontdekkingsplezier tegemoet te komen. Als kwikzilver gleed hij uit Selemes armen, voortdurend op weg naar nieuwe avonturen. Geïnteresseerd hielp hij mee toen de kok eten aan het koken was; hij gooide een aardewerken pot stuk, brandde zich, huilde en liet zijn wond verzorgen. Hij klom in de bomen in het peristyle, plukte in de tuin alle bloemen af en gooide de kroonbladeren in het bassin van het atrium. Maar niemand had het hart om kwaad te worden en wanneer zijn blauwe ogen zich langzaam met tranen vulden, kwam er van verwijten niets meer.

Eneides' grootste bewonderaar en iemand die voortdurend achter hem aan liep, was Marcus, de zoon van de baas, die de slavenjongen met grote onderdanigheid volgde. Zijn ontwikkeling verliep minder voorspoedig, langzamer, aarzelend, alsof hij aldoor twijfelde over de volgende stap.

Toen Eneides rende, kroop Marcus; toen Eneides lange zinnen

afstak die de volwassenen desondanks begrepen, was Marcus nog zo gesloten als een vis. Wanneer Eneides gilde van nijd, sloot Marcus zich verschrikt af; wanneer Eneides in bomen klom, liep Marcus met voorzichtige stapjes op de grond rond.

Hij beweegt als een oude man, dacht Nadina vertwijfeld. Maar wat kon ze eraan doen; zelfs zij kon geen weerstand bieden aan Eneides of paal en perk stellen aan diens gedrag.

Niettemin werd Marcus beloond voor zijn inschikkelijkheid, zijn traagheid en zijn angst. Zijn ootmoedigheid wekte Selemes vertedering; de arme stakker, zoals ze hem voortdurend noemde, kreeg veel meer aandacht dan hij had gekregen als hij haar eigen zoon had uitgedaagd.

Slechts af en toe drong de waarheid door de werkelijkheid van alledag heen, meestal wanneer Cornelius op bezoek kwam en er geen twijfel over bestond wie de zoon van de baas was, rijk en vrij.

En wie de slavenjongen was, om wie je weliswaar kon lachen, maar aan wie geen echte waarde werd toegekend.

Marcus stond echter nauwelijks open voor de kracht die zijn grootvader uitstraalde; zijn wereld werd gevormd door Seleme, en hij ondervond dat haar handen hard werden en haar ogen kil wanneer Cornelius op bezoek was geweest.

Toen hij twee jaar was, verbrak hij zijn stilte en begon te praten, lange ingewikkelde zinnen in foutloos Latijn. Bij Cornelius en Nadina wekte dit blijdschap, bij Seleme verontwaardiging en bij Salvius wrevel. Opnieuw hadden ze zich superieur getoond, de Scipio's.

Dus ging Marcus steeds minder praten, eigenlijk alleen maar wanneer hij enthousiast werd.

DE JONGENS WAREN vijf jaar toen Salvius in ongenade viel; zijn drankmisbruik maakte een einde aan het beetje aanzien dat hij genoot. Op een feest had hij in aangeschoten toestand uitlatingen gedaan over de keizercultus. Wat hij gezegd had wist hij niet meer, maar volgens het gerucht waren het dodelijk gevaarlijke woorden. En geruchten bereikten snel Augustus' oren.

Cornelius was zich van het gevaar bewust en ditmaal luisterde zijn schoonzoon wel naar hem. Samen besloten ze dat Salvius zich een paar maanden op de boerderij op Sicilië zou terugtrekken. Cornelius zou hem voorzover dat ging geld en bescherming bieden, maar onder één voorwaarde: dat Salvius de volgende dag al in het bijzijn van een getuige bij Scipio's raadsleden de vrijmaking van Seleme en de adoptie van Eneides zou dicteren.

Salvius knikte zwijgend; ditmaal was er geen terugweg mogelijk, dat besefte hij wel. Cornelius ging opgelucht weg; zodra Salvius bij de advocaten was geweest, zou de oude man de pretor die de maatregelen rechtsgeldig maakte met steekpenningen benaderen.

Maar de muren in Salvius' huis op de Palatijnse heuvel hadden oren, zwarte oren. Een ogenblik later wist Cornelia alles en ze knikte naar Esebus: nu, snel, zou het plan dat al geruime tijd uitgewerkt klaarlag ten uitvoer worden gebracht.

Het kwaad heeft vaak het geluk aan zijn zijde. Narbo, de Galliër die als slavenhandelaar gespecialiseerd was in de verkoop van exotische slaven aan verre oriëntaalse vorsten, was in de stad. En nog beter: zijn schip was geladen, hij zou de volgende ochtend uitvaren.

Narbo was buitengewoon goed gekleed, bijna elegant. Zijn uitspraak was perfect, hij sprak in welgekozen bewoordingen en zijn intelligente gezicht verried nooit gevoelens. Esebus wist op welke plaats in de havenbekkens van de Tiber hij de slavenhandelaar kon vinden, en Cornelia had hem al eerder ontmoet. Haar wensen waren bekend. Een snelle overdracht van Seleme tegen een in de ogen van de slavenhandelaar heel redelijk bedrag. Formeel ook de overname van Esebus, tegen een som die nooit betaald zou worden maar alleen in het koopcontract zou worden vermeld.

De zwarte jongen zou al in Ostia worden vrijgelaten.

Esebus en Cornelia waren amateurs, ze konden nog veel leren van het gevestigde kwaad. De slavenhandelaar had weinig belangstelling voor Seleme, ook al was ze niet slecht met haar blonde rijpheid, en was haar vorming natuurlijk een pluspunt. Maar toch, er waren er velen zoals zij en misschien zou ze niet verder komen dan een bordeel in een of andere Syrische havenstad.

Esebus daarentegen was een ontdekking en hem zou Narbo gratis krijgen.

Narbo's gezicht verried niets van zijn verrukking toen de jongen hem op een van de kades in Emporium aantrof. Al diezelfde dag, na de middagrust, zou hij komen. Twee van de stedelijke prefecten zouden aanwezig zijn om de documenten te controleren.

Cornelia had een droge mond en hijgde toen ze tijdens de middagrust naar Salvius' bibliotheek sloop en daar in een grote kist de slavencontracten vond. De deur van zijn slaapkamer was dicht, maar ze hoorde hem de Griekse aanhalen, en haar afkeer kende geen grenzen toen ze stil als een geest de bibliotheek verliet en door het atrium naar haar eigen kamer sloop.

Daar deed ze de deur op slot en ging zitten om de documenten door te nemen.

Het duurde niet lang voordat ze de akten had gevonden die betrekking hadden op Seleme en Esebus. Toen het huis in het zevende uur ontwaakte, was ze gekleed in haar tomaatrode stola en stond ze met de belangrijke documenten tegen haar borst gedrukt in haar kamer klaar.

Narbo zou pas komen wanneer Salvius het huis had verlaten. Opgelucht zag Cornelia hem in zijn draagstoel verdwijnen, op weg naar de termen en het afscheidsfeest dat hij die avond voor zijn vrienden zou geven.

Zijn drinkebroers, dacht Cornelia.

Toen er aan de poort werd geklopt, speelden Eneides en Marcus bij het bassin. De woordenwisseling tussen Ganymedes en de slavenhandelaar ontging hun; ze hoorden de oude huismeester alleen schreeuwen, waarna Cornelia hem met een oorvijg het zwijgen oplegde.

Ze overhandigde de documenten aan de aedilis met de pluimenhelm die ervoor moest zorgen dat het allemaal volgens de wet ging. Hij las de akten door, knikte en meteen daarop werd Seleme gevangen. Nog ver op straat hoorden ze haar om hulp roepen.

Om Eneides riep ze, het kind, dat er niets van begreep.

Marcus bleef bij de rand van het bassin staan en toen Seleme uit zijn blikveld verdween, werd het duister om hem heen, zo zwart dat hij Cornelia's glimlach of Nadina's gezicht, verwrongen van woede, niet kon zien.

De oude vrouw had maar één gedachte: dat Eneides meteen het huis uit moest. Toen Cornelia, triomfantelijk maar vermoeid, weer naar haar kamer verdween, ving ze de jongen op.

'Jij houdt je mond', siste ze, maar ze had geen reden om bang te zijn dat hij zou praten, want Eneides was als versteend en kon geen woord uitbrengen. Met Marcus op haar arm en Eneides aan de hand liet ze de wagen komen, met het vierspan ervoor en twee koetsiers. Ze dwong hen de steile heuvel af te rijden in de richting van het Circus Maximus, hoewel dat een levensgevaarlijke weg was.

Eenmaal op de Via Appia gekomen, liet ze de wagen stoppen en gaf ze de jongste van de twee koetsiers nieuwe orders. Hij moest zo snel mogelijk Cornelius zien te vinden om hem te vertellen wat er was gebeurd. Opschieten, voortmaken. Hij moest in de Senaat zijn, daar was ze zeker van.

Op het moment dat de wagen de stadspoort uit rolde, ontwaakte Eneides uit zijn verstening. De jongen gilde van angst en Nadina, die dacht dat ze hem maar beter even zijn gang kon laten gaan, sloeg slechts een troostende arm om zijn schouders. Marcus zat stil op haar schoot.

Toen ze diep in de nacht in Albanus uit de wagen stapten, had Marcus nog steeds geen woord gezegd, nog geen jammerkreet was uit zijn keel ontsnapt. Maar nu fluisterde hij: 'Het is zo donker, Nadina, ik zie niets.'

Ze droeg hem naar binnen, naar de oude kinderkamer die Cornelius in gereedheid had laten brengen, legde hem in bed en probeerde contact te krijgen met de starende, wijd opengesperde ogen. Hij zag haar echter niet, om een of andere onbegrijpelijke reden zag hij haar niet, en ten slotte sloot ze zijn oogleden en merkte dat hij onmiddellijk insliep.

Ondanks het gegil van Eneides dat door merg en been ging, gegil dat in de loop van de nacht in kracht toenam.

In het huis van Salvius werd Cornelia door de oude man geslagen; ze kreeg klap na klap, zwaar als hamerslagen, en de doodsbange slaven hielden hun adem in toen Cornelius schreeuwde: 'Hoe heette die slavenhandelaar?'

Cornelia gaf geen kik en toen haar gezicht onder het bloed zat, hield Cornelius op. Ze zou niet onder de druk van martelingen bezwijken, wat dat betreft deed ze de familie eer aan.

Ook het verhoren van Salvius' dienaren leverde niets op; niemand had de elegante slavenhandelaar herkend. Uiteindelijk moest Cornelius onder ogen zien dat hij niets kon doen voordat de magistraat de volgende dag zijn kantoor opende, de magistraat bij wie de slavenhandelaar zijn koopakten moest hebben laten registreren.

In de schemering verliet het slavenschip de kade, het passeerde Ostia en zette koers naar het zuiden. Esebus had een voetboei om gekregen. Toen hij luidkeels zijn recht opeiste het schip te mogen verlaten voordat ze op volle zee waren, vulde de slavenhandelaar een beker met een slaapdrank die de Afrikaan bevrijdde van de teleurstelling van die dag.

Seleme had het gemakkelijker; zij mocht op het bovendek slapen en kreeg geen boeien om. In het holst van de nacht verliet ze het schip; ze sloop muisstil de ladder af naar de midscheeps en verdween in zee.

Doelbewust liet ze zich zinken, naar de wouden van Bithynië en de godin die op haar wachtte.

'DE JONGEN WERD blind toen zijn pleegmoeder verdween?'
Cornelius schrok op, zo had hij de slavin niet willen beschouwen. Maar het was waar, dat moest hij toegeven.

'Het kan natuurlijk een ziekte zijn, en een vreemde samenloop van omstandigheden.'

'Ik ken geen ziekte waarbij je van de ene dag op de andere blind wordt.'

'Nee, dat zei mijn lijfarts ook.'

Cornelius dacht aan zijn lijfarts, een fatsoenlijke man, voorzover je dat kon verwachten van iemand wiens beroep het was vervelende berichten over te brengen.

De jonge Chaldeeër met wie Cornelius in gesprek was, fronste zijn wenkbrauwen. Cornelius wist niet goed wat hij moest denken van deze vreemdeling uit het verre, onoverwonnen rijk der Parthen.

'Ik ben natuurlijk geen dokter', zei hij, en Cornelius dacht aan alles wat hij had gehoord dat de man wel was: filosoof, wiskundige, ingewijd in Eleusis en Heliopolis, leraar, astroloog.

Een man van tegenstellingen, koud en warm, berekenend en toegewijd, open en mysterieus, oosters onaangedaan en Grieks nieuwsgierig. Ondoorgrondelijk.

Een magiër.

Een tovenaar? Nauwelijks van de gewone soort, maar hij had veel charisma, kende de Romeinen. Vrijwel zeker is hij in staat jongere en zwakkere zielen dan de mijne in zijn ban te brengen, dacht Cornelius, die probeerde verder te kijken dan de nieuwsgierigheid in de donkere ogen van de Chaldeeër. Maar de magiër voelde wat zijn bedoeling was en sloeg zijn zware oogleden neer.

Hij laat niemand tot zich toe, dacht Cornelius.

Een lang leven met macht en rijkdom had de oude veldheer echter geleerd dat alles uiteindelijk te koop is en hij begon na te denken over de prijs van de man.

'Wat hoopt u dat ik doe, Romein?'

'Dat u de kracht hebt om...'

'Om?'

'Om door te dringen in de duisternis van de jongen.'
'In zijn eenzaamheid', zei Anjalis.
Het bleef lang stil.
'Beseft u wel dat ik, als ik daarin slaag, aan het kind gebonden ben? Als hij opnieuw in de steek wordt gelaten...'
Cornelius knikte; als Marcus opnieuw in de steek werd gelaten, was er voor hem geen hoop meer.
'Als u erin slaagt,' zei hij, 'bied ik u alles wat binnen mijn macht en financiële middelen ligt om uw dromen te verwezenlijken.'
Anjalis had geen dromen, maar wel een grote opdracht. Daarvoor bood de invloedrijke patriciër bescherming en een uitvalsbasis. Hij had daar herhaaldelijk aan gedacht toen hij naar het lange verhaal luisterde dat ermee eindigde dat de mensen van Cornelius het slavenschip in Antiochië hadden opgewacht en toen te horen hadden gekregen dat de Griekse was verdronken.
'Ik wil een week samen met het kind doorbrengen, daarna neem ik een beslissing', zei hij.
Cornelius Scipio knikte; het was een redelijk voorstel. Zijn stem had echter een bijna ootmoedig smekende ondertoon toen hij zei: 'Eén ding moet u weten. Het kind dat Salvius bij de slavin kreeg, is een ongewoon kind, een jongen met een sterk, opgewekt karakter. Sinds het ongeluk woont hij hier, en ik denk wel eens dat Marcus overleeft op Eneides' kracht. Maar nu eist zijn vader hem op en daar kan ik niets tegen inbrengen.'
Woede vlamde op in de ogen van de magiër: 'Heeft hij geen hart?'
'Dat heeft hij wel, hij houdt van Eneides en heeft hem nodig. Maar zijn liefde is zelfzuchtig zoals bijna alle liefde.'
'Ook die van u?'
'Dat neem ik aan.'
Op dat moment verafschuwde Cornelius de tovenaar die zo dicht bij anderen kwam zonder iets van zichzelf bloot te geven.

'Er is een lange, een heel lange man bij Cornelius, een koningszoon.'
Eneides' stem trilde van opwinding en Marcus draaide zijn

hoofd in de richting van zijn broer, nieuwsgierig: 'Hoe weet jij dat het een koningszoon is?'

'Hij heeft een zware gouden ketting om zijn nek en haar tot op zijn schouders. En hij is heel mooi.'

'Draagt hij een toga?'

'Nee, nee, het is geen Romein. Hij is gekleed in een zwarte mantel van fluweel en hij draagt ook nog een cape met een schitterende lila voering. Van echte zijde.'

Nu had Marcus een helder beeld en hij fluisterde: 'Denk je dat hij een tovenaar is?'

Eneides' stem sloeg over van opwinding, ja, ja, een magiër uit Chaldea.

'Stil,' zei Marcus, 'hij kan ons horen.'

En Eneides vervolgde fluisterend: 'Ze zitten maar te praten en Cornelius kijkt zo vriendelijk en verdrietig.'

'Is de magiër oud?'

'Nee, hij is jong. O, nou staat hij op, hij komt nou hiernaartoe.'

Opeens pakte iemand met lange stevige vingers Marcus' beide handen en een stem zei zacht in het Oudgrieks: 'Ik ben Anjalis. Ben jij Marcus?'

'Ja.' De jongen kon alleen maar fluisteren.

'En er is iets mis met je ogen, heb ik begrepen.'

'Nee', zei de jongen. 'Ik woon in de duisternis, dat vind ik prettig.'

'Ik begrijp het', zei de man, die opeens Marcus' ene hand losliet en met zijn vingers onderzoekend over het gezicht van de jongen ging, langs de haarinplant, het voorhoofd, de wenkbrauwen. Zachtjes beroerde hij de oogleden, streek over de neus, volgde de lijnen van de mond en de vorm van de kin.

'Je bent een knappe jongen.'

'Gut nee,' zei Marcus, 'ik ben ontzettend lelijk.'

'Wat gek', zei de magiër. 'Ik heb het anders nooit mis.'

'Ben jij ook blind?'

'Nee, ik kijk zowel met mijn ogen als met mijn vingers. Nu wil ik dat jij mij bekijkt met je handen.'

Marcus stopte zijn handen achter zijn rug, bang geworden.

'Ik ben vies', zei hij.

'Dan gaan we je eerst wassen', zei de magiër, die een doek te voorschijn haalde, die in de springbron bevochtigde en er zorgvuldig mee over de handen van de jongen ging.

'Zo', zei hij. 'Kijk nu maar.'

En hij bracht zelf de handen van Marcus naar zijn gezicht, en na een poosje was de jongen zijn angst vergeten en gingen zijn vingers nieuwsgierig over het gezicht van de ander, iedere trek opnemend.

'Weet je,' fluisterde hij ten slotte, 'je bent mooi als een god.'

'Dank je wel', zei de man. 'Ga je mee wandelen naar de vijver? Ik wil je graag de waterlelies laten zien.'

'Maar Eneides dan, je moet Eneides ook begroeten.'

'Dag Eneides', zei de tovenaar. 'Jij mag even voor jezelf spelen, want Marcus en ik gaan een tochtje maken.'

Even was Marcus bang om van zijn broer gescheiden te worden, maar voordat hij bezwaren had kunnen maken had de lange vreemdeling hem al opgetild en begon hij over de velden te lopen. Marcus had het gevoel dat hij vloog, hoog tussen de toppen van de bomen, omsloten door sterke armen.

'Wat ben jij vreselijk lang.'

'Ja.'

'Net zo lang als de bomen.'

'Nee, niet zo lang. Alleen een kop groter dan de meeste mensen. Dus op dit moment ben jij groter dan Cornelius.'

Marcus probeerde zich dat voor te stellen, hoe hij boven het hoofd van zijn enorme grootvader uitstak, en die gedachte maakte hem blij.

Hij lachte en geschrokken van zijn lach boorde hij zijn hoofd in het kuiltje van Anjalis' keel; hij rook diens geur, een koele geur, een beetje dezelfde als die er in de grote Jupitertempel in Rome hing. Nu moest ook Anjalis lachen, zacht als het fluweel van zijn mantel.

De jongen wilde vragen: wat doe je hier bij mij? Maar dat durfde hij nog niet. De volgende vraag kon hij echter niet voor zich houden: 'Ben je een magiër?'

'Ik ben in de eerste plaats leraar', zei Anjalis, en alsof hij de eerste vraag toch had gehoord vervolgde hij: 'Je grootvader heeft mij gevraagd om jou les te komen geven.'

'Wat heb je toen geantwoord?'

'Ik heb nog geen antwoord gegeven. Weet je, ik ben een heel goede leraar en een vrije man. Dus kies ik mijn leerlingen met zorg.'

'Hoe dan?'

'Ik blijf alleen bij kinderen die ik aardig vind.'

Marcus voelde hoe het gevoel dat hij vloog verdween en Anjalis merkte dat hij zwaarder werd.

Tot nu toe was het allemaal eenvoudig en gewoon, dacht hij; een kind dat door niemand gezien is en dat zichzelf als totaal waardeloos beschouwd. Aandoenlijk, zeker, maar het leven was vol aandoenlijke lotgevallen van mensen.

'Voel je de wind uit de bergen?'

'Ja.' Het antwoord kwam te snel, te gewillig.

'Steek je neus dan eens in de wind.'

Marcus gehoorzaamde, maar in zijn hart had hij de hoop op Anjalis al opgegeven en hij wist dat ze weldra uiteen zouden gaan.

Ze liepen naar de kunstig aangelegde vijver die hoog achter de gebouwen lag.

'Nu gaan we hier een poosje aan de rand zitten om naar het water te luisteren', zei Anjalis, die zag wat er in de jongen omging en zich dat meer aantrok dan hij zelf prettig vond. Het kind had iets, een belofte.

'Vertel me eens over je leven.'

Nu werd het gezicht van de jongen leeg, stil en leeg.

'Er valt niets te vertellen', zei hij ten slotte.

Toen wist Anjalis waaruit de belofte bestond. Marcus, bijna zes jaar oud, was nog ongeboren. Hij had een paar jaar zijn best gedaan om het leven te begrijpen en eraan deel te nemen, maar nu had hij het opgegeven en was teruggekeerd naar de duisternis van de baarmoeder. De slavin had zijn band met het leven gevormd, en zij had hem het gevoel gegeven dat hij op de tweede plaats kwam. En zijn vader? Cornelius had niet veel over Salvius verteld, alleen het meest noodzakelijke. En de moeder was gek.

'Je hebt gelijk', zei hij. 'Er valt niets te vertellen. Jouw leven begint vandaag.'

Marcus sperde zijn niet-ziende ogen open; hij begreep het niet. Maar het lichte gevoel dat hij vloog was er weer, als de hoge toon van een fluit.

Opnieuw las Anjalis zijn gedachten.

'Ik zal voor je spelen', zei hij. 'Ik heb een fluit van zilver. Wil je die voelen?'

Marcus' vingers gingen aarzelend over het instrument en hij fluisterde: 'Ik begrijp dat hij heel mooi is.'

'Ja', zei Anjalis. 'Het is een maneschijnfluit uit Babylon en eigenlijk mag je er alleen op spelen wanneer het nieuwe maan is. Maar we gaan proberen hoe hij klinkt wanneer de avondzon nog schijnt, vind je niet?'

Marcus' ja was bijna onhoorbaar.

Daarna wisten de tonen hem voorzichtig het licht in te lokken, een zilveren maanlicht vol avontuur voerde hem mee op een tocht. Ze liepen over een slingerend pad door het bos, de stammen van de bomen blonken wit, ze liepen zo ver dat de jongen bang werd dat ze zouden verdwalen, en hij pakte de tovenaar stevig bij zijn mantel. Toen verhoogde Anjalis het tempo, er kwam een einde aan het bos en ze stonden aan de rand van een zee, een zandzee, en Marcus begreep dat hij in de woestijn was, dat de zachte duinen die zich voor hem uitstrekten een onafzienbare woestijn vormden, waarover Cornelius had verteld.

Hij rilde en zei tegen zichzelf: 'Ik dacht dat de woestijn zo heet was als het vuur.'

Anjalis nam even de fluit van zijn mond: 'Alleen overdag, niet in de maneschijn.'

Het volgende moment zag de jongen de sterrenhemel zoals hij die nooit eerder had gezien; een sprankelende regen van sterren, ver weg en heel dichtbij, heldere koude sterren, duizenden en nog eens duizenden, keken op hem neer.

Recht boven zijn hoofd vlochten de Zeven Zusters hun spiraal en de kleinste van de zeven knipoogde in vriendelijke verstandhouding naar hem.

'Ze ziet me, ze groet me', fluisterde hij toen de tonen van Anjalis' fluit verklonken en hij langzaam terugkeerde naar de oever waar ze zaten.

Hij kon het niet zien, maar voelde toch dat de magiër heel serieus was toen hij zijn fluit schoonmaakte en hem terugstopte in de zak van zijn mantel.

Anjalis bedacht dat de laatste ster van de Plejaden hier aan de hemel boven de westerse landen bijna onzichtbaar was. De Grieken noemden haar zelfs 'de verdwenen zuster' en hadden, zoals bij hen de gewoonte was, een legende om haar gesponnen.

Maar ze was een grote ster en het veronachtzaamde kind, dat op de verkeerde plaats op aarde geboren was, moest een sterke geest bezitten.

Anjalis had zijn besluit genomen: hij zou het kind verlossen.

'De waterlelie moet maar tot een andere dag wachten', zei hij. 'Nu gaan we terug, jij en ik, en ik zal aan Cornelius laten weten dat ik als leraar bij jou blijf.'

Marcus' blijdschap was zo groot dat hij niet wist wat hij ermee aan moest. Anjalis zag aan het verbeten gezichtje hoe er een strijd werd uitgevochten. Het huilen stond Marcus nader dan het lachen, maar zijn angst om daaraan toe te geven was nog groter.

Zijn verdriet is zo groot als een rivier, dacht Anjalis. Maar op een dag zal die over de dammen heen gaan en een uitweg vinden.

Hij tilde de jongen, die niet meer wist wat hij moest zeggen, op en langzaam liepen ze terug naar Nadina.

'Zorg ervoor dat je veel eet en goed slaapt', zei Anjalis. 'Ik haal je bij zonsopgang op.'

De jongen knikte zwijgend en Nadina dacht vol ontzetting dat hij nu ook nog stom was geworden, en dat Cornelius gek was dat hij tovenaars op de kinderen losliet. Maar toen Marcus zijn pap op had, schoof hij zijn bord weg en sprak luid en resoluut: 'Ik wil nog wat.'

En daarmee had Anjalis het vertrouwen van de oude vrouw gewonnen. Zelf lag Anjalis aan met Cornelius. Hij zei: 'Wat is dat toch voor slechte Romeinse gewoonte dat jullie je kinderen zo jong in de steek laten?'

Cornelius voelde zich in zijn hart geraakt. Hij had Marcus echter horen lachen en dat betekende meer dan al het andere.

Anjalis bracht de nacht door op het dak van de villa, in gesprek met zijn ster. Het baarde hem zorgen dat hij zijn besluit zo vroeg genomen had; dat was niets voor hem. Hij had om een week bedenktijd gevraagd; waarom had hij daar geen gebruik van gemaakt?

Opnieuw nam hij de voordelen door: Cornelius, die zelf zo dicht bij het centrum van de macht zat, diens vele invloedrijke vrienden, diens grote bibliotheek.

De opdracht interesseerde hem. Een mensenziel verlossen en vormen betekende macht, en Anjalis hield van macht.

Hij vond de jongen ook aardig, zei hij, en Sirius glimlachte naar hem in milde wijsheid. Er was nog iets, iets groters, zei de ster, en Anjalis maakte zichzelf duidelijk dat er een zielsverwantschap tussen hem en de jongen bestond, een verbond dat ergens in het begin der tijden was aangegaan en sterker was dan te beredeneren viel.

Schoorvoetend gaf hij toe dat hij ook sympathie voelde voor Cornelius. Hij was typisch een Romein, een van die heren die de wereld veranderden zoals ze het in hun hoofd hadden en met de energie die ontstaat uit gebrek aan empathie.

Op de toekomst gericht, zoals alle Romeinen. Maar een lang leven vol verdriet had hem iets geleerd, en Anjalis, die wist dat maar heel weinig mensen iets leren van lijden, voelde respect.

Het zou veel tijd kosten om de jongen te verlossen, had hij tegen Cornelius gezegd en de oude man had geantwoord dat hij dat wel begreep. Anjalis besefte echter dat de Romein was ingesteld op resultaat op de korte termijn. Voor hem was de blindheid van de jongen het belangrijkste.

Daar maakte Anjalis zich nog de minste zorgen over, omdat hij wist dat het een zelfgekozen duisternis was en Marcus na verloop van tijd bereid zou zijn om zijn besluit te herzien.

Toen hij de jongen de volgende ochtend ophaalde en hem gadesloeg terwijl Nadina hem waste en aankleedde, was hij nog zekerder van zijn zaak. In tegenstelling tot wat bij blinden gebruikelijk is, trad er bij Marcus ter compensatie geen extra ontwikkeling van zijn andere zintuigen op; zijn gehoor was niet scherper geworden, hij had zich niet aangeleerd zijn handen te gebruiken om afstanden te meten of de vorm van dingen te voelen, zoals blinden altijd doen.

'Goedemorgen Marcus', zei Anjalis.

Marcus schrok op en de trage glimlach, die van binnenuit kwam maar anders zelden zijn mond bereikte, deed het gezicht van de jongen stralen.

'O, Anjalis', zei hij. 'Ik dacht...'
'Wat dacht je?'
'Het is heel dom, maar vannacht dacht ik even dat ik jou gedroomd had.'

Anjalis ging op zijn hurken voor de jongen zitten en bracht diens handen naar zijn gezicht.

'Voel maar', zei hij. 'Ik ben net zo echt als Seleme. Maar ik ben vrij en sterk, en ik beloof je dat ik honderd jaar blijf leven.'

Marcus was nu heel bleek, maar de woorden drongen door, gaven stevigheid aan de tere basis die was gelegd.

'En je belooft dat je bij mij blijft.'
'Ja.'
'Voor jou is niets gevaarlijk', zei Marcus.
'Nee.'
'Zelfs Cornelia niet?'

Nu barstte Anjalis in lachen uit, ondertussen Marcus' hand tegen zijn gezicht houdend.

Marcus werd bang: 'Ze is vreselijk, vreselijk gevaarlijk, Anjalis, je moet oppassen.'

'Nee', zei Anjalis. 'Ze is gewoon een gekke oude vrouw. Wat zou ze mij kunnen doen? Op een dag gaan we een bezoek aan haar brengen.'

'Anjalis,' fluisterde de jongen, 'je bent niet goed wijs.'

'Jawel hoor', zei Anjalis. 'Veel wijzer dan al die bange gekken die voor jou hebben gezorgd. En nu gaan we eens even bij de waterlelie kijken.'

Nadina, die met haar armen stijf over elkaar geslagen naar het gesprek had staan luisteren, hield het niet langer uit.

'Er zijn geen waterlelies in de vijver', wist ze uit te brengen voordat Anjalis haar het zwijgen oplegde met een blik waarvan ze bijna achteroversloeg.

Het was een drukke ochtend geweest voor Nadina, die al bij zonsopgang was opgestaan om Eneides te helpen pakken. Hij zou naar de boerderij van Salvius aan de kust reizen; dat was lang van tevoren afgesproken en beangstigde Marcus enorm.

Nu konden de broers zonder tranen afscheid nemen.

'Tot gauw.'

'Ja.'

Toen Eneides' bagage naar de wagen was gebracht, zei Anjalis tegen Marcus: 'Ga gauw je mantel halen. Het is koud buiten.'

Hij moest Nadina tegenhouden toen de jongen op de tast zijn weg door de kamer zocht, aan de tafel voelde, aan de bank, onbeholpen en lomp. Ten slotte vond hij de mantel aan het voeteinde van zijn bed en slaagde erin hem om zijn schouders te slaan.

'Ik ben klaar', zei hij met een luide, heldere stem.

Marcus had verwacht dat hij gedragen zou worden, dat hij weer tussen de boomtoppen mocht vliegen. Maar Anjalis pakte hem alleen maar bij de hand en liep met snelle passen over de keien. Half rennend probeerde de jongen hem bij te houden; hij struikelde, af en toe viel hij bijna, maar de sterke hand tilde hem op.

'Het is moeilijk om te weten hoe je hier in het duister je voeten moet neerzetten', zei Marcus.

'Dan moet je je ogen maar weer openstellen voor het licht', zei Anjalis.

'Je begrijpt het niet', zei Marcus. 'Het licht kwam van Seleme, en nu ze weg is, is dat er niet meer.'

En toen, langzaam, kwamen de tranen. Eindelijk huilde Marcus, zijn grote niet-ziende ogen stroomden over en Anjalis glimlachte tevreden, ging op de grond zitten en nam de jongen in zijn armen.

'Het is goed, Marcus,' zei hij, 'huil maar.'

De jongen wilde er iets tegen inbrengen, maar slaagde er niet in zijn tranen weg te slikken.

Er ging een poosje overheen, de jongen huilde en veegde zijn gezicht af waarop traanvocht en snot zaten vastgeplakt. Opeens haalde hij diep adem en zei: 'Ik zal het niet weer doen, Anjalis.'

'Maar nou maak je mij boos', zei de tovenaar. 'We gaan nog vaak huilen, jij en ik.'

'Maar dat is gevaarlijk.' Nu fluisterde hij weer.

'Wie zegt dat?' vroeg Anjalis, en de jongen hoorde dat de tovenaar boos was.

'Seleme', zei hij. 'Ik mocht nooit huilen, want dan werd Seleme...'

'Wat werd ze?'

'Boos', zei de jongen, zo zachtjes dat hij moeilijk te verstaan was. En daarna, wat harder: 'En bang.'

In een flits zag Anjalis het voor zich: voor de angstige slavin was het een zaak van leven en dood dat de zoon van de heerseres onzichtbaar en stil was.

'Mocht Eneides wel huilen?'

'Ja', zei Marcus. 'Van hem hield ze toch wel.'

Anjalis kreunde, zijn ogen schoten vuur en de jongen die de woede voelde fluisterde: 'Waarom word je zo boos?'

'Marcus, luister naar me. Dat kinderen mogen huilen is net zo belangrijk voor hen als dat ze eten krijgen. Als jij niet mocht huilen betekent dat dat jou een groot onrecht is aangedaan.'

'Anjalis, ze was zo bang.'

'Ja, dat begrijp ik wel, Marcus. Maar nu is ze dood en jij leeft. En jij en ik gaan gillen en huilen en lachen en dansen.'

Ze liepen weer verder en joegen een paar houtduiven op, die zwaar klapwiekend naar de rand van het bos verdwenen.

'Hoor je ze koeren?' zei Anjalis en hij begon de vogels te beschrijven, de glinsterende grijze halzen, de bijna lichtblauwe vleugels en de zweem van lila aan de vleugelpennen.

'Seleme hield ook van vogels', zei Marcus, en opeens kon hij vertellen over het vogelmeisje uit de wouden van Bithynië, over de woeste rivier en de grote waterval waar ze de godin had ontmoet.

'Daar reisde Jason ook naartoe', zei Anjalis. 'Hij wilde er het gulden vlies halen, maar werd verliefd op een prinses en voerde haar mee naar zijn land.'

De naam en de lotgevallen van de prinses schoten Anjalis nu weer te binnen en als zo vaak tevoren bedacht hij dat geen enkele Griekse sage onschuldig was en dat er behalve Bithynië nog andere overeenkomsten bestonden tussen Medea en Seleme. Gelukkig was Marcus niet geïnteresseerd in de prinses, maar in het gulden vlies.

Dus vertelde Anjalis in fraaie bewoordingen over de koning van Colchis die onrechtmatig beslag legde op het gulden vlies van de ram, en over alle heldendaden die Jason en zijn Argonauten moesten verrichten om dat te bemachtigen.

Marcus was verrukt, maar niet tevreden. Wat was het gulden vlies, waar kwam dat vandaan?

En Anjalis dacht aan het verhaal van de twee kinderen die door hun stiefmoeder zouden worden vermoord, maar gered werden door die vreemde ram. Hij zuchtte en zei: 'Ik weet het niet goed meer, het ging om een hert met een huid van goud dat kon vliegen.'

'Dat moet een vreemd land zijn. Ik ben altijd van plan geweest om daar zelf te gaan kijken als ik groot ben', zei de jongen.

'Dat is een goed idee', zei Anjalis. 'Dat kunnen we wel een keer doen.'

'Maar je vergeet dat ik niet meer kan zien.'

'Natuurlijk kun je dat wel', zei de tovenaar. 'Op een dag zie je de vogels weer. Je moet toch beseffen dat mijn licht veel sterker is dan dat van Seleme. Uiteindelijk zul je daar nooit weerstand aan kunnen bieden.'

De jongen sloot zich nu als een mossel, de angst zette haar klauwen in hem. Anjalis moest in die beschermende duisternis zien door te dringen.

'Ik wil niet', schreeuwde Marcus, helemaal in paniek.

'Op een dag wil je het wel', zei Anjalis rustig. 'En we hebben geen haast.'

Marcus was echter niet te kalmeren; hij sloeg Anjalis' handen weg en bleef gillen.

'Ik wil dat jij weggaat, dat je verdwijnt naar de hoge bergen in India waar de tovenaars wonen. Ga, ga weg.'

'Ik blijf, Marcus.'

'Ik ga met mijn grootvader praten.'

'Cornelius kan me niet wegjagen.'

'Hij is bijna net zo machtig als de keizer.'

'Caesar zelf kan mij nog niet eens wegjagen.'

De jongen, die besefte dat de tovenaar waarschijnlijk gelijk had, probeerde zijn bonkende hart tot bedaren te brengen door zijn handen tegen zijn borst te drukken, terwijl hij vertwijfeld naar uitwegen zocht.

'En als ik het je nou heel lief vraag', zei hij.

'Dan helpt het nog niet', zei Anjalis rustig. 'Kom, dan gaan we naar de waterlelie kijken.'

Hij pakte de jongen bij zijn arm en ze zetten hun wandeling voort. Ze kwamen bij de vijver, die van vers water uit de bergen werd voorzien, en schoon en helder was. Anjalis deed Marcus' sandalen uit en zette hem op een steen aan de oever met zijn voeten in het natte zand. Langzaam sijpelde het water tussen zijn tenen door.

'Dat kriebelt', zei Marcus en hij klonk weer wat opgewekter.

'Nu ga ik voor je spelen.'

Anjalis haalde zijn fluit te voorschijn en begon een melodie te spelen die zo vol licht zat dat hij glinsterde. De jongen vloog. Hij had nooit gedacht dat de wereld zo vol kleuren en vormen kon zijn; groene bladeren en glanzende rode en gele bloemen strekten zich naar hem uit.

'Ik geloof dat ik een vlinder ben', zei de jongen zacht, alsof hij de tonen niet wilde verstoren die in sierlijke slingers boven de bloemen van het veld dansten. Toen de fluit opnieuw in een heldere spiraal omhoog wervelde naar het blauw, begon hij langzaam te huilen.

Anjalis gaf hem zijn zakdoek aan en daar zat de jongen in te huilen, ontroostbaar.

Ten slotte durfde hij toch bij Anjalis op schoot te kruipen. De tovenaar wreef over de ijskoude voeten van de jongen en wiegde hem als een zuigeling.

Toen de tranen waren weggeëbd, zei Anjalis: 'Recht voor ons op het water drijft een enorme waterlelie. Ik zal hem voor je beschrijven en aan de hand van mijn woorden moet jij je een beeld van de bloem vormen. Dat beeld zal zo duidelijk zijn dat je het op ieder gewenst moment weer kunt oproepen, dat je het gewoon kunt zien zonder dat je ergens anders aan hoeft te denken.'

En hij beschreef de bloem, de tien kroonbladeren die overlappend vastzaten, de lichtgroene kelk, de lange gele meeldraden –

langzaam en omstandig beeldde hij de bloem af in het gemoed van de jongen, totdat ieder detail klopte en op de juiste plaats zat. Marcus was rustiger geworden van dit spel en uiteindelijk had hij een heel duidelijk beeld van zijn waterlelie.

'Heb je hem in je hoofd?'

'Ja.'

'Zeker weten?'

'Ja.'

'Dan kun je hem oproepen wanneer je maar wilt.'

'Dat denk ik ook.'

'Goed, Marcus. Nu zijn we toegekomen aan het moeilijkste, want nu moet je lang naar je bloem kijken zonder ergens anders aan te denken.'

De jongen probeerde het, maar zijn gedachten schoten alle kanten op, net als de vlinder zojuist had gedaan: krachtige angstaanjagende gedachten aan Cornelia, kleine kriebelende gedachten aan Eneides, en bij de gedachte aan Seleme zou hij het het liefst vreselijk op een gillen willen zetten.

'Zet ze stop', zei Anjalis, en de jongen probeerde dat telkens opnieuw.

Een heel kort moment dat zo weer voorbij was lukte het hem, en toen wist hij ook dat hij die bloem eerder had gezien, dat hij hem had herkend. Met die zekerheid kwam er een grote rust over hem, en terwijl de lange tovenaar hem de heuvels afdroeg, terug naar Nadina, sliep hij, zwaar en diep.

'Laat hem maar slapen. En wanneer hij wakker wordt, stuur je hem naar mij toe, alleen, zonder hulp.'

Nadina knikte, ze begon het te begrijpen.

In de dagen die volgden huilde Marcus bijna onafgebroken, een ijzingwekkend gehuil dat door merg en been ging. 's Avonds liep Cornelius op het terras te ijsberen, terwijl hij pogingen deed te geloven in wat Anjalis hem gezegd had: dat het nu het belangrijkste was dat Marcus verdriet mocht hebben.

Nadina probeerde Cornelius te troosten.

'Eneides heeft dagenlang gehuild en gegild toen Seleme verdwenen was', zei ze. 'Toen al dacht ik dat er iets mis was met onze jongen, dat het jammer was dat hij niet kon huilen. In plaats daarvan is hij blind geworden.'

Cornelius luisterde en wilde graag geloven dat Marcus weer zou kunnen zien wanneer hij eindelijk uitgehuild was.

Het huilen hield op, maar de jongen zat nog steeds opgesloten in zijn duisternis.

Het liep tegen de middag van de vierde dag dat de tranen stopten en Marcus in foetushouding tegen Anjalis aan kroop. Ze sliepen samen een poosje en toen de jongen wakker werd, lag hij lang naar de bloem te kijken die de magiër hem geschonken had.

Deze keer was het gemakkelijker om alle andere gedachten uit te bannen en toen Anjalis wakker werd, was de jongen in staat naar hem te glimlachen.

'Vanmiddag rijden jij en ik naar Rome om je moeder te bezoeken', zei Anjalis.

'Cornelia.' De jongen fluisterde.

'Ja.'

'Dat durf ik niet.'

'Je hoeft het niet te durven, je hoeft alleen maar bij mij op schoot te zitten terwijl ik met haar praat.'

Cornelius was in de Senaat en Eneides was vertrokken, dus had Marcus niemand tot wie hij zijn smeekbeden kon richten, en opeens zat hij voor Anjalis op de rug van een paard en met een flinke vaart reden ze naar het huis van Salvius in de stad die wemelde van de mensen. Marcus herkende de geluiden en geuren, de kreten van de handelaars in de stegen, en de stank. Dat alles maakte hem nog banger.

Ganymedes ontving hen. Hij had de geruchten gehoord over de Chaldeeuwse tovenaar die Marcus van zijn blindheid moest genezen, maar hij had zich een veel ouder en sluwer iemand voorgesteld dan de jongeman die opeens voor zijn deur stond en zei: 'Goedendag. Ik ben Anjalis, Marcus' leermeester, en wij zijn gekomen om zijn moeder te bezoeken.'

'Ze is ziek en ontvangt niemand', zei Ganymedes, maar één blik van de lange tovenaar was genoeg om hem het zwijgen op te leggen. Midden in het atrium bleef Anjalis even staan om de haat op te snuiven die de prachtige vertrekken vulde. Daarna liep hij door naar de kamer van Cornelia, waar hij aanklopte en zonder op een antwoord te wachten de deur opende.

Cornelia kroop op bed in elkaar: 'Wie bent u?'

'Mijn naam is Anjalis, ik ben Marcus' leermeester en ik was van mening dat hij zijn moeder moest bezoeken.'

'Die mening heeft nog nooit iemand gehad', zei Cornelia, en in haar stem zat een leegte die zo groot was dat die door Marcus' angst heen drong, naar binnen, zijn buik in, waar hij opeens pijn kreeg.

Cornelia vocht met de rode nevelen, weg van de waanzin, naar de man toe die voor haar stond.

'U bent mooi als een god', zei ze.

'Dank u', zei Anjalis. 'En u bent ziek, zie ik.'

Ze deden er beiden lange tijd het zwijgen toe. Ten slotte zei Anjalis: 'Ik heb medelijden met u, maar ik kan u geen hulp bieden.'

Cornelia sloot haar ogen.

'Ga dan weg', zei ze.

En Anjalis vertrok met de jongen op zijn arm. In het atrium ging hij op een van de banken zitten en zei tegen hem: 'Ik zal je moeder voor je beschrijven. Ik zag een vrouw, eenzamer dan enig ander mens. Ze is overgeleverd aan haar eigen angst en die is zo enorm dat haar ogen ervan uit hun kassen beginnen te puilen. Niemand heeft haar ooit zien staan, niemand is blij geweest dat ze er was. Nu is ze ziek, mager en trillerig. Zie je het voor je?'

'Ja.' Marcus fluisterde.

De hele weg naar huis zweeg de jongen, maar in Anjalis' armen voelde hij lichter aan. En de niet-ziende ogen stonden vol verwondering.

De laatste week had hij in het bed van Anjalis mogen slapen, in elkaar gekropen onder de arm van de tovenaar. Deze avond huilde hij niet; hij was moe en lag te peinzen.

'Luister eens, Marcus. Toen Cornelia zo enorm eenzaam werd, koos ze voor de haat. Zoals jij voor de duisternis koos. Begrijp je dat?'

'Ik geloof het wel', zei de jongen.

Anjalis besefte echter dat hij niet de volledige waarheid over Cornelia had verteld, over waarom de goden en de mensen haar uit de weg gingen. Dat ze hem aan zijn meest duistere geheimen had herinnerd en aan de haat die zijn gemoed doortrok wanneer zijn angst het grootst was.

En dat haar eenzaamheid hem, de eenzame, ook beangstigde.

DIE NACHT WEKTE Marcus Anjalis; hij streek over zijn wang en fluisterde: 'Het is vollemaan.'

Al Anjalis' zintuigen stonden op scherp en hij fluisterde terug: 'Hoe weet je dat?'

'Ik zie het maanlicht door de kieren.'

'Wacht.'

Anjalis stapte uit bed en zette de luiken open; het koude licht streek de kamer binnen.

'O, Anjalis, blijf staan zodat ik je kan zien. Je bent nog mooier dan ik dacht.'

De tovenaar nam de jongen op zijn arm en samen keken ze uit over het park dat door de maan met zilver werd bestrooid.

Na een poosje zei Anjalis: 'Ik moet denken aan je grootvader, die zo vertwijfeld is omdat jij niet meer kunt zien. Vind je dat we hem wakker moeten maken?'

'Ja.'

Anjalis liet een schel fluitje horen om de slaaf bij de deur te wekken. Marcus giechelde verrukt.

'Ga Cornelius halen.'

'Maar hij…'

'Ga.'

Een paar minuten later was de oude man er al en Marcus vertelde geestdriftig over wat hij allemaal zag in het park. Cornelius wist met moeite zijn tranen te bedwingen.

De rest van de nacht zat Cornelius in de tuin met zijn kleinkind op schoot. Maar toen het eerste zwakke ochtendlicht achter de bergen in het oosten zichtbaar werd, wilde de jongen naar binnen, weer bang geworden. Cornelius had moeite om zijn teleurstelling te verbergen, maar de tovenaar zei: 'Het is goed, nu gaan we allemaal naar bed.'

En Marcus lachte.

Ze sliepen tot ver in de ochtend en toen de jongen wakker werd, was hij weer net zo blind.

'U hebt toch het bewijs gekregen dat er niets mis is met zijn ogen?'
'Ja, maar wat doen we nu?'
'Wachten', zei Anjalis tegen de Romein.

Het werd een vreemde tijd in het huis in de bergen, de tijd van de nacht. Zodra de duisternis intrad, wandelden de tovenaar en zijn metgezel door de bossen en de jongen zag steeds meer, hoewel het maanlicht iedere nacht afnam. Ze keerden stenen om, ze ontleedden bloemen, ze liepen zelfs tot aan het meer. Zijn gezichtsvermogen nam toe en Marcus had nooit kunnen dromen dat er in de wereld zo veel te zien was.

Maar wanneer de dageraad aanbrak, keerden ze weer terug naar het huis en wanneer het helemaal licht was, verloor Marcus opnieuw zijn gezichtsvermogen.

'Hoelang moeten we wachten?'
'Ik weet het niet, Romein. Ik denk na.'

En Anjalis dacht na en knoopte de eindjes aan elkaar. Marcus' plotselinge herstel was opgetreden na het bezoek aan zijn moeder, toen zijn enorme angst voor haar afnam.

Anjalis sprak met Nadina, om te vragen wat er was gebeurd op de dag dat Seleme verdween. 's Nachts in het bos stelde hij aan Marcus dezelfde vraag.

'Daar wil ik niet aan denken.'
'Dat moet.'
'Ze gilde, snap je, ze bleef maar gillen, maar die man legde zijn hand op haar mond.'
'Wat gilde ze?'
Marcus dacht na en zei toen opeens: 'Ze riep om Eneides. "Eneides," gilde ze, "help mij." Cornelia stond erbij met een paar papyrusrollen in haar hand en Marcipor probeerde iets te zeggen, maar de man pakte alleen de rollen en trok Seleme mee het huis uit. Er waren ook soldaten bij.'
'En toen?'
'Toen zag ik niets meer. Toen werd ik immers blind.'

'En als ze nou om jou geroepen had?'
'Dan had ik die man geslagen, geschopt, gebeten.'
'Dat weet je zeker?'
'Ja.'
De jongen was van streek, maar zeker van zijn zaak. Hij heeft de moed van ontelbare generaties Romeinse soldaten geërfd, dacht de Chaldeeër.

Terwijl ze in de nacht naar huis liepen, pakte Anjalis zijn zilveren fluit en speelde een eenvoudige melodie.

Toen Anjalis Cornelius de volgende dag sprak, piekerde hij nog steeds over zijn vraag.

'Ik wil dat u de verantwoordelijkheid voor de jongen overneemt. U moet Salvius en Cornelia overhalen de voogdij af te staan.'

'Ik heb hem altijd al willen adopteren.'

'Maar doet u dat dan ook. En zorg ervoor dat Salvius Eneides vrijmaakt en hem adopteert. Dat is het minste wat hij kan doen voor het kind van Seleme.'

'Ik zal het tegen hem zeggen.'

Niemand kwam er achter welke wapens Cornelius in de strijd gooide om Salvius te overreden. Misschien waren er niet zulke grote woorden voor nodig. Salvius was een gebroken mens en Cornelius, die had gemeend dat hij zijn schoonzoon haatte, beloofde hem dat hij de hypotheek zou aflossen van het eigendom op Sicilië.

'Misschien leidt het tot een echtscheiding', zei de oude man toen hij weer thuis was.

'Ik denk dat u ongelijk hebt. Die twee zijn verbonden door haat.'

Cornelius wist met steekpenningen de pretor te bereiken en twee weken later waren de beide adopties reeds een feit. Marcus' blijdschap was ontroerend: 'Dus nu ben ik alleen uw kind?'

'Ja.'

Toen ze 's middags in afwachting van de duisternis een poosje waren gaan rusten, zei Anjalis tegen de jongen: 'Ik heb op één punt ongelijk gehad. Weet je nog dat je mij vertelde dat jouw duisternis ontstond toen Seleme werd ontvoerd, dat zij jouw licht was?'

'Ja.'

'Daarna werd je ontzettend boos op mij omdat ik vroeg wat je zou doen met mijn licht dat veel sterker is dan dat van Seleme. Weet je dat nog?'

'Ja, ik wilde jou wegjagen.' Marcus sprak met een benepen stemmetje.

'Je werd boos, en soms moet je dat ook zijn. Daar wilde ik het ook niet met je over hebben, maar over het feit dat we allebei ongelijk hadden, jij en ik.'

Anjalis stokte even, maar maakte zijn relaas toen af.

'Weet je, het licht komt niet alleen van buiten. Het komt ook uit jezelf.'

Marcus probeerde dat te begrijpen.

'Dat kan niet kloppen', zei hij. 'In mijn binnenste is het helemaal donker.'

'Nee,' zei Anjalis, 'denk nog eens aan je waterlelie en kijk ernaar. Kijk naar de woestijn die je zag in het maanlicht op de eerste dag dat ik voor je speelde.'

'En de bloemen, de rode bloemen die straalden in het gras toen ik een vlinder was.'

Marcus klonk geestdriftig.

'Precies', zei Anjalis langzaam, alsof hij zocht naar woorden. 'Ik heb er nooit eerder aan gedacht, maar waarschijnlijk is het zo dat het licht dat we zien, in onszelf zit.'

'Maar de zon...?'

'Ja, maar om het zonlicht te kunnen zien, hebben we ons eigen licht nodig. Dat is het licht dat zien mogelijk maakt, dat je altijd bij je draagt en dat je visioenen duidelijk maakt. Snap je?'

'Niet echt', zei Marcus, die een hele poos nadacht en toen vroeg: 'Als ik zo'n licht heb, waarom kan ik dan overdag niet zien?'

'Misschien is jouw licht wel zo fel dat je dat niet durft', zei de tovenaar, en Marcus zuchtte.

'Daar begrijp ik niets van.'

'Dat geeft niet', zei Anjalis. 'We gaan een poosje slapen.'

Hij kon echter de slaap niet vatten en lag lang na te denken over een inzicht dat hem ontgaan was toen hij aan zijn gesprek met Marcus begon.

Wat had hij gezegd, en wat had Marcus geantwoord?

Hij ging rechtop in bed zitten en sloeg met zijn gebalde vuisten tegen zijn voorhoofd. Bij alle goden van Babylon, hoe blind mocht een ziende eigenlijk zijn?

De volgende ochtend zocht Anjalis Cornelius op.

'Ik heb een plan.'

De oude man luisterde, verbijsterd en onwillig. Maar hij had geen keus, hij moest doen wat de tovenaar voorstelde.

Cornelius had een hekel aan magie; in het diepst van zijn Romeinse hart had hij altijd afstand genomen van het onverklaarbare. Hij herinnerde zich de Keltische druïden, de priesters die wild begonnen te dansen, geheel buiten zinnen raakten, op verre afstand vijanden doodden, maar ook regen opriepen. Barbaren.

Ze hadden het vaak gehad over het ongelooflijke dat hij had gezien, hij en zijn oude arts. Geen van beiden was op de Grieken gesteld, maar in hun gesprekken waren ze tot de conclusie gekomen dat het Griekse gedachtegoed, dat nu met behulp van de Romeinen de wereld veroverde en tovenarij en bijgeloof uitbande, toch een zegen was.

Anjalis was geen druïde, hij was een hoogopgeleid man. Maar de Chaldeeërs waren het volk dat de oeroude magische krachten levend hield, en er waren in Rome mensen die meenden dat met behulp van die kennis de koning der Parthen de Romeinse legioenen wist te weerstaan.

Nu zou tovenarij worden beproefd om Marcus zijn gezichtsvermogen terug te geven en hij, Cornelius, zou daaraan meewerken.

De volgende dag vertelde Cornelius over de tocht die Marcus en hij, alleen, zouden maken. Ze zouden de bergen in lopen om daar precies op het middaguur op een rotsplateau een offer te brengen aan de geesten van de voorvaderen: een brood en een kroes wijn voor de oude Scipio's.

Cornelius deed met ingehouden stem zijn beknopte verhaal, zonder inlevingsvermogen of opsmuk. Maar dat merkte Marcus niet en hij zag ook niet hoe zijn grootvader bloosde.

Alleen Anjalis had moeite om een glimlach te onderdrukken. Nadina vond het vreselijk; hoe zou zo'n kleine jongen het kunnen volhouden om zo'n lange weg te voet af te leggen? En zij had trouwens zelf nooit iets gehoord over een dergelijke cere...

Met één blik legde Anjalis haar het zwijgen op.

Marcus zei: 'We doen het 's nachts.'

'Wanneer de zon op het hoogste punt aan de hemel staat', zei Cornelius.

Marcus was een beetje bleek, maar hij vond het spannend en begreep wel dat het belangrijk was, dat híj nu belangrijk was, als enige zoon van Cornelius en laatste van het oude geslacht.

'Ik ben wel een beetje bang voor het licht', zei hij.

Toen greep Anjalis in, troostend. Hij zou een drank bereiden, zei hij; in een fles van kostbaar groen glas zou hij Marcus' duisternis opsluiten.

'Beloof je te doen wat ik zeg?'

'Ik zweer het', zei Marcus.

'Het is genoeg als je me je erewoord als Romein geeft', zei Anjalis.

En ze schudden elkaar plechtig de hand.

De volgende ochtend begonnen ze al vroeg aan hun tocht; Cornelius droeg het brood en de wijn in een mand op zijn rug en had zijn handen vrij om Marcus te leiden.

'Denk eraan, in een snel tempo', zei Anjalis zachtjes tegen de oude man, die knikte, er eigenlijk geen zin in had en zich belachelijk voelde. De tovenaar gaf Marcus een fles van groen glas: 'Luister goed, Marcus. Jij moet aldoor je stappen tellen. Precies bij elke duizendste stap haal je de kurk van de fles en neem je drie slokken. Niet meer, niet minder. Heb je dat begrepen?'

Marcus knikte en de twee begonnen aan hun tocht.

Een, twee, drie, vier. Bij tweehonderdvijftig raakte Marcus bijna de tel kwijt, maar Cornelius hielp hem en de rest van de weg telden ze samen. Dat was vermoeiend.

Warm werd het ook, en voor alle geuren en vogelzang die de jongen anders getroost zouden kunnen hebben, was nu geen aandacht. Hij werd zo in beslag genomen door het tellen dat hij zelfs de wind niet voelde.

Maar het ergste was toch de drank; van de drie slokken vette olie werd hij misselijk.

Toen ze voor de vierde keer pauzeerden moest hij overgeven, maar hij dronk toch en op trillende benen liep hij verder, bleek en ellendig. Tijdens de vijfde pauze moest hij even gaan liggen om te rusten, maar dat hielp niet veel want algauw moest hij weer overgeven en het leek wel of zijn maag zich binnenstebuiten keerde.

Dit is een marteling, dacht Cornelius, maar ook hij had aan Anjalis zijn erewoord gegeven dat ze hun tocht zouden vervolgen.

Toen ze na achtduizend stappen stopten, zei Cornelius: 'Hier is een steen, we gaan hier een poosje zitten rusten voordat je weer moet drinken.'

De oude man sprak met een nogal vreemde stem; hij klonk bars en Marcus hoorde hoe geforceerd rustig hij probeerde over te komen. Cornelius was razend.

Toen de jongen dronk en opnieuw moest overgeven, kon Cornelius zich niet langer inhouden.

'Die duivelse Anjalis', zei hij, en daarmee kwam er in de kern van Marcus' wezen een energie tot leven, een rode energie die bergen kon verzetten. Die veegde met zijn enorme reinigende kracht alle redelijkheid, alle beloften, alle andere gevoelens aan de kant.

Net vuur was het, net een vulkaan die gloeiende lava uit het binnenste van de aarde uitspuwde.

'Die duivelse Anjalis', schreeuwde de jongen, en het volgende moment smeet hij de fles tegen de rotsen zodat de glasscherven in het rond vlogen en de vette olie over zijn handen stroomde, over de steen, op het gras.

Hij zag het, hij zag de olie op de grond stromen, maar daar dacht hij niet aan; hij had genoeg aan zijn enorme woede, de rode haat die in zijn hart brandde.

Maar toen kon hij zich niet langer tegen zijn gezichtsvermogen verzetten, en zijn woede sloeg om in grote verwondering terwijl hij over de bergen en de bossen keek, de bloemen, de bomen en het meer in het dal, en alles in het gezegende zonlicht zag schitteren.

Cornelius zag het wonder gebeuren, maar durfde niets te zeggen, hij durfde nauwelijks adem te halen. Marcus richtte zijn blik op de oude man en zag hem huilen, hij zag dat het gegroefde gelaat vochtig was alsof hij lang in de regen had gestaan.

Ze zeiden niets, maar hun ogen en hun handen spraken boekdelen; de jongen keek in het gezicht van de oude man en voor het eerst kon hij de liefde die hij daar zag aanvaarden.

Ten slotte zei hij: 'Ik wil niet dat u sterft en mij achterlaat.'

'Ik beloof je dat dat niet gebeurt', zei Cornelius.

'Maar u bent verschrikkelijk oud.'

'Nee, dat valt wel mee', zei Cornelius, en toen moesten ze lachen, het gebulder weergalmde tot in het dal.

'Ik heb honger', zei Marcus.

'We zullen het brood opeten.'

'Maar de voorvaderen dan?'

'Die moeten maar wachten tot een andere keer.'

Marcus vulde zijn maag met het verse brood, verwonderd over hoe wit en smakelijk dat was.

Na de maaltijd zei Cornelius dat ze nu naar huis zouden terugkeren en Marcus riep: 'Ik ga vast vooruit.'

Hij rende de hellingen af. Halverwege kwam hij Anjalis tegen en vloog hem in de armen, maar hij maakte zich weldra weer los.

'Waar ren je naartoe?' riep Anjalis hem na.

'Naar de vijver en de waterlelie.'

'Marcus, er is geen waterlelie.'

De jongen bleef verbaasd stilstaan, rende toen terug naar de lange tovenaar en zei langzaam: 'Die heb jij verzonnen.'

'Ja.' Anjalis bloosde niet eens.

'Jij houdt mensen voor de gek', zei Marcus, en met verbazing zag hij de donkere ogen van de tovenaar glinsteren toen deze antwoordde: 'Zeker, ik houd mensen voor de gek.'

Terwijl de jongen naar de vijver rende, voor het eerst van zijn leven alleen op pad, schoot zijn lach als het gezang van een leeuwerik op naar de hemel.

Toen de twee mannen een poos later bij een beker wijn weer waren bekomen, vroeg Cornelius: 'Wat zat er in die fles?'

'Oude olie en zure azijn.'

Cornelius keek opgelucht.

'Met magie heb ik moeite', zei hij.

Anjalis zei maar niet wat hij dacht: dat zielen die de weg kwijtraken dezelfde logica volgen als de magische rite: dat ze altijd naar Eden terugkeren en dat genezing een herhaling van de zondeval is.

Cornelius probeerde zijn dankbaarheid onder woorden te brengen. Dat was moeilijk; al snel gaf hij het op en ging zijn huis binnen om op het voorvaderlijk altaar van de Scipio's een dankoffer aan de huisgoden te brengen.

DEEL 2

'Trekt uit Babel,
ontvlucht de Chaldeeën.
Verkondigt het met jubelgeklank,
doet dit horen,
verbreidt het
tot aan het einde der aarde;
zegt: De Here heeft
zijn knecht Jakob verlost.'

'Hoort naar Mij, gij kustlanden,
en luistert,
gij natiën in de verte.
De Here heeft mij geroepen van moeders lijf aan,
van de schoot mijner moeder aan
heeft Hij mijn naam vermeld.'

JESAJA

ZE BEHEERDEN DE kennis van de maanpriesters uit het oude Soemerië. Terwijl de eeuwen verstreken was het voorgekomen dat ze met niet meer dan een tiental waren, vrouwen en mannen. In andere tijden nam hun invloed toe en omvatte hun genootschap veel meer dan honderd mensen.

Ze hadden gezien hoe Akkad het oeroude rijk van de Soemeriërs had verwoest en de fraaie steden in brand had gestoken. Ze hadden Sargon overleefd, zijn zoons en kleinzoons, en gezien hoe Nineve ontstond en onderging. Ten tijde van Babylon sloten ze zich aan bij de macht. Hun Oudste reed door de grootste van de honderd koperen poorten de stad binnen om vanaf het vele malen bezongen dak van de toren de loop der sterren te berekenen en hun invloed op de lotgevallen van het individu en de aarde te schatten.

De Assyriërs drongen hen terug naar een plaats in de schaduw, dicht in de buurt van het oeroude Ur, zo dichtbij dat ze bij zonsondergang in het westen de ruïnes van de ziggoerat als een luchtspiegeling konden zien.

Daar hadden ze hun maatschappij opgebouwd bij een bron die ze met onbekende methodes zoutvrij wisten te houden, zelfs nadat de kanalen van de Soemeriërs allang waren dichtgeslibd. Ze lieten palmen groeien, legden akkers en tuinen aan.

Het landschap was weids, woestijn en enorme wolkenpartijen, en hier hadden ze hun toren, hun grote bibliotheek, hun collegezalen en hun eenvoudige woningen. Het was een magische plek, niet ver van de streek waar de eerste mensen ooit van de vrucht van de boom der kennis van goed en kwaad hadden gegeten.

Ook in periodes waarin ze grote geschenken ontvingen voor hun wijsheid en hun oeroude kunst om de toekomst te kunnen voorspellen, verbouwden ze de grond rond de bron en hielden ze hun veestapel op peil.

De wereld noemde hen de Chaldeeuwse magiërs.

Zelf verloochenden ze de magische kunsten en ze beoefenden nooit tovenarij. Maar ze profiteerden wel van de naam die ze hadden.

In duizenden jaren werden ze steeds handiger in de kunst hun boodschappen zo te formuleren dat ze de heersers van de wereld niet kwetsten. Toen Nitokris, koningin van Babylon, hen bezocht, bedreigd door de nieuwe veroveraars, moedigden ze haar aan in haar plan om de loop van de Eufraat te wijzigen en zo te voorkomen dat haar hetzelfde lot wachtte als de verwijfde Sardanapalus. Ze wisten echter dat het zware werk aan de rivier haar niet zou kunnen redden, dat de heerschappij van Babylon ten einde was en dat Cyrus, de Pers, niet te stoppen was. Babylon zou veranderen in een spookstad, die de harten van bezoekers nog eeuwenlang in beroering zou brengen.

En toen Alexander, de nieuwe heerser van de wereld, hen bezocht, vermeden ze het om over zijn vroegtijdige dood te spreken en stonden ze met veel overtuiging stil bij de grootse daden die hij nog zou verrichten en bij de steden die hij zou bouwen.

De jonge Macedoniër bereidde in de wereld de weg voor de vrije gedachte, zeiden ze, en trots verliet hij hen en vereerde hen met kostbare geschenken.

Het Griekse gedachtegoed hield de Chaldeeërs bezig; voortdurend speculeerden ze over de enorme, bijna duizelingwekkende brutaliteit van de Griekse droom dat alles begrijpelijk zou worden door waarneming, door in een logische volgorde kennis aan kennis toe te voegen.

Dat was een zienswijze die de Chaldeeërs aansprak; zij hadden zelf al duizenden jaren hun mathematische precisie verder ontwikkeld en bestudeerd hoe alles met elkaar samenhing, het leven en de dood, de aarde en de sterrenhemel.

Ergens in het nieuwe tijdperk zou een bevruchting plaatsvinden van zakelijkheid en gevoel, van Grieks gedachtegoed en oriëntaalse wijsheid, meenden ze. Geestdriftig bestudeerden ze Plato's geschriften en ze zagen dat de ontmoeting waar zij een voorgevoel van hadden, in zijn filosofie tot uitdrukking kwam.

Tweeduizend jaar geleden hadden ze de aarde het sterrenbeeld van Taurus zien verlaten en wisten ze dat er een nieuw tijdperk werd geboren: een eon in het teken van het sterrenbeeld Ariës.

In hun geschriften stond het verhaal over Terah, die met heel zijn volk, zijn zoons en zijn talloze stuks vee uit Ur was weggetrokken naar het westen, naar Haran. De magiërs van die tijd hadden met mathematische precisie de tekens geduid voor Abraham, de zoon van Terah, wiens ster liet zien dat hij Melchizedek zou ontmoeten en enorme zegeningen voor zijn taak zou ontvangen.

Abraham zou de stamvader van een nieuw volk worden, de eerste op aarde die zou weten dat God één was.

Bij het ingaan van een nieuw tijdperk nam God gestalte aan in een mens, het woord werd vlees. Toen het tijdperk van Taurus werd afgelost door dat van Ariës werd die mens geboren als Melchizedek, koning van Kanaän.

Nu, tweeduizend jaar later, nu de Parthen en de Romeinen de wereld verdeelden en de aarde opnieuw zou worden geboren in het sterrenbeeld Pisces, wachtten de oude Chaldeeërs op het teken dat hun de geboorteplaats zou wijzen van de nieuwe koning, hij die de gestalte van God zou aannemen bij het intreden van het tijdperk der Vissen.

Stom als de stenen hadden ze kunnen worden, zwijgend, piekerend over duizenden jaren oude herinneringen. Maar de wetenschap van hun grote taak dwong hen tot ontmoetingen en samenwerking. Eén keer per jaar kregen ze bezoek van de wijzen uit Egypte, die uit de zonnestad kwamen en door de Chaldeeërs hun broeders werden genoemd.

Het was de taak van de Egyptenaren de geheime kennis te bewaren, de taak van de Chaldeeërs die te verspreiden onder de mensen.

Wanneer ze elkaar ontmoetten, werd hierover vaak geredetwist. De hiërofant en zijn priesters hielden vol dat de kennis verloren zou gaan als die het eigendom van iedereen werd, dat deze vervalst zou worden tot bijgeloof en veranderen zou in fanatisme en wreedheid ten opzichte van andersdenkenden. De Chaldeeërs antwoordden dat veel ervoor pleitte dat de wijzen van Egypte gelijk hadden, maar dat kennis die in heilige schatkamers verborgen zit, de mens en de wereld niet zou kunnen veranderen.

Het gekrakeel leidde nooit tot onenigheid. Ze bleven hun zoons naar elkaars opleidingen sturen. De besten van de jonge Chaldeeërs reisden naar de mysterieschool in Egypte, en vele jonge Egyptenaren ontwikkelden hun mathematische begaafdheid bij de Chaldeeërs.

De laatste vijftig jaar hadden zowel de Egyptenaren als de Chaldeeërs voortdurend de vraag van de terugkeer van de koning opgeworpen, waar aan de hemel de nieuwe ster zou verschijnen. In het land der joden, onder het volk van Abraham, meenden de Egyptenaren. De Chaldeeërs beaamden dat ook in hun berekeningen veel pleitte voor Juda, maar velen onder hen hoopten desondanks dat de ster zich boven Griekenland zou openbaren.

IN DEZE TIJD van wachten, toen er nog maar zestien jaar te gaan was tot het nieuwe tijdperk aanbrak, werd Anjalis geboren. Hij was de jongste zoon van Balthazar uit diens huwelijk met de Egyptische Me Rete.

Balthazar was een man van grote precisie en een koele intelligentie, die er niet altijd in slaagde de passie die in zijn hart brandde te verbergen. Hij wist dat hij een van de uitverkorenen was die geschenken aan de nieuwe koning mocht overbrengen, en die zekerheid verleende zijn wezen glans. Misschien was Me Rete op een zinderende dag in Heliopolis, waar de jonge Chaldeeër aan de mysterieschool studeerde, op die geheimzinnige uitstraling verliefd geworden.

Ondanks verzet van haar familie en de vele waarschuwingen van vrienden was ze hem gevolgd naar de nederzetting in de woestijn. Hij had haar goed voorbereid en niets versluierd toen hij vertelde over het harde leven in de oase, die de magiërs met moeite in stand wisten te houden. Hij had het zware werk op de akkertjes nauwkeurig beschreven, de weinige bomen en de brandende hitte in de rode woestijn.

De Chaldeeërs hielden er geen slaven op na.

Balthazar was niet voor de Egyptische gevallen omdat ze mooi was, bijzonder mooi zelfs. Hij had zich natuurlijk door haar belangstelling gevleid gevoeld, was betoverd geweest door haar mondhoeken en schuine ogen, maar het mysterieuze verdriet dat het meisje kenmerkte was doorslaggevend geweest.

Destijds had Me Rete nog gehoopt dat ze bevrijd zou worden van deze duisternis die haar leven overschaduwde. De liefde van een man, en een hard en eenvoudig leven ingebed in een grote taak, zouden haar hart tot rust brengen en haar vreugde schenken, had ze gedacht. Ze had niet begrepen dat haar verdriet zo oud was als Egypte, dat het verdriet van alle aardse moeders over het leven dat verspild werd, over de liefde die altijd onmogelijk was en over zoons die in oorlogen sneuvelden, erin besloten lag.

Nee, ze had gedacht dat de schaduw uit de Egyptische grond

voortkwam, zwart als het verdriet wanneer de Nijl die aan de mensen teruggaf. Het verdriet zat ook in de lucht boven het oude land, dacht ze, als een voortdurend aanwezige weemoed. In een ander land waar de aarde rood was, waar de herinneringen allang door de zon verbrand waren en in het zand begraven, zou de schaduw haar verlaten.

Het leven zou eenvoudig worden.

Maar natuurlijk ging het niet zoals Me Rete had gehoopt. De pijn nam ze mee, die kreeg hier in de woestijn onder de onbarmhartige zon alleen een andere kleur.

En werd nog schrijnender omdat ze een vreemdelinge was.

De Egyptische werd nooit echt geaccepteerd door de andere vrouwen, ook al werkte ze harder dan de meesten, baarde ze drie zoons en twee dochters en hield ze haar huis, haar kinderen en haar akkers netter dan menig ander.

De vijandschap van vrouwen is vaak onzichtbaar en heeft verborgen weerhaken. Balthazar zag die vijandschap niet, Me Rete klaagde nooit. Maar het geheimzinnige verdriet kreeg een bittere bijsmaak.

Toen het laatste kind in haar begon te groeien, kreeg ze nieuwe hoop op bevrijding. Ze was verbaasd, want ze had lang gedacht dat die zware last bij haar levensomstandigheden hoorde.

De vreugde kwam zo plotseling bij haar op, dat ze niet wist wat ze ermee aan moest. Soms bleef ze midden onder het werk staan met haar handen op haar buik en liet ze zich vervullen door het ongewone gevoel.

Ze wilde dansen, maar begreep wel dat dit ongepast was. Ze wilde zingen, maar kende geen liederen. Het gebeurde wel dat ze luid lachte, tot verwondering van de anderen, al die anderen die gewend waren geraakt aan de hooghartige teruggetrokkenheid van de Egyptische.

De oudere kinderen zagen hun moeder stralen en waren daar blij om. Ze was voor hen allemaal een goede moeder, ze zorgde goed voor hen en zag hen. Voor ieder kind voelde ze een serieuze liefde, aan ieder van hen werd waarde toegekend.

Maar haar verdriet werd hun verdriet en ze probeerden haar allemaal te troosten.

Voor de zoons, die al vroeg naar de school in de toren gingen, maakte het niet zoveel uit; zij stelden zich op nieuwe dingen in, kregen nieuwe hoop en een rol in het toneelstuk dat het leven van de Chaldeeuwse magiërs was.

Maar voor de dochters was het moeilijker.

Ten slotte werd ook Balthazar zich ervan bewust dat het in zijn huis en aan zijn tafel opklaarde, dat Me Rete voor het eerst in jaren weer verwachtingsvol naar iets uitkeek. Toen begon hij te werken aan een horoscoop voor zijn nog ongeboren kind.

Een open en vrijmoedige ziel zou worden geboren; het was een jongen, en zijn lichaam zou buitengewoon lang worden. Balthazar moest denken aan zijn overgrootvader van vaders kant, van wie werd beweerd dat hij de dadels zo uit de toppen van de bomen kon plukken, en hij zuchtte en glimlachte. Die man had met een hoofd vol dromen rondgelopen; er werd over hem verteld dat hij nooit zag wat er vlak voor zijn voeten lag.

Met de zoon die nu verwacht werd, zou het precies omgekeerd zijn, zag Balthazar. Hij zou een waarnemer worden.

Wat Balthazar zorgen baarde, hem zelfs beangstigde, waren de afstanden in de horoscoop: een groot inlevingsvermogen maar ook een ijzingwekkende eenzaamheid. Niettemin geen gespleten persoonlijkheid, maar een heel mens die over rijke gaven beschikte.

Balthazar zocht lang naar een woord waarmee hij de kwaliteit die het kind kenmerkte kon benoemen, maar hij vond er geen. Aarzelend ging hij met zijn vele berekeningen naar de Oudste, zich geduldig schikkend in de verwijten die hij zou krijgen. De Chaldeeërs vermeden het horoscopen voor ongeborenen op te stellen; dat kon de hemel provoceren en het kind in de moederschoot beïnvloeden.

Maar nadat was gezegd wat er moest worden gezegd, bestudeerde de Oudste de horoscoop met toenemende verbazing en in grote stilte. Toen hij eindelijk sprak, was het volstrekt duidelijk dat hij zijn woorden zorgvuldig koos.

Het geschenk van de hemel aan het verwachte kind zou het woord zijn, zei hij. Zijn gereedschap zou het zien zijn, een zien van ongebruikelijke soort.

Hij zei niets over de grote eenzaamheid; hij sprak over een zeldzame vrijheid. Als met de bevalling alles goed ging en het kind op de verwachte tijd geboren werd, zou zijn lot het stempel dragen van de nieuwe tijd, zei de oude man. Dan zouden de mensen leren dat liefde iets anders is dan de persoonlijke band met degenen die je na staan in het gezin en de stam.

'We weten nog zo weinig over de terugkeer van de Koning', zei hij. 'Maar ik interpreteer deze tekens van jouw zoon zo, dat zijn lot verbonden is met de wedergeboorte.'

De Oudste verbood het Balthazar niet om met zijn vrouw te praten; dat hij tegen anderen over de horoscoop zou zwijgen sprak vanzelf. Toen Balthazar 's avonds naast Me Rete in bed lag, vertelde hij dus over de horoscoop en over hoe de Oudste die had geduid.

Me Rete was echter minder geïnteresseerd dan hij verwacht had, en niet verbaasd. Ze zei het niet, omdat ze altijd solidair was, maar hij begreep dat ze van mening was dat de kennis die haar lichaam haar schonk, door iedere hartslag en in iedere ademtocht, veel waarachtiger was dan die van de sterren.

Me Rete had nooit belangstelling getoond voor zijn werk. Het was alsof ze niet wilde geloven dat de koude sterren in hun verre onverstoorbaarheid iets te maken hadden met het warmbloedige en kwetsbare mensenleven.

Maar toen ze de volgende dag in haar moestuin aan het werk was, kwam de Oudste langs en hij bleef staan om even met haar te praten.

'Misschien is het zo', zei hij, 'dat de ongebonden mens alleen geboren kan worden uit groot verdriet.'

En Me Rete glimlachte naar hem en dacht: ja, zo is het inderdaad. Alleen degene die in staat is door de jaren heen het juk van het verdriet te dragen, kan leven schenken aan de nieuwe vrijheid.

De jongen werd op de uitgerekende dag op het juiste uur geboren. Wat onmiddellijk aan hem opviel, was dat hij een heel lang kind was. En lief.

Als om de moeder te troosten zei de vroedvrouw: 'Hij lijkt een geduldige aard te hebben.'

Me Rete, die niet getroost hoefde te worden, voelde dat de vrouw gelijk had; de jongen die aan haar borst dronk, had een volharding zo groot als de traag stromende Nijl.

In de loop der jaren zou ze nog vele malen terugdenken aan de woorden die rond zijn geboorte werden gebezigd. Het kind verbaasde iedereen met zijn geduldige belangstelling voor iedere langzame gebeurtenis. Alles bestudeerde hij: de weg van een worm over een palmblad, de vlucht van vogels, de manier waarop het licht gebroken werd in de kostbare waterdruppels uit de bron, die in de schemering over de tuinen verdeeld moesten worden om niet meteen door de zon te worden verzengd. Zijn grootste aandacht ging uit naar de mensen; ieder woord dat zijn zussen en broers zeiden, en ieder gevoel dat in gezichten en bewegingen werd weerspiegeld wanneer mensen elkaar tegenkwamen, begroetingen uitwisselden en in gesprek raakten, zoog hij in zich op.

Hij liet zich zelden meeslepen, nam niet vaak deel aan iets en koos nooit partij. Hij nam een buitengewoon vrije positie in, ook tegenover zijn moeder.

Zelfs de meest onverwachte gebeurtenissen beangstigden hem niet. Rustig, en op de een of andere manier opgewekt, lette hij op wat er gebeurde, met een open geest en altijd vol verwachting.

Weldra haalde hij zijn moeder over om op dezelfde manier te kijken als hij, en voor het eerst van haar leven werd Me Rete zich bewust van de schoonheid van de aarde en van de wetten die het leven van planten, dieren en mensen verbinden.

Ik heb als een blinde geleefd, dacht ze soms.

Balthazar zag de blijdschap die het kind zijn vrouw schonk, maar hij maakte zich ook zorgen over de eenzaamheid van de jongen en diens onvermogen mee te doen aan de spelletjes en ruzies van andere kinderen.

Anjalis gaat naast het leven staan, dacht hij.

Op een keer zei hij dat tegen Me Rete en voor de eerste en enige keer in hun lange leven samen maakte hij mee dat ze woedend werd.

'Jij hebt je toch zelf ook nooit over het leven kunnen verheugen', zei ze met een omfloerste stem en vlammende ogen. 'Ik begrijp dat je verbaasd bent om iemand te zien die niet tussen de sterren verkeert maar met beide benen op de grond staat', zei ze. 'Anjalis kijkt naar het kleine, in de realiteit die plaatsvindt.

In het heden', zei ze. 'Niet tweeduizend jaar geleden en ook niet in een verre toekomst.

Hier', zei ze. 'Niet in de hemel.'

Na dat gesprek wisselden die twee nooit meer een woord over hun jongste zoon.

Haar verdriet was niet overwonnen; dat spoelde in golven over haar heen en veranderde de aarde in as. Alle mysteriën die de jongen aan haar liet zien, verdwenen uit haar ogen; blind en afgesneden van de waarneming was ze weer overgeleverd aan de schaduw. De jongen zag dat verdriet ook, maar in tegenstelling tot de andere kinderen voelde hij zich niet schuldig over wat er zich in het gemoed van zijn moeder afspeelde.

Wat er verder nog over Anjalis' jeugd gezegd kan worden, is dat iedereen verbaasd stond over zijn lengte. Op elfjarige leeftijd was hij net zo lang als de grootsten onder de Chaldeeërs, op veertienjarige leeftijd was hij een kop groter.

Daarna hield hij opeens op met groeien.

Hij doorliep dezelfde scholing als alle Chaldeeuwse zoons en toonde een grote nauwkeurigheid in zijn wiskunde. Maar briljant was hij alleen wanneer het onderwijs ging over de oeroude legenden, de verzen over de tocht van de mens op aarde en zijn veranderende houding tegenover de goden.

Op twaalfjarige leeftijd sprak hij zeven talen en had hij alle boekrollen uit de enorme bibliotheek gelezen.

Zelfs bij de Chaldeeërs was dat een wonder en het was niet meer dan natuurlijk dat hij werd uitgekozen om in Egypte zijn opleiding voort te zetten. Hij was toen veertien jaar en zijn moeder, die in geen tientallen jaren in haar vaderland was geweest, vergezelde hem.

Het huishouden werd overgenomen door de jongste dochter. De oudste was al getrouwd en had twee kleine kinderen waar Anjalis dol op was.

Ze namen de oude karavaanweg dwars door de grote woestijn, trokken verder door de bergketens van de Sinaï en zagen de plaats waar Mozes de stenen tafelen in ontvangst had genomen. Daarna vervolgden ze hun weg via Tharu, door Gosen, naar een stad die de Grieken Heliopolis noemden.

Zoals te verwachten viel, was Anjalis bezeten van alle aanblikken die de reis bood. Toen ze de stad met zijn mysterieschool naderden, kreeg hij koorts en moest gaan rusten.

De indrukken waren hem te veel geworden.

'Ik kan het allemaal niet verwerken', zei hij tegen de Egyptische genezende priester die hem bezocht.

'Je moet het tempo van je waarnemingen verhogen', zei de arts.

En Anjalis, die begreep dat de Egyptenaar gelijk had, besefte dat hij inderdaad moest wennen aan de honderden ontmoetingen, de duizenden amandelbomen, het gewemel van ossen en karren en alle geluiden, die vele geluiden, die bij hem binnendrongen en om aandacht vroegen.

Na een paar weken had hij het geleerd, maar het gebeurde wel eens dat hij vond dat hij iets was kwijtgeraakt, nu de langzame benadering van ieder ding en iedere gebeurtenis niet meer mogelijk was.

Toch hield hij van Egypte. Wanneer hij 's nachts lag te dromen zag hij het land als een schatkamer, gevuld met glinsterend goud, schitterende diamanten en donkere robijnen. Hij wist dat hij toegang zou krijgen tot al deze rijkdommen als hij daarvoor kracht genoeg had en zijn moed hem niet in de steek liet. Met een bijna hartstochtelijke geestdrift drong hij door in de kennis die in de zonnetempel werd overgebracht. Zijn belangstelling was zo groot en hij stelde er zich zo voor open, dat de Egyptische priesters er verbijsterd over waren.

De jongen was geen gewone Chaldeeër, daarover waren ze het eens. Hij leek meer op een Egyptenaar, zeiden ze; in hem had het Egyptische bloed, het bloed van zijn moeder, de overhand genomen.

Zelf beschouwde Anjalis zich het liefst als een Griek.

Hij had zich altijd aangetrokken gevoeld tot het Griekse gedachtegoed. Al vroeg had hij Aristoteles gelezen en hij was verbijsterd geweest over diens helderheid. Toen hij via de geschriften van Plato kennismaakte met Socrates, had hij met bonkend hart gedacht dat er op de wereld geen groter man geweest was dan deze kleine Athener.

Het geloof van de aanhangers van Pythagoras dat getallen de sleutel tot het wezen van alles zijn, liet zich goed verenigen met de opvattingen van de Chaldeeërs, ook al verbaasde het streven van de Grieken naar absolute begrijpelijkheid Anjalis. Hij had al vroeg geleerd dat de grote inzichten over het bestaan niet uitgedrukt konden worden, dat het woord dat in den beginne was, verloren was gegaan.

Maar de weg van de aanhangers van Pythagoras naar de mystieke eenheid met God kon Anjalis begrijpen. Dat de wereld een illusie was, dat de ziel onsterfelijk was en werd wedergeboren in voortdurend nieuwe gedaantes, had hij gehoord van de boeddhistische monniken, de mannen uit India die af en toe de sterrenwichelaars in de woestijn bezochten.

Anjalis vond het bijzonder dat twee mensen tegelijkertijd, maar ieder aan hun eigen kant van de aarde, dezelfde gedachten over het leven, de dood en de wedergeboorte hadden gehad.

Grote indruk had ook Xenophanes op hem gemaakt, de Griek die de enige en onveranderlijke wereldziel beschreef, 'niet aan de mensen gelijk in gestalte en gedachten, zuiver geest, onbewogen beweger van het heelal'. De wereldziel van Xenophanes sprak Anjalis meer aan dan de vreselijke Jahweh van de Hebreeërs.

Ook Heraclitus van Efeze en zijn leer over de vereniging van de tegenstellingen had Anjalis beziggehouden. Maar dat goed en kwaad één zijn en dat alles goed is voor de enige god, was een gedachte waartegen hij zich verzette. Net zoals tegen Plato, van wie Anjalis hele stukken onsympathiek vond. Maar hij hield van de vergelijking over de Grot, die hij zo vaak gelezen had dat hij die vanbuiten kende.

Na een paar maanden in de tempel in Heliopolis te hebben doorgebracht, bezocht Anjalis samen met zijn moeder de grote piramides.

Hij was met stomheid geslagen. Pas toen ze op het punt stonden om weg te gaan, bedacht hij dat ook Pythagoras hier vijfhonderd jaar geleden had gestaan en had nagedacht over de aanpak van de Egyptische architecten met de rechthoekige driehoeken, die je in een oneindig aantal op de diameter van een cirkel kunt tekenen.

Misschien had de grote Griek zijn kracht aan de piramides ontleend toen hij uiteindelijk het vraagstuk van de rechthoekige driehoek oploste, dacht Anjalis.

Het was tijdens een Egyptisch mysteriespel dat het Anjalis duidelijk werd wat de grootste, moeilijkste en eenvoudigste gedachte van alle Griekse gedachten was.

Gedurende een duizelingwekkend moment ervoer hij dat alles wat leefde een gemeenschappelijke kern had, en hij wist dat op de dag dat hij zichzelf kende, de werkelijkheid geopenbaard zou worden. Niet dat niet iedereen een andere rol, een andere taak in het grote drama had. Je had dwepers, rekenaars, mensen die hun gevoelens onderdrukten, en sommigen waren als vlinders onder de zon, levensgenieters die in iedere bloem bekoring vonden.

Anderen waren melancholici, zoals zijn moeder, en weer anderen rotsen waarin vuur brandde. Zoals zijn vader. Velen, velen lieten anderen voor zich werken, anderen lieten zich koeioneren, weer anderen gingen dingen uit de weg. Sommigen hadden als kind de onderwereld bezocht en waren voor altijd door hun herinneringen aan die reis getekend.

De verschillen vormden echter alleen maar het spel van het leven aan de oppervlakte, voortdurende pogingen om nieuwe manieren van expressie te vinden, nieuwe vormen. De werkelijkheid, die diep onder de gebeurtenissen en het spel verborgen zat, was steeds dezelfde, zoals de mensen eender waren. Daarom was kennis over één persoon genoeg, de enige over wie je met enige zekerheid iets kon weten.

Wie was hij dan, Anjalis, de Chaldeeër uit Ur?

Hij was heel hooghartig, het lievelingskind van de trotse Egyptische. Hij ging nu bestuderen hoe hoogmoed zijn uitlaatklep zocht, hoe hij zich voortdurend aangetrokken voelde door de superieure rollen, de schitterende en uitdagende. Hij leerde inzien hoe gekwetst hij was wanneer iemand hem bedreigde in zijn superieure rol, en hoe zijn gedachten eruitzagen die leidden tot vergelding en wraak.

En er waren in Heliopolis vele momenten waarop een lichte, nauwelijks merkbare verachting voor de Chaldeeërs bestond, dat boerenvolk uit de woestijn. Niemand was gevoeliger voor dat dédain dan Anjalis, die zichzelf zijn Egyptische moeder veel vaker hoorde noemen dan nodig was.

Wat zag hij nog meer?

Hij ontdekte zijn afstandelijkheid, en dat was onaangenaam. Hij bezat een plotselinge kilte, die zich soms tussen hem en degene die te dichtbij kwam nestelde. Hij besefte inmiddels dat hij mensen daarmee kwetste, dat hij hen aantrok om hen daarna af te stoten.

Zijn derde karaktertrek was zelfgenoegzaamheid. Hij dacht veel na over zijn sterke behoefte om ongebonden te zijn en genoeg aan zichzelf te hebben. Kwam het door Me Retes verdriet dat hij vroeg geleerd had om zich niet door de behoeften van anderen te laten meesleuren?

Nu nam hij een bewust besluit: hij zou zijn lot niet aan dat van een ander verbinden.

Hij overzag daarvan ook de consequenties.

De eenzaamheid. Die verwant was aan kilte.

Hij was op de leeftijd waarop je verliefd wordt, maar Anjalis hechtte zich aan niemand.

'Niemand anders zal het juk van mijn dromen dragen', zei hij soms tegen Me Rete, die een schoondochter verwachtte. Ze begreep het niet, maar was stiekem tevreden. Hij zag wat zij dacht en glimlachte om haar, behalve soms, wanneer hij haar verafschuwde om de teleurstelling die ze zijn vader bereid had.

Met plotselinge tederheid dacht Anjalis aan zijn vader, die zou sterven in de wetenschap dat hij nooit toereikend was geweest om de mooie Egyptische vreugde te schenken. Meteen daarop trof de woede van Anjalis echter ook zijn vader; wat dom van hem om de verantwoordelijkheid voor andermans geluk op zich te nemen.

Met instemming van de Egyptische priesters ging Anjalis naar de huizen van plezier, waar hij zijn lusten botvierde, zich verwonderde en zoals altijd zijn waarnemingen deed. Door die ervaring kreeg hij groot respect voor de vrouw, voor het wonder van de tegenstelling en voor de enorme kracht van de extase.

Prostituees stonden heel dicht bij de werkelijkheid, vond hij.

TOEN ANJALIS BIJNA een jaar had deelgenomen aan het onderwijs in Heliopolis was hij klaar voor de proef die tot de initiatie zou leiden. Iedereen die de proef had afgelegd, deed de heilige belofte om niet te onthullen wat er in de donkere crypten onder de grote tempel gebeurde, dus er was geen voorbereiding mogelijk.

Anjalis had met zijn gebruikelijke nauwkeurigheid de leerlingen bestudeerd die kortere of langere tijd in de crypten hadden doorgebracht. Sommigen waren er lang gebleven en gebroken teruggekomen, met een lege blik in hun ogen. Anderen waren maar een paar dagen weg gebleven en als overwinnaars teruggekeerd met glanzende ogen en een krachtige uitstraling in woord en daad. Zij hadden de tempel echter weldra verlaten.

Hij had moed verzameld en er een van de jongere priesters naar gevraagd, maar hij had geen antwoord gekregen waar hij wijzer van werd: 'Zij kozen een andere weg.'

Een jonge Griek, die Anjalis van een afstand bewonderd had, kwam uit de crypten met een stralend gezicht en een zeer vastberaden blik in zijn blauwe ogen. Korte tijd later werd hij verliefd op een jong meisje en het was een liefde zo vol blijdschap, dat de mensen zeiden dat die twee 's nachts de straten van de stad verlichtten.

Me Rete zag hen op een avond toen ze van een familiebezoek thuiskwam en bevestigde het: 'Het is waar wat de mensen zeggen, Anjalis. Die twee zijn lichtgevend.'

En ze vertelde aan Anjalis dat toen zij jong was, in de stad het gerucht de ronde deed dat Cleopatra Antonius had meegenomen naar de crypte en hem daarmee met onoverwinnelijke liefde aan zich had gebonden.

Maar ook de Griek verliet de tempel, niet als ingewijde en priester, maar als een gelukkige koopman; hij had een aanstelling gekregen in de handelsonderneming van de vader van het meisje, die gevestigd was in Pelusium.

De duur van het verblijf in de crypten van de Chaldeeuwse jongelingen die Anjalis' vrienden waren wisselde, en wanneer ze terugkwamen waren ze moe, maar hun voetstappen hadden nieuwe veerkracht gekregen. Ze werden allemaal ingewijd en dienden als priester in de tempel totdat ze voltallig waren en de thuisreis konden aanvaarden.

Toen het eindelijk Anjalis' beurt was, trok hij het nieuwe witte pak aan dat Me Rete voor hem had genaaid, en legde de korte weg naar de tempel al voor zonsopgang af.

Hij werd door slechts één van de oude priesters ontvangen en deze was weinig spraakzaam en opvallend gewoon in zijn manier van doen.

'Om te beginnen moet je je wassen in de tempelput', zei hij.

Anjalis trok zijn nieuwe pak uit en kroop in de put op de binnenplaats van de tempel. Het was nog donker en het water was ijskoud. Hij kreeg een oud, vies, stinkend gewaad en volgde de oude man door de zware poort naar de kronkelende gangen onder de tempel.

De tocht duurde zo lang dat Anjalis zich afvroeg of de priester hem niet voor de gek hield en in een kringetje liet rondlopen. Precies op het moment waarop hij dat dacht, bleef de oude man voor een deur staan die op slot zat. Hij maakte hem met een zware sleutel open en bracht Anjalis naar een kamertje waar alleen een armzalige olielamp aan een kale muur hing te branden.

'Rechts staat water en brood', zei de priester. 'En hier in de gang links is de latrine. Nu laat ik je alleen.'

En de priester ging weg en deed de deur op slot. Anjalis bleef alleen achter in het halfduister.

Hier was niets te zien, niets om waar te nemen en te bestuderen, en hij vreesde voor het moment waarop de olie in de lamp op zou zijn en de duisternis ondoordringbaar zou worden.

In het begin probeerde hij een inschatting te maken van de tijd die verstreek en die je kon afmeten aan de hand van de druppels uit de bron in de rechterhoek van de kamer. Het gedruppel klonk hem vriendelijk in de oren zolang hij de ambitie had een soort tijdrekening bij te houden, maar dat moest hij staken; hij wist niet meer of het dag of nacht was en toen dreef het gedruppel hem bijna tot waanzin.

Hij at wat van het brood. Dat was zwart als de aarde van de

Nijldelta en smaakte niet lekker. Het vulde echter wel en na een poosje was hij zo tot rust gekomen dat hij zijn gewaad om zich heen sloeg en op de harde vloer in slaap viel.

Hij had gehoopt op vriendelijke dromen die hem raad zouden geven, maar zijn slaap was even donker en leeg als de kamer. Toen hij wakker werd, voelde hij zich zo verlaten dat hij begon te huilen; hij huilde als een kind en riep om Me Rete. Na een poosje vermande hij zich echter. Hij waste zich grondig met het water uit de bron, dronk tot hij verzadigd was en at nog een stuk van het zware brood.

Toen ging hij midden in de kamer zitten om na te denken.

Opeens schoot een vlammende woede door hem heen en realiseerde hij zich duidelijk dat hij het slachtoffer van een spel was, een huichelachtig toneelstuk dat door die verdoemde Egyptische priesters in scène was gezet. Dit was geen manier om wijsheid te vinden; die vond je bij helder daglicht, in de ontmoeting tussen mensen en de uitwisseling van gedachten.

Dit idee had nog maar nauwelijks bij hem postgevat of het nam de gedaante aan van een vriendelijke man die naast hem stond. Anjalis keek in een gezicht dat erg leek op dat van zijn vader en opnieuw moest hij bijna huilen, ditmaal van opluchting.

De man zei: 'Je hebt zeker gelijk dat je wantrouwend bent; je hebt vast wel gehoord dat de duistere priesters van Heliopolis erom bekendstaan dat ze mensen in de luren leggen en bedriegen. Ik heb de sleutel om hier uit te komen, volg mij, dan zal ik je bevrijden.'

Op dat moment had Anjalis het door, en hij schreeuwde zo hard 'nee' dat de echo weerkaatste tegen de stenen muren van de kamer. De vriendelijke man verdween en Anjalis sloeg opnieuw zijn mantel om zich heen om te slapen.

Ditmaal werd hij wakker gemaakt door de oude priester, de man die hem had opgesloten. Die schudde hem zachtjes door elkaar en zei: 'Je bent nu gereed om deze kamer te verlaten.'

Buiten was het nacht en nooit waren de sterren Anjalis zo vriendelijk voorgekomen als nu bij de put, waar hij weer moest baden, schone kleren kreeg en een maaltijd die bestond uit vis en fruit. Zelfs een beker wijn kreeg hij; die joeg door zijn bloed en troostte zijn gemoed.

Voor het licht werd, nam de oude man hem weer mee de crypten in en Anjalis realiseerde zich dat hij de priester er nu niet meer van verdacht dat hij hem in het labyrint voor de gek hield.

De tweede proef werd Anjalis bijna noodlottig, hoewel hij meteen begreep waar het op neerkwam. Ditmaal werd hij rechtstreeks binnen gevoerd in de Egyptische schatkamer die hij in zijn dromen had gezien. Deze was rijker dan hij zich herinnerde, en groter. Het goud blonk hem uit iedere hoek tegemoet, het rode goud dat zijn eigen licht leek af te geven, want de kamer was zonnig alsof hij een raam op het zuiden had.

Hij mocht pakken wat hij wilde, zei de man die de schatten bewaakte en die nieuwsgierig en vriendelijk was, met tot spleetjes samengeknepen ogen en een grappige rimpel bij zijn ene mondhoek.

Koos hij een sieraad van goud, dan zou hij de wereld in trekken en rijk worden, alles wat hij aanraakte zou in goud veranderen.

Die verleiding was niet moeilijk te weerstaan; zoals alle Chaldeeërs had Anjalis geen belangstelling voor rijkdom en was hij ervan overtuigd dat hij altijd over de middelen voor een goed leven zou beschikken.

Hij pakte een diamant op en zag die fonkelen in zijn hand. Hij liet hem echter meteen weer los toen de man zei dat grote wereldlijke macht hem ten deel zou vallen als hij die koos. Anjalis wilde macht, macht over de geest van mensen. Maar hij was bang voor de verantwoordelijkheid van een heerser, de verantwoordelijkheid die de diamant hem bood.

Vervolgens reikte het mannetje hem een robijn aan, geslepen in de vorm van een rozenknop en net zo groot, maar stralender dan welke bloem ook.

'Kies deze en je zult beroemd worden', zei hij.

En Anjalis ervoer voor het eerst hoe enorm zijn eerzucht was, hoe sterk die was. Dagen en nachten vocht hij tegen deze verleiding; hij zag zijn naam over de wereld gaan: 'Een groot filosoof, een beroemd man.'

Anjalis wist niet meer of het zijn eigen stem was of die van het mannetje. Maar de beelden die hem voor de geest kwamen schiep hij zelf, beelden hoe hij op alle academiën van de wereld met eerbied werd begroet.

Anjalis, de beroemde Chaldeeër.

Het was verrukkelijk, hij kreeg er koude rillingen van; nooit, nooit had Anjalis iets zo begeerd als dit. En hij wist dat ze hem niet bedrogen, de Egyptische priesters.

Hij kon, net als anderen, de robijn kiezen en eer zou hem toekomen.

Wat voor kwaad zou hij daarmee doen, vroeg de man. Was de wijsheid van de Chaldeeërs het niet waard over de wereld verspreid te worden, zou de grote kunst om de taal der sterren te duiden geen zegening worden, nieuwe en verbijsterende gedachten bevruchten, de onrustigen kalmeren en mensen helpen de grote gevaren, pest, oorlogen, te vermijden?

En was niet juist hij uitverkoren om die kennis te exporteren, hij met zijn talenkennis, zijn fantasie en zijn open geest? Was het niet daarvoor dat hij geboren was en zijn ongebruikelijke talenten had gekregen?

Anjalis kwam er nooit achter of hij het zelf was die sprak of dat de kleine priester dat deed. Hij ging liggen om te slapen. Ook de schatkamer was kil; hij had het koud in zijn slaap en werd gekweld door het rode licht van de robijn die hij stevig in zijn hand hield.

Ook ditmaal kreeg hij geen dromen die hem de weg konden wijzen. Toen hij wakker werd, rilde hij van de kou en hij had een brandwond in de hand waarmee hij de robijn had vastgehouden. En opnieuw verschenen de beelden van de grote Anjalis, door de wereld gehuldigd als een gelijke van Plato.

Het lokte en trok.

Zo was hij bezig, etmaal na etmaal. Na wat hem voorkwam als een jaar begonnen de beelden toch aan aantrekkingskracht in te boeten; ze verbleekten en werden langzamerhand zo grijs als as. En eindelijk was hij in staat tegen de kleine priester te zeggen dat hij afzag van alle goede gaven.

Nadat hij de robijn had teruggegeven, zag hij tot zijn verwondering dat de wond in zijn hand was genezen.

Maar toen Anjalis na de test uit de crypte omhoog werd gebracht, was hij ziek; hij rilde van de koorts en hij begreep dat hij er nu net zo uitzag als de meest ellendigen van de ingewijden, gebroken en met een lege blik in de ogen.

Anjalis doorstond ook de proef die inhield dat hij zijn angst moest overwinnen. Bij de vierde proef moest hij voor een ziek kind zorgen. Nachtenlang liep hij rond met het kind in zijn armen – zonder te slapen. Met grote tederheid zorgde hij ervoor dat het overleefde, en dit vond hij de gemakkelijkste van alle proeven.

Vreselijk veel zwaarder was de vijfde en laatste, ondanks het feit dat de kamer waar hij nu naartoe werd gebracht licht en aangenaam was. Er stond een tafel, gedekt met allerlei soorten fruit, er waren fraaie stoelen, zachte kleden.

Op een bank tegen een van de wanden, met uitzicht op een bloeiende tuin, zat een meisje, en toen ze zich naar hem toe keerde en hem aankeek, kreeg hij hartkloppingen van geluk. Ze was lieftallig en jong, haast nog een kind, haar haren waren Grieks blond en haar grote ogen donkerblauw als de hemel in de schemering.

Ze konden overal over praten en ze had fantastische wimpers. Heel zijn hart ging naar haar uit en hij besefte dat hij wild en gek van verliefdheid was.

Nog nooit was hij zo gelukkig geweest.

Ze viel in zijn armen en kuste hem, en hij gaf toe aan de verrukking van hun ontmoeting en wist niet meer wie hij was. Maar toen hij haar borsten wilde strelen begon ze verlegen te blozen en zei: 'Later, Anjalis, wanneer we een huis hebben en het kind kunnen ontvangen dat we zullen krijgen.'

Op dat moment werd zijn hart met een zwaard doorkliefd; hij voelde hoe een verscheurd gevoel zich van hem meester maakte. De verleiding was enorm; het meisje was alles waarvan hij kon dromen: onschuldig, trouw, wijs en mooi.

Maar dat was zijn moeder ook.

En hij had zijn weg gekozen, de weg van de woestijn. Stamelend probeerde hij haar uit te leggen dat hij uitverkoren was om een godenkind te dienen en dat zij zich niet aan hem mocht binden.

Ze huilde, grote oprechte tranen.

Anjalis dacht dat hij dit niet zou overleven, maar hij nam afscheid en draaide zich om naar de deur. Op hetzelfde moment zag hij dat zijn moeder ook in de kamer was en dat haar ogen donker waren van eenzaamheid.

Toen kwam eindelijk de oude priester om de deur van het slot te doen en Anjalis vluchtte langs hem heen, naar het huis van plezier, waar hij zijn vertwijfeling uitschreeuwde in de armen van een prostituee met een zachte oogopslag, die hem al eerder veel troost had geschonken.

Hij kreeg echter geen erectie en ten slotte zette de vrouw met de zachte oogopslag hem buiten de deur. De nacht was groot en koud als zijn eenzaamheid. Voor het eerst zag hij dat zijn onafhankelijkheid hem bijna alles zou kosten wat het leven de moeite waard maakte om geleefd te worden. En dat dit anderen pijn zou doen, zoals het zijn moeder altijd pijn had gedaan.

Hij ging naar huis en werd opgevangen door Me Rete, die vreselijk schrok toen ze zag hoe bleek hij was en hem wijn gaf en een warm bed voor hem klaarmaakte. Toen hij laat in de ochtend wakker werd, bedacht hij dat hij het huwelijk van Balthazar en Me Rete nu beter begreep. Hij had er een idee van gekregen hoe verknoopt en fijnvertakt hij is, de band tussen man en vrouw.

Voorafgaand aan de initiatie had Anjalis een gesprek met de oudste van de Egyptische hiërofanten, een man over wie in de tempelstad het gerucht ging dat hij honderdtwintig jaar oud was. Hij was net een witte vlam, doorschijnend en flakkerend, en Anjalis bewoog zich behoedzaam en ademde licht, alsof hij bang was dat hij de oude man zou uitblazen.

'Je bent niet bang voor de dood', zei de priester.

'Waarschijnlijk denk ik er nog niet aan.'

De glimlach van de oude man begon in zijn lichtbruine ogen en verspreidde zich van daaruit via duizend rimpeltjes over zijn gezicht.

'Je hebt nog een buitengewoon lange tijd vóór je', bevestigde hij. 'Maar kennis over de dood is belangrijk voor een goed leven. En noodzakelijk voor de reinheid.'

'De reinheid?'

'Ja. De dood betekent voor de beeldmaker het einde. Als je dat tijdens je leven niet hebt begrepen, blijf je je in het grensland voorstellingen maken. Die worden geladen met de kracht van de dood en zoeken hun weg naar de mensen op aarde, naar de pasgeborenen die hun reinheid verliezen.'

Anjalis deed zijn best om dit te begrijpen.

'Van wat er na de dood is, kun je je geen beeld vormen?'

'Nee, precies', zei de oude man en hij glimlachte weer. 'Wat daar is, is voortdurend nieuw, fris, de tijd en voorstellingen voorbij – een besef dat door de geest nooit te bevatten is.'

'Ik geloof dat ik daarvan al iets heb gevoeld', zei Anjalis, en de oude man vervolgde: 'Op de dag dat je er volledig besef van hebt, houden je dromen op. Maar jij hebt misschien nu al begrepen dat de dood nooit gekend kan worden, nooit een herinnering kan worden die je rijper maakt, verandert en veroudert.'

Anjalis knikte; dit begreep hij, hier zat een kennis in die hij herkende. Maar zijn gedachten gingen terug naar de dood, naar wat de dood was.

'Het is moeilijk te begrijpen dat er iets kan zijn waar het ik niet bestaat', zei hij.

'Ja. Om dat te begrijpen moet je jezelf durven overgeven aan verdriet.'

'Aan verdriet?!'

Anjalis' stem klonk verontwaardigd, vol bezwaren.

'Ja', zei de oude man. 'In het grensland tussen leven en dood bevindt zich het grote verdriet, de som van al het menselijke verdriet. En meer nog; een verdriet van duizenden jaren over de onkunde van de mens, over zijn wreedheid en chaos. Dat is de optelsom van de vertwijfeling van hele geslachten over hun onvermogen om zich te bevrijden.'

Anjalis dacht aan Me Rete en die gedachte vervulde hem met woede.

'Verdriet leidt tot niets. Alleen tot verlamming.'

'Het verdriet waar jij het over hebt, is zelfmedelijden', zei de oude man. 'Het grote verdriet is iets anders. Pas wanneer je daarvan geproefd hebt, kan compassie ontstaan. Begrijp je dat?'

'Die woorden kan ik wel begrijpen.'
'Probeer ze in je oren te knopen. Op een dag gaan ze misschien over in kennis en ben je in staat de gevangenispoort te openen.'

Het bleef lang stil in de tempel en een jonge opstandige blik kruiste de blik van de oude man. Ten slotte hernam de hiërofant: 'Dat is de betekenis van met jezelf samenvallen in de dood. Zolang je die dood uit de weg gaat, blijf je je voorstellingen maken.'

'En die beelden bouwen de gevangenis?'

'Ja.'

'Ook wanneer het mooie beelden zijn?'

'Vooral mooie beelden, want daarmee zorgen we dat de gevangenis te verdragen is in plaats van dat we de poort kapotslaan.'

'Ik heb nog een lange weg te gaan', zei Anjalis.

De uiteindelijke initiatie beangstigde Anjalis niet; hij was nu alle gevoelens zo voorbij dat hij zich rustig liet opsluiten in de sarcofaag in de heilige ruimte van de tempel. En bijna meteen verliet hij zijn lichaam en vloog over de woestijnen, de tijd voorbij. Op de berg Sion zag hij hoe Abraham zich voorbereidde om zijn zoon te offeren, en hij bedacht dat de waanzin van de mensen groter was dan de kosmos.

Tijdens de plechtige ceremonie waarbij Anjalis en de anderen de zware gouden kettingen in ontvangst mochten nemen, reciteerde hij de vele duizenden jaren oude woorden uit het dodenboek, de woorden waarmee Osiris door de dode wordt begroet:

'Heer der Waarheid, voor u breng ik de waarheid naar voren... Ik heb niemand gedood. Ik heb nooit iemand aan het huilen gemaakt. Ik heb niemand laten verhongeren... Ik heb niemand bang gemaakt. Ik heb nooit hoogmoedig gesproken. Ik heb mij nooit doof gehouden voor rechtvaardigheid en ware woorden. Ik heb mijn naam nooit verheft om eerbewijzen te ontvangen. Ik heb God in zijn openbaringen nooit afgewezen...'

Enkele dagen later aanvaardden de Chaldeeërs de thuisreis. Geen van de jongelui sprak over zijn ervaringen in de tempel.

Maar op een avond bij zonsondergang, in de Sinaï, zei een van Anjalis' vrienden: 'De wereld ziet er zo anders uit wanneer je je doodsangst hebt overwonnen.'

Toen begreep Anjalis dat hun proeven verschillend waren geweest, dat ze met zorg waren uitgekozen.

TOEN ANJALIS DE nederzetting van de Chaldeeërs tegen de horizon van de zandzee zag oprijzen, voelde hij dat hij heimwee had gehad. In een oneindige vredigheid lag ze daar, de halsstarrige uitdaging van een menselijk idee: een toren die zich oprichtte naar de hemel, de lage gebouwen, het groen dat moeizaam op de onbarmhartige woestijn was veroverd.

Daarna kwam het moment van teleurstelling; wat was die wereld waar hij thuishoorde klein en benauwd. Hij had veel tijd nodig om de traagheid van het zien te hervinden die bij de plaats hoorde.

Ook over het weerzien met zijn vader had hij gemengde gevoelens. Balthazar was nu haast koortsachtig bezeten van het wachten op de ster. Natuurlijk was hij blij met de terugkeer van zijn echtgenote en zoon, maar totale aandacht kon hij hun niet schenken.

De Chaldeeërs wisten dat de nieuwe ster geboren zou worden in de nacht van 29 mei, wanneer de enorme planeten Saturnus en Jupiter elkaar vlak bij de aarde zouden ontmoeten op slechts 0,21 graden van elkaar. Het bijzondere schouwspel zou zich afspelen in de boog tussen de beide Vissen.

Dat Jupiter het hemellichaam van het leven was, wisten de oude Soemeriërs al. En de wijzen van Babylon hadden beweerd dat Saturnus de woonplaats was van de gevallen engel en zijn gehele aanhang.

Wanneer het tijdperk der Vissen aanbrak, zou de ontmoeting tussen de tegenstellingen van het leven plaatsvinden.

Ruim voor het berekende tijdstip kwamen de Egyptische priesters naar de toren in de woestijn. Het hele dorp was gedompeld in een plechtig gevoel van verwachting, alle gewone gesprekken verstomden, alle normale aardse vreugde verloor haar betekenis.

Om nog maar te zwijgen over alle zorgen, die onbeduidend waren geworden.

Niemand die er in de woestijn bij was, zou het hemelfenomeen en de nieuwe ster ooit vergeten. Als een schitterende diamant stond hij opeens recht in het westen, boven het land der joden, zoals de

Egyptenaren altijd al hadden voorspeld.

De Egyptische priesters glimlachten en een van hen zei tegen de Oudste: 'Jullie waren vergeten dat volgens oeroud geloof Saturnus ook de woonplaats is van de enige god der joden.'

De drie Chaldeeërs die waren aangewezen voor de reis, maakten zich gereed. Al de volgende ochtend trokken ze op hun kamelen naar het westen, door de Grote Woestijn. Ze waren beladen met geschenken voor het pasgeboren kind: mirre, wierook en goud. In hun bagage zaten ook hun kostbaarste gewaden, de zwartfluwelen mantels en de lila gevoerde capes die het kenteken der magiërs waren.

Ze bleven zevenentwintig dagen weg en hadden vreemd weinig te vertellen toen ze terugkeerden. Ze hadden het goddelijke kind echter wel gezien en hun geschenken overhandigd. In hun ogen lag de vredigheid die alleen een ontmoeting met God kan schenken.

Om redenen die buiten de reikwijdte van het menselijk verstand lagen, zou de incarnatie ditmaal plaatsvinden onder eenvoudige omstandigheden, zeiden ze. Het kind was arm, en al vanaf het eerste moment was zijn leven in gevaar.

De ster had hen recht naar Jeruzalem geleid, maar in de Moabitische bergen waren ze een jood tegengekomen die hen had herinnerd aan het boek Henoch, waarin stond geschreven dat de koning in de stad van David, in Bethlehem, geboren zou worden.

En daar hadden ze het kind gevonden, zei Balthazar, en hij was zo weinig spraakzaam dat ze begrepen dat hij geen afbreuk wilde doen aan zijn ervaring door die in woorden te vangen.

Me Rete was de enige die een vraag durfde te stellen: 'Hoe was ze, de moeder van het kind?'

'Ze bezat een grote onschuld', zei Balthazar.

Bijna tegen zijn wil raakte Anjalis onder de indruk van de plechtige stemming rond zijn vader. De volgende dag zocht hij in de grote bibliotheek naar de schriften der Hebreeërs.

Weldra vond hij wat hij zocht, de profetieën van Jesaja over de geboorte van de Messias.

Verwonderd bleef hij steken bij de woorden: 'Hij werd mishandeld, maar hij liet zich verdrukken en deed zijn mond niet open.'

Wat kon dat betekenen?

Wat later vond hij het gedicht dat hij zich herinnerde uit zijn jeugd:

'Want elke schoen die dreunend stampt,
en elke mantel, in bloed gewenteld,
zal verbrand worden,
een prooi van het vuur.
Want een Kind is ons geboren,
een Zoon is ons gegeven,
en de heerschappij rust op zijn schouder
en men noemt hem:
Wonderbare Raadsman,
Sterke God,
Eeuwige Vader,
Vredevorst.'

Toen Anjalis met deze schone woorden uit de oude profetie nog nagalmend in zijn hoofd de bibliotheek verliet, bedacht hij bevend hoe enorm het was, het drama dat zich nu op aarde zou afspelen.

De priesters uit Heliopolis bleven een poosje. Drie dagen lang zaten ze te beraadslagen met de mannen die het kind hadden gezien en met de Oudste der Chaldeeërs.

Gezamenlijk probeerden ze het te begrijpen.

De armoede en bedreiging in het leven van het kind waren de wil des Hemels, daarover waren ze het eens. Op een dag zouden ze weten waarom. Maar tot die tijd?

Het kind was nu in Egypte, al op de vlucht voor het kwaad dat de incarnatie bedreigde. En het kwaad van de wereld was eindeloos, een enorme macht. Misschien was het zo sterk dat God zelf een nederlaag zou lijden?

Moesten ze het kind en zijn ouders aan hun lot overlaten en erop durven vertrouwen dat de Hemel zelf zou ingrijpen om hen te beschermen? Of moesten ze hun invloed aanwenden om een beschermend net rond het gezin te spannen?

Was de oneindige onschuld van de moeder de beste bescherming voor het kind? Wilde de Hemel wel hulp hebben?

'De aarde is de verantwoordelijkheid van de mensen', zei de Oudste der Chaldeeërs. 'Satan als vernietiger van alle goede plannen aarzelt nooit. Waarom zouden wij dan aarzelen?'

De hiërofanten uit Egypte luisterden goed en waren bereid hem gelijk te geven.

'Waarom zouden de mensen een vrije wil hebben gekregen als ze hem niet mogen gebruiken?' vroegen ze.

Er was echter een Egyptenaar die sprak over het onvrijwillige kwaad, dat zo gemakkelijk voortkomt uit de beste bedoelingen.

Zolang ze de bedoeling van de pretentieloze geboorte niet begrepen, bestond het risico dat goede bedoelingen in hun tegendeel veranderden, meende hij, en hij vroeg: 'Wat voor man was de vader?'

Opnieuw vertelde Balthazar over Jozef, die naar de stad van David was gekomen om zich te laten inschrijven nadat er een bevel was uitgegaan vanwege de Romeinse keizer. Jozef was niet jong meer, hij was voorzichtig en wijs. Een vrije arbeider met goede handen, koppig en trouw.

Balthazar zocht naar woorden en ten slotte vond hij die.

'Rein van hart', zei hij. 'Het is een ernstige man, die rein van hart is.'

Weloverwogen; het zou Balthazar niet verwonderen als hij voorzichtig met geld omging, misschien zelfs zuinig was.

'Een gelukkige man?'

Die vraag kwam van de Egyptenaar en Balthazar moest lang over het antwoord nadenken.

'Nee', zei hij uiteindelijk. 'Een zwaarmoedige man, die nu al gebukt gaat onder een verantwoordelijkheid die hij niet begrijpt.

Hij had iets van verwondering over zich', zei Balthazar. 'Misschien met een zweem van wantrouwen.'

'Dat klinkt aannemelijk', zei de Egyptenaar, die maar vragen bleef stellen. 'Hij is een ongeletterde, neem ik aan? Bijgelovig?'

Balthazar aarzelde. 'Het is met de joden natuurlijk zo dat ze hun geschriften kennen en dat zelfs de armste onder hen het diepe gevoel heeft uitverkoren te zijn. Ieder kind leert de thora en iedere eenvoudige jood kent de teksten uit de grote traditie vanbuiten.'

De mannen rond de tafel in de Chaldeeuwse bibliotheek knikten. Een van hen zei: 'Het geloof uitverkoren te zijn geeft hun kracht. Maar daar schuilt ook een vloek in.'

De oude mannen schudden hun hoofd en peinsden over de complexiteit van de erfenis van het uitverkoren volk.

Die eerste dag kwamen ze niet tot een besluit en ze gingen uiteen met de hoop op rijke, verhelderende dromen. De volgende ochtend zouden ze de horoscoop lezen die de Chaldeeërs voor het kind getrokken hadden, en een brief van de honderdjarige in de zonnetempel in Heliopolis. In de nacht dat de ster zich had vertoond, had hij in de grote piramide gewaakt.

Toen ze weer bijeenkwamen waren ze hoopvoller gestemd, maar van de brief van de alleroudste werden ze niet veel wijzer. Deze was breedvoerig en begon met een lange, ingewikkelde zin, waarin hij zich excuseerde voor het feit dat zijn voorspellende gave met de jaren troebel was geworden.

De boodschap die hij had ontvangen, interpreteerde hij zó, dat ze hun hoop moesten vestigen op de vissers aan het blauwe meer. In hun handen zou het zaad worden gelegd om met behulp van de Grieken en de Romeinse orde te worden verspreid over de aarde.

Het rijk was echter niet van deze wereld.

Ze bleven lang zwijgend rond de tafel zitten terwijl ze deze woorden overpeinsden, en met tegenzin tot zich lieten doordringen dat hun tijd slechts die van het zaaien was.

Maar wie waren die vissers aan het blauwe meer? En waar zat het verband tussen hen en het sterrenbeeld der Vissen?

Na een lange stilte zei een van de hiërofanten: 'Dat moet dan waarschijnlijk toch worden uitgelegd als een gebod om niet in te grijpen.'

De anderen keken hem lang aan, en hoewel ze daartoe niet genegen waren, moesten ze hem gelijk geven. Het gevoel van machteloosheid was echter moeilijk te verteren.

De horoscoop die de Chaldeeërs hadden getrokken, was gemakkelijker te begrijpen. Geboorteplaats en tijdstip wezen op een kort leven, onopvallend tot de leeftijd van dertig jaar. Vervolgens enorme verrichtingen en een wrede dood.

Later op de dag, nadat ze ieder voor zich tijdens de middagrust troost hadden gezocht voor hun teleurstelling, waren ze gereed om een besluit te nemen. Er zou geen contact worden opgenomen met joodse priesters, het kind zou opgroeien in de afzondering waarvan de horoscoop sprak.

Over slechts één punt ontstond discussie.

Wat wilde dat zeggen: via Griekenland en Rome?

Griekenland had de beste denkers van de wereld; hun ideeën waren zo helder als de hemel en bezaten het verblindende vermogen van de bliksem. Maar hun geloof was zo ver verwijderd van de kennis over de enige god als maar denkbaar was. Of was dat niet zo? Hoe moest je Plato duiden? Hoe moest je het verband zien tussen Pythagoras' getallenmystiek en dat ongelooflijke Pantheon, bevolkt door een krioelende menigte van uiterst menselijke goden, kleingeestig en spottend?

En de Romeinen? Wat wist men van hun karakter en geloof? Wat was hun rol in de geschiedenis? Ze waren grote statenbouwers; waar zij kwamen werd orde geschapen.

En bloed vergoten.

Een gesloten volk, zonder hart. Een volk van ijzer, van macht.

Als denkers niet meer dan epigonen.

Het waren zwaarwichtige woorden die rond de tafel werden gebezigd.

Toen zei een van de Egyptenaren: 'We weten erg weinig over wat er in de harten van de mensen in de nieuwe landen in het westen leeft. Wij kennen hun geschriften, maar wie van ons heeft de diepte van hun geloof gepeild? En wat weten we van de beelden die hun dromen bepalen?'

Iedereen stemde in en de hiërofant vervolgde: 'Ik stel voor dat we een man met een goed verstand en zonder vooroordelen uitzenden om ter plekke het karakter van de zeevolkeren te bestuderen.'

Door dit voorstel kwamen de beraadslagingen weer tot leven; er was nu toch iets wat ze konden doen. Als de landen in het westen waren aangewezen als gereedschap voor het nieuwe geloof, dan moesten de oude volkeren der aarde leren begrijpen hoe dat gereedschap werkte.

Voor deze opdracht stelde de hiërofant Anjalis voor. Hij was goed ingevoerd in de Griekse filosofie en sprak bovendien uitstekend zijn talen, zei de priester.

'Hij is te jong', wierp de Oudste tegen.

'Zijn jeugd is een voordeel', zei de Egyptenaar. 'Bovendien ziet hij er door zijn lengte ouder uit.'

De Chaldeeërs begrepen dat de hiërofant zich baseerde op kennis over Anjalis uit de geheime proeven in Heliopolis, en ze stemden met het voorstel in. Balthazar had moeite om zijn trots te verbergen.

Toen werd Anjalis naar voren gehaald; hij had samen met de andere leden van de Chaldeeuwse broederschap op de achtergrond naar het overleg geluisterd.

DE ZEE.

Golf na golf rolde naar het strand bij Tyrus, de stad van waaruit koning Hiram ooit bouwkundigen en Libanees cederhout had gestuurd voor de bouw van de tempel van Salomo in Jeruzalem. Lange, onoverwonnen deiningen spoelden door Anjalis' gemoed en reinigden hem. De hemel van de zee is groter dan die van de woestijn, dacht hij, en de zee zelf is vrij. Zonder verhaal, zonder herinneringen en daarom zonder angst.

Als kind had hij het fijn gevonden om bij de bron in de woestijn te zitten en te luisteren naar het gesprek van het water met het zand, met de palmen en de sterren. Daar was de boodschap van het water dat het leven ondanks alles groter dan de dood is gedempt geweest, nauwelijks hoorbaar. Hier was hij sterk, een fantastische verzekering van de kracht van het leven.

Alle gedachten in Anjalis' binnenste verstomden terwijl hij daar op het strand van de oude Feniciërs stond. Toen hij ten slotte de herberg weer opzocht waar hij in afwachting van een hut op een schip naar Athene zijn intrek had genomen, had hij het gevoel alsof God zelf met hem gesproken had.

In Heliopolis had hij Romeinse troepen gezien. Als schimmen doken ze op en verdwenen ze weer; ze maakten het leven spannend. In de wereld van de tempel hadden ze echter geen invloed.

Hier had je Romeinse soldaten op ieder plein en in iedere steeg.

De joden van de stad hadden de kunst ontwikkeld hen niet te zien, gewoon dwars door de Romeinen heen te kijken alsof ze lucht waren. Misschien dat ze er op die manier in slaagden de macht van de leerrokken te reduceren, dacht Anjalis. Maar voor hem, de vreemdeling, werden de soldaten daardoor nog concreter.

Toen hij de volgende ochtend gewekt werd door de waard van de herberg, die hem meedeelde dat de Romeinse bevelhebber in de stad de Chaldeeuwse magiër wenste te spreken, werd Anjalis bang. De ogen van de joodse waard waren opengesperd van schrik, en die angst was besmettelijk.

Maar terwijl Anjalis zich aankleedde, dacht hij aan de ingebeelde gevaren in de Egyptische crypten, en toen hij op weg ging om de Romein te ontmoeten was hij weer tot zichzelf gekomen.

Hij werd door de grote zalen in de oude burcht van de stad geleid en na enige tijd boog hij voor een oudere man met een onbewogen gezicht en ogen die erin waren getraind nooit zijn emoties te verraden. Dat hij sterke emoties kende en gevoelig was, was Anjalis vanaf het eerste moment duidelijk. Gnaius Mancinius voerde het bevel over vijf cohorten in Tyrus; het was zijn taak de zee- en landverbindingen door het land van de joden open te houden.

Rustig liet Anjalis zijn documenten zien, afgestempeld op het kantoor van de koning der Parthen in Ecbatana. In het Latijn, in het begin aarzelend, maar naarmate het gesprek langer duurde steeds zelfverzekerder, legde hij uit dat hij op weg was naar Athene om filosofie te studeren. En dat hij van plan was om later door te reizen naar Rome.

Er werd hem gevraagd of hij de koning der Parthen had ontmoet.

'Nee, maar de astronomen uit Ur staan traditioneel al sinds de tijd van Babylon onder bescherming van de koning.'

Anjalis had nog een brief bij zich, die was geschreven door de hogepriester in Heliopolis. De Romein was geïmponeerd.

'U hebt gestudeerd aan de mysterieschool in de zonnetempel?'

'Ja.'

'En u hebt de proeven afgelegd?'

Anjalis knikte en zag tot zijn verbazing dat de Romein hiervan onder de indruk was.

'Bent u in Jeruzalem geweest?'

'Nee.'

Mancinius keek lang naar het jonge gezicht. Hij was een goede mensenkenner; de lange Chaldeeër was vrijwel zeker degene voor wie hij zich uitgaf.

'U bent magiër', zei hij. 'Misschien kunt u in de sterren zien hoe we een eind moeten maken aan die eeuwige joodse opstanden.'

Toen zag Anjalis dat er een kwellende onzekerheid in de ogen van de Romein school.

'Ik vertrouw niet meer op mijn eigen priesters en hun tekens', zei Mancinius aarzelend, alsof hij iets schandelijks onthulde.

'Kan ik hen ontmoeten?'
'Natuurlijk.'
Anjalis bracht de hele ochtend door met de Romeinse priesters, zag hen de voortekens bestuderen in de ingewanden van de offerdieren die voortdurend geslacht werden. Hij zei niet veel en hoopte dat zijn gezicht zijn verwondering niet zou verraden. Wat waren ze primitief, de heersers van de wereld.

's Avonds werd hij uitgenodigd voor een maaltijd bij Mancinius. Voorzichtig zei hij dat zijn kennis over de religie van Rome niet groot genoeg was om iets te kunnen zeggen over de riten die hij had waargenomen. Mancinius glimlachte; Anjalis keek recht in de intelligente ogen van de ander en wist dat deze hem doorzag, dat hij er niet in was geslaagd zijn afkeer van het bijgeloof van de Romeinse priesters te verbergen.

'Wat de joden betreft...' begon Anjalis, maar hij aarzelde.
'Ga door.'
'Ik geloof', zei Anjalis, 'dat de overwinning uiteindelijk altijd toekomt aan degene die geduldig kennis verzamelt over de vijand.'
Mancinius knikte: 'Daar zit iets in. Wat weet u over de joden?'
Anjalis vertelde het lange verhaal over Abrahams tocht uit Ur, over het verbond met de enige god en over de grote profeten die keer op keer in de geschiedenis ingrepen en de joden aanspoorden het verbond met God als Zijn enige volk te handhaven. Anjalis wist ook te verwoorden welk risico hun situatie met zich meebracht; de mengeling van trots en lijden die hun door het lot was opgelegd. De Romein luisterde met grote belangstelling, maar zei ten slotte dat het allemaal moeilijk te begrijpen was.

'Dat God vele gedaantes heeft, wordt immers door de hele schepping bewezen', zei Mancinius. 'In de woestijn en op zee, in de wereld van de vrouwen en die van de mannen, in oorlog en vrede gelden andere wetten. En ik interpreteer de religie zo, dat het de plicht van de mens is om op iedere plaats en in ieder tijdperk de wetten van de heersende god uit te voeren.'

'Wat juist is, verschilt van plaats tot plaats en van tijd tot tijd, bedoelt u?'
'Ja, natuurlijk.'

Anjalis was verbijsterd. Dat je God moest bijstaan in zijn streven het leven vorm te geven wist hij, maar dat de uitgangspunten verschillend waren, dat de wet vele lagen kende en dat kwaad goed kon zijn, zoals de Romein meende, dat had hij nooit gedacht.

Hij zweeg zo lang dat Mancinius vroeg: 'Waar denkt u aan, magiër?'

Toen zei Anjalis: 'Aan het feit dat er een diepe kloof bestaat tussen uw scherpe verstand en dat van uw priesters...'

Hij hield zich in, zich opeens bewust van het risico. Maar de Romein had het begrepen; hij glimlachte toegeeflijk en bijna hartelijk toen hij zei: 'Misschien kan niemand van ons ooit de godsdienst van een ander volk begrijpen. U begrijpt ons niet, ik begrijp de joden niet. En dan...'

'En dan?'

'Dan kan de Romeinse droom over een verenigde wereld die vredig en ordelijk is en plaats biedt aan alle goden nooit werkelijkheid worden.'

Hij zag Anjalis' verwondering niet; hij was terug in de wereld van zijn jeugd, in de oorlogen in Germanië. En Anjalis kreeg bijzondere verhalen te horen over verre, vreemde volkeren.

'Daar in het noorden zijn enorme wouden, grenzeloos als de zee. De winter is lang, een nachtmerrie van sneeuw en ijs. Maar de Germanen zijn dat gewend en ze hebben machtige nederzettingen, sterke legers en aanvoerders die goed kunnen vechten. Ze hebben veel gruwelijke gebruiken en vereren de godin der aarde, Nerthus, die in een wagen in een heilig bosje woont en mensenoffers verlangt.

Vele van deze stammen denken dat de oorlogsdood de weg is naar de hemel waarin hun goden leven', zei Mancinius. 'Daarom kunnen ze nooit worden verslagen. We zullen onze grenzen niet zo heel ver ten noorden van de Rijn kunnen opschuiven.'

'Dat lijkt op het joodse probleem.'

'Ja, ergens wel. Maar hier moeten we onze stellingen vasthouden, we moeten open verbindingen hebben naar Egypte en het Oosten.'

Mancinius was nu terug in Tyrus, bij de huidige problemen. De

Romeinen hadden net een aantal joodse rebellen opgepakt en verhoord, zei hij.

'Hebt u wel eens van de Zeloten gehoord?'

'Nee.' Anjalis was volkomen eerlijk.

'Ook niet van de Messias?'

Anjalis slaagde er niet in zijn verbazing te verbergen en wist dat.

'Jawel', zei hij. 'De Egyptische priesters hadden het erover dat de joden wachten op de gezondene van de enige god, een heilige die de wereld vrede zal schenken.'

Mancinius schudde zijn hoofd.

'De Zeloten zien hem als bevrijder van de joden, een oproerkraaier die de Romeinen de zee in moet drijven.'

Anjalis dacht aan de profetie van Jesaja, die hij in het Grieks had vertaald. Nu declameerde hij die voor de Romein: '"Want elke schoen die dreunend stampt..."'

'Dat zijn mooie woorden', zei Mancinius. 'De joden hebben dezelfde droom als wij over het vrederijk op aarde.'

Hij vertelde over de Janustempel in Rome, over de god met de twee gezichten wiens tempel was gesloten door de keizer, die de honderdjarige vrede had uitgeroepen en daarvoor een statig altaar had laten oprichten.

'Een vrede, veiliggesteld door wapens', zei Anjalis.

'Ja, natuurlijk, zolang de mensen slecht zijn, bestaat er geen andere vrede.'

'Slecht is de mens, omdat hij bang is', zei Anjalis. 'En hoe meer wapens er zijn, des te banger wordt hij.' Maar toen Mancinius knikte en zei dat ze dus voor een onoplosbaar probleem stonden, voelde Anjalis zich jong en heel onervaren.

Bij het afscheid zei de Romein vriendelijk dat mooie dromen bij de jeugd horen en dat hij het Anjalis gunde dat hij de zijne nog een paar jaar mocht koesteren.

Anjalis kreeg ook een brief mee voor onderweg, een document met Romeinse stempels.

'Dat maakt uw leven misschien wat gemakkelijker', zei Mancinius, en Anjalis bedankte hem; hij vond hem erg sympathiek.

Bij zijn terugkeer in de herberg kwam hij tot de onaangename ontdekking dat de joodse waard en de andere late gasten hem niet zagen staan.

Hij was een verrader geworden, een man van de Romeinen.

Toen hij de volgende dag terugkeerde uit de haven, waar hij er eindelijk in was geslaagd een hut te reserveren, zag hij hoe de Romeinen de twaalf Zeloten kruisigden. Het was druk op het executieterrein; zelfs de joden in de stad konden de verleiding niet weerstaan om genotzuchtig en schaamteloos naar het wrede spektakel van de dood te gaan kijken.

Anjalis stond aan de rand van het terrein, maar toch zo dichtbij dat hij kon horen hoe de stervenden om barmhartigheid riepen en zien hoe ze hun darminhoud lieten lopen. Het stonk naar bloed en ontlasting, naar angst en uiterste vernedering.

Zin en verstand, waarop Anjalis' leven was gebaseerd, stonden op dat moment op hun grondvesten te trillen. Zijn maag trok samen, hij moest overgeven, maar toen zijn misselijkheid was afgezakt had hij een rood vlies van haat voor zijn ogen. Hij moest denken aan de woorden van de oude hiërofant: 'Je bent toch niet bang voor de dood?'

Nu was hij dat, wanhopig bang. Maar nog groter was zijn haat.

Die verdoemde Romeinen, dat volk zonder hart. Die beminnelijke Mancinius die zonder enige aarzeling zijn vonnis over de rebellen had uitgesproken. En dat allemaal geheel in overeenstemming met een of andere onbekende god die bij die gelegenheid en op die plaats deze ten hemel schreiende wreedheid verlangde.

Op trillende benen liep Anjalis naar de herberg om te pakken en te betalen. God is één en ondeelbaar, dacht hij. En Zijn wetten zijn overal en te allen tijde even geldig.

Die gedachte kon hem echter niet troosten.

Anjalis had zich verheugd op de tocht over zee, maar hij stelde er zich niet voor open; zijn wereld was in verwarring. Zelfs de blauwe watervlakten konden zijn schaamte niet uitwissen, en toen hij 's nachts op het open dek ging liggen had hij geen oog voor de ontmoeting van de sterren met de zee. Korte momenten slaagde hij erin om te slapen, maar hij werd gewekt door wilde dromen waarin hij Mancinius wurgde en ervan genoot de ogen van de Romein uit hun kassen te zien puilen.

Pas de volgende dag, toen ze de Griekse archipel binnen zeilden, werd hij rustiger; zijn woede ebde weg in vertwijfeling en hij dacht aan het verdriet waarover de oude man in de tempel had gesproken. Het grote verdriet dat in het voetspoor van de mensen op aarde volgt.

Enorm als de zee, dacht hij, onmetelijk diep en grenzeloos.

De tweede nacht aan boord sliep hij helemaal niet. In de beschermende duisternis van zijn hut huilde hij wat, stille tranen die langzaam de scherpe kanten uitwisten van wat hij op het executieterrein had gezien. En toen hij de volgende ochtend tijdens de schemering het Parthenon als een luchtspiegeling boven de Acropolis zag zweven, werd hij door bewondering voor de mens gegrepen. Wat was de mens toch sterk, ondanks zijn onbeduidendheid en de vaste zekerheid van de dood.

Terwijl ze in Piraeus naar de kade gleden, raakte hij in gesprek met een Griek die zei dat hij van Athene niet te veel moest verwachten.

'De stad is sleets, oud en moe', zei de Griek. 'En door de Romeinen beledigd. Maar wij doen niet of ze er niet zijn, zoals de joden. Wij overleven door onze humor. Je zult voortdurend nieuwe grappen over de barbaren horen.'

Dat klonk beter, vond Anjalis.

BIJ HET ROMEINSE stadsbestuur in Piraeus werden Anjalis documenten zwijgend bekeken. De ambtenaren waren duidelijk wantrouwend.

Maar toen ze Mancinius' brief zagen, veranderde de atmosfeer in de kamer en een glimlach brak door op het gezicht van de dienstdoende officier. In een sfeer van wederzijds respect kreeg Anjalis zijn stempel en daarmee was hij vrij om zich te vestigen in Athene.

Zoals gewoonlijk observeerde Anjalis zichzelf en toen hij het kantoor verliet, was dat met een pijnlijk gevoel van schaamte. Hij was bang geweest en zijn angst had te maken met de haat die hij had gevoeld toen hij zag hoe de Zeloten in Tyrus werden gekruisigd.

De grenzeloze macht van de Romeinen maakte ook hem zo bang dat hij er onderdanig van werd. Hij had te diep gebogen en was vriendelijker geweest dan de hoffelijkheid vereiste.

Een kruiper.

Maar het ergste was nog dat hij trots was geweest op het feit dat hij Mancinius kende, de moordenaar met het onbewogen gezicht.

Met een vieze smaak in zijn mond reisde Anjalis van Piraeus naar Athene, waar hij een herberg zocht, te moe om op ontdekkingstocht te gaan in de stad van Socrates. Wat hij tot nu toe gezien had, beantwoordde niet aan zijn dromen, maar zijn grootste teleurstelling betrof toch hemzelf.

In het spoor van de teleurstelling volgde de moedeloosheid.

Had hij energie en kennis genoeg om zich hier in een vreemde wereld te kunnen redden? In dé wereld, zo corrigeerde hij zichzelf, zich er opeens van bewust dat hij zijn hele leven in gesloten systemen binnen beschermende muren had doorgebracht.

Op zijn kamer in de herberg waste hij zich heel grondig; het was warm als in de woestijn, nee, erger nog, dacht hij. In Athene was de hitte klam en benauwd.

Hij viel echter in slaap en die slaap deed hem goed. De maaltijd die hij in de koelte van de avond gebruikte, schonk hem ook zijn nieuwsgierigheid terug. Het Griekse eten was niet slechter dan werd beweerd en door de wijn vrolijkte hij op.

De volgende dag was het bewolkt en verrassend koud. Hij huurde twee kamers bij een weduwe die een huis op de Areopagus-heuvel bezat, niet ver van de rechtbank. Nadat ze een prijs waren overeengekomen – hij had geen idee of die hoog of redelijk was – ging hij naar een geldwisselaar om de gouden munten van het Parthische rijk te wisselen voor drachmen. Hij kreeg er verrassend veel en Anjalis trok daaruit de overhaaste conclusie dat de Atheners een fatsoenlijk volk waren. Hij had nog niet geleerd dat hij overal tegemoet werd getreden met het respect dat men een tovenaar voor de zekerheid betoonde.

Het zou nog een poosje duren voordat Anjalis begreep welke bescherming de legenden over de magiërs uit Chaldea hem boden.

In de namiddag liep hij langs de slingerende weg omhoog naar de Acropolis. Toen hij voor het Parthenon stond, had hij het gevoel dat de lange zuilengalerijen ook recht naar zijn God voerden. Nooit eerder had hij eraan gedacht dat God zich in schoonheid uitdrukte. Nu meende hij in een flits te begrijpen wat Plato had bedoeld met zijn ideeënwereld, met de vormen die op onzichtbare niveaus bestonden en die de mens alleen op begenadigde momenten te pakken kon krijgen en tot uitdrukking kon brengen.

Op weg naar beneden probeerde hij aan Socrates te denken, aan het feit dat die hier gelopen had, blootsvoets en met een lichtheid alsof hij van aardse lasten was bevrijd. Maar het juiste plechtige gevoel wilde niet komen; het was natuurlijker om aan Phidias te denken, die hier op de plateaus van de berg aan zijn beeldhouwers leiding had gegeven.

Anjalis moest toegeven dat het enorme beeld van Athena op de rots een kracht had alsof de goddelijkheid erin gevangen en gematerialiseerd was.

De Grieken hadden Phidias bedankt door hem een schandelijke dood in een gevangenis te laten sterven.

Er zat een pijnlijk duistere kant aan het Griekse licht, dacht Anjalis, die peinsde of ze zich wel van hun schaduw bewust waren, deze Grieken die alles wilden begrijpen.

Voor de openbare gebouwen op de Agora stonden Romeinse soldaten op wacht; stijf als standbeelden keken ze met niet-ziende ogen uit over de krioelende menigte. Anjalis voelde hoe angst hem besloop, zijn hoofd deed buigen en hem van al zijn vrijmoedigheid beroofde. Snel sloeg hij een steegje in, waar hij tegen twee Indiërs op botste, gekleed in blauwe zijde en met lichtgroene tulbanden op, versierd met edelstenen. Ze bleven staan en keken verbaasd naar Anjalis. Deze maakte een buiging, verontschuldigde zich en vluchtte bij het eerste het beste wijnhuis naar binnen.

Hij had een koortsachtig gevoel, dacht aan zijn begintijd in Heliopolis en realiseerde zich dat hij heel voorzichtig te werk moest gaan om de veelheid aan indrukken te verwerken.

De ruimte die hij betrad was groot en schoon en had witgekalkte muren. Het rook er lekker naar kruiden en versgebakken brood. Anjalis zocht helemaal achterin een plaats tegen de warme muur en begreep pas na een poosje dat het etablissement verbonden was met de bakkerij van de wijk.

Zijn wijn werd hem gebracht, hij leunde tegen de warme muur en sloot zijn ogen.

Toen hij weer opkeek, stond er een jonge Griek voor hem, die vroeg: 'Mag ik hier gaan zitten?'

'Ga je gang', zei Anjalis, die hoopte dat zijn stem zijn blijdschap niet zou verraden.

'Ik ben Anaxagoras', zei de man. 'Genoemd naar de eerste filosoof die meende dat de materie bezield is. Ik studeer aan de Academie.'

Anjalis moest lachen, maar hield zijn vraag wat de jonge Griek zelf over de materie vond voor zich. Hij stelde zich voor en bestelde wijn voor zijn gast, terwijl hij peinsde over de vraag waar hij Anaxagoras eerder had gezien, met dat open gezicht, die vastberaden mond en die eerlijke blauwe blik. Het gevoel dat hij hem kende was zo sterk dat hij het uiteindelijk wel vragen moest: 'Hebben wij elkaar eerder ontmoet?'

'Dat kan ik me nauwelijks voorstellen', zei de Griek. 'Jij bent niet het type mens dat je vergeet. Waarom vraag je dat?'

'Ik meen dat ik je herken. Heb je in Heliopolis gestudeerd?'

'Helaas', zei Anaxagoras. 'Ik kom uit Korinthe, en Athene is mijn eerste ontmoeting met de wereld.'

Ondanks de openhartigheid van de Griek was Anjalis' gevoel van herkenning zo sterk dat hij dat antwoord moeilijk kon geloven. Hij was er helemaal ontdaan van, sloot zijn ogen, nam een flinke slok wijn en bedacht opnieuw dat hij het tempo van zijn observaties moest verhogen om niet door alle indrukken overrompeld te worden.

'Ik heb je zojuist op de Agora gezien en besloot je te volgen. Ik heb belangstelling voor de mystiek van de Chaldeeërs.'

'Er is niets mystieks aan ons', zei Anjalis. 'Wij zijn goede astronomen, dat is alles.'

Anaxagoras glimlachte breed maar sceptisch, en vervolgde: 'Waarom was je zo ontdaan over de Romeinse wachters?'

Anjalis voelde zich bedreigd; ik moet mezelf beter beheersen, dacht hij. Maar de toegankelijke blauwe ogen waren vertrouwenwekkend en opeens begon hij te vertellen over de kruisiging in Tyrus, over wat hij tijdens de executie allemaal had gevoeld en over zichzelf had geleerd, over de angst die langs zijn ruggengraat omhoog kroop en aan rode haat verwant was.

Anaxagoras volgde het verhaal met grote belangstelling en een verbittering die hij niet onder stoelen of banken stak.

'Ik kan je niet troosten. Het enige wat ik je kan zeggen, is dat je er na een poosje aan went, dat moet wel', zei hij.

'Maar wat voor mensen zijn het? Hoe moet je hen opvatten?'

'Het zijn barbaren', zei de Griek. 'Een primitief boerenvolk.'

Anjalis dacht aan de Romeinse priesters in Tyrus en knikte. Maar meteen daarna herinnerde hij zich de commandant, de beminnelijke en geletterde Mancinius. Anaxagoras zag hem aarzelen en vervolgde: 'Van alles wat ze van ons hadden kunnen leren, hebben ze maar één gedachte overgenomen: die van de logica. Maar daar zijn ze dan ook meesters in geworden.'

Hij sprak nu met gedempte stem en keek voorzichtig rond. Hij is ook bang, dacht Anjalis, die vertelde over de joden in Tyrus, over hun manier om dwars door de Romeinen heen te kijken alsof ze lucht waren.

'Zij zijn moediger dan wij', zei Anaxagoras. 'Wij collaboreren, buigen ons hoofd en drijven de spot met hen – achter hun rug.'

Ze gebruikten samen de maaltijd en toen laat in de avond hun wegen zich scheidden, wisten ze beiden dat hun nieuwsgierige kennismaking in vriendschap was overgegaan.

Om de drie maanden zou een bode bij Anjalis een brief ophalen, een verslag dat enthousiast door de Egyptische priesters en door de Chaldeeërs zou worden bestudeerd. Al op de vierde dag in Athene begon Anjalis zich zorgen te maken over zijn geschrift.

Hij begreep zo weinig, en wat nog erger was: hoe meer hij zag, des te minder begreep hij.

Hij liep in de stad van de ene tempel naar de andere en zag de Atheners hun offers brengen aan Zeus en Athena, Apollo en Artemis, Poseidon en Hera, en aan nog andere, in zijn ogen ontelbare, goden. In de tempels heerste een blijdschap van serieuze aard. En een natuurlijkheid in de ontmoeting van god en mens, ontdaan van plechtstatigheid. De riten waren veel méér dan een gewoonte; voorzover Anjalis het begreep bestond er geen twijfel over dat de Grieken hun religie serieus namen.

Hij zocht lang naar het juiste woord voor deze ontmoetingen met de goden en ten slotte koos hij voor 'betrokkenheid'. Hier bestond een gemeenschap op bijna gelijke voorwaarden tussen de op een mens gelijkende god en de goddelijke mens.

Eerbied kon hij niet zozeer ontdekken, angst al helemaal niet.

En voorzover Anjalis het begreep, ontbrak ook de mystiek, het wonder dat de kern was van zijn eigen religieuze beleving.

Hij begon aan de godsdienstoefeningen deel te nemen, alsof hij hoopte met zijn hart het geheim van de cultus te kunnen doorgronden. Maar zijn gevoel bleef net zo zwijgen als zijn verstand.

Hij nam zijn toevlucht tot de filosofen, de Academie. De epicuristen en de stoïcijnen hielden er nog eigen scholen op na. Maar het was alsof de zware hand van Rome ook op het Griekse gedachtegoed rustte. Als men niet bezig was met het herhalen van de gedachten van de oude Grieken, dan was men in de weer met spitsvondigheden; de Atheense filosofen waren haarklovers die uren bezig waren om de zinloosheid van hun presentatie te verbergen achter retoriek, dacht Anjalis.

In het begin schaamde hij zich voor zijn instelling, en iedere ochtend dacht hij dat het college die dag vleugels zou krijgen en zou opstijgen, als hij maar goed luisterde.

Maar iedere dag was net als de vorige.

Anaxagoras zag dat Anjalis teleurgesteld was over de colleges en hij had daar begrip voor.

'De mensen komen uit de hele wereld hiernaartoe om door het Griekse gedachtegoed te worden verlicht', zei hij. 'Maar ze vergeten dat het honderden jaren geleden is dat de grote denkers leefden.'

'En jijzelf dan, waarom studeer jij hier?'

'Ik ben immers ook een van die gekken die de waarheid zoekt', zei de Griek lachend.

Anjalis wilde niet zeggen wat hij werkelijk dacht: dat hij niet de waarheid zocht, maar de Griekse ziel wilde doorgronden.

Anaxagoras kende iedere god in de krioelende Olympische wereld, voor iedere dagelijkse gebeurtenis had hij een passend citaat van de grote dichters bij de hand, en hij kende duizenden sagen. Maar niets van dat alles kon zijn behoefte bevredigen.

Op een dag durfde Anjalis het te vragen: wat zocht Anaxagoras dat zijn goden hem niet konden geven?

De Griek begreep die vraag echter niet. Zijn goden hoorden bij het leven, ze bewogen zich in het dagelijkse bestaan als mensen, onberekenbaar en spottend. Ze vulden het leven met hun feesten, hun woede, hun blijdschap en hun ontelbare avonturen.

Ze waren er gewoon, zo simpel was het.

'Maar de zin van het leven? Het verlangen van de ziel?'

Anaxagoras keek zo verbaasd dat Anjalis om hem moest lachen.

'De Olympiërs hebben niets met de eeuwige vragen te maken', zei hij. 'Ik heb je toch gezegd dat ze er gewoon zijn, net als wij. Soms kunnen ze een sterveling helpen, als dat strookt met hun belangen.'

'En als je hen het hof maakt en vleit, worden ze beïnvloed?'

'Natuurlijk.'

Anjalis, die de avonden doorbracht met het lezen van de Griekse mythen en meende dat de spottende lach van de goden door de wereld echode, kon het niet laten te vragen: 'Waarom zijn ze zo harteloos?'

Anaxagoras dacht lang na voordat hij een antwoord gaf.

'Ze hebben immers een enorme macht. En ze zijn onsterfelijk. Misschien voel je geen medelijden wanneer je niet bang hoeft te zijn voor de dood.'

Anjalis knikte en dacht opnieuw aan de woorden van de oude hiërofant: dat het grote verdriet de weg naar de dood vormt en dat pas daar, wanneer je niet meer in nieuwe beelden kunt wegvluchten, medelijden kan ontstaan.

'Waar denk je aan?'

De Griek, die zag hoe Anjalis in gedachten verzonken raakte, stelde zijn vraag zo direct dat Anjalis eruit flapte: 'Eerlijk gezegd begrijp ik de bedoeling van al jullie goden niet.'

Opeens keek Anaxagoras bang; zijn angstige blik gleed langs de muren van de herberg waar ze zaten.

'Anjalis', zei hij. 'Pas op. Ze wonen hier in Griekenland en ze hebben hun oren heel goed open.'

'Toch zijn er veel Grieken die dezelfde overwegingen hebben als ik', zei Anjalis. 'Ken jij dat gedicht van Xenophanes over de dieren?'

En hij begon te declameren, met een lach in zijn ogen: '"Als de ossen en paarden en leeuwen handen bezaten en daarmee beelden van hun goden konden scheppen, zouden zij ongetwijfeld hun goden de gestalten van ossen, paarden en leeuwen geven, evenals de mensen menselijke gestalte aan de hunne."'

Anjalis wilde de rol van de beeldmaker in het menselijk leven bespreken, maar hij was te ver gegaan en had spijt toen hij de reactie van zijn vriend zag.

Anaxagoras vond het vervelend en voor het eerst gingen ze in kilte uiteen, zonder het gebruikelijke 'Tot morgen'.

Anjalis liep in de koele avond naar huis, naar zijn aantekeningen. Hij bracht nauwkeurig verslag uit van het gesprek dat hij had gevoerd.

Daarna bleef hij zitten.

De wereldziel van Xenophanes, die zo'n diepe indruk op hem

had gemaakt, leefde voor de Grieken niet, althans niet voor degenen die hij tot nu toe was tegengekomen. Waar zij het over hadden wanneer ze op het onvermijdelijke kwamen, en waar ze het trouwens vaak over hadden, was het lot.

Het geloof in het lot.

Anjalis pakte zijn pen weer en zocht naar een beter woord, waarmee hij het juiste gewicht kon meegeven aan het geloof van de Grieken dat alles, het leven van mensen en goden, het zaaien en oogsten, oorlog en vrede, gestuurd werd door eeuwige onveranderlijke wetten.

Het lot, zei men. Of soms 'de noodzaak'.

Het diepe gevoel dat de natuur en het leven aan wetten gebonden zijn, is misschien de bron van de Griekse wetenschap, zo schreef hij. Die wetten kunnen niet veranderd worden, maar het is wel degelijk mogelijk ze te bestuderen, ze te vergelijken en er conclusies aan te verbinden.

Hij zat lang te peinzen over de matigheid waarover de Grieken in al hun geschriften spraken. Daar zag hij niet veel van; hij vond juist dat de Atheners in alles overdreven. De Griekse ziel bezat een zekere mate van heftigheid, koppigheid en rebellie.

Maar ook een lichtheid, een vrijheid, ontdaan van schuld en angst.

Anjalis kreunde toen hij alle tegenstrijdigheden in zijn verslag zag.

De volgende ochtend stapte hij voor het college op Anaxagoras af om hem zijn verontschuldigingen aan te bieden: 'Ik ben tactloos geweest.'

Ook de Griek leek zich te schamen en hij vroeg: 'Vind je mij bijgelovig?'

'Dat is een woord dat wij magiërs zo vaak hebben gehoord, dat we het zelf nooit gebruiken', zei Anjalis lachend. 'Alleen degene die alles over alles weet, heeft het recht om over het zoeken van anderen te oordelen.'

'Maar jij gelooft niet dat onze goden bestaan', zei Anaxagoras en hij sprak nu weer op gedempte toon.

'Jullie hebben ze geschapen zoals jullie je kunstwerken en ge-

dichten hebben geschapen. En die bestaan immers ook.'
'Ik begrijp je niet.'
'Laat maar', zei Anjalis. 'En mijn vraag had trouwens op iets anders betrekking.'
'Waarop?'
Nu zocht Anjalis nog zorgvuldiger naar woorden: 'Andere volkeren geloven dat hun goden de wereld hebben geschapen en dat deze daar verantwoordelijk voor zijn. Maar die van jullie hebben de wereld alleen maar in bezit genomen. En wat doen ze? Trekken ze zich iets van de wereld aan? Bevoordelen ze het werk van de boer op zijn akker of de ambachtsman in de stad? Nee, ze maken plezier, houden feesten, worden dronken, lachen om het lijden van de stervelingen, ze spotten, liegen en roven vrouwen. Om nog maar te zwijgen over hoe ze elkaar en de mensen bedriegen. Jij vindt dat vanzelfsprekend, maar je moet begrijpen dat dit bij een vreemdeling soms verbazing wekt.'

Anaxagoras schudde zijn hoofd.

'Ze zijn gewoon zoals ze zijn', zei hij. 'Ze zijn er, en ze zijn zoals ze zijn.'

'Maar als een mens ijdel, onbetrouwbaar en vals is, vraag je je toch af waarom?' zei Anjalis.

Anaxagoras schudde opnieuw zijn hoofd, maar Anjalis smeekte: 'Jij weet toch net zo goed als ik dat God één is en elk menselijk voorstellingsvermogen te boven gaat?'

Maar Anaxagoras ontweek zijn blik toen hij antwoordde dat de grote vraag over het bestaan een zaak van de filosofie was.

Na het college, dat net zo zinloos was als altijd, zei de Griek: 'Ik wil dat je mijn zuster ontmoet. Zij heeft dezelfde gedachten als jij, ook al benoemt ze ze niet zo onomwonden. En ze is lid van een orfisch genootschap.'

Anjalis, die maar vaag wist wat het orfisme inhield, was blij verrast: 'Waar kan ik haar ontmoeten?'

'O, ze is getrouwd en woont in Korinthe. Maar misschien heb je zin om met mij mee naar huis te gaan wanneer de scholen in augustus sluiten. We zouden over Delphi kunnen reizen om naar het orakel te luisteren.'

Dit deed Anjalis plezier.

'Maar wat zeggen je ouders daarvan?' vroeg hij.

'Die zullen verrukt zijn. Ik heb in mijn brieven over je verteld.'

Het middagcollege ging over de getallenmystiek van de pythagoreeërs. Deze voordracht was duisterder en aarzelender dan andere, maar voor het eerst sinds hij de Academie bezocht, werd Anjalis belangstelling gewekt. Na afloop stelde hij vragen en algauw waren de pythagoreeër en hij in een lange discussie verwikkeld.

Er ontstond een atmosfeer van scherpzinnigheid en de Grieken en Romeinen raakten enthousiast. Veel van wat er gezegd werd ging hun boven de pet; de gemiddelde Griek was lang niet zo wiskundig onderlegd als Anjalis had aangenomen. Maar het debat was levendig, de gedachten kregen vleugels en prikkelden de fantasie.

Nog diezelfde avond werd Anjalis een vraag voorgelegd: of hij een serie lezingen wilde houden waarin hij de getallenmystiek van de pythagoreeërs vergeleek met de astrologie van de Chaldeeërs.

Hij vroeg om een paar dagen bedenktijd.

De avond bracht hij samen met de pythagorische filosoof door. Keer op keer wisten ze elkaar te verrassen, niet in de laatste plaats waar het ging om de irrationele getallen die de pythagoreeërs al honderden jaren bezighielden.

De filosoof was verbijsterd dat Anjalis, die nooit had geleerd dat alles begrepen moest kunnen worden, zich hierover niet druk maakte.

'Zie je het leven dan niet als een uitdaging voor het denken?'

'Niet in de eerste plaats', zei Anjalis wat aarzelend. 'Ik zie het misschien meer als een kwestie van welke zielsgesteldheid aan de gedachten ten grondslag ligt. Ik vind het een uitdaging om vertrouwen te hebben zonder het allemaal te begrijpen.'

Die doelstelling kon hij respecteren, zei de pythagoreeër. Maar hoe zag de weg daarheen eruit en hoe vond je die?

Anjalis staarde in de verte.

'Ik geloof niet dat er een weg is', zei hij ten slotte. 'Het gaat om een sprong, in het onbekende. En over de moed je te laten vallen in duizelingwekkende dieptes.'

De pythagoreeër schudde zijn hoofd.

'We hebben het vuur immers van Prometheus gekregen', zei hij.

Anjalis begreep niet wat hij bedoelde, maar hij greep de gelegenheid dankbaar aan om het gesprek op de Griekse religie te brengen.

'Ik ben verbijsterd', zei hij. 'Het is moeilijk om het verband te zien tussen de bewonderenswaardige Griekse cultuur en deze bijna primitieve godenwereld.'

Hij probeerde zijn woorden zo in te kleden dat ze niet kwetsend zouden overkomen, maar die moeite had hij zich kunnen besparen. De Griek glimlachte.

'Je beseft vast wel dat mensen beelden nodig hebben', zei hij.

Anjalis dacht opnieuw aan de woorden van de hiërofant over de dood als het einde van de beeldmaker. Misschien hebben de Grieken het begrepen, dacht hij, misschien dansen hun goden daarom wel op aarde, midden in het leven.

De pythagoreeër onderbrak zijn gedachten.

'Wat je niet begrijpt, is dat de Griekse goden dragers zijn van onze verboden gevoelens: afgunst, wraakzucht, vertwijfeling en haat.'

Anjalis rechtte zijn lange rug en hapte naar adem.

'De privé-gevoelens van de individuele mens?'

De filosoof moest lachen om zijn verbazing.

'Er bestaan geen privé-gevoelens', zei hij. 'De liefde en haat, dromen en voorstellingen van het individu vormen de ziel van het volk.'

Voordat ze afscheid namen, kreeg Anjalis een advies mee: 'Het verband dat jij zoekt, vind je in de Griekse mystiek en de filosofie. Lees de stoïcijnen er maar op na. Neem contact op met orfische genootschappen. Maar begin met het doorgronden van Prometheus.'

Hoewel het al laat was toen hij thuiskwam, bleef Anjalis lang aan zijn schrijftafel zitten; hij tekende het gesprek woordelijk op. Hij had nieuw, belangrijk inzicht verworven.

De volgende ochtend was hij al vroeg op; hij ging op zoek naar de sage over Prometheus en vond die ook.

Hij had het verhaal eerder gelezen, maar zonder te zien of te begrijpen.

Nu werd hij getroffen door de oeroude kracht ervan. Misschien was het vuur dat Prometheus de mensen had geschonken een pendant van de vrucht uit de boom der kennis van goed en kwaad, dacht hij. In het ene geval een geschenk; de vrije gedachte aan de mens geschonken. In het andere geval een vloek; een verbanning uit het paradijs.

Maar zijn gedachten bleven hangen bij de wrede straf die Prometheus had ondergaan, en in een duizelingwekkend moment zag hij het verband. De sage was de Griekse interpretatie van de incarnatie: er was een man van de goden gekomen om de mensen licht en warmte te schenken.

Hij dacht aan het pasgeboren kind in Bethlehem en aan de horoscoop die op een wrede, vroegtijdige dood wees.

Het lam dat sinds het begin der wereld geslacht werd.

LATER OP DE dag maakte hij plannen voor zijn lezingen, stelde de uitgangspunten vast en zette de lijnen uit. Hij zou beginnen met Xenophanes, en aan de Grieken het beeld schetsen dat de oude man had gehad van de zuivere geest die in al het geschapene zit.

Anjalis was vaak verbijsterd wanneer hij zag hoe astrologen van twijfelachtig allooi veel geld verdienden met slordig in elkaar geflanste horoscopen, die je op iedere straathoek in Athene kon kopen. Heel die grote kennis werd te grabbel gegooid.

Hij zou zijn lezingen afsluiten door een steek uit te delen aan het Griekse geloof in het lot, door op de vrije wil van de mens te wijzen, waarmee deze onafhankelijk van het lot en de sterren zichzelf en de wereld kon veranderen.

Anjalis' werk als leraar begon als een spel, maar groeide al snel uit tot hard werken tegen betaling. Hij werd niet afgescheept met tien talenten voor een lezing, zoals Herodotos van Halikarnassos ooit was overkomen, maar verwierf inkomsten waarvan hij goed kon leven. De Parthische gouden munten hoefden niet gewisseld te worden.

Hij had veel succes.

'Dat komt omdat de Atheners altijd verrukt zijn over iets exotisch', zei hij tegen Anaxagoras, die moest lachen maar het niet met hem eens was.

'Dit is eindelijk iets nieuws', zei hij.

Tegen de tijd dat de zomer ten einde liep, werd Anjalis in beslag genomen door de plannen voor de herfst en het tweetal besloot het voornemen om op reis te gaan naar de volgende lente op te schuiven. Weldra had Anjalis in Athene een eigen school met leerlingen uit de hele wereld: Egyptenaren, Romeinen, Syriërs, maar natuurlijk vooral Grieken van het vasteland en uit de koloniën. Hij was een bekende man en het gebeurde wel dat hij enigszins uitgelaten terugdacht aan hoe hij in de crypten van de Egyptenaren met veel wroeging de rode robijn van de eerzucht had afgewezen.

De herfst brak aan in de stad. De regen kwam. En de kou. Anjalis was enorm verrast. En verrukt. Hij ging soms op de Agora staan met zijn gezicht naar de neerslaande regen om te genieten van de overvloed en van de kou die door zijn natte kleren in zijn huid en beenderen kroop.

Hoeveel gedichten met beschrijvingen van de winter had hij in de woestijn wel niet gelezen? Wat had hij gezien, welke voorstellingen had hij zich gemaakt? Hij wist het niet meer en het kwam hem nu heel mysterieus voor.

Een enkele keer sneeuwde het, niet zo dat de stad er wit van werd, maar er viel toch zo veel dat hij een handvol van het donzige water kon oppakken om het in de warmte van zijn hand te zien verdwijnen. Rond de luiken van zijn kamer zat ijs, en 's nachts had hij het zo koud dat hij moeite had om te slapen. De waardin kwam extra dekens brengen.

Maar toen Anjalis klaagde dat hij het nog steeds koud had, moest ze om hem lachen en zei dat hij als magiër ook niet veel voorstelde als hij niet eens in staat was een beetje warmte voor zichzelf te toveren.

Anjalis bedankte haar voor haar advies en kocht een grote, met bont gevoerde mantel.

Hij had kinderen altijd leuk gevonden en kon goed met hen omgaan, dus vond hij het vanzelfsprekend om op zijn school ook kinderen toe te laten. Twee middagen in de week onderwees hij Griekse jongetjes in de wiskunde. Anaxagoras vond dat schokkend: een filosoof die aan kinderen lesgaf.

Anjalis ontdekte echter algauw dat hij van de kinderen meer kon leren over de Griekse volksaard dan van welke volwassene ook. Wat de Grieken van hun vaders leerden was bekend, dat stond in al hun geschriften. Maar wat ze van hun moeders leerden wanneer ze klein waren en er het meest voor openstonden, dat bleef voor de wereld verborgen.

De beste families van Athene stuurden hun kinderen naar zijn school; hij was als leraar populair. In het begin kwamen de jongens samen met hun moeders, met wie Anjalis lange, wijze gesprekken voerde. Hij was verbluft over hun belangstelling voor de kinderen, over hun zorg en liefde.

In de tijd die hij in Athene doorbracht, had hij vaak gedacht dat hij geen enkele Griekse vrouw kende, dat de vrouwen hier zelfs nog onzichtbaarder waren dan in Egypte.

Machteloos, zonder bezit, zonder stem.

Opeens trof het hem dat in samenlevingen waarin de vrouw geen zichtbare plaats inneemt, haar onzichtbare macht over de kinderen toeneemt. Deze Griekse moeders hadden een grote invloed; de netten die ze om hun zoons sponnen, waren zo fijnmazig dat de mannen hun hele leven lang moesten vechten om zich eraan te ontworstelen. Die netten werden geknoopt door stiekeme herinneringen aan hun gouden jeugd, waarin hun moeder de schenker van alle goede gaven was.

Wanneer ze zich op de drempel naar hun volwassen leven losmaakten, ging dat vaak meedogenloos en verloren de jongens een stukje menselijkheid.

Ook voor zijn bevrijding heeft hij de goden nodig, dacht Anjalis. De held zonder schaduw is noodzakelijk, de god die niet aarzelt maar het conflict tussen gevoel en daad met het zwaard beslecht.

Van de kinderen leerde Anjalis hoe tastbaar de invloed van de goden in het leven van de Grieken was.

Hij had een achtjarig jongetje in zijn groep, klein van stuk en een wat bangelijk en apart ventje. De jongen was een paar weken later dan de andere kinderen begonnen en had geen vriendjes.

Vanaf het begin was hij het slachtoffer van de Griekse gevatheid; de scherpe pijlen van de spot kwamen hard aan in het vlees van de jongen.

Anjalis zag het, maar aarzelde. Proberen de jongens te corrigeren zou het misschien alleen maar erger maken; het jongetje extra aandacht geven zou zijn kwetsbaarheid misschien vergroten.

Maar toen de kinderen de volgende les terugkwamen, had de jongen het probleem zelf al opgelost. Hij was een duim gegroeid en keek triomfantelijk. Het leek wel of hij zijn spichtige lijf in een onzichtbare wapenrusting had gehuld.

Hij was onkwetsbaar en deze nieuwe eigenschap deed hem zo veel zelfverzekerdheid uitstralen, dat er geen twijfel meer bestond. Er werden nog wel een paar pijlen op hem afgevuurd, maar die ketsten af op zijn wapenrusting en vielen op de grond.

Er was slechts één uiterlijk verschil: de jongen droeg laarzen met glimmend beslag rond de hielen. Anjalis zag hoe de bijdehandste van de belagers zijn blik over die laarzen liet glijden en hij realiseerde zich dat hij het doorhad.

Maar wat had hij precies door? Toen de les afgelopen was, vroeg Anjalis aan de jongen met de laarzen of hij eventjes wilde nablijven. Even verscheen er een glimp van angst in de bruine kinderogen, maar meteen daarna was hij weer onkwetsbaar.

'Vertel me eens wat voor onzichtbare wapenrusting je hebt aangetrokken.'

'Van Achilles', zei de jongen. 'Bij hem kunnen de pijlen alleen in de hiel blijven steken en daarom heb ik laarzen aan.'

Anjalis was verbluft.

'Hebben al je klasgenootjes gezien dat je Achilles bent?'

'Jazeker', zei de jongen, zwelgend in de wraak die de goddelijke held Achilles op Hector nam door diens armzalige lijk achter zijn strijdwagen rond de muren van Troje te slepen, tot eeuwige schande van het koninklijk geslacht van Priamus.

'En Hector, wie is dat?'

De naam vloog er meteen uit, met heel het gewicht van de wraak.

'Alkios natuurlijk.'

Alkios was de grapjas die de leiding had.

Gedurende heel zijn jeugd had Anjalis de reacties van mensen bestudeerd, het verborgen spel dat hen tegen onrecht moest beschermen. Zijn moeder was een goede leermeesteres geweest.

Zoals gewoonlijk dacht hij aan Me Rete met een mengeling van tederheid en woede. De moeder die nooit boos werd en zich nooit liet kwetsen, maar wier verdriet met het jaar groter werd. Hij kon zich herinneren hoe snel ze ieder boos gevoel zo totaal probeerde te ontkennen dat ze het zelf niet in de gaten had. En hij wist dat die onderdrukte gevoelens in haar gemoed doorwoekerden tot ze haar hele bestaan overschaduwden.

De Grieken waren het meest vitale volk ter wereld; ze hadden altijd energie over voor nieuwe gedachten, zaten vol nieuwsgierigheid en scheppingsvreugde. Zij gingen zelden gebukt onder gevoelens van ontkenning.

De dagen na het vooral met zijn leerling was Anjalis alerter. Hij zag op een avond op een feest hoe een getrouwde man bijna schaamteloos flirtte met een jong meisje. Zijn echtgenote sloot zich als een mossel en verdween met een vriendin naar de tuin. Toen ze terugkeerde en Anjalis haar glimlach zag, haar trotse nek en triomfantelijke blik, herkende hij Hera.

Precies zoals ze eruitzag in haar tempel in Athene, de vlammende jaloerse echtgenote van Zeus, die altijd op wraak uit was.

Die avond begon Anjalis zijn theorie te formuleren. De geheime kennis die de Griekse moeders aan hun zoons meegaven, betrof de kunst om op kritieke momenten de eigen persoonlijkheid te verlaten om samen te smelten met een god of een held, schreef hij.

Wanneer men zich in de gedaante van de god had gehuld, kon het bewuste gevoel zonder schaamte worden beleefd, kon het drama zijn beloop krijgen, kon er wraak worden genomen, kon de woede bliksemen.

Je werd gereinigd.

Wanneer het gevoel een paar dagen later was weggeëbd, zocht je de tempel van de god op om je dank te betuigen. Niet voor de hulp, maar voor het feit dat de god er was, klaar om uitdrukking te geven aan de duistere triomfen van de mens. Anjalis was zo enthousiast dat hij er bijna niet van kon slapen, en hij kon haast niet wachten tot de nieuwe dag aanbrak, zodat hij zijn conclusie aan Anaxagoras kon voorleggen.

De Griek luisterde verbijsterd; voor hem was Anjalis' inzicht vanzelfsprekend, alleen was het nooit onder woorden gebracht.

'Duivels', zei Anjalis. 'Dat had je me maanden geleden moeten vertellen!'

'Nee', zei Anaxagoras. 'Dat kon ik niet, want ik heb er nog nooit over nagedacht.'

Anjalis moest zo lachen dat de tranen hem over de wangen liepen, en hij bestelde nog wat wijn. Toen ze hun bekers hieven, sprak Anaxagoras opnieuw over zijn zuster.

'Ze zal jouw ideeën interessant vinden', zei hij.

IN ATHENE WAS de winter de tijd van de dromen en de belofte van het voorjaar. Opeens was dat er, vol verlangen; het werd langer licht en de warmte kroop het koude marmer van de zuilengalerijen binnen.

Anjalis had nooit begrepen dat wedergeboorte pijnlijk is.

Als een opgesloten dier ijsbeerde hij door zijn kamers, terwijl hij zag hoe de zon steeds hoger aan de hemel klom en de schaduwen op de Areopagus steeds korter werden.

Toen de magnolia voor zijn raam in wolken rozewitte bloesem uitbotte, sloeg zijn zwaarmoedigheid om in vertwijfeling.

Omdat het leven zo kort was?

Of omdat schoonheid zo onverdraaglijk was?

Hij wist het niet, en ook dat was nieuw.

In april was het zover: de reis naar het noorden. Ze zouden over de vlakten van Thessalië trekken naar de Olympus, niet omwille van Zeus, maar omwille van de sneeuw, zoals Anaxagoras zei. Daarna in een boog terug in zuidwestelijke richting naar Delphi, om zo na verloop van tijd Korinthe te bereiken.

Anjalis had die winter leren paardrijden. Het was niet gemakkelijk geweest en hij was ook nog niet echt heen over zijn angst voor het paard, een dier dat veel onvoorspelbaarder was dan de kamelen waarmee hij was opgegroeid. Ten slotte had hij echter vriendschap gesloten met een vriendelijke merrie, met net zulke lange benen als hijzelf. Maar het was een nerveuze vriendschap; verrassingen waren nooit uitgesloten.

Zijn liefde voor het paard was toegenomen nadat hij er voor veel geld zelf een had gekocht.

Anaxagoras leed niet aan de zwaarmoedigheid van de lente. Toen ze Athene uit reden, was hij vrolijk als de leeuweriken die in de lucht boven hun hoofd zongen.

Twee van Anaxagoras' slaven begeleidden hen op hun reis, op gepaste afstand. Zoals altijd maakten ze Anjalis onzeker; hij wist nooit hoe je iemand die het bezit van een ander was tegemoet moest treden, en hij zag met verwondering dat Anaxagoras afstandelijk was, niet onvriendelijk, maar toch bijna afgemeten koel. De Griek was zich niet bewust van zijn gedrag; het was hem met de paplepel ingegoten.

Toen ze na een rit van enkele uren pauzeerden, moest zelfs Anjalis toegeven dat het fijn was om slaven te hebben die vlug een zonnescherm opzetten en eten serveerden, lekker eten, snel boven een kampvuur bereid.

Hij bedankte de slaven echter overdreven vriendelijk en zag tot zijn genoegen dat Anaxagoras dat pijnlijk vond.

Toen hij in de middagzon wakker werd, bleef hij lang liggen kijken naar de Griekse hemel, waaraan de voorbijtrekkende witte wolken voortdurend voor een ander beeld zorgden.

Hij moest zijn neerslachtigheid van zich afschudden zodat hij de reis niet voor Anaxagoras en zichzelf bedierf. Maar om de onrust in zijn binnenste te lijf te kunnen gaan, moest hij die eerst begrijpen, er de naam en oorsprong van weten.

De Griekse lente was uitnodigend met duizenden bloemen, die hun kelken voor de hemel en voor hem openden. Toen de wind over de velden streek, kon hij de pretentieloze vreugde van de bloemen horen, elk sprak met zijn eigen stem. Hij zag hoe de geheimen van de anemonen in hun kelken onthuld werden, roetig zwart tegen stralend blauw of rood, en hij bedacht dat hij er nooit een vermoeden van had gehad dat schoonheid zo onverdraaglijk kon zijn.

Ze hadden gepauzeerd bij een beekje dat levendig klaterde. Aan de oever stonden veel witte narcissen, en toen hij naar het beekje liep om zijn gezicht en handen te wassen, bleef hij staan om naar de bloemen te kijken. Hij moest denken aan de jongeman die deze bloem zijn naam had gegeven nadat hij van eigenliefde was gestorven.

Het verhaal bood hem echter geen troost. Het was zo Grieks, zo door en door Grieks, en zijn vreemdelingschap was grenzeloos. Opeens voelde hij een redeloos verlangen naar de woestijn, naar dat verlaten landschap dat zijn thuis was.

Het gevoel was zo sterk dat hij bijna moest huilen toen de beelden van het landschap van zijn jeugd bij hem bovenkwamen, de woestijn, tijdloos, zonder opsmuk, naakt als de waarheid zelf. Een landschap dat geen beroep deed op gevoelens, geteisterd door de zon, verbrand, uitgeput.

Een land zonder herinneringen, hoewel het zich meer te herinneren had dan enig ander land ter wereld, dacht hij. Maar het geheugen goochelt en vergult. En de woestijn verdraagt geen huichelarij, daar kun je niet doen alsof.

's Avonds bij het kampvuur sprak hij hierover met Anaxagoras.

'Gek genoeg heb ik heimwee', zei hij.

'Waarom is dat gek?'

'Omdat Griekenland veel aangenamer is.'

'Vertel over je land.'

Hij probeerde het, aarzelend. Het was moeilijk; de woestijn is een onbekend land, zelfs voor degene die haar kent.

'Het is een land dat door God en alle mensen is verlaten, behalve door de Chaldeeuwse astronomen', zei hij. 'Het heeft alles verwoest, alles achter zich gelaten. Wanneer je daar woont, laat je jezelf achter je. Begrijp je?'

'Min of meer. Je probeert een werkelijkheid te beschrijven die zo naakt is dat hij het gemoed vrijlaat?'

Anjalis was dankbaar.

'Ja', zei hij. 'In de woestijn staat het leven open voor zijn eigen raadsel.'

'Dat klinkt fantastisch en eenvoudig', zei Anaxagoras.

Anjalis moest lachen.

'Als er een verwijt in jouw woorden doorklinkt, dan verdien ik dat', zei hij, maar Anaxagoras schudde zijn hoofd.

'Zoals gewoonlijk kan ik je gedachten niet bijbenen.'

Na een paar dagen staken ze bij Larisa de rivier over en zagen de wouden op de hellingen van de Olympus, in een schuine namiddagzon. Anjalis, die er na het gesprek over zijn vaderland in was geslaagd zijn goede humeur te bewaren, was onthutst.

Ze reden de groene zalen binnen, en het geruis in de toppen van de bomen en het gezang van de vogels behoorden tot de stilte, een stilte die groter was en meer omvatte dan de stilte van de woestijn.

Anaxagoras wilde doorrijden, maar de oudste van de slaven vond dat ze moesten overnachten aan de rand van het woud. Het bos was vol gevaren, je had er wolven en beren, zei hij, maar hij zweeg over de roversbendes die graag reizigers beroofden die op weg waren naar de Spelen.

Anjalis hoorde het gesprek aan zonder te luisteren; hij was vervuld van de bosgeuren en het gezang van de vogels. Maar hij begreep dat Anaxagaros de meer ervaren man gelijk moest geven, en hij hielp mee met zoeken naar een bron waar ze hun watervoorraad konden aanvullen.

De slaaf die nu de leidersrol op zich nam, wilde geen bivak opslaan bij de bron. Daar zouden de dieren ook naartoe komen om te drinken, zei hij.

Ten slotte vonden ze een open plek op een verhoging die wat overzicht bood.

'We moeten wachtlopen', zei de slaaf toen ze hun avondmaal hadden genuttigd en zich opmaakten voor de nacht. Anaxagoras nam de eerste wacht en Anjalis werd aangewezen voor de wacht in de vroege ochtend.

'De hondenwacht', zei de slaaf, die behoorlijk moest lachen om Anjalis' verbazing.

Op het moment waarop Anjalis tegen de dageraad gewekt werd, begreep hij het beter. Hij had het vreselijk koud en vocht tegen zijn slaap. Maar toen hij naast het vuur in elkaar kroop, gaf de slaaf hem een beker warme soep en daarna voelde hij zich weldra beter.

Na een poosje was hij zelfs dankbaar voor zijn taak, want nu had hij de gelegenheid om te zien hoe de eerste zonnestralen door het groene duister kwamen sluipen en de vogels in de toppen van de grote bomen tot leven wekten.

Nog nooit had hij zo'n lied gehoord. Uit duizend kelen kwam het, een loflied op de schepping. Uiteindelijk kon hij de lust om mee te doen niet langer onderdrukken en zijn hand gleed naar de geheime zak in zijn mantel waarin zijn fluit zat, de zilveren fluit die iedere Chaldeeër zijn hele leven bewaart als teken van zijn taak om het lied van de sterren levend te houden op aarde.

Zo kwam het dat de drie andere leden van het gezelschap wakker werden bij een melodie die haar witte tonen met die van de vogels vervlocht. Ze waren verrukt, Anaxagoras bijna stom van verwondering.

'Ik wist niet dat je een muziekinstrument bespeelde', zei hij ten slotte.

'Ik ben niet zo geoefend', zei Anjalis, die zich opeens afvroeg waarom hij die lange winter in Athene zijn fluit vergeten was.

Later zou Anjalis zich van deze reis het woud altijd het best herinneren. Hij was onder de indruk van de duizelingwekkende Olympus, maar de tempel van Zeus was te veel om te kunnen bevatten. En precies zoals Anaxagoras al had voorspeld, maakte in de bergen de sneeuw de meeste indruk op Anjalis.

In de dorpen van Thessalië kwamen ze de Dionysus-optochten tegen, dansende vrouwen die bedwelmd van vreugde het voorjaar begroetten.

De eerste optocht zagen ze van een afstand, maar in het volgende dorp hadden ze meer geluk. Anaxagoras liet de paarden achter onder de hoede van de slaven en trok Anjalis mee. Deze durfde zijn ogen niet te geloven.

En zijn verstand nog minder.

Zijn schaamte was net zo rood als het bloed van de rauwe stukken vlees die de vrouwen met hun tanden verscheurden, en hij voelde zijn hart zo tekeergaan dat hij hun lied nauwelijks kon horen. Een golf van afkeer ging door hem heen, zijn maag trok samen en duwde de zure inhoud omhoog naar zijn keel.

Hij slikte en probeerde na te denken.

'Ik ben waarschijnlijk niet zo onbevooroordeeld als de Egyptenaren dachten', zei hij.

Anaxagoras moest lachen, maar zijn ogen dropen van wellust en hij riep: 'Het is ter ere van de god, omwille van het leven dat weer ontwaakt is, omwille van de bloemen, Anjalis, omwille van de rijpende oogst en de wijnranken die in de knop staan. Laat je gaan, Anjalis, laat je gaan.'

Toen liet Anjalis zijn schaamte achter zich en hij zonk, hij zonk zo diep dat hij een lust voelde die zo groot was dat hij er bijna van uit elkaar barstte.

Hij had zo'n enorme erectie dat het hem pijn deed.

Hij keek naar Anaxagoras en zag diens schaamteloosheid; hij haalde diep adem en liet zijn fatsoen los, liet alles los wat hij had geleerd, alles wat hij had gekund, gedacht, waarover hij een mening had gehad. Met een gebrul dat opsteeg uit de oeroude herinneringen van het lichaam sloot hij zich bij de optocht aan en ging op in de dans.

Naakt en waanzinnig trokken de vrouwen de mannen mee de berghellingen af; naakt, verstrikt in vrouwen, dijen, borsten, schoten, en opgezweept door de steeds wildere muziek ging Anjalis op in het enorme orgasme van de grote extase. Anders dan alle andere orgasmen die hij had beleefd, eeuwig, herboren, voortdurend herboren in nieuwe ontmoetingen, vol diepte en pijn, slagen, beten en kreten, wild als die van de meeuwen, en zo krachtig dat ze rechtstreeks het hart van de god binnendrongen, tot vreugde van de oeroude en eeuwig jonge Dionysus.

Enkele dagen later vervolgden ze hun weg langs de Parnassus en na verloop van tijd zagen ze het diepe stroomgebied van de Peneios, en de vaargeul richting Italië. In Delphi sprak die dag het orakel niet, maar dat kon Anjalis niet schelen; hij had toch geen vragen voor Pythia, die Apollo bediende. De bergen, het uitzicht en de fraaie tempels waren op zichzelf al wonderen genoeg, dacht hij, terwijl hij naar de navel van de wereld stond te kijken en opnieuw de Griekse scheppingskracht bewonderde.

Vervolgens reden ze Korinthe binnen, een nieuwe stad zonder herinneringen. Er was niemand die kon vertellen hoe de Romein Lucius Mummius de oude Griekse stad had geplunderd, gebrandschat en ten slotte met de grond gelijkgemaakt. In Korinthe wemelde het van de Romeinse troepen en zoals altijd was voelbaar hoe zwaar en serieus het stempel was dat zij op het bestaan drukten. Anjalis viel overal op, maar daar was hij inmiddels zo aan gewend geraakt dat hij er zich niet langer opgelaten door voelde.

Anaxagoras' ouders waren precies zoals Anjalis zich had voorgesteld: rijk, genereus en open. De reizigers mochten een bad nemen, kregen een lichte maaltijd voorgezet en wisselden een paar woorden over de reis, te moe voor lange gesprekken. Na een uurtje sliep Anjalis in een koel bed.

De volgende dag zou hij Ariadne ontmoeten, Anaxagoras' zuster, die hem de weg van het orfisme binnen de Griekse religie zou wijzen.

HIJ HERKENDE HAAR meteen en zijn hart sloeg over.

Toen het weer begon te slaan, deed het pijn in zijn borst en hij had moeite om zich in de kamer te oriënteren. De muren kwamen op hem af en de vloer golfde op en neer, steil als de bergen van de Olympus.

Maar hij slaagde erin zich te beheersen, ook toen het meisje zich voorstelde en hij besefte dat zij hem eveneens herkende en dat haar verrassing nog groter was dan de zijne.

Ze was in de laatste maanden van haar zwangerschap, maar verder was ze niets veranderd, het meisje met de blauwe ogen, vol vertrouwen, wier licht hij in de crypte van de hiërofanten had leren kennen en om wie hij net zoveel gaf als om zijn eigen leven.

Het enige wat ze wist uit te brengen was: 'Jullie moeten het mij vergeven, maar ik voel me niet goed.'

Daarna verdween ze, gevolgd door haar moeder en twee dienaressen.

Anaxagoras' vader wilde een dokter laten komen, maar Ariadne liet weten dat ze weldra weer zichzelf zou zijn en dat ze maar wat moesten nemen van de versnaperingen die in de tuin klaarstonden.

Anjalis dronk in één teug een grote beker witte wijn leeg. Zijn hart kwam tot bedaren en hij kon weer denken.

Eerst voelde hij woede tegenover de Egyptenaren, die verdoemde priesters die in de tempel met hun toverkunsten bezig waren en speelden met het verlangen van mensen.

Was het twee jaar geleden? Of meer?

Onbarmhartig duidelijk zag Anjalis nu wat de wortel van zijn neerslachtigheid was geweest. Heimwee, belachelijk! Het wezen van Griekenland had hem vanaf het eerste moment dwarsgezeten, het land, de aard ervan, die hij niet wilde accepteren.

En nu? Nee, de ontmoeting was geen nieuwe proef; hij had voor altijd afstand van haar gedaan. Zij was voor hem verloren. Ze droeg het kind van een ander en bij die gedachte had Anjalis het gevoel alsof er een mes in zijn buik werd omgedraaid.

Hij probeerde een peer te schillen, maar zag dat zijn handen zo trilden dat ze hem meteen zouden verraden. Gelukkig keek er niemand naar hem; er kwam net een Romeinse officier binnen, die ook voor de maaltijd was uitgenodigd en werd begroet met de gebruikelijke, met bewondering vermengde verachting.

Anjalis wilde vluchten.

Maar precies op dat moment kwam zij terug. Rustig verontschuldigde ze zich, ook voor het feit dat haar man verlaat was. Ze wendde zich vol aandacht tot de Romein, die zich gevleid en ingenomen voelde.

Eenmaal waagde ze het een blik in Anjalis' richting te werpen en hij zag de vraag in haar ogen, de bijna ondraaglijke verwondering die ze voelde.

Toen kwam haar man, een rondborstige, joviale Griek die een stuk ouder was dan zij, en Anjalis herinnerde zich dat hij Anaxagoras met spijt over het huwelijk had horen praten.

Op de een of andere manier wisten ze zich allebei door de maaltijd met de vele gerechten heen te slepen. Anjalis' handen trilden niet meer en hij hoorde zichzelf aan het gesprek deelnemen. Verbaasd luisterde hij naar zijn eigen stem en hij besefte dat wat hij zei zowel verstandig als gevat was.

Toen het gezelschap eindelijk opbrak, zei hij dat hij graag naar huis wilde lopen. Anaxagoras wilde hem vergezellen, maar hij zei: 'Vergeef me, ik wil even alleen zijn.'

Hij kwetste de ander, dat zag hij. Maar wat moest hij tegen hem zeggen?

Dat jouw zuster mijn echtgenote is voor God, dat wij elkaar al eonen lang kennen, dat we altijd bij elkaar hebben gehoord maar dat alles nu verloren is omdat ik heb gekozen voor een droom over een godenkind in plaats van voor het eenvoudige menselijke leven samen met degene van wie ik houd?

Dat ik me tot jou aangetrokken voelde, Anaxagoras, omdat jij op haar lijkt, omdat er in jouw aard iets is wat mij aan haar doet denken? Dat op die manier ook onze vriendschap een leugen werd, zoals alles in mijn leven?

Het was een heldere nacht in Korinthe en Anjalis zocht met zijn blik het firmament af naar Sirius, de ster die hem sinds zijn geboorte toebehoorde. Ze glimlachte echter niet meer samenzweerderig naar hem, maar straalde kil in de oneindige verte.

Ze werd deze nacht trouwens overschaduwd door Venus, die als een spottende reuzendiamant aan de Griekse hemel stond te blinken.

Thuis zat Anaxagoras zijn vriend op te wachten met een grote kroes wijn.

'Ik weet niet wat er met je aan de hand is,' zei hij, 'maar volgens mij moet jij je eens stevig bedrinken.'

'Je bent te goed voor mij', zei Anjalis, en daarna namen ze volhardend en doelbewust in tot ze dronken waren. Met hun kleren nog aan vielen ze in bed en toen Anjalis smerig, ongeschoren en totaal ontdaan van zijn Chaldeeuwse waardigheid wakker werd, was zijn hoofdpijn groter dan zijn vertwijfeling.

Een begripvolle slaaf kwam met ijskoude melk en het lukte Anjalis de eerste gedachte van die dag te vormen. Hij zou deze dagen in Korinthe overleven zonder zichzelf of haar te verraden. Met een bonkend hoofd ging hij in bad en daarna kleedde hij zich aan. Elegant en bleek maakte hij zijn entree in het grote atrium.

Anaxagoras was weggegaan om oude vrienden op te zoeken, vertelde zijn moeder, en Anjalis voelde opnieuw dankbaarheid.

De moeder had een huis vol gasten, vrouwen op ochtendvisite, en het leed geen twijfel of Anjalis was het voorwerp dat getoond moest worden.

Hij deed zijn best om aan de verwachtingen te beantwoorden en bracht het langste uur van zijn leven door in die mooie kamer. Maar zelfs aan de meest beminnelijke conversatie kwam een einde en toen de gasten opbraken, zei hij: 'Ik ga een wandeling maken.'

Zijn benen volgden vanzelf de weg naar Ariadnes huis. Ze was niet verbaasd toen hij voor de deur stond en bood hem opnieuw fruit aan in de tuin. Ze begon op normale gesprekstoon: 'Je moet me de consternatie van gisteren maar vergeven, maar ik herkende je uit een lange droom die ik een paar jaar geleden heb gehad.'

'Twee jaar geleden', zei Anjalis.

'Je weet het.'

Haar pupillen verwijdden zich, blauwe ogen kruisten een donkere blik en zagen de schrijnende pijn daarin.

'O, Anjalis', zei ze. 'Waarom wilde je mij niet hebben?'

'Omdat ik een idioot was.'

Dat was wreed en hij zag dat ze verbleekte.

'Dan zou dit allemaal een vergissing zijn', fluisterde ze, onderwijl onhandig gebarend naar het huis en de tuin om ten slotte bij haar buik waarin de nieuwe baby groeide te blijven steken.

Het werd zo stil dat het gekabbel van de springbron pijn deed aan Anjalis' oren. Maar hij kon geen antwoord geven, hij had alleen zijn naakte vertwijfeling.

Ik was bang voor intimiteit, wilde hij schreeuwen, bang om gebonden te zijn, bang voor verantwoordelijkheid. Maar hij zweeg.

'Je had het over een godenkind dat geboren zou worden, en dat jij uitverkoren bent om hem te dienen?'

Toen dacht hij aan de nieuwe ster, het heldere licht boven Bethlehem dat hij toch met eigen ogen gezien had. En de woorden van Jesaja kwamen in zijn hoofd op, groots en schoon:

Want een Kind is ons geboren,
een zoon is ons gegeven,
en de heerschappij rust op zijn schouder
en men noemt hem Wonderbare Raadsman,
Sterke God,
Eeuwige vader,
Vredevorst.

'Dat is zo', zei hij tegen Ariadne. 'En nu moet God het mij maar vergeven, maar ik moet Zijn geheim verraden.'

Hij begon te vertellen over de tijdsgewrichten die door Chaldeeers werden berekend, over de aarde die nu het sterrenbeeld Vissen binnenging. En over de incarnatie, over het kind dat in Judea in armoede was geboren en over de nieuwe religie die met de Grieken en de Romeinen over de aarde verspreid zou worden.

Ze werd zo kalm dat haar rust op hem oversloeg.

'Ik wist het wel,' zei ze, 'dat het allemaal niet vergeefs was, dat alles in ons leven een bedoeling heeft.'

En ze vertelde hem over het orfisme, over het diepe geloof in het zaaien en oogsten, in dood en wederopstanding, en het geheime genootschap dat zich overal in het Griekse rijk bevond.

'Morgen zul je meer horen', zei ze. 'Dan zul je mijn priester ontmoeten.'

'Maar zelfs hij mag het niet weten', zei Anjalis, opeens bang geworden.

'Nee, dat begrijp ik, en je kunt gerust zijn. Ik zal je geheim bewaren, ik kende dat immers al lang.'

De volgende dag bracht Ariadne hem in contact met Orestenes, een orfische priester in Korinthe. Het was een man met een grote rust, nog jong, maar hij leek een beetje op de Egyptische priesters.

Eindelijk werd de geheime brede kloof in de Griekse religie aan Anjalis geopenbaard. Via Orestenes kwam hij in contact met heel het rijke netwerk aan genootschappen dat de ingewijden in het land verbond en waarin het verlangen van de Grieken stem kreeg.

HET HUIS WAS niet groot, maar mooi; het mooiste huis dat Anjalis ooit had gezien, zoals het zacht en laag in het groen opging.

De tuin was groot als de tuin van Eden, en daar moest alles groeien. Ze plantten rozen, bloem na bloem. Ze pootten bollen, lelie na lelie.

Het bestaan was vervuld van heerlijke problemen. Nooit had Anjalis gedacht dat het zo belangrijk kon zijn om de exact juiste tint te vinden voor de kleur van een muur, precies de nuance die een wandschildering goed deed uitkomen en diepte gaf.

Het schilderstuk was groot; ze hadden samen na lang aarzelen tot de aankoop besloten. Op de afbeelding ontmoette de zee de woestijn, de denderende watervlakten de stilte, het koele het hete.

'Jouw wereld en de mijne zijn nu verenigd', zei Ariadne, die altijd de juiste woorden vond.

Maar het fijnst waren toch de nachten; ze sliepen zo dicht tegen elkaar aan dat twee helften één werden, volmaakt. En het ontwaken, wanneer haar lichaam het zijne ontving en hij het kind mocht voelen, het nieuwe leven dat ontstond uit de gesloten tweevoudigheid.

Maar altijd kwam het moment waarop ze wegging om een stuk gereedschap te halen, een schop om mee te graven of een hamer om een spijker mee in te slaan. In het begin wachtte hij rustig op haar terugkeer, op de glimlach om haar mond en haar blauwe ogen. Maar algauw had hij zijn lesje geleerd; zodra ze verdwenen was, zette de ongerustheid haar klauwen in hem en hij rende achter haar aan om haar te vinden. Kamer in en kamer uit.

Dan veranderde het huis in een burcht met sombere zalen, vol rommel en spinnenwebben. Hier zouden geen kinderen spelen, zou de echo van hun gelach niet tegen het plafond weerkaatsen.

Alle schilderstukken waren weg en in de tuin waren de bloemen doodgegaan. Voor de ramen van het kasteel strekte de woestijn zich uit, maar hij zette het toch op een rennen en hoorde hoe hij haar naam riep en hoe zijn stem weerkaatste tegen de lege muren. Ten slotte begreep hij dat alles vergeefs was, dat ze het huis had verlaten.

In de laatste zaal kwam hij de zwarte kat tegen, die hij haatte, maar die hem toch uit zijn droom moest halen en terugvoeren naar de werkelijkheid.

Die bestond uit een smal bed in een kamer die hij huurde in Athene.

De droom keerde iedere nacht terug, vroeg in de ochtend, en hij durfde nooit opnieuw in te slapen. Niet vanwege het gemis; dat was even pijnlijk wanneer hij wakker was. Nee, het was de kat die hem angst inboezemde, dat stille lenige dier.

Heilig in de tempel van de Egyptenaren.

Hoe leef je je leven in lege, echoënde zalen met een zwarte kat als enig gezelschap? Anjalis vond nooit een ander antwoord dan eenvoudige handelingen: opstaan en aan de slag gaan met het werk van die dag. Hij deelde zijn dagen zo strak in dat er weinig ruimte overbleef om aan haar te denken.

Anaxagoras was godzijdank in Korinthe gebleven. Anjalis hoopte dat hij daar zou blijven en dat hij hem zou kunnen vergeten, net als heel die vervloekte familie.

Al de tweede dag dat hij terug in Athene was, reisde hij naar een vissersdorp vlak bij Piraeus, naar het orfisch genootschap aan de zee. Hij had een brief van de priester uit Korinthe bij zich.

Nadat hij het geschrift had overhandigd moest hij een poosje wachten, in een grote hal in een eenvoudig huis dat ver tussen de rotsen lag. Anjalis ging voor een raam staan uitkijken over zee, die hij tegen de klippen hoorde slaan, ritmisch, regelmatig als een enorm hart. Dat bracht zijn gemoed tot rust.

Toen hoorde hij een stem achter zich zeggen: 'Wees welkom, Anjalis.'

De man die hem begroette was oud noch jong, maar wel lang, bijna net zo lang als Anjalis. Een verrassend opgewekte glimlach gleed over zijn smalle gezicht, maar hij had de ogen van een mysticus, diep en vol inzicht.

Anjalis had zulke ogen eerder gezien. Hij wist dat ze recht door alle verschansingen van een mens heen keken en dat de priester zojuist zijn vertwijfeling had gezien, maar er de voorkeur aan gaf zijn blik tactvol af te wenden voordat hij wat ging zeggen.

'Ik ben Demetrios,' zei hij, 'en ik ben de leider van het orfisch genootschap hier.'

Ze hadden lang op Anjalis gewacht, vertelde hij; ze hadden zijn lezingen in Athene op de voet gevolgd en wisten dat de jonge Chaldeeuwse magiër hen vroeg of laat zou opzoeken.

'Als we het goed begrijpen, hebt u een boodschap voor ons Grieken', zei de man.

'In de eerste plaats heb ik hier een opdracht', zei Anjalis en hij vertelde hoe hij door de Egyptische priesters en de Chaldeeuwse astronomen over zee was uitgezonden om de Griekse ziel te leren kennen.

Toen hij Demetrios' verbaasde blik zag, vervolgde Anjalis: 'Het is belangrijk dat wij in de oude wereld leren begrijpen wat de wezenlijke kern is van het bewustzijn dat de Grieken over de wereld verspreiden.'

'Ik begrijp het', zei Demetrios, maar Anjalis wist dat de man zich heel goed realiseerde dat hij maar de halve waarheid sprak.

'Ik heb lange omwegen gemaakt', zei Anjalis, die vertelde over zijn ambitie om de Olympische goden te begrijpen, en hoe hij tussen de volwassenen verdwaald was, maar bij de kinderen het juiste pad had gevonden.

'Misschien was dat een noodzakelijke omweg', zei de priester. 'Wilt u vertellen tot welke conclusies u bent gekomen?'

Enigszins onzeker vertelde Anjalis welke dat waren, maar de Griek knikte belangstellend en gaandeweg steeds instemmender.

'Zo helder heb ik het nooit gezien', zei hij. 'U weet natuurlijk dat we allemaal blind zijn voor onze eigen omgeving. Slechts op één punt verschillen wij van mening. U denkt dat de goden beelden zijn waaraan de mensen zelf kracht toeschrijven. Maar ik weet dat ze bestaan, net zoals uw vriend Anaxagoras beweert. Ze volgen je als een schaduw: je duistere broer, de jonge held, de godin die de zuster van de ziel is, de jaloerse Hera of de vlammende Athena.'

Anjalis maakte geen tegenwerpingen, maar Demetrios, die zijn scepsis zag, ging verder.

'Het maakt zeker verschil als je hen erkent. Dan verliezen ze hun macht om te regeren en kunnen ze worden gebruikt om het gemoed te zuiveren, precies zoals u dat beschreef. Maar als ze hun gang bij je mogen gaan zonder dat je ze accepteert, dan neemt hun invloed toe.'

'Dat begrijp ik wel', zei Anjalis.

'De mens moet zijn goden leren kennen, wil hij ooit God leren kennen.'

'Legt u het Griekse gebod om jezelf te leren kennen zó uit?' vroeg de Chaldeeër.

'Ja', zei de priester.

Het bleef lang stil in de kamer, en opnieuw hoorde Anjalis de golven tegen de rotsen slaan. Hij sloot zijn ogen en bedacht hoe slecht hij zichzelf kende, hoe lang de weg tot de goddelijkheid was die hij nog te gaan had.

Toch kende hij het grote geheim dat God zojuist op aarde was geboren.

Hij bedacht ook dat de man die hij tegenover zich had naar alle waarschijnlijkheid zijn gedachten kon lezen, en hij zei: 'De werkelijke reden voor mijn reis mag ik niet openbaren. Ik ben gebonden aan een heilige gelofte.'

Demetrios glimlachte en antwoordde: 'Waar ik net over zat na te denken, was niet over uw boodschap maar uw pijn.'

Anjalis dacht aan de proeven in de crypten, die ook geheim waren.

'Ook daarover mag ik niet praten', zei hij.

'Niets kan u echter verhinderen mijn medelijden te aanvaarden.'

Anjalis kon er niets aan doen, maar tranen vertroebelden zijn blik. Hij probeerde echter te glimlachen en zei: 'Ik moet natuurlijk toegeven dat het voor mij goed zou zijn als ik de beschikking had over een Griekse god die aan mijn verdriet vorm had kunnen geven.'

Ze gebruikten samen een eenvoudige maaltijd: beboterd brood, verse geitenkaas, olijven en wijn. Demetrios begon te vertellen over het orfisme, over de gekke Pan die in het begin der tijden uit het Thracië van de barbaren was getrokken en over de grens was gedanst naar de Grieken, die al gevangen zaten in de eisen die de beschaving aan hen stelde.

'Hij bezat een enorme energie, wild als het leven zelf, ongetemd. En in de fluit waarop hij speelde, was de herinnering bewaard aan het grote bestaan, de tijd van de onschuld op aarde, toen de voorwerpen nog geen geheimen hadden en God zonder dekmantel tussen de mensen verkeerde.'

Hoe Pan na verloop van tijd met de Dionysus van de goddelijke waanzin werd verenigd, bleef gehuld in het duister der geschiedenis, zei Demetrios. Maar Orpheus kwam en was méér dan de mystieke held die naar de onderwereld ging om zijn geliefde te halen.

'Hij was een godsdienststichter en een voorloper van Pythagoras. Tussen hem en Pan bestond een verbinding. De muziek.

Muziek kan immers inzicht in de grootsheid van het leven en in Gods aanwezigheid verschaffen', zei Demetrios.

Opeens moest Anjalis aan zijn fluit denken; meestal stond hij daar niet bij stil, maar hij had hem wel altijd bij zich in de zak van zijn mantel. Hij gaf gehoor aan een impuls, pakte zijn instrument en speelde voor Demetrios: een trage melodie vol weemoed en dankbaarheid.

Nadat de tonen waren verklonken, deed de priester er een hele tijd het zwijgen toe.

Daarna schoot hij in de lach en zei: 'U hebt dus ook een god door middel van wie u uw verdriet kunt uiten en die u kan bevrijden.'

's Middags maakten ze samen een wandeling langs het strand en Demetrios vertelde verder over het orfisme, dat voortleefde in genootschappen verspreid over de hele Griekse wereld.

Deze gemeentes handhaafden de oorspronkelijke mysteriën en hielden in de verfijnde Griekse maatschappij de eenvoudige hoop levend, zei hij. Het waren heel verschillende mensen, die in gemeenschap van goederen leefden en waarbij de vrouwen dezelfde positie innamen als de mannen. Ze leidden een eenvoudig bestaan dat helemaal gewijd was aan een grote taak.

Anjalis zag meteen in dat dit grote overeenkomsten vertoonde met de Chaldeeuwse samenleving waarin hij was opgegroeid. Daarover kon hij vertellen, over de toren en de bibliotheek in de woestijn.

Demetrios luisterde met grote belangstelling.

Toen de avondkoelte kwam, zaten ze weer in de grote hal. Ze aten groente, dronken ijskoud water en vervolgden hun gesprek.

'Wij wachten op de geboorte van God in de wereld', zei Demetrios, en hij leek Anjalis' verbazing niet te zien. 'Gods geboorte is noodzakelijk, omwille van het kwaad en het lijden.'

Anjalis was het tot op dat punt met hem eens, maar toen Demetrios beweerde dat in laatste instantie God ook verantwoordelijk was voor het kwaad, dat hij dat had geschapen zoals hij al het andere ook had geschapen, deed Anjalis er het zwijgen toe.

'De God op wie de wereld nu wacht, zal een lijdend mens worden', zei de priester. 'Zijn leven zal vol pijn zijn, Hij moet het lot van eenvoudige mensen dragen wanneer dat op zijn wreedst is.'

Anjalis dacht terug aan het gesprek in de bibliotheek van de Chaldeeërs, aan de inspanningen van de oude mannen om te begrijpen waarom voor de incarnatie een eenvoudig en arm kind in het belaagde Judea was gekozen, een land waar de wreedheid van de Romeinen geen grenzen kende.

Demetrios, die voortdurend zijn gedachten leek te raden, begon verrassend genoeg over de joden te praten, over de joodse gemeentes die in vrijwel alle steden op aarde te vinden waren.

De aanhangers van het orfisme onderhielden contacten met hen, open als ze stonden voor de rijke kennis van de Hebreeërs over de enige god. Maar het was een gesloten volk, bezeten van zijn geloof in de eigen uitverkorenheid.

'Ze verbazen me vaak', zei hij. 'Soms bidden ze tot God dat Hij hen van hun lijden verlost. Hoe zou God de mens kunnen helpen tegen God?'

Anjalis was met stomheid geslagen: hij had nooit iemand iets dergelijks horen zeggen. Maar Demetrios glimlachte naar hem en zei: 'U beseft vast wel dat het kwaad zichzelf kwaad doet, net zoals het geheel zichzelf heelt.'

Anjalis schudde zijn hoofd, maar dacht aan Heraclitus' woorden over de vereniging der tegenstellingen, dat goed en kwaad één zijn en dat alles goed is voor de enige god. Maar meteen daarna moest hij denken aan de gekruisigde Zeloten in Tyrus en woede vlamde in hem op.

De priester zag hem blozen en zei: 'Niets van dat alles kun je begrijpen als je geen kennis over de dood hebt.'

'Maar wie heeft die?' zei Anjalis. 'Zelfs uw eigen Orpheus had niets anders te vertellen dan de hopeloze Griekse sage over de schaduwwereld. En voorzover ik weet is er verder nog niemand teruggekomen om getuigenis af te leggen.'

'We zijn allemaal teruggekomen', zei Demetrios.

'Zonder herinneringen en zonder iets te hebben geleerd.'

'U hebt heus wel herinneringen', zei Demetrios. 'U behoort niet tot de onzaligen die zich laven aan de rivier de Lethe om vergetelheid te vinden.'

Toen Anjalis 's nachts naar huis reed, moest hij weer aan Ariadne denken, het meisje dat hij herkende als zijn verloren wederhelft.

Na hun eerste ontmoeting zagen Demetrios en Anjalis elkaar vaak. Anjalis werd in het prachtvolle Eleusis ingewijd in de mysteriën. Hier had je niet de zelfbeproeving die de Egyptenaren verlangden, maar de kern van de beleving was dezelfde. En hij leerde de mooie woorden die na de intrede in de Hades tot de bron bij de witte cipres gericht moesten worden:

'Zie, ik ben een kind van de aarde, maar ook van de met sterren bezaaide hemel,
en naar de hemel verlang ik, dat weet u zelf.
Zie, ik word geplaagd door dorst en verga. Geef mij dus snel koele dranken die vloeien uit de zeeën der herinnering.'

Na een tijd waarin hij bezoeken aan diverse orfische gemeentes aflegde, nam Anjalis een besluit. Hij ging aan boord van een schip naar Alexandrië en vervolgde van daaruit zijn weg naar Heliopolis, waar hij toestemming vroeg om aan de orfische priesters te mogen vertellen over het kind dat bij het ingaan van het tijdperk der Vissen onder de nieuwe ster was geboren.

De Egyptenaren wilden niet in hun eentje stelling nemen, maar reisden samen met Anjalis naar de woonplaats der Chaldeeërs in de woestijn, waar men heel blij verrast was door Anjalis' thuiskomst.

Na een week van beraadslagingen kwam men tot het besluit dat Anjalis naar Griekenland zou terugkeren om de aanhangers van het orfisme van het geheim op de hoogte te brengen.

Anjalis ging nog een aantal jaren door met zijn school in Athene, maar het grootste deel van zijn tijd was hij samen met Demetrios op reis naar de Korinthiërs, de Galaten, de Efeziërs, de Filippenzen, de Colossenzen en de Thessalonicenzen. Overal werden ook contacten gelegd met de joodse gemeentes, en de boodschap dat de Messias in Judea was geboren verspreidde zich.

Wanneer hij in de winter in Athene verbleef, bestudeerde Anjalis de geheime academie van de stoïcijnen, en hij was zo gecharmeerd van hun filosofie dat vele van zijn brieven naar Heliopolis hierover gingen. Hij raakte nu voor het eerst met een Romein bevriend, de jonge scherpzinnige Petronius Galba.

Na bijna zes jaar in Athene reisde Anjalis op uitnodiging van Petronius naar Rome, om lezingen voor de stoïcijnen te houden bij het Forum. Al de eerste dag werd hij samen met zijn vriend uitgenodigd voor de maaltijd in een van de grootste en rijkste huizen. Tot ieders verbazing kwam Cornelius Scipio daar ook naartoe, de veldheer en edelman die erom bekendstond dat hij nooit aan het Romeinse gezelschapsleven deelnam.

'Ik heb gehoord dat u een groot leraar bent', zei hij. 'Ik heb een kind dat hulp nodig heeft.'

DEEL 3

'Wie mat de wateren met zijn holle hand,
bepaalde de omvang der hemelen met een span,
vatte met een maat het stof der aarde,
woog de bergen met een waag
en de heuvelen met een weegschaal?'

JESAJA

DE LUIKEN STONDEN open, zonlicht viel op Marcus' bed. Hij werd langzaam wakker, steeg met tegenzin op uit de duisternis naar de onbarmhartig heldere dag.

Hij was zich er voortdurend van bewust dat hem iets geweldigs was overkomen, maar pas toen hij het gezang van de vogels in de tuin hoorde, wist hij weer dat hij zijn duisternis kwijt was. Die zachte schaduwloze wereld zonder tegenstellingen was de zijne niet meer.

Marcus vertrok zijn gezicht en kneep zijn ogen dicht, in een poging tijd te winnen om na te denken. Maar het licht drong naar binnen, rood van het bloed onder zijn oogleden. Hij trok de deken over zijn hoofd, maar die was dun en wit en daarmee kon hij de duisternis niet veiligstellen. Net als anderen was hij nu gedwongen om de werkelijkheid onder ogen te zien.

Gisteren was het leuk geweest om over stenen te springen en te zien hoe ingenieus en mooi de wereld was. Het had hem overweldigd, hij was vergeten na te denken.

Was de prijs vergeten.

Hij was zo moe geworden dat Anjalis hem van de vijver naar zijn bed had moeten dragen, waar hij was teruggekeerd in de duisternis waarin hij zich thuisvoelde.

Voorzichtig deed hij zijn ogen open en keek naar zijn hand onder de deken. Wat was die klein, en rood van het bloed dat rondgepompt werd. Hij was vies, er zaten rouwrandjes onder zijn nagels.

Dat gaf hem een beetje troost.

In het duister was zijn lichaam groot en ondoordringbaar geweest, maar nu werd duidelijk hoe teer het was; een magere jongensvuist aan een smalle arm en het rode bloed dat slechts door de dunne huid bijeen werd gehouden.

Hij bleef lang naar zijn hand liggen kijken, balde hem zo stevig samen dat zijn knokkels er wit van werden, waarna hij hem weer ontvouwde als een bloem die zich voor de zon opent.

Net zo teer als de bloem maar lang niet zo mooi, dacht hij, en meteen daarna werd hij nieuwsgierig. Hij wilde zichzelf zien.

Hij herinnerde zich hoe Anjalis' vingers over zijn gezicht waren gegleden en dat hij had gezegd dat Marcus een knappe jongen was. Maar Anjalis hield mensen voor de gek; dat had hij zelf toegegeven. Seleme hield mensen niet voor de gek en zij had altijd gezegd dat hij zo lelijk was dat hij er aandoenlijk van werd.

Dat had hij niet begrepen, dat begreep hij nu nog niet. Aandoenlijk?

Eneides stond altijd voor de spiegel en Marcus had vaak naast hem gestaan om zijn beeld te bewonderen. Naast Eneides stond een andere jongen, die lelijk en krom was. Bij de herinnering moest Marcus blozen en opnieuw kwam dat rare woord weer bij hem op. Aandoenlijk?

Op de tafel in de hal lag een handspiegel van zilver; dat wist hij omdat Nadina af en toe in de spiegel keek en dan begon te steunen over haar rimpels en grijze haren. Nu wilde Marcus die spiegel hebben, meteen, voordat er iemand anders wakker werd.

Hij wilde zichzelf bekijken.

Het was stil in het huis waarin hij samen met Nadina woonde, ook stil in de grote kamers aan de achterkant waar Anjalis zijn grote bibliotheek en zijn slaapkamer had. Er hing een vreemde, verlaten sfeer; waar zat iedereen?

Maar hij bedacht dat het goed was dat hij alleen was.

Hij ging zijn bed uit en sloop naar de hal waar de spiegel lag. Terug in bed maakte hij van de deken weer een tent en bleef lang met gesloten ogen liggen, de spiegel in zijn hand. Hij was bang.

Hij nam zijn toevlucht tot een aftelrijmpje: Een, twee, drie, nu weet ik wat ik zie.

Bruine ogen verzonken in bruine ogen, konden geen houvast vinden, geen bodem.

Was hij dit; wie?

Of hij mooi of lelijk was, had geen betekenis meer. Zijn gezicht in de spiegel moest hem vertellen wie hij was, maar dat deed het niet. Het was een klein gezicht, net zo verbluffend klein als zijn hand, en smal, gedomineerd door de grote ogen met hun vragen. Marcus' hart bonkte zo heftig dat hij moeite had om na te denken. Hij deed zijn ogen weer dicht en besloot dat wanneer zijn hart tot bedaren was gekomen, hij zijn gezicht stukje bij beetje zou bekijken en dan de delen zou samenvoegen tot een beeld dat een antwoord moest geven.

Dus probeerde hij het na een poosje opnieuw. Bruin krullend haar, een rechte haarinplant, een hoog voorhoofd en dan die grote ogen, die hij ontweek. Een rechte neus en een grote mond, die zijn angst duidelijk verried. En ten slotte een stevige kin met een kuiltje erin.

Wat vertelde dat beeld hem?

Niets, hij bleef niemand, ook al had hij zijn gezichtsvermogen teruggekregen.

Nee. Opnieuw de ogen, zijn blik strak gericht op de ogen. En ditmaal waren ze niet bodemloos. Ergens heel diep verborgen zat iemand, iemand die bang was. Maar ook nieuwsgierig.

Die ontdekking schonk hem de moed om terug te keren naar de hal. Daar pakte hij een van de zware krukken en ging erop staan, voor de grote spiegel aan de muur. Hij bleef lang op de kruk staan om zijn lichaam te bestuderen, vervuld van bijzondere gevoelens.

Hij ging hier zo in op dat hij Nadina niet hoorde aankomen. Hij viel bijna van zijn kruk toen ze zei: 'Maar Marcus, sta je hier naakt in de kou. Straks word je nog verkouden.'

Hij keek haar lang aan. Hij zag dat ze gelijk had met haar gepraat over rimpels en grijze haren, maar ook dat ze blij was, veel blijer dan hij bang was.

Anjalis omhelsde in wilde vreugde een vrouw, en in de genotvolle pijn op het moment van het orgasme wist hij dat zij Ariadne was, maar ook nog méér: zijn ziel.

Zelf was hij onzichtbaar als een god en hij zag haar verbazing toen zij zijn rug en schouders streelde zonder die te zien, haar verbazing, maar ook haar angst. Hij wilde haar geruststellen, maar zijn stem kon haar evenmin bereiken, ook die behoorde toe aan een ander bestaan.

Na afloop bleef hij lang op de rand van haar bed naar haar zitten kijken, zelf ongezien en de tijd voorbij. In enkele korte momenten gleden de maanden verder, hij zag het kind groeien in haar schoot.

Hij hield van de ongeborene.

Het kind had echter een aardse vader en toen hij zich dat realiseerde, was zijn vertwijfeling zo groot dat hij er de fysieke pijn van voelde, en hij werd badend in het zweet en angstig wakker.

Pas in de badkamer, waar hij zijn zweet en zaad afspoelde, herinnerde hij zich dat het kind dat hij in de schoot van de vrouw had zien groeien de gelaatstrekken van Marcus had vertoond.

Marcus, die gisteren onder zijn, Anjalis' verantwoording was geboren.

Als ik niet van de jongen hield, zou mijn taak gemakkelijker zijn, dacht hij terwijl hij zich aankleedde.

Marcus zat aan de ontbijttafel; hij kon het brood in zijn mond niet weg krijgen en had een vragende blik in zijn ogen.

'Hij is vandaag moe en heeft geen trek', zei Nadina. Ze klonk echter niet bezorgd, maar vol vertrouwen.

Zoals Cornelius zal zijn, dacht Anjalis, en hij had wel willen gillen: zie je dan niet dat hij pasgeboren is, dat hij moedermelk nodig heeft?

Maar Marcus slikte zijn brood al door en Anjalis bedacht dat ze zijn waardigheid moesten koesteren.

'Anjalis,' zei de jongen, 'wanneer vertrek je?'

'Ik ga niet weg, ik ben van plan hier nog jaren te blijven wonen.'

Voor het eerst bedacht Anjalis tevreden hoe tijdrovend zijn taak was. Hij had nog geen gelegenheid gehad om veel van Rome te zien, maar wat hij ervan gezien had, maakte absoluut duidelijk dat zijn werk hier moeilijker zou zijn dan in Athene, dat de Romeinen ongrijpbaarder en complexer waren dan de Grieken.

Marcus glimlachte meteen opgelucht; hij had een antwoord gekregen op de moeilijkste vraag.

'Marcus,' zei Anjalis, 'we beginnen pas.'

'Waarmee gaan we beginnen?'

Er school verwachting, een beetje nieuwsgierigheid in Marcus' stem.

'We beginnen met tekenen', zei Anjalis.

'Cornelius ontvangt vandaag cliënten', riep Nadina hen na toen

ze naar de bibliotheek van Anjalis liepen.
Godzijdank, dacht Anjalis.
Een stukje houtskool, grote zachte penselen, kleine stevige. In hoog tempo brak Anjalis de kleuren; hij vulde kom na kom met glanzend rood, hemels blauw, bosachtig groen, zonnig geel.

'Ik wil dat je begint met de waterlelie', zei hij, en de jongen pakte de houtskool en zette met verbluffend vaste hand de lijnen van de bloem uit, de vier binnenbladen, de zes buitenbladen, de bijna vierkante kelk gemarkeerd door de gouden meeldraden, de lange tere stengel en de grote bladeren die op het water dreven. De stengel en de bladeren heb ik nooit beschreven, dacht Anjalis, maar zijn verwondering daarover was klein vergeleken met de bijna ademloze verbijstering die hij voelde toen hij zag hoe handig de jongen was. Hij is een kunstenaar, dacht Anjalis, en hij sloot zijn ogen in stille dankbaarheid.

'Marcus', zei hij. 'Deze waterlelie zal ik aan de muur boven mijn bed hangen.'

Even later haalde Anjalis een spiegel, een grote heldere spiegel die hij voor Marcus op tafel zette. De jongen schrok van zijn eigen beeld, maar ontweek het niet.

'Ik heb mezelf al in de spiegel bekeken', zei hij. 'Ik weet dat er diep in mijn ogen iemand zit.'

'Goed', zei Anjalis. 'Teken hem maar na.'

Dat was moeilijk, moeilijker dan de waterlelie. Marcus aarzelde, tekende, wiste uit, zuchtte, maar ten slotte vond hij de juiste lijnen, de verhouding tussen de neus en het voorhoofd.

De ogen waren echter een ellende; hoe hij ook zijn best deed, hij slaagde er niet in de bodem te vinden die hij die ochtend meende te hebben gezien.

'Doe eerst de mond maar, Marcus.'

'Waarom?'

'De mond drukt meestal een concreter gevoel uit. De ogen zijn vaak moeilijker te beschrijven, weet je.'

'Mmm.'

Marcus zat lang aan de mond te werken, maar uiteindelijk, met één penseelstreek, had hij het: de angst ervan, de expressieve fijne boog van de bovenlip.

'Ik ben zo vreselijk bang', zei hij.
'Maar dat moet je ook zijn, dat moet je nog een poosje blijven.'
'Anjalis, mag ik niet eerst eens op jou oefenen?'
'Natuurlijk, dat is een goed idee.'

Het kostte wat moeite om Anjalis' lange lichaam in een goede hoogte boven de tafel uit te krijgen, en ze moesten daar allebei erg om lachen. Marcus begon te tekenen; met vaste hand trok hij de karakteristieke lijnen van het gezicht van de tovenaar: de grote spottende mond die bijna altijd leek te lachen, de rechte neus, de schuine ogen met wenkbrauwen die hoog op zijn voorhoofd zweefden en hem een uitdrukking van eeuwige verwondering gaven.

'Nu komt het moeilijkste', zei Marcus.

Maar het duurde niet lang voordat een tevreden glimlach op zijn gezicht verscheen; hij had de blik van Anjalis gevangen en was erin geslaagd die op de papyrus vast te leggen.

'Nu mag je kijken.'

Anjalis slaakte een zucht van verbazing toen hij zijn eigen gezicht zag zoals hij dat nog nooit in de spiegel had gezien.

'Maar Marcus, jij kunt een groot kunstenaar worden.'
'Ga je deze tekening ook boven je bed hangen?'
'Ja', zei Anjalis. 'Dat zou goed voor me zijn.' En hij keek lang naar zijn eigen oogopslag, die nieuwsgierige bestuderende oogopslag, die duidelijk afstand schiep tussen hemzelf en de ander.

'Je ziet er geheimzinnig uit, dat is in het echt ook zo', zei Marcus.
'Ik vind dat je mijn geheim hebt blootgelegd.'
'Een klein beetje, misschien.'
'Als je mijn persoonlijkheid zo durft bloot te leggen, dan...'
'Dan durf ik dat met mezelf ook...'
'Ja. Jij hebt immers veel minder te verbergen, Marcus.'
'Dat is het probleem ook niet, Anjalis. Dat is namelijk het feit dat ik niemand ben.'
'Maar dat klopt echt niet, Marcus. Deze tekening kan immers niet door niemand gemaakt zijn.'

Anjalis hield de afbeelding van zichzelf voor zijn gezicht en maakte Marcus daarmee aan het lachen.

Zo bleven ze de hele ochtend bezig; keer op keer werd er een nieuw beeld van Marcus gevangen, en iedere keer werd de oogopslag helderder; het bodemloze kreeg een bodem en het onuitgesprokene vond een uitdrukkingsvorm.

Nadina kwam om te zeggen dat de middagpap klaarstond, maar Marcus wist van geen ophouden.

Keer op keer drong hij door in zijn eigen beeld, gaf dat steeds meer bestendigheid.

Ten slotte was hij min of meer tevreden. Nadina warmde het eten opnieuw op en de jongen at, moe maar veel minder bang.

'Mag ik vanmiddag bij jou slapen, Anjalis?'

'Natuurlijk.'

Marcus werd eerder wakker dan Anjalis en lag naar hem te kijken.

'Je ziet er vriendelijker uit als je slaapt', zei hij toen Anjalis zijn ogen opsloeg en hem aankeek.

'Dat is toch bij iedereen zo, denk je niet? Wanneer je wakker bent, zet je een masker op.'

'Waarom?'

'Dat moet, om jezelf te beschermen.'

'Dus iedereen is een beetje bang?'

'Ja, de meeste mensen wel.'

'Grootvader ook?'

Anjalis knikte. Marcus was enorm verbaasd; Cornelius Scipio kon toch niet bang zijn?

'Ik weet niet zeker of hij dat zelf wel weet', zei Anjalis.

'Maar dan geeft het toch niets? Als je het zelf toch niet weet, bedoel ik.'

'Jawel', zei Anjalis. 'Ik vind juist het tegenovergestelde; dan wordt het pas gevaarlijk.'

Hij had meteen spijt van zijn woorden; de jongen moest zijn vertrouwen in de oude man behouden. Maar Marcus vatte het niet verkeerd op.

'We moeten heel lief zijn voor grootvader', zei hij.

'Zullen we in de rivier gaan zwemmen?'

Anjalis vroeg dat, maar Marcus schudde zijn hoofd: 'Dat wil ik liever niet.'

Het bleef een hele poos stil en Anjalis wachtte tot de jongen weer wat zou zeggen. Hij leek nu banger dan die ochtend. Ten slotte kwam het eruit.

'Het ergste is mijn lichaam. Dat is zo dun dat het kapot kan gaan, en verder...'

'En verder?'

'Verder is het zo krom en zo lelijk, zo lelijk...'

Zijn woorden gingen over in tranen. Zoals altijd mocht hij uithuilen voordat Anjalis het woord nam.

'Dat is gek', zei hij. 'Ik vind juist dat jij een mooi lijf hebt.'

'Je houdt me voor de gek, je hebt zelf gezegd dat je mensen vaak voor de gek houdt.'

Anjalis ging rechtop in bed zitten en zette de jongen op zijn knie, zodat ze elkaar recht in de ogen konden kijken.

'Luister eens, Marcus. Dit is moeilijk en ik verlang niet van je dat je het meteen begrijpt. Ik zal nooit tegen je liegen. Ik heb gezegd dat ik je met de waterlelie voor de gek heb gehouden, maar ik drukte me niet nauwkeurig uit. Want jij weet net zo goed als ik dat onze waterlelie wel bestaat; hij bestaat in jouw hoofd en helpt je nu al weken. En vandaag bestaat hij ook in wat de mensen de werkelijkheid noemen, op jouw tekening.'

Anjalis' ernst maakte indruk op de jongen.

'Dingen bestaan die niet bestaan. Dat is moeilijk te begrijpen.'

'Ja,' zei Anjalis, 'dat is moeilijk te begrijpen. Toch weet je dat de waterlelie bestaat, dat hij aldoor heeft bestaan. Er bestaat ook een innerlijke werkelijkheid, Marcus, en die is net zo belangrijk en echt.'

'Toen jij bij mij kwam, zei je dat ik mooi was. Is dat waar, ik bedoel, in het echt dan... of... in wat je niet in werkelijkheid kunt zien?'

'Dat is een moeilijke vraag', zei Anjalis. 'Weet je, ik hield bijna meteen van je. En waar je van houdt, dat vind je mooi. Dus of je mooi bent of niet, ja, hoe moet ik dat weten...?'

'Bloemen zijn ook mooi als je niet van ze houdt', zei Marcus.

'Is dat zo?' Anjalis klonk nadenkend.

'Waarom ben je zo stil?'

'Ik probeer aan een bloem te denken waar ik niet van houd, maar ik kan er geen bedenken.'

Nu zat Marcus te peinzen en hij kwam tot dezelfde conclusie. Alle bloemen waren mooi en daarom hielden mensen van bloemen.

'Nee, dat geloof ik niet', zei Anjalis. 'Alle bloemen hebben de mens iets te zeggen en daarom houdt hij van ze.'

'Dit wordt me te ingewikkeld, Anjalis.'

'Dat begrijp ik. Maar laten we het eens proberen; we gaan eens goed kijken naar de tekeningen die je vanochtend gemaakt hebt, naar de beelden van Marcus. Dan mag je zelf beslissen of je mooi of lelijk bent.'

'Er is... er is een gelijkenis met mij.'

'Ja, die gelijkenis is heel groot.'

Marcus bleef alleen bij de portretten zitten, maar net zoals toen hij zichzelf die ochtend in de spiegel had gezien, verloor de vraag over mooi of lelijk zijn betekenis. Dit was hij, hij wás. En dat besef had nu niets angstaanjagends meer.

Anjalis kwam terug met de tuinman en de conciërge, twee grote mannen. Met hun hulp tilde de tovenaar de zware spiegel in de hal van de muur en ze droegen hem naar de bibliotheek, waar hij behoedzaam tegen de muur werd gezet onder het toeziend oog van Nadina, die hun in naam van Jupiter verzocht voorzichtig te zijn met de vergulde lijst.

Toen iedereen het vertrek had verlaten, zei Anjalis: 'Marcus, nu gaan we zelfportretten ten voeten uit tekenen.'

Marcus had het allemaal met dezelfde verbazing gadegeslagen als Nadina. In het huis van Cornelius stonden de dingen altijd op hun vaste plek.

'Je bent niet goed wijs', zei hij en hij giechelde verrukt.

'Nee, naar Romeinse maatstaven niet', zei Anjalis, die ook moest lachen.

Die lach maakte het voor Marcus gemakkelijker en weldra was hij volop in de weer om zichzelf van top tot teen te tekenen. Dat was moeilijk, moeilijker dan het gezicht.

'Dat is waarschijnlijk voor iedereen zo', zei Anjalis. 'Je kent je gezicht veel beter dan je lichaam.'
'Je gezicht ben je meer zelf?'
'Ja, ergens wel.'
Tekening na tekening werd verworpen.
'Je maakt jezelf dunner en kleiner dan je bent. En krommer. Je hebt een beetje een slechte houding, maar zo voorovergebogen naar de grond ben je niet. Probeer het nog eens en recht je rug.'
Marcus rechtte zijn rug op het overdrevene af.
'Straks ben ik net zo lang als jij', zei hij.
'Nou, je hebt nog wel een stukje te gaan.'
Ze lachten weer, maar hun blijdschap was niet helemaal oprecht en de volgende tekening toonde dezelfde erbarmelijke gedaante, onderdanig, smekend.
'Marcus, gebruik je ogen. Er bestaat geen overeenkomst tussen de jongen in de spiegel en de jongen op de tekening.'
Toen smeet Marcus zijn houtskool en papyrus neer en gilde: 'Ik durf niet.'
Anjalis sloeg zijn armen om de jongen heen en zei: 'We proberen het morgen nog een keer. Nu gaan we zwemmen.'
Ze wandelden de heuvels in. Het was augustus, heel warm, en ze waren al doorweekt van het zweet voordat ze waren aangekomen bij de waterlelievijver waarin geen waterlelie dreef. Marcus vergat zich te schamen voor zijn lichaam, rukte zijn kleren van zijn lijf en rende het water in.
Hij zwom als een vis en gilde uitgelaten naar Anjalis, die heel voorzichtig achter hem aan kwam.
'Kun je niet zwemmen?'
'Nee', zei Anjalis. 'Ik ben een kind van de woestijn en wij hadden nooit genoeg water om in te zwemmen.'
'Ik zal het je leren.'
'Ja, dat is goed.'
Marcus commandeerde als een centurion: handen bij elkaar en gebruik je benen, in en uit, in en uit, in en uit. Maar iedere keer dat Marcus Anjalis' kin losliet, zonk de magiër als een baksteen en ten slotte moesten ze eerst op de oever kruipen om bij te komen van het lachen.

'Je zult het wel leren', zei Marcus superieur en troostend terwijl ze naar huis liepen.

'Dat mogen we hopen', zei Anjalis. 'Maar het was wel een beetje eng toen ik zo snel zonk.'

'Ach', zei Marcus. 'Je kon er gewoon staan.'

'Goh', zei Anjalis. 'Wat dom dat ik daar niet aan gedacht heb. Dat komt omdat ik bang was.'

Marcus ging langzamer lopen, zijn opgewekte superioriteit verdween als sneeuw voor de zon. Anjalis, die een paar stappen achter hem liep, zag hoe de jongen zijn schouders weer liet hangen, hoe zijn houding van hopeloosheid weer de overhand kreeg.

In de bibliotheek kwamen ze Cornelius tegen die eindelijk verlost was van zijn lange rij cliënten en stil bij de grote tafel stond te kijken naar de vele gezichten op Marcus' tekeningen.

'Er huist een kunstenaar in uw kleinkind', zei Anjalis.

'Ik zie het', zei de oude man, maar hij blikte terug in de tijd en zijn ogen drukten onverbloemd verdriet uit toen hij vervolgde: 'Een van mijn zoons was ook een groot tekenaar.'

'Het zit in de familie', zei Anjalis.

'Ja, en er zit nog veel meer in de familie.'

Marcus lette niet op de toon van het gesprek tussen de volwassenen; hij had zin om te vertellen dat Anjalis niet kon zwemmen en dat hij, Marcus, bezig was om het de tovenaar te leren.

'Weet u, hij is zo bang dat hij denkt dat hij het niet kan, en dan zinkt hij.'

Hij sprak geestdriftig en blij, Cornelius moest lachen en ze gingen zo in elkaar op dat Anjalis tijd had om de mislukte tekeningen waar Marcus in zijn volle lengte op stond te verzamelen en op te bergen.

'Morgen gaan we door met het maken van zelfportretten van Marcus ten voeten uit', zei hij. 'Daarom hebben we de grote spiegel ook hiernaartoe verplaatst.'

'Ik begrijp het', zei Cornelius, die Anjalis lang aankeek en vervolgens zei: 'We gaan vanavond vroeg aan tafel zodat Marcus mee kan eten.'

'Nadina ook', zei Marcus.

'Natuurlijk. Ren maar naar haar toe om haar op te halen.'

De twee mannen waren nog een hele tijd alleen, want Nadina moest zichzelf en Marcus wassen en nette kleren uitzoeken voor de onverwachte eer om in het grote huis van Cornelius te mogen aanliggen bij de maaltijd.

'Jij bent een bijzondere man, Anjalis. Want ik neem toch aan dat je wel kunt zwemmen.'

'Nee, gelukkig kan ik dat niet', zei Anjalis. Ze schoten allebei in de lach.

'Zou ik u vanavond kunnen spreken?' vroeg Anjalis.

Cornelius vond dat hij met een voor zijn doen ongewoon onderdanige stem sprak, en dacht: nu komt het, zijn eis, nu gaat het over de prijs die hij vraagt. Dat was goed; Cornelius wilde aan zijn verplichtingen voldoen.

Terwijl ze aanlagen, vertelde Anjalis over zijn thuis in de woestijn, over de waterdruppels uit de bron die van levensbelang waren, over de palmen en de groentes die ze ondanks alles konden verbouwen en over de schapen die onder de soberst denkbare omstandigheden overleefden.

Marcus luisterde ademloos, maar Cornelius wilde weten waarom ze erin volhardden om daar te blijven wonen. Dus vertelde Anjalis over de wijsheid van de Soemerische maanpriesters, over de Babylonische wiskunde en over de astronomie die afhankelijk was van het feit dat een paar mensen de verantwoordelijkheid namen om de hemellichamen en hun bewegingen voortdurend te bestuderen.

Trots beschreef hij de grote toren met de vele sterrenkijkers. En de bibliotheek waarin zich literatuur uit de hele wereld bevond en duizend jaar oude observaties, nauwkeurig opgetekend.

'Dat klinkt helemaal niet mystiek', zei Nadina, en Anjalis glimlachte en zei dat hij ook nooit had gevonden dat er iets geheimzinnigs of wonderlijks was aan de Chaldeeuwse magiërs.

'Daar kwam ik pas achter toen ik in Griekenland arriveerde', zei hij, en iedereen moest lachen.

'Maar jullie doen toch wel voorspellingen', zei Cornelius voorzichtig.

'Jawel, de sterren hebben wel het een en ander over de mens en zijn lot te vertellen. Maar die kennis is natuurlijk niet vreemder dan het bestuderen van de ingewanden van offerdieren zoals Romeinse priesters doen.'

Cornelius zag de spottende glimlach die over Anjalis' gezicht gleed.

'Waarschijnlijk zelfs minder vreemd', zei hij, eveneens glimlachend.

Anjalis vertelde hoe de heersers van de wereld door de eeuwen heen door de woestijn waren gereden om raad te vragen bij de Chaldeeërs.

'Een van de grootste was Alexander', zei hij. 'Toen ik over zijn bezoek hoorde praten, heb ik het verslag opgezocht in de bibliotheek, maar ik vond het teleurstellend.'

'Waarom?' Marcus' stem sloeg over van opwinding.

'Er zat zo'n verschil tussen wat de oude mannen echt in zijn horoscoop hadden gezien en wat ze hem durfden te vertellen', zei Anjalis.

'Ze waren laf', zei Marcus.

'Ja', zei Anjalis. 'En ze kregen goed betaald voor hun voorspellingen van geluk.'

De verbittering van die ervaring klonk nog door in zijn stem en Cornelius onderdrukte een glimlach toen hij zei: 'Maar een volwassen vent kan hier toch niet zielig zitten doen over het feit dat het in het leven altijd en overal om overleven gaat?'

'Toch doe ik dat', zei Anjalis. 'Ik ben behoorlijk kinderachtig, Cornelius Scipio.'

'Ook dat nog', zei Cornelius.

Ook die avond viel Marcus in slaap met zijn kleren nog aan en Nadina droeg hem naar bed.

'Je wilde mij spreken.'

'Het is niet meer zo belangrijk', zei Anjalis. 'Vandaag was ik even bang dat u Marcus als een gewone jongen zou beschouwen nu hij zijn gezichtsvermogen terug heeft. Maar ik besef dat u begrijpt dat zijn blindheid slechts een symptoom was en dat hij nog een lange weg te gaan heeft voordat…'

'Voordat?'

Anjalis schrok op van de angst in de stem en het gezicht van de ander.

'Cornelius Scipio, Marcus zal zijn verstand niet verliezen. Maar het ontbreekt hem aan levenslust.'

Anjalis zocht naar woorden.

'Het lijkt wel of de band die hem met het leven verbindt, teer is als een dunne draad. Daar moest ik aan denken toen u zei dat het in het leven overal en altijd om overleven gaat. Voor Marcus is dat niet het geval; het is alsof hij voortdurend aarzelt, alsof hij niet echt in deze wereld wil blijven.'

De oude Romein dacht aan Cornelia's pijnlijke zwangerschap en knikte.

'Ik begrijp dat wel', zei hij.

'Wilt u erover vertellen?'

Het bleef lang stil voordat Cornelius de juiste woorden vond. Hij begon bij de veldtocht in Dacië, de woorden van zijn oude lijfarts over inteelt, en dat hij Salvius had opgezocht en in hem een geschikte vernieuwer van het scipioonse bloed had gezien.

'Ik heb me vergist, ik was een idioot', zei hij. 'Salvius was een sloddervos en een drinker, en Cornelia haatte hem vanaf het eerste moment.

Waarschijnlijk sliepen ze alleen maar met elkaar om mij een plezier te doen, of beter gezegd: vanwege de erfenis. Toen mijn dochter er eindelijk in slaagde zwanger te worden, haatte ze het leven dat in haar groeide.'

'Dat kan niet het enige zijn geweest', zei Anjalis. 'Ze zal het kind waarschijnlijk toch ook als een bevrijder hebben gezien.'

'Misschien', zei Cornelius. 'Ze hadden de jongen allebei nodig. Salvius vanwege het geld. Maar de zoon van wie hij hield, was Eneides; zijn andere zoon verafschuwde hij zoals hij Cornelia verafschuwde.'

'Dat is niet onlogisch', zei Anjalis. 'Marcus was immers uw kind, ontstaan uit uw wens.'

'Achteraf zie ik wel in dat het niet alleen maar om een erfgenaam ging, om het voortbestaan van het geslacht.'

En Cornelius begon te vertellen over de doden die hem 's avonds bezochten, de vele doden die in de nevelen uit het Lacus Albanus opstegen en naar het terras kwamen waar hij zat.

'Ze zijn gezichtsloos', zei hij. 'Zelfs mijn zoons zijn gezichtsloos. Toch willen ze allemaal worden herkend. En soms... heb ik het gevoel dat ze allemaal de trekken van Marcus hebben...'

Anjalis wist bij God niet wat hij moest zeggen, maar geschokt bedacht hij dat hij een rol was gaan spelen in een drama dat noodlottiger was dan hij had voorzien. Zoals altijd, dacht hij, zoals alles in het leven.

Ditmaal kon hij niet vluchten.

Maar waarom niet, dacht hij. Hij hield van Marcus zoals hij van Ariadne had gehouden, en haar was hij ook ontvlucht.

Meteen daarop moest hij denken aan zijn droom van die ochtend, hoe hij het kind had zien groeien in de schoot van de slapende vrouw, zijn kind dat Marcus' trekken droeg. Ook al viel het niet te beredeneren, hij had toch een verantwoordelijkheid.

Opeens hoorde hij zichzelf over zijn droom vertellen en toen hij er het zwijgen toe deed, zei Cornelius: 'Dat is de droom van Amor en Psyche.'

Anjalis slaakte een diepe zucht. Hij herinnerde zich dat hij aan de vrouw had gedacht als aan zijn eigen ziel.

'Dat heb ik me niet gerealiseerd.'

'Het kind dat uit die gemeenschap werd geboren, was een dochter die de naam Vreugde kreeg', zei Cornelius.

'Ja!' Anjalis schreeuwde het bijna uit. 'Ziet u dat niet, Cornelius, ziet u niet hoeveel vreugde hij ons schenkt?'

Cornelius gaf geen antwoord en het duurde een poosje voordat Anjalis begreep waarom.

'Ik ben de laatste tijd nogal snel tot tranen geroerd', zei de oude Romein.

Pas toen Anjalis hem al had verlaten, bedacht Cornelius dat er met geen woord was gerept over Anjalis' prijs. En zoals hij de laatste weken vaak had gedaan, zei hij bij het naar bed gaan tegen zichzelf: 'Hij heeft iets mystieks over zich.'

VOORDAT HIJ DE volgende ochtend Marcus ging halen, trof Anjalis voorbereidingen. Met hulp van de conciërge, die handig was en goed kon timmeren, had hij een schildersezel gemaakt die iets groter was dan de jongen zelf en daarop bevestigde hij een stuk papyrus van meer dan een meter hoog. Helemaal bovenaan had hij een van Marcus' zelfportretten van de vorige dag vastgezet.

'Ik dacht dat het gemakkelijker zou zijn als je op natuurlijke grootte kon tekenen', zei hij.

'Maar ik zal heel dat mooie blad bederven.'

Marcus sprak met een benepen stemmetje, maar Anjalis deed net of hij dat niet hoorde.

'Gebruik in het begin alleen houtskool', zei hij. 'Dan kun je het weer uitwissen...'

'Maar ik zie mezelf nu van opzij', zei Marcus, die in de spiegel keek.

'Een beetje. Maar je kunt je lichaam toch wel wat draaien.'

'Mmm.' Het was een mismoedige bevestiging.

Terwijl Marcus begon te tekenen liep Anjalis naar zijn aantekeningen die op de grote tafel in de bibliotheek lagen. Hij moest de lezingen voorbereiden die hij in september in Rome zou gaan houden. Het was geen veeleisend werk; in grote lijnen kon hij de voordrachten die hij in Athene had gehouden in het Latijn vertalen.

Toch ging het moeizaam; zijn gedachten dwaalden steeds opnieuw af naar het gesprek dat hij de vorige avond met Cornelius gevoerd had.

Hij probeerde zich voor te stellen hoe de jongen in Cornelia's lichaam was gegroeid, een krap en introvert lichaam dat werd beheerst door een geest die tegen krankzinnigheid aan hing. Ook daar in haar schoot was het belangrijk geweest om niet te veel plaats in te nemen, niet levendig en veeleisend te zijn.

De laatste vurige wens van een verbitterde oude man was de enige reden dat het kind er was gekomen.

Misschien stel ik te hoge eisen aan hem, dacht Anjalis enigszins bang, maar die angst verdrong hij. De jongen tekende en veegde zijn werk weer uit. Hij deed zijn uiterste best, zoals hij zich ook ooit ingespannen moest hebben om de wereld binnen te komen. Maar net als toen zou hij het nu het liefst willen opgeven.

Maar dat deed hij niet, dacht Anjalis, die ontdekte dat hij wel aan het vertalen was, maar in het Egyptisch in plaats van in het Latijn.

Hij vloekte en ook hij begon zijn tekst uit te wissen.

'Bij jou lukt het geloof ik ook niet zo goed', zei Marcus.

'Nee, ik ben het niet meer gewend. Maar belangrijk is dat je je niet gewonnen geeft.'

Marcus' zucht kwam uit de grond van zijn hart.

'Mag ik eens kijken?'

'Het is zo slecht, Anjalis.'

En dat was het ook. Hetzelfde onderdanig gebogen lichaam als gisteren stond in groteske tegenstelling tot het expressieve kindergezicht. Hij had geprobeerd het lijf krachtiger te maken door de schouders en de borst te verbreden, maar dat maakte de figuur alleen maar vreemd opgeblazen.

'Misschien moet je je in het begin nog niet zoveel aantrekken van de proporties', zei Anjalis. 'Probeer in plaats daarvan de houding te pakken.'

'Maar die ziet er zo hopeloos uit.'

'Weet je nog hoe je je gisteren voelde toen je mij probeerde te leren zwemmen? Toen leek je wel een veldheer die een onoverwinnelijk legioen aanvoerde.'

Marcus probeerde te lachen, maar zijn lach werd in de kiem gesmoord. Hij kon zich niet herinneren hoe zijn lijf zich gisteren had gevoeld toen hij triomfantelijk bij de waterlelievijver bezig was.

Hij wiste de hele figuur uit en wilde het net opnieuw proberen, maar hij legde opeens zijn houtskool weg en zei: 'Mag ik je iets vragen?'

'Ja.'

'Wat bedoelen ze als iemand aandoenlijk is?'

Anjalis werd meteen alert en hij probeerde tijd te winnen: 'Waarom vraag je dat?'

Marcus bloosde beschaamd, maar dwong zichzelf toch antwoord te geven.

'Seleme zei altijd dat ik zo lelijk was dat het aandoenlijk was.'

Hij deinsde terug toen hij de woede opmerkte die opvlamde in de ogen van de tovenaar, en Anjalis, die zijn reactie zag, sloeg zijn ogen neer.

'Waarom word je zo boos?'

De stem van Marcus klonk veel kinderlijker dan zijn zes jaren, en Anjalis, die zijn woede niet langer wist te beteugelen, schreeuwde: 'Dus als jij aandoenlijk was, was ze aardig tegen je, hè? Hoe nederiger jij deed, des te vriendelijker werd zij.'

'Alsjeblieft, Anjalis', smeekte de jongen, die in elkaar kroop. Maar dat hielp niet, want Anjalis bleef schreeuwen.

'Ik ben niet aardig, hoor. En jij bent niet aandoenlijk.'

Marcus werd aangestoken door de woede van Anjalis en ook hij begon te schreeuwen: 'Jij bent onrechtvaardig. Ik weet niet eens wat dat is, aandoenlijk.'

'Jawel hoor, prinsje', zei Anjalis met trillende stem. 'Dat weet je best, dat voel je met heel je wezen.'

'Je bent niet goed wijs', gilde Marcus, en Anjalis, die besefte dat hij moest inbinden, haalde diep adem en stond op het punt om te zeggen dat ze even moesten gaan zitten om erover te praten, toen de deur opening en Cornelius binnenstapte.

'Ik heb aangeklopt', zei hij. 'Maar jullie gillen zo hard dat jullie het niet horen.'

Anjalis zag dat hij bezorgd was, en hij zei: 'Het is goed dat u bent gekomen. We zijn net op iets belangrijks gestuit en u kunt ons helpen. Wilt u aan Marcus uitleggen wat aandoenlijk is?'

'Aandoenlijk?'

'Ja, noemt u eens iets wat u aandoenlijk vindt.'

Cornelius dacht na; dit was geen gemakkelijke vraag voor een Romeinse officier.

'Pups', zei hij ten slotte. 'Pasgeboren pups.'

'Maar die zijn gewoon lief', gilde Marcus.

'Ja, dat is waarschijnlijk ook de reden dat ze zo hartverscheurend zijn', zei Cornelius onbeholpen.

Het bleef een hele poos stil en je kon zien hoe Marcus probeerde zijn nijdigheid te bedwingen om te kunnen nadenken.

'Ik weet iets wat nog aandoenlijker is', zei Anjalis ten slotte, en zijn stem klonk plotseling zo kalm, bijna plechtig, dat er een verwachtingsvolle sfeer in de kamer ontstond. 'Dat zijn pasgeboren poesjes, totaal hulpeloos. Die zijn ook behoorlijk lelijk, Marcus, mager en zielig. Bovendien', zei hij met nadruk, 'zijn ze blind.'

Marcus vloog Anjalis aan; stevige jongensknuisten sloegen erop los in het gezicht van de tovenaar. Anjalis, die op de grond zat, was echter snel weer op de been en de jongen moest genoegen nemen met schoppen en slaan tegen de benen en de buik.

Toen Anjalis Marcus bij zijn armen pakte, beet deze in zijn hand en dat deed zo'n pijn dat Anjalis een gil slaakte en hem losliet. Marcus ging door met slaan.

Cornelius wilde ingrijpen, maar één blik van Anjalis volstond om hem tegen te houden. Tot zijn verbazing zag de Romein dat de Chaldeeër tevreden, heel tevreden was met de situatie.

'Voel maar, Marcus,' zei hij, 'voel in je lijf hoe sterk je bent. En nu moet je dat gevoel meenemen naar je tekening.'

Marcus wilde nog uithalen met zijn voet, maar hij stopte. Hij bleef een hele poos stilstaan. Daarna liep hij naar zijn schildersezel, en met handen die nog pijn deden van het slaan en waar de woede nog in zat, begon hij te tekenen. Het ging snel en niemand in de kamer zei wat voordat Marcus riep: 'Nu!'

De beide mannen zagen dat het hoofd van gisteren een lichaam had gekregen dat erbij hoorde: recht als dat van een soldaat en vol kracht.

Marcus staarde lang naar de tekening en naar zijn spiegelbeeld, en keek toen opnieuw naar zijn tekening en in de spiegel.

'Ik ben moe', zei hij en eindelijk keek hij Anjalis aan, opeens bang toen hij het bloed zag dat van de hand van de tovenaar drupte.

'Anjalis, je bloedt.'

Anjalis moest zo lachen dat het plafond van de bibliotheek ervan schudde.

'Dat was het waard, Marcus', zei hij. En tot Cornelius vervolgde hij: 'Nu, Romein, is het tijd om een dankoffer aan uw oude huisgoden te brengen.'

Toen Marcus die avond sliep, probeerde Anjalis aan Cornelius en Nadina uit te leggen wat er was gebeurd. Nadina op haar beurt kon veel vertellen over Marcus' terughoudendheid gedurende de eerste jaren in het huis in Rome.

'Het feit dat Eneides zo'n sterk en mooi kind was, maakte de situatie er natuurlijk ook niet beter op', zei ze.

'Sterk en mooi werd hij omdat zijn moeder dat nodig had', zei Anjalis.

'Eneides bezat al vanaf zijn geboorte grote talenten', zei Cornelius.

'Maar Marcus ook.'

'Natuurlijk.' Cornelius schoof ongemakkelijk heen en weer.

'Er zit veel onderdrukte woede in hem', zei Anjalis. 'Dus we kunnen nog een paar moeilijke weken krijgen.'

'Maar hij mag toch niet zomaar mensen slaan', zei Nadina, die verschrikt Anjalis' hand had verbonden.

'Als hij je slaat, moet je terugslaan', zei Anjalis. 'Maar probeer niet op zijn geweten te spelen. Geen tranen en geen verwijten, begrijp je?'

'Ja', zei Nadina. 'Ik geloof wel dat ik begrijp wat je met de jongen doet.'

'Volgens mij heb je het aldoor al begrepen', zei Anjalis. 'Cornelius heeft het er moeilijker mee; hij denkt nog steeds dat het toverkunsten zijn.'

'Ik ben een oude domkop', zei Cornelius. 'Maar dat maakt op dit moment niet uit, want ik ben haast gelukkig. Heel raar; ik was bijna vergeten hoe dat voelde.'

Hij hief zijn beker op naar Anjalis en vervolgde: 'Vanavond, mijn beste tovenaar, zullen we eindelijk jouw prijs eens bespreken. Vanuit Romeins standpunt bezien is jouw superioriteit onverdraaglijk, zoals het nu is.'

Ze moesten lachen, maar Cornelius keek al snel weer serieus toen Anjalis zei: 'Met alleen geld komt u er niet van af.'

Ze zaten in de warme augustusavond op het terras en Anjalis begon aan Cornelius te vertellen over zijn opdracht: hoe de oudsten der

Chaldeeërs en de Egyptische hiërofanten hem naar het Westen hadden gezonden om de goden en het geloof van de Grieken en Romeinen te bestuderen. Hij zei niets over het tijdperk der Vissen of over de goddelijke incarnatie, maar vertelde uitgebreid over de droom om de mystiek van het Oosten te verenigen met het logische denken in Athene en Rome.

Cornelius onderbrak hem echter al snel: 'We gaan wandelen in het park.'

Verwonderd volgde Anjalis de man, over het grote grasveld naar het bankje dat midden op het terrein stond en dat op Anjalis altijd een eenzame, misplaatste indruk had gemaakt.

'Zelfs in mijn huis hebben de muren oren', zei Cornelius.

Verbijsterd ging Anjalis naast de Romein op het bankje zitten: 'Bedoelt u dat u uw eigen bedienden niet kunt vertrouwen?'

'De eerste regel die je in Rome moet leren, is dat je niemand kunt vertrouwen.'

'Maar mijn opdracht is volmaakt onschuldig.'

'Jouw opdracht kan door iedere rechtbank in Rome als spionage worden uitgelegd', zei Cornelius met een droog lachje. Daarna vervolgde hij: 'De tweede regel die je moet kennen om je in Rome staande te kunnen houden, is dat niets onschuldig is, althans niet voordat het door de keizer is goedgekeurd.'

Anjalis had het gevoel alsof hij geen vaste grond meer onder zijn voeten had. Hij keek lang naar Cornelius, naar diens vastberaden gezicht waarvan de trekken zich duidelijk in het maanlicht aftekenden.

'Ik zal wel naïef zijn,' zei hij, 'maar ik denk toch dat u liegt. U, Cornelius Scipio, bent een man op wie je kunt vertrouwen.'

'Dat is waarschijnlijk ook een van de redenen dat ik in Rome een verdacht persoon ben', zei Cornelius. 'Onze goddelijke keizer heeft geen idee wat hij aan moet met iemand die enkele van de oude Romeinse deugden bezit waar hij de mond zo van vol heeft.'

Anjalis zag hem breed en vol zelfvertrouwen glimlachen. Hij vond zichzelf een idioot en zei dat ook.

'Nee, dom ben je niet. Maar je hebt wel gelijk wanneer je zegt dat je naïef bent; dat is een van die vreemde tegenstrijdigheden bij jou. Je bent even koud als dat je warm bent, en even wijs als kinderlijk.'

Dit was een nieuwe Cornelius, die hier op de bank zat, veel jonger, scherpzinniger en krachtiger.

'Maar nu even terug naar jouw opdracht', zei hij. 'Jij bestudeert de religies in Griekenland en Rome omdat de oude wijzen in de Oriënt ons beter willen begrijpen. Waarom willen ze dat?'

'Hun belangstelling is waarschijnlijk met Plato begonnen', zei Anjalis. 'Zijn geschriften houden de geleerden in de Oriënt voortdurend bezig, van de boeddhisten in het verre India tot de leraren in de Egyptische wijsheid. De Chaldeeërs zijn ook zeer geïnteresseerd in de aanhangers van de pythagorische traditie.'

'Dat zijn dwepers', zei Cornelius.

'Zo eenvoudig ligt het volgens ons niet.'

'Vergeef me, ik weet er te weinig van. Maar ik wil je woord van eer dat jouw studies geen betrekking hebben op macht.'

'Op macht?' De verbazing in de jonge stem was zo onmiskenbaar dat Cornelius moest lachen.

'De Grieken veroveren de gedachtewereld van de volkeren en de Romeinen veroveren de wereld. Persoonlijk zou het mij niet verbazen als de volkeren uit het Oosten informatie zoeken om de tegenaanval in te zetten. Rome zit vol joodse dwepers, en hun enige god heeft een grote en groeiende invloed. Om nog maar te zwijgen over de Mithrascultus, die niet meer te stoppen is.'

'Cornelius, luister. Ik heb een kopie van mijn verslagen uit Griekenland in het Grieks. Het zou het beste zijn als u die las om zelf te bepalen of daar misschien iets in zit dat... verkeerd geïnterpreteerd kan worden.'

'Met alle plezier. Hoe stuur je je verslagen naar Heliopolis?'

'Om de drie maanden komt er een boodschapper om een hoofdstuk op te halen.'

'Iedere brief die hiervandaan gaat zal geopend en nauwkeurig bestudeerd worden.'

'Bij Zeus', zei Anjalis, en Cornelius moest weer lachen: 'Wij vloeken hier bij Jupiter. Maar deze avond is te kort om je te kunnen vertellen hoe Rome is geworden zoals het is geworden, en hoe machtsmisbruik en angst zich overal verspreiden en van iedereen lafbekken maken. Ook van mij, wanneer ik in de Senaat zit en zwijg.'

'Meent u serieus dat er spionnen tussen uw eigen bedienden zitten?'

'Ik weet het en ik trek me er niet zoveel meer van aan.'

'Hebt u bewijzen?'

'Af en toe worden er in Rome woorden gebezigd, wordt er iets geciteerd wat ik aan tafel, of een keer 's avonds op het terras tegen mijn huisslaaf heb gezegd. Soms, niet al te zelden, koopt een slaaf zich vrij met geld dat hij niet op een fatsoenlijke manier heeft kunnen verdienen. Ik zoek al een hele tijd naar een gelegenheid om je te waarschuwen, maar onze gesprekken gingen tot nu toe vooral over Marcus.'

'U jaagt me angst aan, Cornelius. En ik vind het vervelend om bang te zijn.'

'Je went eraan', zei de oude man terwijl hij opstond. 'We zullen hier niet te lang blijven zitten, want ook dat is verdacht. Jij bent hier als leraar van Marcus en omdat je beroemd en goed bent, mag ik je een flinke vergoeding betalen.'

'Maar ik hoef geen geld; ik heb genoeg.'

'Je krijgt een eigen rekening, bij mijn raadslieden', zei Cornelius. 'Je moet aan de regels van het spel gewend raken. Waar bewaar je je geld?'

'In een kistje op mijn kamer.'

'Binnenkort zeg ik hetzelfde als Marcus', zei Cornelius, die luid lachte. 'Je bent niet goed wijs, Anjalis.'

'Ik ben opgegroeid in een samenleving waarin we nooit iets over geld of politiek hoefden te weten.'

'Dat klinkt als een gelukkige jeugd.'

Ze liepen door de grote hal van de vleugel van het gebouw naar Anjalis' kamer. Hij zocht snel zijn rapporten uit Griekenland bij elkaar, een tiental zware boekrollen.

'U hoeft natuurlijk niet alles te lezen', zei hij.

'Je kunt erop rekenen dat ik dat wel doe.'

'Wilt u mijn geld bewaren?'

'Natuurlijk. Mijn raadslieden zullen het goed beleggen, zodat je een mooie rente krijgt.'

Anjalis schudde zijn hoofd; vanavond had hij een nieuwe wereld betreden. Toen hij zijn kistje, dat niet op slot zat, had gepakt en het openmaakte, hoorde hij Cornelius een zucht van verbazing slaken.

'Maar dat is een vermogen!'

'Ik heb toch reisgeld meegekregen', zei Anjalis, die naar de Parthische gouden munten wees. 'En omdat ik met mijn voordrachten in Athene goed heb verdiend, hoefde ik dit geld niet aan te spreken.'

Cornelius keek naar de stapels Griekse drachmen en vroeg: 'Hoeveel is het?'

'Voldoende', zei Anjalis lachend.

Maar Cornelius bleef serieus: 'Morgen tel je je geld en overhandig je het aan mij. Je krijgt een kwitantie, en nu moet je niet zeggen dat dat niet nodig is. Want dan is alles wat ik je vanavond over de wereld heb proberen bij te brengen vergeefs geweest.'

Anjalis glimlachte: 'Het minste wat je over de avond kunt zeggen, is dat u uw Romeinse superioriteit hebt hernomen.'

Toen schoot ook Cornelius in de lach.

Hij zei welterusten, maar bleef in de deuropening staan: 'Op welke privileges rekende je, toen we elkaar leerden kennen en jij me op mijn terras over Marcus hoorde vertellen?'

'Ik dacht dat dit een opdracht was die mij goed uitkwam, omdat uw naam en positie mij de juiste contacten zouden kunnen verschaffen. Dat ik voordeel zou hebben van uw invloed.'

'Ik begrijp het.'

'Maar toen...'

'Ja...'

'Toen leerde ik de jongen kennen en ik... ben erg aan hem gehecht geraakt.'

Cornelius keek verwonderd naar de pijn die het jonge gezicht verhardde.

'Je bent bang voor de liefde', zei hij.

'Ja.' Anjalis sloeg zijn ogen neer. Toen hij Cornelius weer aankeek, was hij afstandelijk.

'U hebt net een van mijn geheimen onthuld en dat vind ik niet prettig', zei hij, terwijl hij de scherpe kantjes van zijn woorden enigszins probeerde te verzachten door te glimlachen.

Cornelius schudde zijn hoofd.

'Je bent een wonderlijk mens', zei hij. 'Je zult toch wel begrijpen dat je dit nooit voor Marcus had kunnen doen als je niet van hem had gehouden?'

Met die woorden verdween hij en Anjalis bleef lang op zijn bed zitten. Van alle wonderlijke dingen die hij die avond te horen had gekregen, was het laatste het moeilijkst te bevatten.

Die nacht werd hij in zijn dromen voor Romeinse rechtbanken gesleept, gemarteld en vernederd. Ondanks alle kwellingen slaagde hij erin het geheim over het godenkind dat in Judea was geboren te bewaren, en toen hij tijdens het ochtendgloren werd gekruisigd was zijn opluchting groter dan zijn pijn. Maar toen de huisslaaf hem met heet honingwater en vers geurend brood kwam wekken, staarde Anjalis hem met een verschrikte blik aan.

'U hebt heel lang geslapen, heer', zei de slaaf. 'Cornelius wil u spreken.'

DE ZON STOND al hoog aan de hemel toen Anjalis zijn vleugel van het gebouw verliet. Nadina zat in de tuin. Ze glimlachte naar hem en zei: 'Marcus is naar buiten gerend om te gaan spelen. Hij had geen zin meer om op jou te wachten.'

Alles was net als anders; er ging een alledaagse gezelligheid uit van de oude vrouw die met haar handwerkje in de schaduw van de grote esdoorn op het erf zat. Zij is niet bang, dacht Anjalis, zij voelt zich niet bekeken. Heeft Cornelius het misschien mis, verbeeldt hij het zich misschien?

Maar terwijl Anjalis het pad af liep en uitkeek op het grote grasveld en de eenzame bank, besefte hij dat Cornelius een buitengewoon verstandige man was. En toen hij door de conciërge werd ontvangen, viel hem voor het eerst op hoe nieuwsgierig deze hem opnam.

'Cornelius wacht op u in de bibliotheek', zei de man, die goed kon timmeren en tot dat moment Anjalis' vriend was geweest.

Nu keek de magiër lang naar het joviale gezicht, zo lang dat de slaaf zijn ogen neersloeg. Hij is bang, dacht Anjalis.

'Ik geloof dat ik gisteravond vermoeider was dan ik zelf echt doorhad', zei hij tegen Cornelius nadat ze elkaar hadden begroet.

'Jonge mensen hebben veel slaap nodig', zei Cornelius. 'Zelf ben ik bij zonsopgang opgestaan om te gaan lezen.'

Hij maakte een handgebaar naar de grote tafel waarop Anjalis' Griekse verslagen lagen opgestapeld.

'Ik ben nog niet eens halverwege en wilde je eigenlijk alleen maar zeggen dat ik onder de indruk ben. Dit is een briljante studie, Anjalis. Ik kijk nu met een frisse blik tegen veel dingen aan, en ik krijg antwoord op vragen die ik me al jaren stel.'

Anjalis wist zijn vreugde slechts met moeite te verbergen; hij begon heftig te blozen van verlegen geluk en had zijn stem niet helemaal onder controle toen hij Cornelius voor dat oordeel wilde bedanken.

'Je kunt veel goeds zeggen over de Chaldeeuwse wijzen en de Egyptische hiërofanten,' zei hij ten slotte, 'maar erg complimenteus zijn ze niet.'

'En er zijn geen anderen die dit ooit hebben gelezen?'
'Nee.'
'Ik begin een plan te zien voor de verdere aanpak', zei Cornelius. 'Laten we een wandeling gaan maken om dat te bespreken.'

Anjalis werd opnieuw door angst beslopen en keek de kamer rond, waar zich verder niemand bevond.

'Heb je je geld geteld?'
'Nee, dat ben ik vergeten.'

Cornelius zag de angst op Anjalis' gezicht verdwijnen om plaats te maken voor spotzucht. De donkere ogen van de Chaldeeër glinsterden toen hij opeens zei, veel harder dan nodig was: 'Ik ben helemaal niet zo zorgeloos als u denkt, Cornelius. U begrijpt toch wel dat de mensen niet stelen van een Chaldeeuwse magiër; in Athene niet en hier ook niet.'

'O, en waarom dan niet?'

'Iedereen weet toch', zei Anjalis alsof het de natuurlijkste zaak van de wereld was, 'dat een magiër de mensen direct doorziet. Dat is een godsgeschenk dat we bij onze geboorte meekrijgen en dat we ons hele leven blijven trainen.'

'Zeker, daar heb ik wel eens over gehoord', zei Cornelius, die onwillekeurig geamuseerd was, maar wel minder geamuseerd dan Anjalis had verwacht. Toen ze het huis verlieten fluisterde Cornelius heel zachtjes: 'Neem geen onnodige risico's, Anjalis.'

'Maar we kunnen dit toch niet gewoon accepteren.'

Meer werd er niet gezegd, want opeens stond de tuinman voor hun neus, een vrijgemaakte Griek met een open, fatsoenlijk gezicht. Hij had Marcus aan de hand. Die was vies en had een bloedneus.

'De jongeheer heeft op het terrein van de bedienden gevochten met de kinderen. Ik weet niet wie er is begonnen…'

'Dat was ik', gilde Marcus.

'…maar ik wil dat u hem vraagt of hij voortaan bij onze huizen en tuinen vandaan blijft', zei de Griek alsof hij de onderbreking niet had gehoord.

'Dat zal ik doen', zei Cornelius. 'En ik verzoek jou om mijn verontschuldigingen door te geven aan alle betrokkenen.'

De tuinman verdween en Cornelius wendde zich tot Marcus. Hij was boos, behoorlijk boos.

'Wij vechten niet met slaven', zei hij. 'Dit mag nooit meer gebeuren, Marcus. Echt nooit meer. Heb je dat begrepen?'

'We zaten met stenen te gooien en zij waren veel beter dan ik', schreeuwde Marcus.

Cornelius was woedend, maar werd ook bang; enigszins hulpeloos keek hij Anjalis aan, die bijna ongemerkt knikte.

'Ga je wassen en trek andere kleren aan', zei Cornelius tegen de jongen. 'Daarna gaan we een lange wandeling maken, Anjalis, jij en ik.'

Marcus slikte zijn tranen weg en verdween, en uit de zijvleugel hoorden ze Nadina's verschrikte kreten toen ze hem waste en andere kleren aantrok.

'Ik heb er niet eerder aan gedacht,' zei Anjalis, 'maar er bestaat natuurlijk een risico dat alle slavenkinderen de dupe worden van het feit dat Marcus woedend is op Eneides.'

'We gaan een uitstapje maken, hè grootvader, dat is toch zo?'

In één blik zag Cornelius de angst bij de jongen, zijn nietigheid, nederigheid. Rustig sloeg hij zijn armen om de jongen heen om hem te troosten.

'Jazeker', zei hij. 'Zeg maar tegen Nadina dat ze een lunchpakket klaarmaakt.'

Toen hij Marcus losliet, zag hij dat de jongen begon te huilen. Cornelius tilde hem op en liet zich met de jongen op schoot op de bank ploffen.

'We zullen Anjalis vragen of hij met Nadina praat', zei hij en hij pakte zijn zakdoek.

Tijdens het eerste stuk van hun wandeling werd er niet veel gesproken. Marcus liep zoals hij had gelopen toen hij nog blind was en hield zijn grootvader stevig bij de hand.

Ze liepen de bergen in, dezelfde weg die Cornelius een paar dagen eerder met het kind was gegaan. Weldra waren ze bij de plek waar Marcus de glazen fles had kapotgegooid. Anjalis zocht de scherven bij elkaar, groef een kuil in de grond en legde daar de kapotte fles in.

'Waarom doe je dat?'
'Opdat de dieren zich niet zullen bezeren.'
'Wat voor dieren dan, Anjalis?'
'Er zitten hier vast vossen. En misschien wel een enkel weggelopen schaap.'
'Er zitten hier zelfs wel eens wolven', zei Cornelius.
'Oei', zei Marcus. 'Ik wou dat er nu een wolf kwam.'
'Wat zou je dan doen?' vroeg Anjalis.
'Ik zou hem doodmaken, natuurlijk. Wat zou jij doen?'
'Ik zou mijn ogen dichtknijpen en de goden bidden dat Cornelius niet voor niets zijn zwaard bij zich heeft.'
'Dan kan ik jou beloven dat je gebed wordt verhoord', zei Cornelius. 'Ik ben nog steeds sterk genoeg om een wolf te doden.'
Iedereen moest lachen, maar toen Anjalis het lunchpakket openmaakte, bedacht Cornelius dat alle woorden die waren gesproken een dubbele bodem hadden, een betekenis die hij niet begreep.

'Door jou voel ik me vaak dom', zei hij tegen de tovenaar, die zijn spottende lachje liet horen en antwoordde: 'Dan staan we quitte, Cornelius. Want zo dom als ik mij gisteren voelde, heb ik me niet gevoeld sinds ik in de crypten onder de zonnetempel in Heliopolis op de proef werd gesteld.'

Zijn gezicht betrok even toen hij eraan toevoegde: 'Dat is trouwens niet helemaal waar. Er was ook een dag in Korinthe, een paar jaar geleden.'

Toen de jongen op zijn deken in de schaduw in slaap was gevallen, hervatten de mannen hun onderbroken gesprek van die ochtend. Cornelius ontvouwde zijn plan. Anjalis' Griekse verslagen zouden aan de hogepriester van Jupiter worden overhandigd, samen met een verzoekschrift of hij een dergelijke studie ook in Rome mocht uitvoeren. Het moest allemaal officieel zijn; openheid en inzicht in het werk spraken vanzelf.

'Het zal voor de flamen Dialis moeilijk worden om jouw verzoek af te wijzen', zei Cornelius. 'Hij zal zeker net zo onder de indruk zijn van jouw verslag als ik.'

'Kan hij onafhankelijk besluiten nemen?'
'Dat weet ik niet, het is mogelijk dat hij met de keizer praat. Maar

dat is niet onze zaak, en Augustus heeft het volste vertrouwen in de flamen Dialis.'

'Kent u hem?'

'Ja, wij zijn oude vrienden, voorzover je in Rome tenminste vrienden kunt hebben. Daar bedoel ik mee dat we op elkaar gesteld zijn, maar dat hij geen vinger zou uitsteken om mij te helpen als hem dat zelf schade zou berokkenen.'

Cornelius lachte hetzelfde droge lachje als gisteravond.

'De flamen Dialis is erg intelligent en belezen; in velerlei opzicht een imposante man. En in zekere zin is hij diep gelovig, en hij neemt zijn taak als priester van Jupiter zeer serieus.

Dit zeg ik opdat jij zult begrijpen dat zelfs jij hem niet voor de gek kunt houden, Anjalis, met je rappe tong en je snelle denkwerk. Dus lieg niet wanneer je hem ontmoet, want dan zal hij ervoor zorgen dat je jezelf in de nesten werkt.'

Het bleef lang stil. Anjalis dacht aan de geboorte van het godenkind, en Cornelius, die zijn twijfels zag, zei: 'Als je moet liegen, wees je dan goed bewust van je leugen; knoop ieder woord dat je niet mag zeggen goed in je oren.'

'Ik begrijp het.'

Toen ze in het schuine middaglicht naar huis liepen, vroeg Anjalis: 'Is er geen andere weg? Ik bedoel: kan ik niet hetzelfde doen als in Athene, naar de tempels gaan, luisteren, kijken en met mensen praten?'

'Beloof me dat je dat niet doet.'

Cornelius keek zo serieus dat Anjalis aan zijn dromen van die nacht moest denken en zei: 'Ik beloof het.'

Marcus rende voor hen uit. Toen ze vanaf de laatste heuvel uitzicht kregen op zijn huis, bleef Cornelius heel even staan.

'Daarbinnen', zei hij, 'is op dit moment een druk en angstig gekakel gaande, veroorzaakt door een zekere magiër die beweert dat hij de mensen direct doorziet. Dat amuseert me, dat moet ik toegeven. Maar ik wil niet dat je hen nog meer angst aanjaagt. Het gevolg kan zijn dat deze relatief simpele spionnen worden verruild voor andere, meer vakbekwame.'

'waarom hebben ze u gekozen?'
'Men vond mij onbevooroordeeld.'
'Was u dat ook?'
'Nee, ik was heel jong en romantisch. Ik dweepte met de Grieken.'
'En beschouwde de Romeinen als een primitief boerenvolk?'
'Ik geloof dat ik helemaal geen beeld van jullie had. Ik kan me een discussie herinneren waarbij iemand zei dat het Romeinse gedachtegoed een vereenvoudigde kopie van het Griekse was. Maar ik weet ook nog dat de Oudste der Chaldeeërs beweerde dat Rome iets nieuws was, dat de Romein de eerste doelgerichte mens was en daarom het bewustzijn van de wereld zou veranderen.'

De glimlach van de flamen Dialis viel niet te duiden en hij liet zich niet van het onderwerp afbrengen: 'Veel van de verwondering die in uw verslag zit, weerspiegelt uw eigen uitgangspunt, dat u zelf niet kunt zien. U bent de vrucht van een gesloten geloof en een wereldbeeld met een ingenieus denkkader waarbij alles in Gods plan moet worden ingepast.'

Hij genoot een ogenblik van Anjalis' verbazing, waarna hij vervolgde: 'Grieken en Romeinen hebben een cultusreligie waarvan het doel de directe beleving is. Begrijpt u? Bij ons wordt het goddelijke voortdurend opnieuw geschapen in de riten, en dat heeft niets met het intellect te maken. Het denkkader dat mensen ondanks alles scheppen, komt daarom misschien archaïsch en naïef over.'

Anjalis had het gevoel alsof de flamen Dialis hem zijn kleren van het lijf rukte, alsof hij er in de stilte die volgde schandelijk naakt bij zat.

'U hebt vast gelijk', zei hij ten slotte.

Ditmaal was de glimlach van de flamen Dialis breder.

'Kijk maar niet zo treurig; onze eigen uitgangspunten zien we nooit. De mens is niet vrij om verder te kijken dan de dingen waardoor hij zelf getekend is. En u hebt een erg interessant verslag gemaakt.'

Na een korte pauze voegde hij er bijna onwillig aan toe: 'Het heeft mij zelfs zeer aan het denken gezet.'

Anjalis wilde echter niet getroost worden en voor het eerst tijdens het gesprek durfde hij een tegenwerping te maken.

'Bedoelt u dat de waarheid op een ander niveau ligt en dat het zoeken ernaar zinloos is?'

'Ja. De mens is niet vrij om te zoeken.'

Anjalis bloosde fel toen hij zei: 'Naar mijn idee is de mens gedoemd tot zoeken en gedoemd tot vrijheid.'

Er trok een schaduw over het gezicht van de flamen Dialis toen hij antwoordde: 'Dan is hij ook gedoemd tot het ongeluk.'

'Nee, maar wel tot strijd. En tot de zorgen die altijd het gevolg zijn wanneer je de leegte met leven wilt vullen.'

De flamen Dialis schudde zijn hoofd.

'Ik zie het leven niet als een leegte', zei hij. 'Voor mij is het genotvoller; als een vrucht die je met mate moet eten. Iedere dag een hapje en elke vrucht met zijn eigen aroma.'

'Maar ook u bent er verantwoordelijk voor dat de pitten uiteindelijk in goede aarde worden geplant', zei Anjalis.

Cornelius had Anjalis zeer zorgvuldig op de ontmoeting met de hogepriester van Jupiter voorbereid. Toch was hij door alles verrast: het grote paleis, de echtgenote, het plechtige feest met gasten in een processie waar geen einde aan kwam.

Het huis, dat in etages achter de tempel van Jupiter tegen de Capitolijnse heuvel was gebouwd, was niet te overzien. Het had diverse atria, ontelbare ruimtes, gangen, trappen en voortdurend andere, inpandige tuinen. De grootte van het gebouw maakte het echter niet pompeus; de enorme vertrekken hadden het lichte en speelse van een zomerdag aan zee.

Hier woont de priester van de Dag.

Die gedachte kwam keer op keer bij Anjalis op toen hij door de zalen werd gevoerd, de trappen op, door nieuwe hallen, langs weer andere, met turkoois mozaïek betegelde, schone, glinsterende bassins, door groene peristylen, een nieuwe zaal in. De grootte van de vertrekken werd weggetoverd met schermen, lichte spalieren, soms waren ze lakrood, een enkele keer verguld, in de atria altijd blauw. Hoge spiegels aan de wanden speelden met de vormen van de kamers, maar hadden ook het verrassende effect dat je iedere keer je eigen beeld ontmoette.

Anjalis had zelden last van zijn lengte, nu stoorde hem die echter als iets onfatsoenlijks; een figuur die de schaal vertekende en de fraaie proporties verstoorde. Maar dan vergat hij zijn spiegelbeeld vanwege de exquise muurschilderingen, de vele portretten die in onveranderlijke wijsheid op hem neerkeken. Hij had dergelijke schilderstukken eerder gezien en was toen al verbaasd geweest over die eigen kunst van de Romeinen, die met haar fijnzinnige uitstraling de mysterieuze kant van de toeschouwer aansprak.

In de deuropening van de grootste zaal van het huis werd hij ontvangen door Flaminica, de echtgenote die in haar huwelijk met de priester van de Dag het duistere geheim van de Nacht representeerde. Er was echter niets duisters aan haar gestalte; integendeel, ze schonk geborgenheid en warmte.

Opeens werd hij overvallen door een verlangen naar Me Rete. Hij moest echter meteen denken aan de woorden van Cornelius: zorg ervoor dat je niet betoverd wordt.

Ze kwamen bij de flamen Dialis, die als een echo van Anjalis' eigen gedachten zei: 'Laat je niet door Flaminica's opgewekte aard in de luren leggen. Zoals al onze moeders staat zij in directe verbinding met de duisternis waarin alles is ingebed.'

De flamen zelf zat op een stoel zonder rugleuning op een podium midden in het vertrek. Voortdurend defileerden nieuwe gasten voorbij, die door hem met een afgemeten en zeer beslist gebaar van de rechterhand op gezichtshoogte werden gezegend. De flamen was klein van stuk en dik, en de ongemakkelijke muts, de apex van de Jupiterpriester, had hem komisch kunnen maken.

Er was echter niets belachelijks aan Caius Aurelius Cotta, vertrouweling van keizer Augustus en zoon van de oude Romeinse pontifex. En dat kwam niet door titels of macht.

Anjalis keek in een gelaat waarin het leven diepe voren had getrokken, van de ooghoeken naar de mondhoeken, en van de neuswortel naar de kin. Er speelde een nauwelijks merkbaar, onmogelijk te duiden glimlachje rond de smalle mond – was het ironie of medelijden? De blik in de kleine oogjes was afstandelijk. Het was een gezicht vol tegenstrijdigheden, tegelijkertijd sluw en onschuldig.

Toen de kennismaking voorbij was en hij een plaats achter de hogepriester toegewezen had gekregen, was Anjalis maar van één ding zeker: de flamen Dialis was angstaanjagend intelligent. Cornelius had dat al gezegd, maar toch had Anjalis zich geen juist beeld kunnen vormen.

Meer dan intelligent, dacht hij. Verstandig, ja. Wijs? Hij wist het antwoord niet; er zat iets van de onschuldige kennis der mystici in het wezen van de man.

Maar...

Vanaf zijn plaats achter de rug van de flamen werd Anjalis zich bewust van het opzien dat hij baarde. Het was alsof het hele vertrek gonsde van de nieuwsgierigheid.

De processie duurde eindeloos, vond Anjalis. Maar uiteindelijk veranderde die van karakter; de lange rij mannen met stijve gezichten en witte toga's werd afgewisseld door vrouwen in schitterende kleurrijke stola's, zwaar van dure sieraden.

Op datzelfde moment stond de flamen zijn plaats af aan zijn echtgenote; de taak om de vrouwen te zegenen was duidelijk aan haar voorbehouden. De flamen verdween en meteen daarna werd Anjalis opgehaald en meegevoerd naar diens werkkamer.

Daar zaten ze elkaar nu op te nemen.

'Ons gesprek tot nu toe bewijst eigenlijk alleen maar wat ik in het begin al heb gezegd', zei de flamen Dialis. 'Wij hebben beiden moeite om elkaar te begrijpen, omdat we zulke verschillende uitgangspunten hebben.'

'Misschien toch niet', zei Anjalis. 'Ook ik begin aarzelend in te zien dat we ons niet in de werkelijkheid bevinden, maar in een beschrijving daarvan. En dat onze moeilijkheden voortkomen uit het feit dat die beschrijving niet toereikend is om onze ervaring te bevatten.'

De wenkbrauwen van de flamen Dialis schoten zo ver omhoog

dat de groeven in zijn gelaat erdoor werden uitgewist. Daarna schoot hij in de lach, open en bijna vrolijk.

'U verbaast mij voortdurend', zei hij. 'U bent zich er dus van bewust dat datgene wat zich niet manifesteert het leidende principe is, en dat iedere poging om dit niet-zijn te begrijpen tot zelfbedrog leidt. Hoe ziet uw eigen god eruit?'

'Die verschilt waarschijnlijk helemaal niet zoveel van de uwe', zei Anjalis. 'Mijn God bezit geen kwaliteiten. Wij moeten van hem houden zoals hij is, niet-God, niet-Geest, onpersoon.'

Voor het eerst tijdens het lange gesprek voelde Anjalis warmte naar zich toe stromen, en uit de stem van de flamen Dialis weerklonk persoonlijke belangstelling toen hij vroeg: 'Maar wat betreft uw zoeken dan?'

'Of de tijd een doel heeft, of er een onbekende bestemming is waar alle tijd naartoe stroomt.'

'En wat is uw conclusie?'

'Ik heb geen mening, alleen het sterke gevoel dat iedere dag en iedere gebeurtenis een bedoeling heeft, een zin die ik moet begrijpen en waarvan ik moet leren.'

'Dat de kwaliteit van de pitten, die wij met zoveel zorg moesten planten, om zo te zeggen afhankelijk is van hoe wij het vruchtvlees hebben gegeten.'

'Ja, zo zou je het misschien kunnen uitdrukken.'

'Dat houdt morele eisen in. En het risico van schuldgevoelens.'

'Ja.'

'Een vrucht gaat door weinig dingen zo snel rotten als door schuld', zei de flamen, en Anjalis had voor het eerst het gevoel dat de man die tegenover hem zat geraakt was. De flamen Dialis sloeg echter zijn ogen neer en vervolgde: 'Hebt u zelf ook schuldgevoelens?'

Zijn stem klonk nog steeds vaderlijk en Anjalis flapte eruit: 'Dat komt inderdaad nogal eens voor. Ik ben niet goed in staat om lief te hebben.'

Hij kon zijn tong wel afbijten toen hij dat gezegd had, en opnieuw hoorde hij Cornelius' waarschuwingen die, onder meer, gingen over het feit dat de flamen er zeer goed in was mensen hun geheimen te ontfutselen.

Maar de flamen Dialis knikte slechts.

'Omdat u een formeel verzoek hebt ingediend om de Romeinse religie te mogen bestuderen, moet ik een aantal onbescheiden vragen stellen.'

'Dat begrijp ik', zei Anjalis, die de waarschuwing in de stem van de ander hoorde. Heel even ging het door zijn hoofd dat de man ondanks alles reëel was.

De flamen Dialis boog zich over de documenten op zijn tafel, pakte er een op en zei: 'Zes jaar geleden dineerde u op 19 juni bij Mancinius in Tyrus. Bij die gelegenheid toonde u grote belangstelling voor de geschiedenis en godsdienst van de joden.'

Hoewel Anjalis voorbereid was, voelde hij dat hij begon te blozen van woede en vrees. Het is waanzin, dacht hij, ze weten alles, verzamelen alle feiten. Bij Zeus, Cornelius heeft gelijk.

'Mij staat bij dat Mancinius mij had uitgenodigd om mij min of meer aan een kruisverhoor over het joodse geloof te onderwerpen. Hij had net een aantal joodse rebellen opgepakt die zeiden dat ze op hun Messias wachtten. Mancinius wist niets over een Messias, maar ik had de oude joodse profeten gelezen.'

De flamen Dialis knikte.

'Dat klinkt heel aannemelijk', zei hij. 'Waarom bent u zo ontdaan?'

'U zou toch zelf ook boos worden als woorden die u op jonge leeftijd bij een privé-gelegenheid heeft geuit, vele jaren later in een officieel rapport opduiken?'

De flamen Dialis moest lachen, maar er klonk een terechtwijzing door in zijn stem toen hij zei: 'Een Romeinse officier geeft geen privé-diners. Voor ons is het volkomen vanzelfsprekend dat hij een verslag maakte van zijn gesprek met u en dat naar Rome verzond. Het is geen ongunstig rapport, en overigens komt zijn beeld van u goed overeen met dat wat ik me aan het vormen ben. U bent waarschijnlijk minder veranderd dan u denkt.'

'Ik was onvergeeflijk naïef', zei Anjalis, die aan de gekruisigde Zeloten dacht.

'U bent nog steeds heel naïef', zei de flamen.

Anjalis verdedigde zich niet en na een ogenblik van stilte zei de flamen Dialis: 'Het is een vreemd volk, die joden. Ik heb groot respect voor hun god, die notoir onrechtvaardig en wreed is. Zij weten tenminste dat Satan al in de wereld bestond vóór de mens en dat wij niet veel in te brengen hadden toen hij onze zielen in bezit nam.'

'Hetgeen overeenkomt met uw mening dat wij niet verantwoordelijk zijn voor onze daden', zei Anjalis. Hij hoorde zelf hoe sarcastisch hij klonk en dacht nog: lieve God, help me op mijn woorden te letten.

De flamen Dialis vatte het echter niet verkeerd op en antwoordde heel serieus: 'Wij moeten natuurlijk zo goed mogelijk ons best doen, maar zelfs u zult moeten toegeven dat er trekjes in de menselijke natuur zitten die zeer onaangenaam zijn.'

'Ja.'

'Waarover zijn we het dan niet eens?'

Anjalis werd zo enthousiast dat hij nu alle voorzichtigheid uit het oog verloor. Hij boog zich over de tafel en zei: 'Ik maak hieruit op dat u van mening bent dat de mens slecht is, eeuwig en onveranderlijk slecht. Maar ik ben ervan overtuigd dat hij kan veranderen door zich bewust te worden van zijn eigen slechtheid. We kunnen onze duistere drijfveren aan het licht brengen en onschadelijk maken.'

De blikken van de twee mannen waren in duel met elkaar, geen van beiden gaf een duimbreed toe en ten slotte zei Anjalis: 'Bij gelegenheid zal ik u over Marcus vertellen.'

'Over de jongen van Scipio, ja, dat wil ik graag horen. Maar nu moet ik verder met mijn vragen. Eerder in datzelfde jaar waarin u Mancinius in Tyrus ontmoette, reisde er een grote delegatie Egyptische priesters van Heliopolis naar de Chaldeeërs in de woestijn. Waarom?'

Anjalis zag de afgrond voor zich opengaan en werd eigenaardig kalm.

'Dat moet in verband zijn geweest met de zeldzame ontmoeting tussen Saturnus en Jupiter', zei hij. 'Ik kan me herinneren dat er toen veel Egyptenaren bij ons waren; vanuit de woestijn kun je de hemelverschijnselen altijd heel duidelijk bestuderen.

Dat was op 29 mei', zei hij peinzend. 'Saturnus was maar 0,21 graden van Jupiter verwijderd, hetgeen een grote symbolische betekenis had voor de Chaldeeërs, die altijd beweerden dat de nieuwe tijdrekening precies die lente zou ingaan.'

Het gezicht van de flamen Dialis verried niets anders dan nieuwsgierigheid en Anjalis ging rustig en overtuigend verder: 'Saturnus is zoals u weet een duistere planeet, volgens oeroud geloof de woonplaats van de duivel en zijn gevolg van draken en slangen. Jupiter daarentegen – maar dat weet natuurlijk niemand beter dan u – is de ster van het licht, de positieve kracht. Het was dus uit astrologisch oogpunt een grote gebeurtenis toen de dood en het leven elkaar ontmoetten, zo dicht bij de aarde, die op de drempel van een nieuw tijdsgewricht stond. Ik kan het me nog heel goed herinneren, niet vanwege de Egyptische priesters, maar omdat het zo'n schitterend hemelverschijnsel was.'

Anjalis' stem klonk volmaakt rustig en hij glimlachte, als bij een mooie herinnering.

De flamen Dialis maakte aantekeningen, Anjalis begreep dat hij deze informatie zou controleren en hij glimlachte nog breder omdat hij wist dat elke astroloog die zou bevestigen. De ster van Bethlehem was uit de ontmoeting tussen de twee grote planeten voortgekomen en had twaalf nachten aan de hemel staan stralen en was daarna verdwenen.

'Ik ben veel minder thuis in de astrologie dan u schijnt te denken', zei de flamen, en Anjalis, die vermoedde dat hij loog, veroorloofde zich een verwonderde blik.

'Wat is een nieuw tijdsgewricht?'

'Die vraag vergt een lange, ingewikkelde uitleg. Misschien volstaat het als ik zeg dat de astrologen uit het Oosten al geruime tijd weten dat de aarde nu op weg is een nieuwe eon in, in het teken van de Vissen. Men is het niet eens over het precieze tijdstip; Syrische astronomen gaan uit van een overgangsperiode van een paar honderd jaar, terwijl de Chaldeeërs beweren dat de overgang precies in die nacht plaatsvond.'

'Niet nog meer cijfers', zei de flamen. 'Wat betekent die overgang naar het tijdperk van de Vissen?'

'Ook daarover zijn de meningen verdeeld', zei Anjalis. 'Het teken wordt weergegeven als twee vissen die elkaar in de staart bijten. Sommigen zien dat beeld verticaal en menen dat het zwijgende dier uit de diepten der wateren nu een gooi doet, een enorme sprong maakt naar het licht en de dag, om daarna weer terug te vallen. Maar de Chaldeeërs zien het teken horizontaal en menen dat het nieuwe tijdsgewricht een ontmoeting betekent tussen oost en west.'

'Is dat de achtergrond van uw opdracht?'

'Ja.'

Het gezicht van de flamen Dialis was ondoorgrondelijk, maar toch had Anjalis het gevoel dat hij onder de indruk was.

Na een lange stilte zei de priester: 'Nu wil ik weten waarom Cornelius en u zo vaak zulke lange gesprekken onder vier ogen hebben op het bankje in de tuin.'

Anjalis verloor zijn kalmte; opnieuw begon hij te blozen van woede.

'Omdat Cornelius er serieus van overtuigd is dat er onder zijn bedienden spionnen zijn.'

'Dat bedoelde ik niet; ik wil weten waarover jullie praten.'

Anjalis sloeg met zijn hand tegen zijn voorhoofd.

'Ik heb Cornelius over mijn studies verteld, dat ik van plan was om hier in Rome rond te lopen zoals ik in Athene heb gedaan, om te luisteren, aan godsdienstoefeningen deel te nemen, met mensen te praten, priesters en gewone mensen te bevragen. Cornelius heeft me keer op keer uitgelegd dat... dat in Rome niet kan.'

'Zei hij ook waarom niet?'

'Hij heeft me verteld over de burgeroorlog, over de sfeer van wantrouwen die zich heeft verspreid onder de mensen, en dat de keizer zeer waakzaam moet zijn dat... dat er geen nieuwe samenzweringen ontstaan.'

'Verder niets?'

'Nee.'

Anjalis zag dat de flamen hem niet geloofde en hij werd nog bozer. Hij boog zich over de tafel en sprak heel fel: 'De gesprekken tussen Cornelius en mij waren ongeveer van het niveau als het gesprek dat wij hier vanavond voeren. Een ongeletterde spion, die bovendien meer betaald krijgt naarmate hij iemand verdachter maakt, zou ze heel gemakkelijk verkeerd kunnen interpreteren...'

Voor het eerst tijdens heel die lange avond sloeg de flamen Dialis zijn ogen neer en begon ook hij te blozen.

'Dit is een punt waarop ik mij niet alleen naïef voel, maar ook gegriefd en diep geschokt', zei Anjalis. 'Ik begrijp niet waarvan hij verdacht wordt, een oude man van onbesproken gedrag, die veel meer energie heeft gestoken in het dienen van zijn land en zijn keizer dan in zijn privé-leven.'

De flamen Dialis gaf geen antwoord; hij stapte over op een ander onderwerp.

'Nog één vraag', zei hij. 'Hoe kon het dat u maar liefst zes jaar lang in Griekenland hebt rondgelopen om vragen te stellen zonder dat iemand argwaan ging koesteren? De Grieken zijn naar mijn mening altijd nogal wantrouwend en behoorlijk slim. Maar u slaagde er aldoor in iedereen over te halen het achterste van zijn tong te laten zien.'

Anjalis leunde achterover in zijn stoel en liet voor het eerst een bulderende lach horen.

'Dat is heel eenvoudig', zei hij. 'Ook al duurde het behoorlijk lang voordat ik het zelf begreep. Het is namelijk zo dat de Chaldeeuwse magiërs legendarisch zijn bij de volkeren hier in het Westen. Een onderdeel van die legende is dat de magiër dwars door iemand heen kan kijken. Als deze iets verbergt, kan de magiër wraak nemen, want hij is immers een tovenaar, zoals de kleine Marcus zegt.'

De flamen Dialis moest ook lachen.

'Dat heb ik ook gehoord', zei hij. 'Is dat dan niet waar?'

'Nee', zei Anjalis, die bleef lachen. 'U bent er vanavond uitstekend in geslaagd uw geheimen verborgen te houden en mocht er een moment zijn geweest waarop u hebt gelogen – en dat hebt u vast – dan weet ik niet wanneer.'

De flamen zat nog te lachen toen er aan de deur werd geklopt en Flaminica binnenkwam.

'Wat fijn dat jullie plezier hebben', zei ze. 'Maar jullie zullen zo langzamerhand wel honger hebben en Anjalis krijgt misschien een geheel verkeerd beeld van ons Romeinen. Wij zijn een gastvrij volk, en nu hoop ik dat u een eenvoudige maaltijd met ons wilt gebruiken.'

'Dank u, heel graag', zei Anjalis.

'We waren net klaar', zei de flamen, en Anjalis bedacht dat Flaminica op een goed tijdstip kwam.

Ze trakteerde op heerlijke gerookte vis, zwarte olijven, brood, wijn en kaas. Ze spraken over het weer, over hoe prettig de koele avonden waren na de hete augustusdagen. Flaminica stapte echter algauw over op een ander gespreksonderwerp.

'Ik kwam de kinderverzorgster van Marcus onlangs tegen in de tempel', zei ze. 'Ze was daar om de goden te danken dat het kind genezen was, en ze had veel te vertellen over alles wat u gedaan hebt. Maar ik moet zeggen dat ik het niet goed begreep.'

'O, dat is een lang verhaal, en als ze over magie begon, hoop ik dat u haar niet hebt geloofd.'

'Daar had ze het niet over. Ze wilde juist heel graag benadrukken dat het niet om magie ging, maar om de kennis die u hebt. Wat voor kennis is dat?'

Anjalis glimlachte opgelucht en zei: 'Dat is moeilijk onder woorden te brengen, maar ik weet het een en ander over hoe angstaanjagende en pijnlijke ervaringen uit de jeugd uit het bewustzijn worden verdrongen. Wanneer dat gebeurt, herschept of herhaalt die situatie zich buiten de mens, als het lot.'

'Dus het is het lot?'

'Ja, dat denk ik', zei Anjalis en hij vervolgde: 'Om te overleven moest Marcus steeds minder gaan zien. Toen de slavin, die zijn enige verbinding met het leven vormde verdween, werd hij blind.'

Flaminica was heel serieus toen ze vroeg: 'Dus wat u deed, was hem herinneringen laten ophalen?'

'Ja, maar pas toen Cornelius, Nadina en ik hem een sterk gevoel van geborgenheid hadden gegeven.'

Tot zijn verbazing zag Anjalis dat Flaminica tranen in haar ogen had.

'Vergeef mij', zei ze. 'Maar ik had een broertje dat van de ene dag op de andere verlamd raakte.'

'Als u erover nadenkt, weet u vast wel wat daar de oorzaak van was.'

'Ja', zei ze.

Ze liepen door de vele vertrekken naar de poort, waar de draagstoel die Anjalis naar Salvius' huis zou brengen al stond te wachten. De flamen Dialis en Flaminica lieten Anjalis zelf uit.

Dat dit een enorm eerbewijs was begreep hij niet.

Voordat ze afscheid namen, vroeg Anjalis wanneer hij een bericht tegemoet kon zien en de flamen antwoordde dat hij de keizer over twee dagen zou ontmoeten en de zaak dan met hem zou opnemen.

'Dus u neemt het besluit niet zelf.'

'Ik heb geen macht. Macht heeft geen autoriteit en daarom zie ik daarvan af.'

'Dat klinkt… comfortabel', zei Anjalis, en de flamen glimlachte, maar Flaminica barstte in lachen uit.

'Anjalis,' zei ze, 'u moet wel wat diplomatieker worden. In Rome kun je niet zomaar voor je mening uitkomen.'

'Ik beloof dat ik dat zal proberen.'

MARCUS WERD WAKKER doordat hij voor zijn leven rende, weg uit een nachtmerrie waarvan hij de inhoud niet meer wist, maar waarvan het gevoel bleef hangen. Anjalis is in Rome, was zijn eerste gedachte.

De jongen wilde niet wakker zijn, maar opnieuw in slaap vallen durfde hij ook niet. Dus bleef hij in bed liggen, met zijn handen onder de deken, waar ze lichtrood werden van het bloed onder de dunne huid.

Even probeerde hij te huilen, maar zijn keel zat op slot.

Hij wilde niet zien. Hij wilde ook niet terug in de duisternis, want hij wist dat die nu vol beelden zou zijn. Zoals in zijn droom.

Toen ik blind was droomde ik niet, dacht hij.

Er streek een zacht windje door de top van de boom buiten voor zijn raam; hij hoorde hoe die in de bladeren fluisterde. Het was een linde, had Nadina gezegd, en hij proefde dat woord, het was mooi. Beneden bij de stallen blafte een hond, een vogel floot.

Ik wil dood, dacht hij.

Het was geen verdrietige gedachte, eerder een rustgevende, vol zekerheid.

Maar moeilijk te begrijpen.

Sterven, dood?

'Wat gebeurt er als je doodgaat?' vroeg hij aan Nadina toen ze hem kwam wekken.

Ze schrok, geschokt, maar toen ze naar de jongen keek, zag ze dat het een onpersoonlijke vraag was.

Dat zijn nu eenmaal dingen waar kinderen over nadenken, dacht ze toen ze de luiken opende en het zonlicht de kamer binnenstroomde.

'Daarover verschillen de meningen', zei ze. 'De meeste mensen geloven dat ze in het dodenrijk komen.'

'In wát?'

'Nou, op een plaats waar de doden als schaduwen leven.'

Marcus was enorm verbaasd; hoe leeft een schaduw?

'Ja, dat begrijp ik ook niet', zei Nadina. 'Dat moet je aan Cornelius vragen.'

'Dus het is dan niet afgelopen', zei Marcus, en Nadina werd opnieuw ongerust, want de jongen was helemaal uit zijn doen.

'Ik weet het niet', zei ze ongelukkig. 'Ik denk wel eens dat het misschien net zoiets is als slapen; je bent weg, maar opeens droom je.'

'Dromen', zei Marcus, en zijn stem klonk zo iel dat deze in de ruimte verdween. Maar hij stapte toch uit bed en ging ontbijten.

Toen Nadina de jongen een poosje later door de tuin naar de vleugel van zijn grootvader zag lopen, had hij afhangende schouders, en zoals zo vaak dacht ze ook nu: hij beweegt als een oude man.

Iemand als Cornelius kon je niet naar de dood vragen, dat was Marcus wel duidelijk toen hij zijn grootvader in diens werkkamer begroette.

Dus zei hij iets heel anders dan hij bedoelde.

'U mag niet doodgaan', zei hij.

En Cornelius antwoordde net zoals hij eerder had gedaan: 'Ik beloof je dat ik blijf leven tot ik honderd jaar ben.'

En toen schoot hij in de lach en vervolgde: 'Natuurlijk onder de voorwaarde dat jij opgroeit en groot wordt.'

Dat had hij niet moeten zeggen. Het was als grapje bedoeld, maar hij had zijn tong wel willen afbijten toen hij zag hoe Marcus die woorden opnam.

Toch sprak de jongen met vaste stem toen hij zei: 'Ik beloof het.'

Anjalis kwam eerder thuis dan verwacht, vlak na de middagrust, en Marcus rende op hem af, de heuvel af, en hij werd door een breed lachende Anjalis op de rug van het paard getild.

'Ik zie dat het goed is gegaan', zei Cornelius toen de slaven het paard onder hun hoede hadden genomen en Anjalis nog steeds lachte.

'Ja, zeker weten doe ik het niet, maar dat gevoel heb ik wel. Het duurt een week voor de beslissing valt, want de flamen Dialis moet met de keizer praten.'

Cornelius' glimlach was niet zo opgewekt als die van Anjalis en zijn stem klonk een beetje afgemeten toen hij zei: 'Vertel het straks maar.'

Anjalis ging weg om een bad te nemen en Cornelius bedacht dat de toverkunsten van de Chaldeeër voldoende waren om zelfs de flamen Dialis het hoofd op hol te brengen. Maar hij wees zichzelf terecht voor zijn irritatie over de jongeman die nu aan de poort stond van alle machtige huizen in Rome.

'Bij Jupiter', zei hij hardop. 'Dit was toch wat ik wilde.'

En wat later luisterde hij heel tevreden naar Anjalis' weergave van het lange gesprek in het paleis van de flamen. Pas toen Anjalis vertelde wat hij had gezegd over spionnen in Cornelius' huis reageerde hij. Hij vloog overeind en zei gespannen: 'Dat had je niet moeten zeggen.'

Anjalis keek verbaasd naar de Romein; hij zag dat hij bang was.

'Maar Cornelius,' zei hij, 'ik moet toch zeggen wat ik denk.'

Cornelius kreunde: 'Nee, niet hier, niet in Rome. Ik dacht dat ik je dat wel had geleerd.'

'Anjalis, wat is de dood?'

Zoals altijd voor het eten, liepen Anjalis en de jongen in de avondschemering naar de vijver.

De tovenaar bleef staan. Hij wilde tijd winnen, keek Marcus aan en zei: 'Waarom vraag je dat?'

'Omdat ik dat wil weten, natuurlijk.'

'Maar er is niemand die het weet.'

Marcus was zo verbaasd dat hij de dood bijna vergat. Er was dus iets wat de volwassenen niet wisten, Nadina niet, Anjalis niet.

'En Cornelius...?'

'Nee, hij...'

Anjalis hield zich in; over Cornelius' ontmoetingen met de doden in de nevelige voorjaarsnachten moest deze zelf maar vertellen.

De jongen bleef stilstaan op het pad, getroffen door zijn verbazing.

'Niemand weet het?'

'Nee. Er komt niemand terug om erover te vertellen. Verschillende volkeren hebben verschillende geloven. Sommige geloven dat wij vele levens hebben, dat wij worden geboren en doodgaan en weer opnieuw worden geboren.'

'Anjalis, wat geloof jij?'

De Chaldeeër deed er lang het zwijgen toe en in die stilte kwam Marcus' volgende vraag: 'Nadina zegt dat je in het dodenrijk komt en dat je daar leeft als een schaduw. Maar dat begrijp ik niet.'

'Ik ook niet', zei Anjalis. 'Ik geloof eigenlijk niet in de dood, dat die bestaat, bedoel ik.'

'Maar Anjalis!' gilde Marcus. 'Seleme…'

'Ja, voor Seleme is deze wereld verdwenen. Maar ik denk eigenlijk dat er nog andere werelden zijn.'

Ze waren nu bij de vijver aangekomen en zoals altijd gingen ze met hun voeten in het water zitten. Anjalis sloeg zijn arm om de jongen heen en alsof hij hardop zat te denken vervolgde hij: 'Wanneer je de sterren bestudeert zoals mijn volk in de woestijn doet…'

'Al duizend jaar.' Marcus' belangstelling was gewekt.

'Nee, al duizenden jaren', zei Anjalis. 'En ze hebben alles wat ze hebben gezien opgeschreven en oneindig veel berekeningen gemaakt.'

'Ja…'

'Wanneer je dat allemaal bestudeert, dan krijg je bewondering voor de schepping, voor hoe ingenieus die is. Daarboven, in die oneindige ruimte gebeurt niets bij toeval, Marcus. Alles wordt gestuurd door vaste wetten. Vervolgens kun je heel duidelijk zien hoe het leven en lot van ieder afzonderlijk mens zijn verbonden met de banen van de sterren, en dan…'

'Dan?' Marcus was geestdriftig.

'Ja, dan ga je geloven dat de mensen eeuwig zijn als de sterren en dat er ook voor hun bestaan een wet en een zin is.'

Marcus keek lang naar de eerste sterren die zichtbaar werden aan de donker wordende hemel.

'Dat is moeilijk te begrijpen, Anjalis.'

'Ja, de vraag is of het überhaupt te begrijpen is.'

Toen ze naar het huis en de maaltijd die hun wachtte terugkeerden, had Marcus' lichaam zijn souplesse hervonden.

Marcus bleef de hele avond vrolijk. De volgende ochtend verdween hij voordat Nadina en Anjalis wakker werden. Toen hij terugkeerde, werd hij vergezeld door de hondenfokker, een oude Germaan die al bij Cornelius in dienst was sinds diens veldtochten ten noorden van de Rijn.

'Deze lummel heeft de kelen doorgesneden van een heel nest pups', zei de man, en er klonk razernij door in zijn stem toen hij eraan toevoegde: 'Ze stamden af van Belio, de beste jachthond van Cornelius.'

En hij vervolgde vertwijfeld: 'De teef jankt als een bezetene.'

Anjalis voelde lichaam en geest verstijven en hoorde zijn eigen woorden van heel ver weg komen: 'Had hij dan een mes bij zich?'

'Nee, dat lag op de tafel bij de hondenkennel. Je rekent er immers niet op dat hier moordenaars zijn.'

'Ik neem de jongen wel voor mijn rekening', zei Anjalis, en zijn woorden kwamen nog steeds van heel ver. 'Ga maar naar Cornelius om hem te vertellen wat er is gebeurd.'

Ze zaten in de bibliotheek, de jongen en zijn onderwijzer. De jongen was geschrokken van Anjalis' bleekheid en hij jammerde: 'Anjalis, vergeef me, hoor je, vergeef me!'

'Ik kan je niet vergeven', zei Anjalis, en nu hoorde ook de jongen dat de woorden een grote afstand te overbruggen hadden. 'Dat kan alleen de moeder van de pups doen, en die springt nu rond, jankend om haar kleintjes.'

'Ach, dat is ze zo weer vergeten.'

Anjalis staarde de jongen aan. Zijn blik kwam van heel ver weg en was vol verwondering, alsof hij hem nog nooit gezien had.

'Waarom heb je het gedaan?'

'Ik vond ze akelig.' Het antwoord kwam snel.

'Je liegt. Waarom heb je het gedaan?'

'Het was...'

'Wat was het?'

'Het was leuk.'
'Leuk?'
'Ja.' Opeens zat de jongen vol leven, opstandig leven.

Anjalis voelde zijn hart in zijn borstkas bonken; hij bevond zich op onbekend terrein en moest zijn handen vouwen om niet naar de jongen uit te halen en die genotvolle glimlach van zijn gezicht te slaan.

In de stilte konden ze de teef horen janken; ze vloog als een woedende stormwind door de tuinen op zoek naar haar verdwenen pups. Anjalis' ogen vernauwden zich, maar Marcus legde dat verkeerd uit en begon weer op zeurderige toon: 'Anjalis, wees nou niet zo boos. Vergeef me, ik vraag je om vergeving.'

'Jij weet niet wat dat woord betekent, Marcus. Als je dat wel deed, zou je weten dat niemand je kan vergeven behalve God. De honden zijn dood, Marcus, dat kun je nooit meer ongedaan maken.'

Meteen daarop draaide Anjalis zich om en ging weg. Op het erf kwam hij Nadina tegen. En Cornelius, rood van woede.

'Het was een zeer kostbaar nest', zei hij. 'Wat heb je met de jongen gedaan?'

Anjalis knikte in de richting van de bibliotheek.

'Hij heeft geen spijt', zei hij en hij was daar zo verwonderd over dat hij hiermee Cornelius' woede wist te doorbreken.

'We moeten kalmeren', zei deze. 'Het is uiteindelijk een kwajongensstreek.'

'Hij is nog zo klein', zei Nadina. 'Hij begrijpt het niet.'

Anjalis keek van de een naar de ander, alsof hij hen voor het eerst zag.

'Ik ga even een poosje rijden', zei hij. 'Ik heb rust nodig en tijd om na te denken.'

Anjalis liet zijn paard de weg kiezen. Ze reden onder de grote loofbomen door, over paden die je nauwelijks met het blote oog kon onderscheiden. De knoestige kurkeiken kronkelden als in verstijfde pijn naar de grond, paard en ruiter joegen vogels op, een vos jankte. Opeens was het hele bos vol dreiging en kwaad.

Een stoot van heimwee ging plotseling door Anjalis' lichaam; hij wilde weg uit deze wereld van schoonheid, naar huis. Naar de woestijn, die het lijden uitwist en het leven eenvoudig maakt.

Toen ze de oever van het Lacus Albanus naderden, waren ze allebei moe. Anjalis liet zich uit het zadel glijden en ving de oogopslag van het paard; een bruine blik vervuld van woeste vreugde na de rit.

Maar ook het paard was onbegrijpelijk en Anjalis' gevoel een vreemdeling te zijn groeide uit tot vertwijfeling. Hij ging op een boven het meer uitstekende rotspunt zitten en liet het paard zelf zijn weg naar het water zoeken om te drinken.

Marcus is harteloos, dacht hij.

En hij dacht terug aan de sympathieke Mancinius in Tyrus, de eerste Romein die hem voor een diner had uitgenodigd. En die de hele avond een beminnelijk gesprek met hem had gevoerd, terwijl zijn soldaten op de executieplaats kruizen oprichtten.

Ze zijn net zo onbegrijpelijk als het kwaad, dacht hij.

En het volgende moment: ik ga Marcus verlaten.

Ik heb mijn taak immers volbracht. Marcus heeft zijn gezichtsvermogen hervonden, en dat was Cornelius' doelstelling. Dat de jongen mens zou worden, was nooit de bedoeling van de oude Romein, en dat de jongen daartoe ook de mogelijkheid miste, had Anjalis niet begrepen. Anjalis zou in Rome gaan wonen. Met hulp van de flamen Dialis zou zijn studie van de verhouding van de Romeinen tot hun goden weldra klaar zijn.

En daarna: naar huis.

De hitte van de middag nam toe. Anjalis liet zich van de rots glijden en liep naar de oever, waar hij zijn gezicht, hals en handen in het koude water waste.

Hij was rustiger geworden nu zijn besluit vaststond en geleidelijk kwam hij weer tot zichzelf. Hij zou Marcus vergeten zoals hij Ariadne had vergeten, en ook ditmaal kon hij met een gerust geweten zeggen dat zijn eigen leven moest wijken om in het teken te staan van het dienen van de god die in Judea was geboren.

Tussen de bosjes wat verderop langs de oever ritselde opeens iets. Anjalis draaide zich om en zag het paard steigeren voor een zwarte kat, die de grootte had van een kleine tijger. Ze siste naar het paard en dat ging er wild van angst over het pad vandoor, terug naar de veiligheid van de stal.

Anjalis bleef staan en zag de gele ogen van de kat vonken slaan, waarna het dier soepel opging in de schaduw van het gebladerte en verdween. Anjalis slaakte een diepe zucht en voelde dat hij bang was.

Waarvoor?

Niet voor de kat; hij had de bedienden van Cornelius horen vertellen dat er veel wilde katten in het bos zaten.

Opeens kwamen haarscherpe beelden uit zijn dromen in Athene bij hem op. Hij zag het huis dat Ariadne en hij aan het inrichten waren; zij verdween en hij bleef door de kamers rennen om haar te zoeken, helemaal in het binnenste van het huis, en altijd trof hij de zwarte kat.

Anjalis bleef lang op de oever staan; hij liet de beelden uit zijn oude dromen komen en gaan, en voelde verdriet. Hij correspondeerde nog met Anaxagoras en wist ook waarom: hij schreef omdat hij een brief terug hoopte te krijgen waarin Anaxagoras zijn zuster noemde.

Soms ving hij inderdaad een glimp van haar leven op. Ariadne had twee zoons en een dochter gekregen. Wanneer de kinderen groot waren, zou ze zich vestigen bij de aanhangers van het orfisme in Piraeus.

In de laatste brief had gestaan dat ze dik was geworden. Anaxagoras had medelijden met haar; nog geen dertig en nu al een matrone. Anjalis had echter een grote tederheid gevoeld.

Opeens dacht hij aan zijn vader en aan iets wat deze had gezegd na zijn terugkeer uit Bethlehem. Over liefde, over de liefde die het godenkind op aarde zou brengen.

Maar de herinnering ontglipte hem; hij wist niet meer hoe Balthazars woorden precies hadden geluid.

Toen hij zijn ogen dichtdeed om zich beter te kunnen concentreren belandde hij in een stroom van herinneringen aan de laatste weken hier in de bergen, herinneringen aan het kind dat als een jong vogeltje onder zijn oksel had geslapen, en aan de nachtelijke tochten, toen Marcus alleen nog maar kon zien wanneer het donker was. Een kind, zijn kind.

Vanaf het begin beschadigd, onwelkom, beroofd van zijn levenslust.

Misschien geneest zoiets nooit, dacht Anjalis, maar opeens schoot hem te binnen wat Balthazar had gezegd over het arme joodse kind: van hem zullen we leren dat liefde niet verdiend hoeft te worden.

Langzaam begon Anjalis aan zijn tocht omhoog langs de steile paden, door het bos waarin het licht geler werd in de namiddagzon.

De jongen zat binnen, voor het vuur in Cornelius' huis. Hij was in dekens gewikkeld, maar toch had hij het zo koud dat hij ervan rilde. Bleek, maar zonder tranen probeerde hij uit te leggen tot welke conclusie hij in zijn eentje was gekomen: dat Anjalis niet boos was zoals de anderen, zoals Cornelius en de hondenfokker, maar dat hij verdrietig was.

En dat hij was weggegaan.

Keer op keer zei de jongen tegen Cornelius: 'Hij komt nooit meer terug.'

En iedere keer antwoordde Cornelius: 'Hij is alleen maar even een ritje gaan maken.'

Het hete middaguur kroop langzaam de kamer binnen, maar de jongen had het koud. Cornelius begon net te overwegen of hij zijn oude lijfarts moest laten komen, toen de stalmeester om een onderhoud vroeg. Het paard van Anjalis was zonder ruiter teruggekeerd, zei de man.

'Ik wist het wel,' gilde Marcus, 'ik wist het wel. Hij is weggegaan en heeft het paard teruggestuurd.'

'Rustig maar', zei Cornelius. 'Zulke dingen doet Anjalis niet. En bovendien zijn al zijn bezittingen nog hier.'

'Anjalis maakt zich niet druk om bezittingen', gilde Marcus zo hard dat het zijn grootvader door merg en been ging. Deze werd boos en snauwde: 'Nu houd je je mond. Je jankt als de teef die haar kleintjes kwijt is.'

Cornelius ging weg om een zoektocht door het woud op touw te zetten, maar hij hoefde geen orders te verstrekken want op hetzelfde moment dook Anjalis op aan de bosrand.

'Het paard werd bang van een wilde kat en rende weg', zei hij.

Cornelius omhelsde de lange Chaldeeër: 'Ik weet eigenlijk niet of ik moet lachen of huilen.'

'Heb ik u bang gemaakt?'

'De jongen heeft me bang gemaakt. Hij zit als een krankzinnige te janken dat je ons voor altijd verlaten hebt.'

Anjalis schrok, maar zijn stem verried niets van zijn verbazing toen hij zei: 'Ik heb een idee. Als u met mij meeloopt naar de hondenkennels zal ik het proberen uit te leggen.'

Terwijl ze door de tuinen liepen vertelde hij verder. Ze zouden Marcus een pup geven, klein en zielig, maar toch zo levensvatbaar dat hij zou overleven. Wanneer hij het geschenk had ontvangen, zou Marcus geen hulp krijgen bij de verzorging; hij zou in zijn eentje verantwoordelijk zijn voor het leven van de pup.

'Dat redt hij nooit', zei Cornelius.

'Jawel hoor', zei Anjalis.

In het grote huis zat Marcus nog steeds te rillen en schudden van de kou. Nadina bracht hem warme melk die hij gehoorzaam opdronk. Hij probeerde contact met haar te maken: 'Hij komt nooit meer terug.'

'Wat een onzin', zei ze. 'Hij is er al, hij is met Cornelius in de kennel.'

Langzaam en voorzichtig zette de jongen de beker weg. De kou verdween, hij kroop in elkaar en viel van het ene moment op het andere in slaap.

Toen Anjalis hem wakker maakte en even lang en mooi als altijd voor hem stond met een pup in zijn armen, dacht hij dat hij droomde.

'Deze krijg je van mij, Marcus. Je moet zelf voor hem zorgen en bent er als enige verantwoordelijk voor dat hij in leven blijft.'

Marcus keek met grote ogen naar de langharige pup die door Anjalis op zijn schoot werd gezet. Het beest was eng, het jammerde.

'Ik wil niet', fluisterde hij.

'Je moet', zei Anjalis. 'Je begint meteen en geeft hem een beetje melk, voorzichtig, lepeltje voor lepeltje, zodat hij zich niet verslikt.

Hij is namelijk gewend om te zuigen, snap je.'

En Anjalis draaide zich om en liep weg.

Die nacht lag Marcus totaal verstijfd in bed, angstig en niet op zijn gemak. De pup kermde op zijn arm en hij verafschuwde het beest.

Wanneer hij verdriet heeft moet je hem aaien, had Anjalis gezegd. En iedere keer dat Marcus zichzelf ertoe zette met zijn hand over de zwarte vacht te strijken, zuchtte de hond en viel in slaap. Maar niet voor lang; hij werd direct weer wakker, wroetend in Marcus' oksel, snuffelend met zijn snuit. Jammerend.

Ik zou hem wel dood willen maken door erbovenop te gaan liggen, dacht Marcus. Zelfs Anjalis zou me dat niet kunnen verwijten.

Maar hij realiseerde zich meteen dat Anjalis dat wél kon, en dat hij het zou doen ook.

Marcus probeerde zich op zijn andere zij te draaien, met zijn rug naar de hond toe, maar toen begon deze zo hard te janken dat Nadina kwam.

'Arm beestje', zei ze. 'Hij klinkt als een verlaten kind.'

Ze had een aarden kruikje met warme melk klaargemaakt en een stevig opgerold stuk stof in de opening van de kruik geduwd.

'Zo deden we dat op het platteland als er een ooi doodging en we voor de lammetjes moesten zorgen', zei ze. 'Probeer eens of je hem aan het zuigen kunt krijgen.'

Dat ging goed; de pup zoog en Marcus zag hoe het roze tongetje aan het stoffen bolletje lebberde. Toen het beestje voldaan was, viel het in slaap.

'Nu kun jij ook gaan slapen', fluisterde Nadina.

'Waarom heeft hij geen ogen?' vroeg Marcus zo zachtjes als hij kon.

'Natuurlijk heeft hij wel ogen', fluisterde Nadina. 'Hij wil ze alleen nog niet openen. En nu welterusten; ik laat het lampje branden.'

Het flakkerende licht van de olielamp vormde een troost en weldra sliep de jongen in met de hond in zijn armen. In het donkerste uur van de nacht werden ze allebei wakker; het bed was nat en Marcus werd misselijk. Opnieuw begon de hond te janken. Nadina werd er wakker van. Ze kwam weer met warme melk aanzetten.

'Hij heeft me nat geplast', zei Marcus.

'Dat moet je maar voor lief nemen', zei de oude vrouw terwijl ze de kruik vulde. 'Geef hem maar weer een beetje warme melk en zing wat voor hem.'

Marcus kende geen liedjes. Terwijl hij de hond voerde, probeerde hij zich een melodie te herinneren die Seleme altijd had geneuried. Ergens uit de allerdiepste landschappen van zijn herinnering kwam die ten slotte boven, onzeker en aarzelend, Seleme met haar honingkleurige haar en de geur van warme, zoete melk met zich meevoerend.

Opeens zag hij haar ogen voor zich, hoe blauw ze waren, vervuld van tederheid. Arm stakkerdje toch, neuriede ze, arm stakkerdje toch.

De melodie was net zo eenvoudig als de woorden, en nu zong Marcus voor de pup: arm stakkerdje toch.

Het licht van het olielampje flakkerde en Marcus bedacht dat de olie wel gauw zou opraken. Hij hield op met zingen, maar de pup begon meteen weer te janken.

'Als je daarmee ophoudt, zal ik het vensterluik openzetten', zei Marcus. 'Buiten schijnt de maan.'

De pup werd stil. Dat was zo verbijsterend dat Marcus halverwege het venster bleef stilstaan en weer terugliep naar het bed.

'Je gehoorzaamt mij', zei hij terwijl hij met zijn hand over de vacht streek.

Ditmaal was zijn hand zacht en zonder angst, en de pup kroop rustig en vertrouwd als een bolletje in elkaar.

Marcus bleef op de rand van het bed zitten, terwijl hij met zijn hand over het dierenlijfje ging en het hart aan de binnenkant van de krullerige zwarte vacht voelde slaan. Hij keek naar de hond, en naar Seleme, diep in zijn herinnering.

Ten slotte begon hij het koud te krijgen en hij kroop resoluut in bed. Met vaste hand trok hij de hond naar zich toe, boorde zijn neus in diens vacht en viel acuut in slaap.

Tijdens de dageraad, toen de eerste zonnestralen door de latjes van het vensterluik naar binnen streken, werd hij wakker doordat er iemand naar hem keek. Verbaasd keek hij op en ontmoette de blik van twee gitzwarte ogen die hem opnamen.

Hij is niet blind, hij had zijn ogen alleen maar dicht, dacht de jongen.

Lang bleven ze zo naar elkaar liggen kijken, de jongen en de pup.

Een ogenblik van eeuwigheid verstreek voordat de hond met een tevreden zucht zijn neus onder Marcus' kin boorde en weer in slaap viel.

Marcus was gelukkig, dat zag Nadina wel toen ze een poosje later binnenkwam om hem te wekken; het magere jongensgezicht had iets stralends over zich.

'Hij haalt het, Anjalis.'

De tovenaar zei slechts: 'Dat wist ik wel.'

Nadina liet trots de melkkruik zien die ze had klaargemaakt en Anjalis was vol bewondering.

Wat later hoorde Anjalis hoe Marcus zong: arm stakkerdje toch, arm stakkerdje toch...

'Wat een triest versje.'

'Het is het enige wat ik ken. En hij is toch ook zielig.'

'Niet zo vreselijk lang meer', zei Anjalis lachend.

Tijdens de dagen die kwamen, probeerde Anjalis te praten over de pups die Marcus de keel had afgesneden. De jongen ging het onderwerp niet uit de weg; hij probeerde eerlijk uit te leggen hoe hij op de drempel van de hondenkennel had gestaan en het mes op de tafel had zien liggen.

'Ik heb je toch gezegd dat het op de een of andere manier leuk was.'

'Maar dacht je er dan helemaal niet aan dat het levende wezens waren...?'

'Nee, ik geloof dat ik helemaal niet dacht. Trouwens, jawel, ik dacht aan grootvader, die zei dat pups aandoenlijk zijn.'

Anjalis schrok ervan. Hij herinnerde zich hoe de jongen vragen over de dood had gesteld.

'Jij vond toch dat het voor mensen of beesten die aandoenlijk zijn maar het beste is dat ze sterven?'

'Nou nee', zei Marcus. 'Ik dacht eigenlijk helemaal niet.'

Verder kwam Anjalis niet en het raadsel bleef onopgelost. Hij kon niet begrijpen dat Marcus zelfs geen onbehagen voelde over wat hij had gedaan.

'En als iemand jouw hond nou de keel kwam afsnijden...?'

'Dan zou ik hem doodslaan', zei Marcus vol overtuiging.

Op een avond leerde Anjalis hem een nieuw liedje, een Aramees wiegeliedje dat over een kameeldrijver ging. De man liep van de ene kameel naar de andere om te vragen waarom ze zo verdrietig keken. Ze hadden allemaal een tragisch verhaal te vertellen.

'Dat is volgens mij een nog triester versje', zei Marcus, die snel leerde en bekoord werd door de vreemde woorden. 'Dan heeft mijn hond geen reden om verdrietig te zijn.'

Op een dag kwam er bij zonsondergang een boodschapper van de flamen Dialis die Anjalis opriep om naar Rome te komen. Het was een officier van de lijfwacht van de flamen, en Anjalis schaamde zich toen hij zag hoe eerbiedig de man door Cornelius werd ontvangen. Hij kreeg fruit aangeboden en de beste wijn van het huis.

Nadat de man was weggegaan zei Cornelius: 'Dat is een goed teken. De flamen had ook een slaaf met een brief naar ons toe kunnen sturen.'

De volgende ochtend bij het krieken van de dag verliet Anjalis te paard het huis, door de wouden, waar het eerste zonlicht zich over de grond een weg zocht. Zoals altijd bleef hij op de uitzichtplaats staan om over de vlakte uit te kijken op Rome, de stad die meedogenloos buiten haar muren groeide en zich langs de Tiber in de richting van Ostia en de zee uitbreidde.

Het was echter niet de stad die hij bewonderde, maar de enorme aquaducten, de gewelven die zich sprongsgewijs uit de bergen wierpen, in lijnrechte rijen richting Rome.

Hij had ze leren herkennen: de Aqua Marcia, de Aqua Tepula, de nieuwe Aqua Julia en de oudste: de Aqua Appia. Alleen al de Aqua Marcia voerde dagelijks bijna 200.000 liter water naar Rome.

Anjalis probeerde zich voor te stellen hoe het water daarboven onder de hemel stroomde, vers water in overvloed, op weg naar de putten en badhuizen van de stad.

Het was een duizelingwekkende gedachte.

Hij had de piramides gezien, die gesloten reuzen die boven de geheimen van de doden in Egypte torenden. En het Parthenon, naar de hemel, god en het licht verheven.

Deze Romeinse bouwwerken waren net zo onvoorstelbaar geweldig, maar ze verborgen geen geheimen en zongen geen lofliederen tot de goden. Ze stonden in dienst van het eenvoudige menselijke leven van alledag.

Toen hij langs de Via Appia naar de Marstempel bij de stadspoort reed, voelde hij een diepe sympathie voor de Romeinse volksaard.

In het huis van Salvius op de Palatijnse heuvel zat Cornelia met een slavin een bordspel te spelen, een spel met een hoge inzet. Het meisje wilde vrijgemaakt worden om te kunnen trouwen met de zoon van de leerlooier, de Syriër die de lucht aan het einde van de steeg verpestte.

Cornelia had altijd een hekel gehad aan de man en zijn stinkende zaak, en dat verhoogde de spanning in het spel. De slavin was de inzet; als zij verloor zou ze worden verkocht aan de bordelen die aan de Tiber lagen, en daar was zelfs de jongsten en sterksten geen lang leven beschoren.

Als de slavin won, zou ze haar vrijheid krijgen.

Cornelia's ogen glansden van opwinding, haar ingevallen wangen hadden kleur gekregen. De slavin was op voorhand gedoemd; ze had moeite om adem te halen, dacht langzaam en rekende slecht. Bij iedere verloren partij hoorde je Cornelia lachen, en het huis hield de adem in.

Toen Anjalis in de deuropening stond, keek Cornelia verstoord op. Heel even kruisten hun blikken elkaar en ze legde zijn verwondering als verachting uit.

'Natuurlijk', zei ze. 'Ik heb bericht gekregen van Cornelius Scipio dat je hier vannacht blijft slapen.'

Daarna riep ze Ganymedes, de huismeester, en zonder Anjalis een blik waardig te keuren zei ze: 'Maak een slaapplaats voor de man klaar bij de koetsiers in de slavenverblijven.'

Ganymedes boog. Anjalis ving nog net een glimp van leedvermaak in diens ogen op, maar voelde ook zijn eigen woede.

'Dank u', zei hij. 'Ik zoek wel een herberg in de stad.'

En hij draaide zich om en verliet het huis. Eenmaal in het atrium gekomen hoorde hij de benauwde stem van Ganymedes en het geschreeuw van Cornelia; het speelbord werd omvergeworpen en de slavin huilde.

Anjalis liep echter rustig door naar de poort.

Er waren zo veel mensen in de steeg dat het moeite kostte om vooruit te komen. Zijn paard, niet aan zoveel drukte gewend, werd schichtig en Anjalis moest afstappen om het aan de teugels de heuvel af te leiden, langs de lawaaiige bouwplaatsen op het Forum, rond het Capitool en weer omhoog de Aventijnse heuvel op, waar hij in een *insula* een herberg vond en een kamer op de vierde verdieping kreeg. Het was een grote kamer maar met een laag plafond; slecht onderhouden en vies, zag hij toen hij water in de waskom schonk.

In een wijnhuis naast de winkels in de straat gebruikte hij een eenvoudige maaltijd bestaande uit brood, vis en fruit.

Wijn. Hij keek lang naar de donkerrode drank in zijn kroes en wist dat de vreemde rust die hij nu voelde met de wijn zou verdwijnen. Dus wachtte hij en bleef zichzelf observeren.

Zijn trots kende geen grenzen, dat voelde hij. Toch stond hij er versteld van dat een belediging door een krankzinnige vrouw hem in zo'n toestand van verlamming kon brengen.

Uiteindelijk kon hij de wijn niet weerstaan en toen sloeg zijn gekrenktheid in volle hevigheid toe. Hem, Anjalis, zoon van de machtige wijzen uit de woestijn en beter geschoold dan menigeen in Rome, was in het huis van de verloederde Salvius een plaats in de slavenvertrekken toegewezen.

Hij gloeide van nijd.

Hij dronk precies zoveel dat hij zijn gevoelens nog in bedwang wist te houden en inzag hoe absurd die waren. En toen hij slingerend de buitentrap naar zijn kamer beklom, zag hij de scène opnieuw voor zich: de opgewonden Cornelia en de spookachtig bleke slavin.

Waar ging het spel om? Wat gebeurde daar in huis? Welke boodschap school er in de stilte en in Ganymedes' ogen toen hij de deur voor Anjalis had geopend?

Het kwaad van Rome, dacht hij. Zoals altijd onbegrijpelijk.

En in zijn droom dook Cornelia's gezicht weer op, de glanzende ogen en de genotvolle glimlach toen de slavin haar onhandige zetten op het speelbord deed.

Precies op het moment dat hij ontwaakte, wist hij dat Cornelia's glimlach aan die van Marcus deed denken, aan de geheimzinnige trek rond de mond van de jongen wanneer hij het had over de pups die hij de keel had afgesneden.

Nee.

Anjalis had nog nooit zo veel aandacht aan zijn uiterlijk besteed als nu. Hij waste zich van top tot teen, schoor zich zorgvuldig en borstelde zijn blauwzwarte haar tot het glom.

Daarna trok hij de elegante fluwelen tunica aan die hij in zijn bagage had gestopt, en hij drapeerde de korte cape zorgvuldig over zijn schouders; strak aan de achterkant, zodat er aan de voorkant ruimte was en de schitterende zijden voering bij iedere beweging zichtbaar werd.

Ten slotte de zware gouden ketting.

Toen hij op weg naar het paleis van de flamen Dialis de winkels op straat passeerde, merkte hij tevreden op dat hij de aandacht trok.

Hij had ruim de tijd. Aan de voet van de Capitolijnse heuvel bleef hij staan om naar de Jupitertempel op te kijken, een streng, bijna ontoegankelijk gebouw. In de verte hoorde je het ritme van trommels en Anjalis aarzelde niet lang voordat hij gehoor gaf aan zijn ingeving en de steile trap op liep, de tempel in.

Hij wilde geen opzien baren en bleef in de zuilengalerij staan. Vanaf zijn plaats in het donker keek hij naar de priesters die zich in afgepaste ritmes onder het enorme hoofd van de god bewogen. Een vrijwel gestolde dans, zo langzaam dat de beweging bijna niet te zien was. Hij zag de trommels niet; vreemd genoeg leek het geluid daarvan hierbinnen verder weg.

Anjalis leunde tegen een zuil, sloeg zijn armen over elkaar en liet zijn ogen langzaam aan het duister wennen. Zoals overal in Rome was het druk, maar hier heerste onder de vele aanwezigen een donkere, plechtige stilte. Het ritme van de trommels vertraagde; nu zat er meer tijd tussen de slagen, en de bewegingen van de priesters stonden bijna stil in de lucht. Toch bewogen ze, want het schouwspel veranderde; stil, ongemerkt veranderden de mannen van positie en plaats.

Toen Anjalis het gezicht van Jupiter zag dat rood opvlamde in het schijnsel van de fakkels, bedacht hij dat God waarschijnlijk ook hier zou kunnen zijn, in die zware Romeinse gelaatstrekken.

Opeens versnelde het ritme van de trommels weer, het steeg in gejubel omhoog naar de gewelven en Anjalis ging op in zichzelf, waar alles licht en stilte is.

Zijn plechtige gevoel duurde maar even – een korte dood en een lichte wedergeboorte –, maar lang genoeg om hem te bevrijden van Cornelia's smaad en het bange gevoel dat de droom in de herberg bij hem had achtergelaten.

In de grote hal van het huis van de flamen Dialis stonden mannen in witte toga's in groepjes bijeen. Ze gingen op in levendige gesprekken zoals Romeinen dat altijd en overal leken te doen. Het geroezemoes verstomde echter toen Anjalis arriveerde en meteen langs de wachtenden werd geleid, door het grote atrium, de brede marmeren trap op.

In het peristyle hing de geur van rozen en het was allemaal net zo angstaanjagend mooi als Anjalis het zich herinnerde. Hij werd in de bibliotheek binnengelaten, een langgerekte ruimte waarvan de muren waren voorzien van brede planken voor de duizenden boekrollen. Een secretaris wachtte hem op. De man boog en verzocht Anjalis hoffelijk om aan een tafel midden in het vertrek plaats te nemen.

Het was een grote tafel op stevige leeuwenpoten.

De flamen zou nog een uurtje op zich laten wachten, zei de man. Hij wilde echter dat Anjalis zijn wachttijd zou gebruiken om de documenten te bestuderen die op tafel waren klaargelegd. Verder hoopte de flamen dat Anjalis later op de avond aan de maaltijd zou willen deelnemen.

Anjalis boog. De secretaris boog en verdween, onveranderlijk hoffelijk maar zonder warmte.

Ergens speelde iemand op een harp, ronde volle klanken bereikten Anjalis, die even aan Flaminica moest denken en voelde dat die gedachte hem troostte.

Toen maakte hij het eerste document open, gesigneerd door Augustus zelf en zwaar van het grote keizerlijke zegel. Al uit de aanhef begreep hij dat zijn doel bereikt was. 'Vergunning' stond er, in grote, fraai gekalligrafeerde letters.

Onder de kop las hij dat de astroloog en wetenschapper Anjalis, zoon van Balthazar, burger uit het rijk der Parthen, keizerlijke toestemming werd verleend om de religie in Rome te bestuderen. In de volgende zin werden de priesters en andere vrije Romeinse burgers aangespoord om hem op alle mogelijke manieren behulpzaam te zijn. Een uitzondering werd gemaakt voor oeroude cultische geheimen en voor informatie die het aanzien van het rijk kon schaden.

Hoewel Anjalis behoorlijk zeker was geweest van een positief bericht, voelde hij zich toch opgelucht. De gegeven beperkingen waren redelijk, vond hij, ook al besefte hij dat de alinea over schade aan het aanzien van het rijk verontrustend rekbaar was.

Bijna bedreigend.

Toen hij de vergunning aan de kant schoof en het volgende document begon te lezen, nam het gevoel van dreiging toe. Ieder rapport dat hij schreef moest ter goedkeuring aan de flamen Dialis worden voorgelegd en gekopieerd, voordat het op een Romeins schip naar Heliopolis werd gebracht.

Privé-boodschappers uit de Egyptische tempel waren niet toegestaan.

De woorden waren maar voor één uitleg vatbaar, massief en net zo onmogelijk in beweging te krijgen als de zuilen in de Romeinse tempel. Anjalis voelde zich opeens eenzaam, afgesneden van zijn wortels.

Bijna nog erger was het document waarin uiteen werd gezet hoe hij zijn studie moest aanpakken; het was opgesteld als een lesrooster voor een schooljongen. Wanneer de maand september in oktober overging, moest hij in het huis van de Vestaalse maagden beginnen en vervolgens was de Jupitertempel aan de beurt, waar hij de priesteropleiding mocht bestuderen. De voortekens van de Augures mochten worden onthuld, maar de eroude kunst van de Haruspices om met behulp van de ingewanden van offerdieren de toekomst te lezen moest een Romeins geheim blijven.

Er verscheen een spottende trek om Anjalis' grote mond; dank je wel, dacht hij, ik ben niet nieuwsgierig. En meteen daarna: wat hebben ze er weinig van begrepen, wat nemen ze het allemaal letterlijk.

Hij las verder, het ene document na het andere. Gebonden in volmaakt Latijn vond hij zijn toekomst op schrift. Dit was een plan met kaarsrechte richtlijnen, doelbewust als de loop van de aquaducten over het platteland.

Vervolgens moest hij glimlachen: gedachten zijn vrij.

En meteen daarna moest hij lachen: ik heb een goed geheugen. In de toren in de woestijn en in de tempel in Heliopolis was hij zelfs beroemd om zijn geheugen.

Toen de flamen het vertrek binnentrad en Anjalis opstond, zat er nog een lach op zijn gezicht, want de flamen zei: 'Ik zie dat u tevreden bent.'

'Ik ben zeer dankbaar', zei Anjalis. 'Maar ook erg verwonderd. Zo goed voorbereid en groots als in deze documenten heb ik mijn opdracht nooit gezien.'

De flamen keek verbouwereerd; het Griekse verslag was toch systematisch en zeer gedetailleerd geweest, zei hij.

Anjalis knikte en was opeens redeloos blij met alles wat hij niet in dat verslag had gezet: de rapsodische beschrijving van de aanhangers van het orfisme en de joodse geloofsgemeenschappen in de Griekse steden.

Had hij voorgevoelens gehad toen hij uit de kopie die hij had meegenomen naar Rome had weggelaten wat in wezen het zwaartepunt was? Of had een vriendelijke god tijdens het kopiëren zijn hand gestuurd?

'Mag ik vragen waaraan u met zoveel blijdschap denkt?' zei de flamen Dialis, en Anjalis verzon snel een antwoord.

'Ik moest denken aan Cornelius. Hij zal erg blij zijn met de toestemming van de keizer.'

De flamen glimlachte ook en zei: 'Ik wil dat u een boodschap aan Cornelius overbrengt. Zeg hem dat ik aanstaande donderdag met mijn gezin aan zijn tafel zal eten.'

De woorden hadden de klank van een bekendmaking en Anjalis antwoordde met een verwonderde blik: 'Dat zal ik doorgeven.'

Vóór de maaltijd werd Anjalis voorgesteld aan een leeftijdloze man, met bruine mysterieuze ogen in een fijn gezicht en een nauwelijks merkbare glimlach rond zijn mond. Ze herkenden elkaar ogenblikkelijk zonder ooit eerder te hebben kennisgemaakt.

Er daalde een grote rust over Anjalis neer toen de man hem aankeek.

Zijn naam was Oannes en hij was een Syriër, filosoof en astroloog. Toen de flamen het vertrek verliet om nieuwe gasten te ontvangen, zei Anjalis in het Aramees: 'Osiris?'

'Ja', zei de man, die naar de voering van zijn mantel wees, met een soepel gebaar dat aangaf waar hij zijn fluit bewaarde.

Meteen hoorde Anjalis muziek van de grote reis uit de sarcofaag in Heliopolis. Slechts enkele tonen, helder als een herinnering aan het land dat niemand zich kan herinneren.

De flamen stelde de volgende gast voor: een Griek die Anjalis' verslag had gelezen en aan wie woorden tekort schoten om zijn bewondering kenbaar te maken.

'Een meesterwerk', zei hij en hij praatte maar door over de intelligente samenvattingen en de frisse waarnemingen. Anjalis luisterde maar half, hoewel hij blij was dat hij zo werd geprezen.

Hij wilde de rust van Oannes blijven voelen. De flamen, die dat zag, glimlachte en zei: 'Onze Syrische vriend heeft dezelfde opvatting als u over het nieuwe tijdsgewricht.'

'Dat weet ik', zei Anjalis, maar hij zag de waarschuwende blik in de ogen van Oannes.

'Kent u elkaar dan?'

'Nee, we hebben elkaar niet eerder ontmoet.'

Er kwamen nog meer gasten, onder wie Petronius, de jonge edelman die in Athene onderwijs bij Anjalis had gevolgd en die hem in Rome had uitgenodigd.

'Ik heb net gehoord dat de keizer toestemming heeft gegeven voor uw studie hier', zei hij. 'Dat is heel interessant, maar ik hoop toch dat u wel de afgesproken lezingen gaat houden.'

'Natuurlijk.'

Ten slotte kondigde de huismeester plechtig de flamen Martialis aan en iedereen stond op. De hogepriester van Mars was een magere oudere man die hevig ontsierd werd door zijn hoge muts. Hij was even wantrouwend als de flamen Dialis was geweest, maar deed minder moeite om het te verbergen.

'Ik heb de keizer afgeraden om u toestemming te verlenen', zei hij tegen Anjalis toen het gezelschap was gaan aanliggen.

'Mag ik vragen waarom?'

'De goden meten de waarde die een volk zichzelf toekent', zei de flamen Martialis. 'Daarom moet hun cultus een geheim blijven.'

'U bedoelt dat de godsbeelden de menselijke waarde bepalen?'

De priester van Mars gaf niet rechtstreeks antwoord, maar zei met nadruk: 'De goden van Rome zijn wreed, om redenen die een vreemdeling nooit kan begrijpen. Ook u zult hen niet goed begrijpen.'

Anjalis en de flamen Martialis keken elkaar strak aan, en het werd stil rond de tafel. Ten slotte zei Anjalis: 'Dat is een interessante gedachte, maar ik vraag me af of u gelijk hebt. De doorsnee Griek is namelijk fatsoenlijker en aardiger dan zijn goden zijn.'

'De Grieken hebben hun wortels doorgesneden. Voor hen is er geen hoop.'

De priester had zijn oordeel verkondigd, maar het gezelschap rond de tafel leek zich daar niets van aan te trekken. De Griekse gast moest hard lachen.

'Een bevrijd volk', zei hij.
Anjalis glimlachte echter niet.
'Van wat ik tot nu toe heb gezien, is de Romein serieuzer dan de Griek', zei hij. 'Dus klopt uw these over het godsbeeld en de menselijke waarde hier wel. En in dat geval...'
'Wat?' De vraag kwam als een zweepslag.
'In dat geval wordt mijn opdracht gemakkelijker.'
'Waarom?'
'Omdat er dan een gemeenschappelijke basis is voor de religie van Rome en die van mijzelf', zei Anjalis. 'Wij oosterlingen nemen God ook serieus.'
Nu mengde Oannes zich in het gesprek.
'Mijn mening is dat Rome zijn wortels heeft doorgesneden, net zoals Athene', zei hij. 'Steeds meer mensen in de hoofdstad van de wereld zijn goddeloos.'
Het werd stil rond de tafel en je kon de flamen Dialis horen zuchten.
'Ik vraag me voortdurend af wat er gebeurt met een volk dat de hoogste macht ontkent', zei hij ten slotte.
'Dat verliest zijn fatsoen', zei de flamen Martialis.
'Ja', zei Oannes. 'Als de vraag over de zin van het leven in het grote duister van ieder individueel mens beantwoord moet worden, valt hij ten prooi aan zijn eigen kwaad.'
Die woorden wogen zo zwaar dat het gesprek verstomde. Na verloop van tijd keek de flamen Dialis echter weer op van zijn bord en zei: 'En dan neemt God gestalte aan in het lot. Is dat wat u bedoelt, Anjalis?'
'Ja.' Anjalis sprak zachtjes en ernstig, en de flamen Dialis zag dat zelfs de priester van Mars onder de indruk was.
'Wilt u dat uitleggen?'
Anjalis zocht naar woorden. Hij keek Oannes met een smekende blik aan.
'De innerlijke tegenstellingen van een mens, zijn haat en liefde, hoogmoed en nederigheid...'
'Zijn wil om het goede te doen en zijn hang naar het kwaad', zei Oannes.

'Ja. Al die tegenstrijdigheden kunnen nooit op zijn eigen niveau in het individu worden verenigd. Daar is een derde macht voor nodig, een god en een mythe die de strijd tot uitdrukking kunnen brengen en die het kwaad aan het licht brengen.'

'Die Satan zichtbaar maken', zei Oannes.

'Ja. Het mogelijk maken dat je daar stelling tegen neemt.'

'Als de goden worden verloochend, mist de mens de middelen, bedoelt u.' De stem van de flamen Dialis klonk sommerend.

'Ik ben bang van wel', zei Anjalis. 'Aan de basis ligt immers altijd het morele conflict, en morele problemen zijn metafysisch en kun je niet oplossen met het verstand.'

Petronius begon te protesteren.

'Ik begrijp jullie niet', zei hij. 'Als de goden worden verloochend, wordt de mens toch eindelijk baas in eigen huis?'

Anjalis moest lachen om zijn vasthoudendheid.

'De sterren verdwijnen toch niet van de hemel omdat u ze niet wilt zien', zei hij. 'Om nog maar te zwijgen over de gloeiende lava in het binnenste van de vulkaan.'

Iedereen barstte in lachen uit, maar het was geen vrolijk gelach.

Toen het fruit geserveerd werd, zei de flamen Dialis: 'Ik heb Oannes, die astroloog van de keizer is, gevraagd om hier vanavond aanwezig te zijn omdat hij meer lijkt te weten over het nieuwe tijdsgewricht dan u, Anjalis.'

Anjalis knikte en glimlachte toen hij bedacht dat Oannes, de man die vernoemd was naar de Babylonische vissengod, daar eigenlijk ook wel meer vanaf moest weten.

De Syriër begon op luchtige toon: 'Zoals Anjalis al vertelde, is de aarde juist het tijdperk der Vissen ingegaan. De dieren uit de grote diepten doen nu een poging het heldere daglicht te bereiken.'

Ondanks zijn toon viel er aan tafel een plechtige stilte; zelfs de slaven bleven roerloos staan, in ademloze afwachting.

'Dat betekent dat het onnoembare verwoord zal worden, het onweetbare weetbaar wordt, gestalte krijgt en zichtbaar wordt', vervolgde Oannes.

'God zal op aarde geboren worden', zei de flamen Dialis.

'Dat weet men niet', zei Oannes. 'Het kan betekenen dat God in ieder mens wordt geboren, niet dat God een mens is. De astrologen twisten over hoe de tekens geduid moeten worden. Wat we met zekerheid weten, is dat sinds de donkere planeet het hemellichaam van het licht heeft ontmoet, de tijd rijp is. Maar het tijdperk van de Vissen zal tweeduizend jaren duren en we weten niet wanneer het wonder zich zal voltrekken.'

De spanning verdween, de gasten slaakten een zucht van verlichting en de slaven rond de tafel kwamen weer in beweging.

'De joden geloven in Gods geboorte als Messias', zei de flamen Martialis.

'De joden zijn geen goede astrologen', zei Oannes met een lichte maar onmiskenbare zweem van verachting in zijn stem. 'En hun Messiasdroom heeft trouwens een politieke inslag gekregen. Ze wachten op een volksheld die het rijk van koning David in ere zal herstellen.'

Heel even kruiste zijn blik die van Anjalis.

De flamen Martialis wilde nog niet van de joden als gespreksonderwerp afstappen.

'Ze wachten op David, maar haten Augustus en bestrijden de keizercultus', zei hij en hij klonk uiterst verontwaardigd toen hij eraan toevoegde: 'En dat ondanks het feit dat Augustus in de tempel van Jeruzalem iedere dag twee stieren laat offeren ter ere van Jahweh.'

'Het joodse volk is een zakelijk volk', zei Oannes.

'Wat een wonderlijke opmerking. Uit Romeins perspectief zijn het fanatici.'

'Ik bedoel alleen dat hun Messiasdroom heel concreet is', zei Oannes.

'En wat vindt u beiden van de keizercultus?' De stem van de flamen Martialis klonk ijzig.

'Ieder godsbeeld is een ander aspect van het goddelijke mysterie', zei Anjalis zonder enige terughoudendheid.

'Bovendien staat iedere koning symbool voor de kosmische mens', zei Oannes.

Toen ze hun gastheer bedankten en vertrokken, was de nachtelijke hemel boven Rome pikzwart. Anjalis vroeg de flamen Dialis om zijn groeten over te brengen aan Flaminica, en de flamen op zijn beurt herinnerde hem aan de boodschap voor Cornelius.

Oannes en Anjalis liepen samen de brede marmeren trap af. Oannes zei luchtig als de zomerwind: 'We worden gevolgd en afgeluisterd.'

Hij zei het in het Egyptisch en het klonk als een vriendelijke groet.

Voordat ze bij de poort uiteengingen, waagde Anjalis zich toch aan een vraag: 'Wanneer mag ik u weer zien?'

'Ik blijf nog een poosje in Rome. Tot ziens.'

En verdwenen was hij, in de donkere steeg.

Nooit had Anjalis zich in Rome zo veilig gevoeld als toen hij de Capitolijnse heuvel afliep in de richting van zijn herberg. Zodra hij zijn hoofd op zijn kussen had gelegd, viel hij in slaap.

Bij het krieken van de dag ontwaakte hij door het gegil van een meisje op de etage boven hem. Het was een gehorig huis, alsof het van strooien matten was gebouwd, en heel even moest hij denken aan alle verhalen die hij had gehoord over de branden die de Romeinse *insulae* teisterden. Hoe die huishielden en de bewoners onder het neerstortende puin bedolven.

Even later zag hij dat zijn hoofdkussen onder het bloed zat, en hij herinnerde zich dat hij had gedroomd dat hij als een rouwende joodse moeder aan zijn haren en kleren had getrokken.

Heel zijn lange haar zat onder de luizen.

Hij waste zich snel, trok zijn reiskleding aan, betaalde de slaperige waard en zocht zijn paard op. Omhoog naar de Via Appia en de stad uit, naar huis, naar Nadina, die vast wel huismiddeltjes had tegen het ongedierte.

Om hem heen ontwaakte de stad in een stank die nog erger was dan hij zich herinnerde. Schoonmakers trokken door de stegen, want overal sloopen de bewoners van de *insulae* met hun nachtspiegels naar de vuilnishopen. Vlak bij de stadsmuur lag een van de grootste; een voortdurende stroom van afval en uitwerpselen. Opeens hield Anjalis zijn paard in. Haast verstijfd van schrik liet hij zich uit het zadel glijden.

Midden tussen de uitwerpselen huilde een kind, een pasgeboren, welgeschapen meisje.

Haar gehuil kon haar echter niet redden; binnen een mum van tijd zakte ze weg in de afvalberg en Anjalis zag hoe de uitwerpselen langzaam haar ogen, neus en mond vulden.

Toen was het kind verdwenen.

Anjalis was heel bleek toen hij zich langzaam omdraaide en ontdekte dat iemand hem gadesloeg. Naast hem stond een arrogante Romein in een witte toga, met op zijn mooie gezicht een vreemde trek van wellust en nieuwsgierigheid.

'Alle mensen leggen hun ongewenste kinderen buiten', zei hij.

'Maar waarom doodt men ze niet eerst voordat...?'

'Het gebeurt wel eens dat een kinderloze matrone hier tijdens het ochtendgloren een kind komt halen', zei de man.

Anjalis probeerde zich uit zijn verstening los te maken.

'Neem het niet zo serieus', zei de man. 'Er zijn er in Rome velen voor wie het leven ongewenst is.'

Anjalis knikte en tot zijn eigen verrassing zei hij: 'Eigenlijk dacht ik aan iets heel anders. Aan vier pups die een jongen de keel heeft afgesneden.'

De man keek verbaasd, maar zei op spijtige toon: 'De mens is wreed, nietwaar?'

Het duurde niet lang voordat Anjalis in de villa in de bergen van Albanus in een warm bad lag en Nadina zijn hoofd inwreef met bijtende alcoholazijn.

'Wat heb je in vredesnaam gedaan?'

'Ik heb overnacht in een smerige herberg op de Aventijnse heuvel.'

'Waarom?'

'Cornelia bood mij een bed aan bij de koetsiers in het slavenvertrek. En ik was te trots om dat aanbod te accepteren', zei Anjalis, die er lachend aan toevoegde: 'Sommigen worden meteen door de goden gestraft.'

Nadina raakte zo van haar stuk dat ze bijna de hele kroes met azijn op Anjalis' hoofd liet vallen.

'Bij Jupiter', gilde ze. 'Anjalis, ik smeek je, vertel dit niet aan Cornelius.'

'Waarom niet?'

Nadina jammerde bijna: 'Hij zou Cornelia slaag geven als hij dit hoorde.'

In de bibliotheek van het grote huis zat Cornelius alle documenten door te lezen die Anjalis had gekregen. Toen de Chaldeeër aan de deur klopte, glimlachte hij alsof het om zijn eigen overwinning ging.

'Gefeliciteerd', zei hij.

'Dank u, ook voor al uw hulp', zei Anjalis met warme stem. 'Ik zal u vanavond meer vertellen, want nu moet ik me eerst met Marcus bezighouden. Ik ben alleen gekomen om een boodschap van de flamen Dialis door te geven. Hij liet weten dat hij hier aanstaande donderdag met zijn gezin komt eten.'

Anjalis had niet begrepen wat die boodschap voor Cornelius zou betekenen. De Romein groeide voor zijn ogen, en zijn stem was jong en krachtig toen hij zei: 'Dank je, Anjalis.'

Vervolgens stond hij op om naar het altaar met de oude scipioonse huisgoden te gaan.

MARCUS SLIEP MET de pup in zijn armen en de hond schonk de jongen zijn dartele levenslust.

Deze ochtend ontwaakte de jongen als eerste. Hij schudde de pup heen en weer en zei: 'Wakker worden, Anco. Vandaag gaan we naar zee.

Naar Eneides', voegde hij er fluisterend aan toe en hij tilde het lange hondenoor op zodat het beest hem zeker zou horen en verstaan.

'Dat is mijn broer, hè. Maar hij weet het nog helemaal niet. Hij weet niet dat ik kan zien.

En dat ik kan vechten. En dat ik bijna kan lezen. En dat ik een hond heb.

Hij zal jaloers zijn, Anco. Maar wij zullen lief voor hem zijn.

Hem niet plagen.

Maar eerst ga ik hem op zijn gezicht slaan.

En jij mag hem bijten, een klein beetje maar. In zijn voet. Snap je?'

Anco sloeg slaperig zijn fonkelende zwarte ogen op en likte Marcus bevestigend in het gezicht.

Meteen daarna was de jongen het bed uit; hij vloog het huis door.

'Nadina, opstaan, we gaan weg.'

'Anjalis, wakker worden, word dan wakker.'

De hond blafte als een krankzinnige toen hij met Marcus het erf overstak.

'Cornelius, grootvader, wakker worden, we gaan weg.'

Veel vroeger dan gepland was het huis in rep en roer, en de zon was nog niet eens helemaal opgekomen toen de grote wagen de heuvel afrolde, op weg naar de zee.

Twee dagen daarvoor was de flamen Dialis met zijn gezin op bezoek geweest. Dat was allemaal goed verlopen. Beter dan Anjalis had durven hopen, nadat hij had gezien hoe het hele huis op zijn kop werd gezet, hoe kostbare stoffen en bijzondere bronzen uit onbekende kisten te voorschijn werden gehaald, hoe er rozen werden afgesneden en spiegels opgepoetst, hoe heel het grote huis werd versierd als voor een enorm feest.

De gastenvleugel was tot in het kleinste hoekje schoongemaakt, hoewel het maar om één overnachting ging.

De flamen mocht niet langer dan één nacht uit Rome wegblijven, had Nadina uitgelegd. Bovendien mocht hij niet zien dat er werk werd verricht, dus moest alles klaar zijn, de tuin gewied en de paden geharkt en het eten bereid, voordat hij arriveerde.

Toen Nadina een moment op adem stond te komen, maakte Anjalis van de gelegenheid gebruik om snel een vraag te stellen: 'Waarom mag hij geen mensen zien werken?'

Ondanks alle haast was Nadina even blijven staan en ze had geprobeerd zijn vraag serieus te beantwoorden: 'Het lot van Rome is verbonden met dat van de flamen Dialis.'

'O', zei Anjalis.

Cornelius had langdurig overlegd met de kok, die ze uit het huis in Rome hadden laten overkomen.

'Wat hebben jullie gegeten tijdens het diner bij de flamen?'

'Van alles, en veel te veel.'

'Wat bedoel je daarmee?'

Anjalis deed zijn best het zich te herinneren: eieren, gerookte vis, gebakken vis in een zure saus, gekookte vis, minstens drie verschillende vleesgerechten die Anjalis handig had vermeden, gebak en fruit. Dat was niet goed voor de maag, had hij gezegd.

Daar hadden Cornelius en de kok om gegrinnikt.

Inmiddels had Anjalis begrepen dat het bezoek van de flamen Dialis betekende dat Rome Lucius Cornelius Scipio weer in genade aannam en hem zijn zonden vergaf, welke dat ook geweest mochten zijn.

Wat Anjalis van het bezoek vooral bijbleef, was een lange wandeling met Flaminica en de kinderen, drie dochters die verbijsterend vrijmoedig waren en minstens even wild als Marcus en de hond. Ze renden rond en vlogen om de volwassenen heen, die nu alle gelegenheid hadden om ongestoord te praten.

Het gezelschap had bij de vijver gepauzeerd en Anjalis had verteld over de waterlelie en over Marcus' ontwikkeling tijdens de afgelopen zomer. Flaminica had zeer aandachtig geluisterd en veel vragen gesteld. De juiste vragen, precies diegene waardoor Anjalis verbanden zag en zekerder werd.

Ze begreep zijn zorg over de gebeurtenis met de omgebrachte pups, maar uiteindelijk zei ze: 'Wreedheid zit in ieder van ons. Ook in u, Anjalis.'

'In dat geval voel ik daar weinig van.'

Op een bepaald moment had ze ook een poging gedaan om Cornelia aan hem te beschrijven, maar ze had het opgegeven.

'Ik heb haar nooit begrepen. Toen we nog kinderen waren, had ik vaak medelijden met haar. Ik weet nog dat ik haar opzocht toen haar moeder zelfmoord had gepleegd, maar ze lachte gewoon, ze lachte dagenlang, Anjalis.'

Nu waren ze echter op weg door de loofbossen van Latium en nog voordat de zon zijn hoogste punt had bereikt, voelden ze iets zilts in de lucht. Iets zilts en nog iets anders, de delicate geur van de pijnbomen in het bos aan het strand.

Vervolgens veranderde het bos, haast theatraal, van karakter; ze reden uit de lichte schittering van het loofbos naar de plechtige pijnbomen aan de Tyrrheense Zee. Trots en ernstig stonden ze daar, en waar de loofbomen er hier en daar in waren geslaagd in het pijnboombos binnen te dringen, waren ook hun stammen rechter en was hun loof donkerder.

De grond was bezaaid met purperrode cyclamen.

Toen bereikten ze de kust. Het zand was wit als de wolken, de zee blauwer dan de hemel en de branding sloeg in eindeloze herhaling op het strand om tot borrelend schuim in te zakken.

Anjalis voelde dezelfde vreugde als ooit in Tyrus, toen hij voor het eerst met de blauwe uitgestrektheid had kennisgemaakt. Ze namen een pauze, aten van het voedsel dat ze hadden meegenomen en de jongen ging met zijn hond zwemmen; ze verdwenen in de golven en lieten zich als drijfhout weer aanspoelen.

'Kijk, Anjalis,' riep Marcus, 'zie je hoe de aarde ademt.'

Nadina moest om hem lachen, maar Anjalis knikte ernstig: 'Ja, ik zie het.'

'Hier legde Aeneas aan met zijn schip', zei Cornelius, die uit zijn hoofd de fraaie strofen declameerde over hoe het land zich voor de helden van Troje openstelde, dit gebied dat door de goden was uitverkoren en dat zou uitgroeien tot Rome, de overwinnaar van de wereld.

De oude Romein was ernstig en zijn stem droeg ver; het leed geen twijfel dat de woorden recht uit zijn hart kwamen.

Marcus zei echter: 'Ik begrijp het niet. Kunt u het niet in gewone woorden vertellen?'

Maar dat kon Cornelius niet; hij zweeg verlegen en Anjalis nam het over.

Zo gebeurde het dat Marcus in het gebulder van de branding hoorde over de zeereizen van de overwonnen helden, over de twintig schepen die na een beslissing van de goden en talloze avonturen hier een nieuw land vonden.

'Maar waren hier dan geen mensen?'

'Jawel.' Anjalis vertelde over de Italische volkeren die onder bescherming van de godin Juno stonden en hoe zij, na de grote oorlogen, moest buigen voor de Alvader en een plaats voor de Trojanen moest bereiden in haar rijk. Eén voorwaarde verbond ze daaraan: het nieuwe volk moest de taal van de oude inwoners spreken, het welluidende Latijn.

'Wat een geluk', zei Marcus. 'Ik had anders nooit Trojaans kunnen verstaan.'

'Jawel hoor', zei Anjalis. 'De Trojanen spraken Grieks. Maar net als jij vind ik dat het een geluk is, want het Latijn is een prachtige taal.'

'De mooiste taal van de wereld', zei Marcus. 'Maar wat gebeurde er daarna?'

Anjalis vertelde verder; in al zijn enorme kracht kreeg de sage in grootse beelden gestalte, de jongen luisterde ademloos en Cornelius was ontroerd.

'Ik wist niet dat je Vergilius in je hart had gesloten', zei hij, terwijl ze langs het strand, waar de wind speelde, hun tocht in zuidelijke richting voortzetten.

'Misschien is er ook voor mij nog hoop', zei Anjalis lachend.

'Maar een echte Romein word ik nooit, want ik blijf me verbazen.'

'Zoals zo vaak begrijp ik je ook nu niet', zei Cornelius.

Hij dacht aan het gesprek dat ze een paar dagen voor hun vertrek hadden gevoerd, toen Nadina hem had opgezocht nadat zijn laatste cliënt was vertrokken. Ze was gekomen om hem te vertellen dat Marcus kon lezen.

'Dat kan niet', had Cornelius gezegd.

'Maar kom dan zelf luisteren.'

Zachtjes was hij naar de bibliotheek van Anjalis geslopen, waar hij naar de jongen had staan kijken die samen met zijn hond op de grond zat en een puzzel legde met grote letters die hij zelf had getekend. Hij legde er het ene woord na het andere mee.

ANCO BIJT JLIS ZO IN ZIJN VOET.

'Ik heb te weinig a's, Anjalis!'

Anjalis keek niet op van zijn werk, maar zei slechts: 'Dan maak je er een paar bij, Marcus.'

Toen kregen ze allebei Cornelius in de gaten.

'Wilt u niet gaan zitten?'

Cornelius was neergeploft, hij had er behoefte aan om na te denken. Herinneringen aan zijn eigen schooltijd schoten door zijn hoofd, aan hoe de letters in zijn hoofd waren geslagen door een leraar die even opgewonden was als een oorlogvoerende centurion en die net zo geestdriftig sloeg, alleen met een rotting in plaats van met een zwaard.

Het stond hem nog helder voor de geest hoe moeilijk het was geweest, om het te snappen, om van het geluid naar het teken te gaan en om de letters van gesproken taal samen te voegen tot geschreven woorden.

'Anjalis', zei hij. 'Je kunt kinderen toch niet spelenderwijs leren lezen?'

'Volgens mij gaat dat uitstekend.'

Anjalis had bulderend gelachen en geprobeerd het uit te leggen: 'Hebt u er ooit bij stilgestaan hoe kinderen leren praten, Cornelius?'

'Maar dat is toch heel wat anders; dat gaat vanzelf. Ze bootsen de taal na.'

'Precies.'

Toen hij de bibliotheek verliet, had Cornelius Marcus horen schreeuwen: 'Nu heb ik vijf a's, maar ze zijn niet zo heel mooi.'

Hij was buiten bij Nadina blijven staan, die onder de grote linde zat te naaien.

'Feitelijk is hij toch een tovenaar, Nadina.'

'Nee', had Nadina geantwoord. 'Hij is nog veel specialer: iemand die de dingen niet ingewikkeld maakt.'

Misschien was dat wel heel de eenvoudige waarheid van de Chaldeeër, dacht Cornelius toen ze langs de elegante zomervilla's in Antium reden, naar de uitstekende landtong waarop Salvius' huis zich tegen de blauwe zee aftekende.

De wagen was nog niet gestopt of Marcus was al uitgestapt. Hij viel op zijn gezicht, maar kwam meteen weer overeind en vloog weg over het zongeblakerde grasveld.

'Eneides, Eneides...'

Zijn kreten overstemden de meeuwen, die verbouwereerd neerkeken op het jongetje dat met de hond op zijn hielen kwam aanrennen.

En daar was Eneides; hij liep net zo hard als Marcus, en midden op het grasveld ontmoetten ze elkaar en verenigden ze zich tot één lichaam met vier armen en net zoveel benen. Wild gillend lieten ze zich van de heuvel naar beneden rollen, vechtend als gekken, hun armen gingen als trommelstokken op en neer en hun kreten stegen op naar de hemel.

Ten slotte lag Eneides op zijn rug, overwonnen, met Marcus schrijlings boven op hem. Hij moest zo lachen dat de tranen hem over de wangen liepen en Marcus riep: 'Ik kan zien, en ik kan vechten. En ik heb een hond.'

'Dat zie ik', zei Eneides, en meteen daarop beet Anco hem in zijn voet. Marcus gilde: 'Af, Anco, af! Dit is mijn broer, zie je niet dat dit mijn broer is.'

De hond kroop in elkaar met zijn staart tussen zijn benen en Eneides pakte hem op en streek met zachte hand over zijn vacht.

Anjalis had de hele scène zeer aandachtig staan opnemen. Hij had gezien hoe Eneides zich door de kleinere jongen liet overwinnen, terwijl het voor hem heel gemakkelijk zou zijn geweest om

Marcus tegen de grond te werken. En hij had de handen gezien die de pup oppakten en aaiden, met tedere bewegingen.

Toen Eneides Anjalis begroette, zei hij: 'Ik heb veel over u gedroomd.'

Anjalis knikte.

'Jij en ik zijn een beetje te snel uiteengegaan', zei hij. En hij voegde er zo zachtjes aan toe dat alleen Eneides het kon horen: 'Dat is jammer. Ik had niet door dat ik een bondgenoot had.'

De jongen snapte meteen wat hij bedoelde.

'Maar nu gaat het goed met hem', fluisterde hij.

'Redelijk. Hij is nog heel kwetsbaar.'

'Dat is hij altijd geweest.'

Het volgende moment verdween Eneides met Marcus, op weg naar de zee.

'Het water is warm, Marcus.'

'Dat weet ik, ik heb al gezwommen.'

'Hij is oud voor zijn zeven jaar', zei Anjalis tegen Nadina toen ze naar het huis liepen, waar Salvius op hen wachtte.

'Ja', zei Nadina. 'Hij is altijd voorlijk geweest. Een bijzonder kind, op een vreemde manier beminnelijk.'

'Hij heeft grote talenten meegekregen', zei Cornelius, die hun gesprek had gehoord en ook had gezien dat Eneides zich tijdens het gevecht vrijwillig had laten overmeesteren.

Al een maand of wat geleden hadden ze gehoord dat de zuster van Salvius, Salvia, bij haar broer was ingetrokken om voor Eneides en de huishouding te zorgen. Ze was pas weduwe geworden en haar volwassen kinderen woonden verspreid in de provincie. Nu maakten ze met haar kennis. Ze was een nogal zware vrouw van middelbare leeftijd met gedecideerde gelaatstrekken en een knotje in haar nek. Anjalis zag meteen dat ze een rust over zich had die ze had moeten bevechten en dat er in de fijne lijntjes rond haar ogen verdriet school. Ze had echter een warme glimlach en toen Salvius haar had voorgesteld, begroette ze hen met waardigheid.

Salvius was nuchter, en beheerster dan toen Cornelius hem voor het laatst had gezien.

Salvia keek Anjalis lang aan.

'Vergeeft u me mijn nieuwsgierigheid,' zei ze, 'maar Eneides heeft het voortdurend over u en ik heb me allerlei voorstellingen van u gemaakt.'

'Dat klinkt akelig', zei Anjalis. 'Voorstellingen komen zelden overeen met de werkelijkheid.'

'Ditmaal wel', zei Salvia lachend.

Ze liet hun op de bovenverdieping de vertrekken zien waarin ze zouden slapen. Het waren eenvoudige, maar nette kamers met uitzicht op zee. Ze spoelden het stof van de reis van zich af en trokken andere kleren aan, waarna ze naar het terras gingen waar fruit en verkoelende drankjes werden geserveerd.

Geen wijn, dacht Cornelius.

'Over een paar uur gaan we eten', zei Salvia. Anjalis verontschuldigde zich en trok zich terug op zijn kamer, waar hij in zijn volle lengte op bed plofte.

Lang bleef hij zo liggen, en voor zijn geestesoog zag hij een goudbruin jongensgezicht met wakkere, intens blauwe ogen. Het zou allemaal gemakkelijker worden, dacht hij.

En het was allemaal veel moeilijker dan hij ooit in de gaten had gehad.

Keer op keer kwam hij terug bij het beeld van de magere jongenshanden die de pup aaiden.

Toen hij opstond om de zon in zee te zien ondergaan, had het licht in de kamer een rode gloed gekregen. Zoals altijd wanneer de westerse landen hem met hun schoonheid overweldigden, deed zijn hart pijn van heimwee.

Opeens hoorde hij geroep op het erf voor het huis. De stem van Eneides: 'Anjalis, Anjalis.'

Hij wierp zijn mantel om zijn schouders en rende de trap af, naar de jongen toe.

'Marcus durft niet naar binnen te gaan.'

Pas op dat moment dacht Anjalis eraan dat hij iets had gezien zonder het echt op te merken: dat Marcus Salvius niet had begroet.

Klein en stevig in elkaar gekropen zat de jongen aan de voet van de verhoging waarop het huis was gebouwd. Anco zat naast hem, al even ontroostbaar. Anjalis keek Marcus aan en zei: 'Kom, dan gaan we.'

De kleine gestalte straalde opnieuw hopeloosheid uit: hij had afhangende schouders en een gebogen rug toen ze langzaam in noordelijke richting langs het strand liepen. Eneides stond achter hen, aarzelend, maar Anjalis zei: 'Ga je ook mee, Eneides?'

De duisternis viel snel in. Ze naderden een rots die zich plotseling vanaf het vlakke strand in zee wierp. Anjalis ging zitten en sloeg een arm om elk van de jongens heen.

'Vertel me eens over haar', zei hij.

Toen begon Eneides te huilen, stille hopeloze tranen die Marcus uit zijn verstening wekten. Hij haalde diep adem en zei: 'Seleme kon met de vogels praten.'

'Ja.' Eneides slikte en vertelde tussen het snikken door: 'Ze stond iedere ochtend hier op de rots, weet je, en alle grote vogels kwamen van zee en gingen naast haar zitten.'

'Ze was zo knap, Anjalis. Net zo knap als Eneides.'

'Ik snap het', zei Anjalis. 'En ze had prettige handen.'

'Ja, maar hoe kun jij dat weten?'

Eneides was zo verbaasd dat hij vergat te huilen. Ze luisterden naar het slaan van de zware branding en het spelen van de avondwind in de pijnbomen.

'Salvius deed gemeen tegen haar', zei Marcus opeens.

'Daar kan ik me wel iets bij voorstellen.'

'Ze trok zich er niets van aan', zei Eneides. 'Ze gaf alleen maar om ons en om de vogels.'

'Ze gaf het meest om jou.' Marcus' stem bevatte geen spoor van bitterheid; het was een simpele constatering. Toch wilde Eneides hem troosten: 'Ze gaf ook om jou, Marcus.'

Anjalis zei doodkalm: 'Maar van jou hield ze, Eneides.'

'Ja.' Marcus sprak met een iel stemmetje.

Hij kroop bij Anjalis op schoot en begon eindelijk te huilen, stille tranen die je zelfs in de stilte tussen het wegebben en aanzwellen van de branding niet kon horen.

'Moet je hem niet troosten?' Eneides was van streek.

'Nee.'

'Het leven is lang', zei Eneides aftastend. 'En je mag jezelf niet ingraven. Dat heeft Salvius mij geleerd.'

Hij zag de tovenaar in de duisternis glimlachen.

'En dan moet je het dus maar vergeten?'

De stem was ernstiger dan de woorden, en Eneides zuchtte en zei: 'Ja... tenminste... af en toe. Daarom is het ook zo vervelend wanneer het weer bovenkomt, zoals vanavond, nu Marcus...'

Zijn stem brak en Anjalis zei: 'Huil maar, jongen.'

Ze bleven lang met z'n drieën op het strand zitten en ook Eneides leerde dat er in het leven geen troost is.

Ten slotte haalde Anjalis zijn fluit te voorschijn: 'Zie je daarginds boven het bos de maan opgaan, Marcus? Het is nieuwe maan, precies zoals de fluit het wil hebben.'

En opnieuw speelde hij de oude melodie die de mens door het zilverwitte bos naar de woestijn voerde, waar alles wordt uitgewist en draaglijk wordt.

Anjalis hield Marcus' klamme vuistje in zijn hand toen ze ten slotte over de drempel van het huis stapten.

'Het is hier veranderd', zei hij.

'Ja, ik heb het een en ander laten verbouwen', zei Salvia, die haar ogen niet in haar zak had en begreep wat er aan de hand was. 'Maar nu moeten jullie je snel gaan wassen, want het eten is klaar.'

Haar stem klonk niet verwijtend, maar Anjalis besefte dat ze veel te laat aan tafel kwamen en hij verontschuldigde zich.

'We zijn op het strand blijven zitten praten over Seleme', zei hij.

'Dat was totaal misplaatst', snauwde Salvius, die niet meer nuchter was. 'En dat moet dan de leraar van mijn zoon voorstellen...'

Cornelius legde hem met een enkel gebaar het zwijgen op.

'Alleen Anjalis bepaalt hoe en wanneer deze beide jongens dingen leren. Als hij Eneides althans als leerling aanneemt.'

'O, Anjalis', zei Eneides ademloos.

De Chaldeeër lachte naar de jongen.

'Maar dat spreekt toch vanzelf, Eneides.'

'En ik heb er zoals gewoonlijk weer niets over te zeggen', zei Salvius.

'Nee', sprak zijn zuster constaterend.

Het werd stil rond de tafel, maar die stilte duurde niet lang want Salvius kon zich niet inhouden: 'Wat hebben jullie over Seleme gezegd?'

'O,' zei Anjalis, 'we hadden het erover hoe mooi ze was en hoe lief. En Eneides vertelde dat ze met de vogels kon praten.'

Toen zag Marcus dat ook Salvius verdriet had. Dat hielp de jongen over zijn angst heen.

Ze aten gefrituurde verse vis en Marcus zei: 'Dat was ontzettend lekker. Mag ik nog wat?'

Toen de jongens in de oude kinderkamer aan de oostzijde van het huis in bed lagen en Anco als een gek tussen hen heen en weer rende om ten slotte rustig bij Marcus te gaan liggen, zoals hij altijd deed, zei Eneides: 'Seleme hield het meest van mij. Anjalis houdt het meest van jou.'

Marcus voelde zijn borst opzwellen van geluk, een gevoel dat zich door zijn hele lichaam verspreidde.

'Ja', fluisterde hij.

'Dat is eerlijk', zei Eneides.

En toen sliepen ze beiden in, moe van alle indrukken van die lange dag.

IN HET GRIJZE uur voordat de dag aanbrak, droomde Anjalis Icarus' oeroude droom over de reis naar de zon, naar het licht dat geen enkele sterveling mag zien.

Anjalis vloog echter op sterke vleugels recht de verblindende witheid in. Met open ogen vervolgde hij zijn tocht naar de ondergang en de pijn was adembenemend toen het vuur de was van zijn vleugels smolt, zijn huid en ogen schrijnde en hij van duizelingwekkende hoogte naar de aarde viel, waar de duisternis over de bergen heerste.

Zijn angst was net zo enorm als het heelal, maar hij werd wakker van het geschreeuw van een adelaar dat als een echo tussen de rotsen weerklonk – steeds net voordat hij op de rotsen te pletter zou slaan.

Nacht na nacht keerde die droom terug en hij werd altijd in het eerste ochtendlicht wakker, dat grijze licht zonder hoop. Toen hij met het koude angstzweet op zijn lichaam rechtop in bed was gaan zitten om het flakkerende olielampje aan te steken, was hij in staat de beelden opnieuw op te roepen en vond hij het niet moeilijk om ze te begrijpen.

Dat begrip betekende echter geen bevrijding.

Het was zijn vierde winter in Rome en hij werd door nachtmerries geplaagd.

Er was nog een droom die voortdurend koppig terugkeerde. Hij was een kind in een onschuldige wereld aan de oever van de grote Tiber toen er opeens vlammen uit zijn haar sloegen. Het vuur stak alles aan wat op zijn pad kwam en joeg iedereen op de vlucht voor het kind, dat vergeefs om hulp vroeg. Na een poosje sloegen de vlammen hem ook uit de ogen, die door het vuur verteerd werden.

Toen hij wakker werd, moest hij denken aan de sage over Lavinia, het meisje wier brandende haar de verwoestende oorlog tussen haar eigen volk en de veroveraars uit Troje voorspelde.

Blind werd zij niet, maar ze moest de prijs voor de vrede betalen door het huwelijksbed met Aeneas te delen.

Ook die droom was te begrijpen. Toch hield Anjalis aan deze droom een enorm gevoel van verlatenheid over.

Hij moest denken aan een gesprek met Oannes: 'De ziel wordt gevoed door dromen. Maar duid ze niet, vertaal de boodschappen van het grote leven niet in dode talen.'
'Maar je zegt immers zelf dat er een boodschap in zit.'
'Ja. Wij moeten gehoorzamen.'
Nu probeerde hij troost te ontlenen aan de woorden van Oannes en te geloven dat deze moeilijke dromen zijn ziel voedden.

Groeipijnen, hield hij zichzelf voor, maar zijn glimlach was niet meer dan een grimas en zijn vraag bleef onbeantwoord: hoe gehoorzaam je een boodschap die niet geduid mag worden?

Hij maakte zich zorgen om Marcus. Zonder reden, zo leek het, want de jongen groeide in kennis en kracht, was altijd aanhankelijk en vaak blij. Toch lukte het Anjalis niet leven te blazen in de kern van het kind, waar de compassie zit en de liefde moet groeien.

Tijdens het najaar en de winter woonden ze op de Palatijnse heuvel, in het huis dat Salvius had beleend en Cornelius terug had verworven door de leningen af te lossen. Hij had het uitgebreid door een nieuwe entree te laten aanbouwen, een extra atrium, en vertrekken voor zichzelf, Anjalis, de kinderen en Nadina op de bovenverdieping. De oude bibliotheek was nu ingericht als leslokaal voor Anjalis, waar hij de jongens, en de dochters van de flamen Dialis die op verzoek van Flaminica ook zijn leerlingen waren geworden, onderricht gaf.

Het grote huishouden werd tactvol en vakkundig geleid door Salvius' zuster. Zelf nam hij niet aan het familieleven deel, maar Cornelia dook voortdurend als een schrikaanjagende schaduw op in het dagelijks leven van het huis. Ze had de rode nevelen overwonnen en haar daadkracht hervonden. Haar macht was echter gebroken; haar schoonzuster die de touwtjes in huis stevig in handen hield, behandelde Cornelia als een ziek kind en zorgde ervoor dat iedereen haar zo beschouwde.

En Cornelia schikte zich daarin alsof ze dankbaar was dat er eindelijk iemand paal en perk stelde aan haar kwaadwillendheid. Haar leven werd beheerst door een gepassioneerde belangstelling voor de grote spelen.

'Het zou voor iedereen het beste zijn als ze dood was', zei Marcus op een dag, toen ze Cornelia in haar draagstoel zagen verdwijnen op weg naar de rennen. Anjalis keek de jongen lang aan. Hij zag dat het hem ernst was en was getroffen door de zakelijkheid in zijn stem.

Eneides, die bezig was een model te bouwen van een aquaduct om Anjalis te laten zien welk verval er nodig was, keek op en riep: 'Ja, het zou heerlijk zijn als ze doodging.'

Zijn stem sloeg over en zijn ogen brandden van haat, een gevoel dat Anjalis veel beter kon begrijpen dan Marcus' zakelijkheid.

Oppervlakkig gezien waren de dingen voor Anjalis goed verlopen, zoals hij gewend was. Zijn lezingen waren vermaard en zijn studie van de Romeinse cultus verliep volgens plan.

In een van zijn verslagen had hij geschreven dat de Romeinen net als de Grieken het talent bezaten om uit hun persoonlijkheid te treden en zich helemaal te identificeren met een god, maar dat de Romeinen dat niet deden om hun innerlijke conflicten te botvieren, maar nog een stap verder gingen en ook door daden met hun god versmolten.

Op die manier werden alle Romeinse goden drijvende krachten, had hij geschreven. De goden mengden zich in de wereld door middel van daden, die altijd op het leven waren gericht en daarom voortdurend herinnerden aan de dood.

De morele leidraad voor de daden van de goden was dat ze juist, helder en onpersoonlijk moesten zijn.

Op het slagveld was een Romeinse generaal Mars, zoals hij op het moment van de eervolle triomf Jupiter was. De slaaf op de zegewagen, die herinnerde aan de sterfelijkheid van de overwinnaar, was geen traditie maar een veiligheidsmaatregel, opdat de landverovering de veldheer niet naar het hoofd zou stijgen. Zo viel ook de priester in de zorgvuldig uitgevoerde rite samen met de god die hij diende.

De rite is iets wat gebeurt, de mythe is iets wat ooit is gebeurd, had Anjalis geschreven. En hij had eraan toegevoegd: zoals ik het zie, is dat de reden voor de daadkracht van de Romeinen en voor hun mythische armoede. De mythe wordt niet in het gemoed van de mens ontwikkeld, maar herschapen in oorlogen en in grote, wereldwijde ondernemingen.

Hij had gedacht dat heel dit hoofdstuk zou worden geschrapt en dat hij bij de flamen Dialis op het matje zou moeten komen. De flamen had het verslag echter laten kopiëren en naar Heliopolis gestuurd.

Maanden later was hij erop teruggekomen: 'De keizer vond uw conclusies interessant.'

Augustus zelf bedankte Anjalis voor de nieuwe gezichtspunten, zoals hij het tijdens een ontvangt in zijn paleis uitdrukte.

De Chaldeeër had zich toen verwonderd, zowel over de man zelf, zijn rustige autoriteit, illusieloze intelligentie, als over zijn paleis dat de hele Palatijnse heuvel in beslag begon te nemen.

Livia, de keizerin, had met haar tijdloze schoonheid en enorme rust echter de meeste indruk op hem gemaakt.

Anjalis dacht niet dat hij ooit eerder iemand had ontmoet die zo gesloten was en daardoor zo geheimzinnig. Boosaardig; het kwaad zelf?

Dat werd in ieder geval in Rome gefluisterd door boze tongen die haar beschuldigden van moord op de troonopvolgers die haar eigen zoon in de weg stonden.

Geheimzinnig als het Romeinse kwaad was ze in ieder geval. En ook zij nestelde zich in zijn dromen, nachtmerries die heel deze lange winter 's nachts een rijke voedingsbodem vonden.

De vrouwen in huis maakten zich zorgen om Anjalis' bleekheid. Salvia keek ongerust en Nadina zeurde steeds over het feit dat hij zo weinig trek had. Op een dag kon hij hun zorgen en zijn eigen eenzaamheid niet meer verdragen en hij vertelde hun dat hij 's nachts door nachtmerries geplaagd werd.

Dat stelde Nadina gerust; als dat alles was? In het vervolg zou ze Anjalis midden in de nacht wakker maken, voordat hij door dromen werd overvallen. Hij zou een drankje van kalmerende kruiden krijgen.

Ze had een aantal oude recepten. Ze zouden uitproberen welk drankje het meest geschikt voor hem was.

Salvia was er echter niet gerust op en zei: 'De priesters van Isis hebben u het boze oog gegeven. Ze nemen wraak omdat u hun de geheimen van de cultus ontfutselt.'

Anjalis glimlachte wat, maar aanvaardde dankbaar een ketting met amulet die hem tegen het boze oog moest beschermen. Toen hij weer alleen was, dacht hij lang na over zijn gesprek met de priester van Isis. De magere man met de brandende ogen had een opmerking gemaakt: 'De hemel en alle voorstellingen van het paradijs zijn zinloos. Alleen in de hel kan zaad ontkiemen.'

Maar of het nu kwam door de kruiden van Nadina of door de ketting van Salvia, Anjalis sliep nu zonder te dromen.

Toen gebeurde er iets wat zowel hem als de familie angst aanjoeg.

Het was een gewone avond, de jongens sliepen en Cornelius en Anjalis zaten zoals zo vaak in de bibliotheek een rustig gesprek te voeren. De Chaldeeër raakte opeens van de wereld; hij ging op in een nachtmerrie, die niet helemaal een droom was. Hij had visioenen, afschuwelijke visioenen over de dood, over de slachting van duizenden mensen.

Het regende, het waaide, hij zag een rivier en een woud waar geen eind aan kwam. Kraaien, hele zwermen zwarte kraaien. Hij zag hoe de trotse Romeinse veldtekens in de modder vertrapt werden, samen met ontelbare doden en verminkten.

Hij hoorde de kreten echter niet, noch rook hij de geur van bloed en modder.

'Anjalis.'

Hij hoorde Cornelius' stem, maar hij kon het gezicht van de oude man niet zien.

'Ik zie...'

'Wat zie je?'

Anjalis schetste de beelden in al hun onvoorstelbare wreedheid.

Toen hij weer tot zichzelf kwam, was het al ochtend; hij lag in bed en wilde niet ontwaken, niet herinneren.

Cornelius zat aan zijn zijde.

'Hebt u hier vannacht gewaakt?'

'Ja. Je hebt visioenen gehad, Anjalis.'

'Ik weet het, ik wil het niet horen.'

'Moet ik de dokter laten komen?'

'Nee, vraagt u of Nadina komt. Zij heeft een kalmerend drankje.'
Cornelius zei tegen de kinderen dat Anjalis ziek was, maar het gerucht over wat er was gebeurd verspreidde zich door het huis en de mensen dromden angstig bij elkaar.

Enkele dagen later bereikte Rome het bericht dat in het Teutoburgerwoud drie legioenen waren vernietigd.

De stad aan de Tiber hield de adem in toen ze voor het eerst in haar geschiedenis gedwongen werd onder ogen te zien dat ook zij, de heerseres van de wereld, bedreigd kon worden, dat de grens met de wilden in het Noorden geen defensie had en dat twintigduizend doden schreeuwden om wraak.

Cornelius Scipio sloeg met zijn vuist op tafel: 'Ik heb het altijd wel gezegd, en ik zal het blijven herhalen. Rome moet bij de Rijn een grens trekken. We kunnen beschavingen overwinnen, maar wilde stammen erkennen geen overwinnaar.'

Hij keek Anjalis strak aan en zei: 'Dus jij bent toch een tovenaar.'

'Ik sta er even versteld van als u', zei de Chaldeeër.

Na het bloedbad in het Teutoburgerwoud hielden Anjalis' nachtmerries op, maar hij herinnerde zich dat hij een grote genegenheid voor de zachtmoedige Quinctilius Varus had gevoeld, de generaal die door Rome werd vervloekt.

Zonder dat er veel woorden aan vuil werden gemaakt, wist Anjalis dat Oannes de tussenpersoon tussen hem en de Oudsten in de woestijn was. Een paar dagen nadat de flamen Dialis had laten weten dat de keizer goedkeuring verleende aan zijn studie, was Anjalis Oannes tegengekomen. Hij had gezegd: 'Het is zinloos, Oannes. Ik kan toch niet doordringen tot de kern van de Romeinse ziel wanneer iedere stap die ik zet afgepast is en bewaakt wordt.'

'Tussen ons gezegd en gezwegen, Anjalis: woorden zijn net kreupelhout; ze overwoekeren de meeste dingen.'

Anjalis moest lachen, maar had voet bij stuk gehouden.

'Van jou komen de Oudsten veel meer te weten, jij kent Rome immers vanbinnen en vanbuiten.'

Hij wist dat Oannes de joodse gemeenten in Rome in het geheim bezocht.

De Syriër bleef echter lachen: 'Jouw opdracht heeft misschien een andere bedoeling.'

'Welke dan?'

Maar Anjalis wist dat die vraag voor de hemel bedoeld was en dat hij geen antwoord zou krijgen.

Oannes was de enige die bezwaren maakte tegen Anjalis' verslagen.

'Je onderschat de Romeinse mythen', zei hij.

Anjalis, die slecht tegen kritiek kon, was daar meteen tegenin gegaan: 'Dat doe ik niet. Ik sta mezelf alleen toe er een beetje om te glimlachen.'

'Daarmee riskeer je dat ze op een nacht, aan een duistere zee, je eigen mythen worden.'

'Soms is jouw wijsheid onverdraaglijk', had Anjalis gezegd, maar vervolgens had hij instemmend gelachen.

Over het kind in wiens dienst ze waren, hadden ze nog niet gesproken.

ANJALIS LEERDE IN Rome de weg kennen, de ene steeg van de andere te onderscheiden met behulp van bijna onzichtbare kenmerken. Dat kon een balkon zijn dat verrassend geel was geverfd, een winkeltje met exotische kooivogels, of een straathoek waar de sterke geur van uien hing.

De armoedige huizen leken allemaal op elkaar, met hun rode wonden van kaal metselwerk. Dicht opeen gebouwd, hoog en laag, ademden ze hun benauwde lucht in elkaar uit. Hier en daar leek het of een huis bijna omsloeg en op zijn buurman ging leunen, die daarna weldra het gevoel voor zijn middelpunt kwijt was.

En in de spleten tussen de kleurrijke winkels en de vele wijnhuizen wemelde het van de ratten.

Soms dacht Anjalis dat armoede niet mooi was, maar voor die gedachte schaamde hij zich. Het medelijden dat hij de eerste tijd gevoeld had, werd door de bedelaars, de dronken prostituees, de zielige kinderen met hun gezichten vol vliegen en de oudere vrouwen met ogen die alles gezien hadden en iedere hoop kwijt waren, algauw tenietgedaan.

En overal die stank, met sporen van urine, zweet, zure wijn, verrotte groente. En angst.

De armen, de verdrietigen, de nederigen en de hongerigen kwamen hem onmenselijk voor.

Maar hun angst was wel besmettelijk.

Hij leerde het ritme van de stad kennen, niet alleen het ritme dat door de uren van de dag en het wisselen van de jaargetijden werd geschonken, want er was nog een ander ritme, machtig als eb en vloed. Dat ontleende zijn kracht aan de spanning in de mensenmassa, de irritatie die met de dag toenam en zo sterk werd dat de lucht ervan vibreerde. De kreten werden scheller, de ruzies mondden uit in vechtpartijen.

En dan op een dag, wanneer de spanning de grens van het ondraaglijke had bereikt, liepen de winkels, wijnhuizen en stegen leeg; de mensen trokken in grote menigtes naar de spelen, waar de gladiatoren hen verlosten. Urenlang hoorde je het enorme gegil uit de arena en wanneer het avond werd, blies de stad uit en trokken de mensen weer naar huis, gereinigd, vermoeid en bevrijd.

Anjalis bezocht de spelen één keer en toen hij thuiskwam was hij er kapot van.

'Het is onmenselijk', zei hij tegen Cornelius. 'Ik zal Rome en de mensen hier nooit begrijpen.'

Cornelius, die zelf de spelen nooit bezocht, probeerde het uit te leggen.

'Mensen die in een mierenhoop leven en een zinloos leven leiden, hebben behoefte aan een uitlaatklep voor hun woede...'

'Maar de senatoren, de keizer zelf...'

Cornelius hield aan zijn uitleg vast: 'Als we de spelen niet hadden, zouden er rellen uitbreken...'

Wanneer Anjalis echter met een in zichzelf gekeerd hart maar met wijdopen ogen en oren door de stegen liep, gingen zijn gedachten in een andere richting. Overal had het leven een dramatische lading, de ruzies lagen voortdurend vlak onder de oppervlakte, er werd intens geroddeld, ieder gesprek door gelach onderbroken. In het grote drama van Rome speelden zich aldoor duizenden kleine drama's af.

Er werd in alle talen van de wereld geschreeuwd, door mensen uit alle uithoeken van de wereld.

Mensen die niet langer verankerd zijn in hun eigen grond, hebben misschien een sterke behoefte om iedere alledaagse handeling betekenis te geven, dacht Anjalis. Hier zoeken miljoenen afgesneden wortels tastend naar voeding – in de lucht, in plaats van in de aarde.

Als het leven zijn continuïteit verliest, verandert het in een spel; er wordt gespeeld in plaats van geleefd, schreef Anjalis 's avonds in zijn privé-aantekeningen die hij naast het officiële verslag bijhield.

Het gaat om veel meer dan alleen om agressie, schreef hij, het gaat om het nooit erkende verlies van het eigen ritme van het leven en de opeenvolging van geslachten, het diepe gevoel een belangrijke schakel in een lange reeks te zijn.

De wreedheid van Rome, schreef hij. Mannen veroordeeld tot een zinloos leven. Vrouwen... Zoals altijd waren de vrouwen kwetsbaarder, maar ook belangrijker. Zij waren nodig, zij waren hier ieder moment nodig, in hun voortdurende strijd tegen de misère en het vuil. En zoals altijd vochten ze voor orde en samenhang op het plekje waar ze hun kookketel, hun kolenbekken, hun wasketels neerzetten en op de een of andere manier het werk ter hand namen om de kinderen te laten overleven.

Anjalis werkte lang aan zijn aantekeningen, maar toen hij ze de volgende ochtend doorlas schudde hij zijn hoofd. Als de uitleg van Cornelius de plank missloeg, dan was die van hemzelf overspannen.

De wreedheid van Rome kon niet worden uitgelegd.

Zijn grootste bevrediging vond Anjalis in het samenzijn met de kinderen. Bijna dagelijks werd hij door Eneides verrast, door de grote openheid van de jongen en zijn vrolijkheid en nieuwsgierigheid.

Een bijzonder kind, precies zoals Nadina gezegd had.

Op een dag kon Anjalis de verleiding niet weerstaan om de horoscoop van Eneides te trekken. Hij zocht Salvius op. Deze was nuchter, maar werd enorm sentimenteel toen hij vertelde over die nacht aan zee, die milde herfstnacht, waarin de jongen geboren was. Hij wist zelfs te verwoorden hoe gelukkig hij zich had gevoeld toen hij bij zonsopgang langs het strand had gelopen met het pasgeboren kind in zijn armen.

Anjalis was verbaasd en hoewel hij het eigenlijk niet wilde, vroeg hij: 'Herinnert u zich Marcus' geboorte ook?'

Salvius' gezicht verhardde.

'Ik was er zo zeker van dat Cornelia zou doodgaan', zei hij. 'Dat hadden de goden zelf mij beloofd en toen de dokter haar in het gezicht sloeg om ervoor te zorgen dat ze het kind liet gaan, wist ik het zeker. Maar...'

Toen zei hij verrassend: 'Het kwaad heeft een enorme kracht. En haar kind heeft die ook. Misschien gelooft u het niet, maar hij was zo stil als een echte Scipio toen hij werd geboren, hij heeft nooit gehuild zoals normale kinderen doen.'

Salvius' ogen begonnen te glanzen van haat en alsof hij zijn eigen bonkende hart wilde bedwingen vroeg Anjalis snel: 'Denkt u er nooit aan dat u de vader van Marcus bent?'

'Daar heb ik wel aan gedacht en ik ben tot de conclusie gekomen dat ik dat niet ben', zei Salvius langzaam.

'Denkt u dat Cornelia u ontrouw is geweest?'

'Ik denk dat Cornelius haar zelf gedekt heeft', zei Salvius met een glimlach die even glibberig was als de stegen van Rome in de herfstregen.

'U liegt en dat weet u. Werpt u maar eens een blik op uw handen en op die van uw zuster. Marcus heeft dezelfde handen en dat is een duidelijk teken van verwantschap.'

Salvius keek naar zijn handen die buitengewoon kort en breed waren. Hij zuchtte en zei: 'Hebt u zich wel gerealiseerd dat Marcus' handen heel slecht bij zijn lichaam passen? Ze zijn een vergissing, zoals heel die verdoemde jongen.'

Anjalis had zin om hem een klap te geven, om hem recht in dat opgeblazen gezicht te slaan, en zijn stem klonk onnatuurlijk rustig toen hij antwoordde: 'Nee, dat heb ik me niet gerealiseerd. Maar of zijn handen nou bij hem passen of niet, ze vormen het zekere bewijs van uw vaderschap.'

Hij liep weg; hij kon die man en zijn eigen woede niet langer verdragen. In de deuropening werd hij echter tegengehouden door de slepende stem: 'Hij is een product van bloedschande, wat u ook zegt.'

Toen Anjalis zich omdraaide, wist Salvius niet waar hij kijken moest, zo verschrikkelijk kwaad was de Chaldeeër.

Ik sla hem dood, dacht Anjalis.

Maar het enige wat hij deed, was Salvius zo van de grond oppakken, hem over zijn schouder slingeren en meenemen naar het atrium, waar hij hem in het bassin gooide.

Ganymedes, de huismeester, zette het op een gillen en Cornelia lachte als een waanzinnige toen Anjalis de trap op liep naar zijn kamer om aan een langdurig karwei te beginnen: het trekken van Eneides' horoscoop.

Na een tijdje dook Marcus op in de deuropening, met een bange en tegelijkertijd gelukkige glimlach op zijn gezicht.

'Verdwijn', zei Anjalis.

Een uur of wat later hoorde hij Cornelius thuiskomen. Marcus en de slaven praatten dwars door elkaar heen.

Toen Cornelius bij Anjalis aan de deur klopte, moest hij zich verbijten om niet tegen de oude Romein te zeggen dat ook hij naar de bliksem kon lopen.

Hij wist echter uit te brengen: 'Ik moet nog een poosje alleen zijn met mijn boosheid.'

'Ik wilde alleen maar mijn tevredenheid over het gebeurde tot uitdrukking brengen', zei Cornelius, waarna ze allebei in de lach schoten.

Tijdens de maaltijd was het alsof er niets was gebeurd. Alleen in de ogen van Eneides school een donker verdriet.

Vlak voor middernacht was Anjalis klaar met de horoscoop. Zijn kennis over de jongen werd er alleen maar door bevestigd. Eneides was op een van de beste momenten van de wereld geboren, en zijn leven zou lang en gelukkig zijn, en velen tot zegen.

Er was nog een kind dat Anjalis' aandacht trok. Dat was Marcia, de oudste en lelijkste dochter van de flamen Dialis.

De twee andere zusjes waren knap en vriendelijk, al gebogen onder het vrouwelijke juk om te behagen en gedienstig te zijn.

Maar Marcia was onaangenaam lang, mager en hoekig. Haar tanden waren te groot, ze had rood haar en een wirwar van sproeten op haar wangen en hoge voorhoofd. Daar kwam nog een zeer resoluut en weinig behaagziek karakter bij.

Ze was echter het meest begaafde kind in de groep; ze was zelfs vlugger van begrip dan Eneides en bezat een groter talent om conclusies te trekken en verbanden te leggen.

'Haar intelligentie is een tragedie', had Flaminica gezegd toen ze de kinderen aan de zorg van Anjalis toevertrouwde.

'Waarom een tragedie?'

'Maar Anjalis, weet u dan niets over het leven van vrouwen?'

In de jaren waarin hij van Marcia's ontwikkeling getuige was, moest hij nog vaak aan dat gesprek denken en het gebeurde wel dat hij dacht: als ze een jongen was geweest...

Heel de fantastische wereld zou voor Marcia hebben opgelegen als ze als man was geboren. In wiskunde was ze uitmuntend, haar astronomische berekeningen openden zelfs voor Anjalis nieuwe perspectieven.

'Binnenkort kan ik je niets meer leren.'

'O jawel, Anjalis, ik heb je nog niet helemaal uitgewrongen.'

Ze had gevoel voor humor, ook een eigenschap die voor meisjes als een last werd ervaren.

Als ze een jongen was geweest, waren er misschien problemen in de groep ontstaan. Zoals het nu was, nam noch Marcus noch Eneides haar serieus. Haar verbijsterende talent vormde voor hen geen bedreiging.

Ze plaagden haar, en zij plaagde Eneides, die ze 'droomprins' noemde. Tegenover Marcus legde ze echter een tederheid aan den dag die moederlijke trekjes had, en Anjalis zag tevreden dat dit de jongen goed deed.

Hij had het nodig, hij was zo duidelijk de langzaamste en meest grijze van het groepje.

In het begin had Anjalis wel moeite met de flamen Dialis.

'De kinderen zeggen dat ze alleen maar hoeven te leren wat ze leuk vinden', zei de flamen.

'Natuurlijk. Zelf hebt u ook nooit iets geleerd wanneer u er geen belangstelling voor had.'

Dat was een van de weinige keren in Anjalis' jaren in Rome dat hij de hogepriester met een mond vol tanden liet staan. En weldra maakte de flamen zich geen zorgen meer over de scholing van zijn kroost. Het was duidelijk dat ze veel meer kennis bezaten dan andere kinderen.

OP EEN DAG in het vroege voorjaar keerde Oannes eindelijk weer terug naar Rome. Anjalis ontving een brief die door een keizerlijke slaaf werd gebracht en waarin stond dat de astroloog een onderhoud onder vier ogen met hem wilde hebben.

Voor het eerst in maanden voelde Anjalis iets van zijn oude opgewektheid. Hij ging naar Cornelius en vroeg hem of hij twee paarden mocht lenen om er samen met een vriend een dagje op uit te trekken.

Voorzien van dekens en een grote mand met brood, kaas, fruit en wijn reden Anjalis en Oannes op een zonnige ochtend de stad uit. Langs de Via Appia, naar het zuiden, de bergen in, waar de voorjaarsvogels jubelden. Met enige moeite slaagde Anjalis erin het pad te vinden dat naar het Lacus Albanus leidde, het vulkaanmeer waarvan het water lila was van de lenteregen.

Ze pauzeerden op de plek waar Anjalis ooit de wilde kat was tegengekomen en opeens kon hij over Marcus vertellen, over zijn grote liefde voor dit Romeinse kind. En over de pups en zijn zorgen over de jongen, die weinig levenslustig was en een kwetsbare ongevoeligheid toonde.

Oannes reageerde met een gemeenplaats: dat de vroege jeugd nooit uit het lichaam kan worden verdreven.

Maar daarna deed hij er lang het zwijgen toe; hij vergat het brood in zijn hand en de beker wijn voor hem.

'Ik wist het niet', zei hij.

Hij was verbaasd, vertoonde niet zijn normale zelfverzekerdheid.

'Ik begrijp het niet', zei hij. 'Ik ben me hier nooit van bewust geweest. Wat wil dit zeggen?'

Anjalis, die hem nog nooit aarzelend en sprakeloos had meegemaakt, had het gevoel alsof hijzelf, het bos en het diepe meer de adem inhielden.

'Hij is even oud', zei Oannes ten slotte.

Het werd zo stil alsof het leven was opgehouden, de bewegingen waren gestopt. Oannes' ogen keken ver voorbij het woud en de bergen, voorbij de zee en de woestijnen, door de hemelen naar

Osiris' sterrenbeeld. Maar toen zijn blik naar Anjalis terugkeerde, had hij geen antwoord en was hij nog even verwonderd.

'Er is hier iets waar ik geen kennis van kan krijgen.'

Dat was een conclusie, een constatering. Toch liet het mysterie hem niet los.

'Heb je zijn horoscoop getrokken?'

'Nee', zei Anjalis. 'Dat wil ik niet.'

'Geef mij zijn geboortedatum.'

'Nee.'

Anjalis sprak met vaste, heldere stem en op hetzelfde moment hernam de natuur haar beweging, de wind streek zachtjes door het bos, de golven speelden op de oever en de vogels prezen de goden in hun lied.

Oannes legde een stevige hand op Anjalis' schouder: 'Ik begrijp het.'

Toen durfde Anjalis hem over zijn dromen van de afgelopen winter te vertellen. Oannes luisterde aandachtig en was nu veel minder verwonderd.

'Maar volg ze dan', zei hij.

'Hoe?'

'Ze tonen je dat je vergroeit raakt met Rome en je de dromen van de stad eigen maakt. Weldra ben je een Romein, identificeer je je met de Romeinse mythe.'

En daarna geestdriftiger: 'Ik heb je al eerder gewaarschuwd, Anjalis. Jij moest lachen om de Romeinse mythen en ik heb je gezegd...'

'...dat ze de mijne konden worden, op een nacht aan een duistere zee.'

Ze deden er lang het zwijgen toe; Anjalis met de verwondering die een onaangename waarheid soms veroorzaakt.

'Reis naar huis, Anjalis. Vertrek.'

'Maar...'

'De jongen, ja, ik begrijp het. Zijn bloed stroomt door jouw hart. Maar neem hem dan mee, ga thuis op bezoek en neem hem mee.'

Blijdschap steeg op in de Chaldeeër, een grote blijdschap, sterk als die van het voorjaar.

'Ik denk wel dat het kan, ook al is hij de oogappel van de oude Scipio.'

'Ik zal het wel regelen', zei Oannes.

Toen ze in de schemering uiteengingen, bedacht Anjalis dat hij nog allerlei dingen had willen vragen. Dat verontrustte hem, maar maakte zijn vreugde er niet minder om.

Enkele weken later verhuisde Cornelius met Anjalis, Nadina en Marcus naar de villa in de bergen.

'Het kost een paar dagen voordat je de stadslucht weer kwijt bent', zei Nadina, en pas hier in de zon zag Anjalis hoezeer de lange winter de oude vrouw had uitgemergeld.

Marcus leerde paardrijden, en de vrijheid van Anjalis en hem was groot als het leven zelf.

Toen de zomer op zijn warmst was, kwam het bericht waarop Anjalis had gewacht: een brief van zijn moeder. Hij las die aan Cornelius en Marcus voor.

In vriendelijke maar ernstige bewoordingen verzocht Me Rete Anjalis thuis op bezoek te komen. Zijn vader was ziek, en al liet de dood nog op zich wachten, hij wilde toch graag zijn jongste zoon zien.

Je mag de Romeinse jongen, aan wie je zo gehecht bent geraakt, best meenemen, schreef Me Rete. Verzeker Cornelius Scipio ervan dat we er alles aan zullen doen om te zorgen dat het kind met rijke herinneringen aan zijn bezoek aan ons weer naar huis zal terugkeren.

Cornelius was van zijn stuk gebracht en wist niet wat hij moest zeggen; op de een of andere manier had hij Anjalis altijd als een vrije man beschouwd, niet gebonden aan familie en relaties. Hij kreeg echter geen tijd om zijn verwondering onder woorden te brengen, want wild van blijdschap gilde Marcus: 'Dat wil ik, grootvader, o, ik wil met Anjalis door de woestijnen rijden naar de toren onder de sterren. O, grootvader, zeg dat het mag.'

Toen het weer stil werd, zei Cornelius tegen Anjalis: 'Het spijt me voor je dat je vader ziek is.'

'Dank u', zei Anjalis, met een warm gevoel.

Toen Cornelius zich tot Marcus wendde zei hij: 'Morgen hoor je mijn beslissing. Eerst moeten Anjalis en ik elkaar onder vier ogen spreken.'

Maar zijn mondhoeken krulden en zowel Anjalis als de jongen begreep dat Cornelius zich al gewonnen had gegeven.

Toen de twee mannen na de maaltijd alleen waren, was Cornelius zwaarmoedig.

'Ik wil niet reizen met een gevolg van bedienden en slaven', zei Anjalis. 'De jongen moet reizen op de eenvoudige manier, zoals ik dat zelf ook altijd doe.'

'Natuurlijk', zei Cornelius Scipio. 'Dat is goed voor hem.'

Maar het gezicht van de Romein was nog steeds bedrukt.

'Mijn moeder is een Egyptische van zeer goeden huize. En mijn vader…'

'Anjalis.' Cornelius onderbrak hem boos. 'Ik ben niet hoogmoedig.'

'Vergeef me. Maar waarom bent u zo neerslachtig?'

Cornelius stond op en liep het terras op. Anjalis hoorde hem zuchten, maar volgde hem toch. Hij ging naast hem staan en keek uit over de tuin en de wouden.

'Geef je mij je erewoord dat je met de jongen terugkeert?'

De stem van Cornelius klonk afgemeten, vernederd.

'Ja', zei Anjalis simpelweg.

TOEN DE EERSTE herfstregens over de Tyrrheense Zee zwiepten, gingen Anjalis en Marcus in de haven van Ostia aan boord van een Egyptisch schip. Ze zagen Cornelius vanuit zijn wagen wuiven, maar moesten in de benauwde hut op het achterdek beschutting zoeken tegen de regen.

Bij de zuidpunt van Italië voeren ze recht de storm in, de eerste van dat seizoen en een boze rakker, zoals de Egyptische kapitein het uitdrukte. Etmalen lang waren ze doorweekt, 's nachts hadden ze het koud en ze aten beschuit die klef was van het zoute water. Marcus werd echter niet zeeziek en hij was ook niet bang. Hij klaagde nooit en deed iedereen aan boord versteld staan door zijn geduld en uithoudingsvermogen.

Toen ze in rustiger vaarwater en onder een gloeiende zon in Alexandria naar de kade gleden, hield de jongen Anjalis' hand stevig vast. Maar nadat ze in de drukke stad met zijn onbekende geuren aan land waren gegaan, hernam hij zijn waardigheid en liep hij recht als een soldaat naast Anjalis.

In een rivierboot voeren ze verder, de Nijl op.

Toen ze de eerste grote piramide zagen, zette de jongen bijna onnatuurlijk grote ogen op. Anjalis vertelde over Pythagoras en de driehoeken, maar Marcus luisterde niet. Ten slotte zei hij: 'Vergeleken hiermee stelt het Forum Romanum niets voor.'

'Dat valt wel mee', zei Anjalis. 'Maar bijzonder is deze piramide wel, het is het grootste gebouw van de wereld, opgericht als hulde aan de dood.'

'O', zei Marcus, en zijn stem klonk zo vreemd dat Anjalis eens goed naar het magere jongensgezicht keek.

De Egyptische duisternis viel snel in, maar Marcus stond als aan de grond genageld.

'We moeten een herberg zien te vinden', zei Anjalis met troebele stem.

De volgende dag vervolgden ze hun weg naar Heliopolis, waar ze met warmte en nieuwsgierigheid werden ontvangen door de oude hiërofanten, een warm bad konden nemen en schone kleren kregen.

Er bestond veel belangstelling voor het Romeinse kind, en Anjalis begreep dat ook de oude Egyptenaren piekerden over het raadsel van de betekenis van de vreemde jongen in het grote drama.

Vier dagen lang was Anjalis in overleg met de priesters. Daarna trokken ze met een kamelenkaravaan door de bergen van Sinaï en verder door de grote woestijn. Gedurende de heetste uren van de dag sliepen ze in zwarte tenten en 's nachts reden ze onder de sterrenhemel.

Marcus zat bij Anjalis voor op de kameel, en tijdens heel die lange reis zei hij eigenlijk maar één ding. Maar hij herhaalde het vaak: 'Het is allemaal net een droom.'

Ze staken tijdens de dageraad de Eufraat over. Me Rete stond hen aan de oever van de rivier op te wachten, mooi als een koningin, in haar fraaiste kleren en sieraden.

Anjalis tilde zijn moeder op en drukte haar stevig tegen zich aan en nadat hij haar voorzichtig weer op de grond had gezet alsof ze breekbaar was, moesten ze allebei huilen.

Toen pas had Me Rete oog voor de jongen en in haar blik verscheen opnieuw haar oude verdriet.

'Mijn kind', zei ze. Ze had hem welkom willen heten, maar verder kwam ze niet.

Er lag een lichte maar toch duidelijk hoorbare klemtoon op het eerste woord en Marcus overwon zijn verlegenheid en vloog haar in de armen.

De oase strekte zich voor hen uit, groen, rijk aan bloemen, fruitbomen en palmen die nog niet eens halverwege de oude toren reikten. Het beeld straalde rust uit, en orde, een onverstoorbare orde die de mens hoop gaf.

Balthazar zat groots en statig in zijn huis te wachten op de dood. Zijn mooie ogen straalden; hij was trots op Anjalis en blij met de Romeinse jongen.

'Dus jij hebt toch ook een ander mens moeten toelaten in je hart', zei hij tegen Anjalis, die te laat zijn ogen neersloeg en er niet meer in slaagde de felle pijn te verbergen.

Anjalis bracht het grootste deel van de dag in een gesprek onder vier ogen met zijn vader door, maar 's avonds sloop Marcus naar de oude man toe.

'Is het waar dat u doodgaat?'

'Ja, over enige tijd.'

'Vindt u dat erg?'

'Nee. God roept mij eindelijk en ik mag naar huis.'

Marcus had nog nooit zoiets fantastisch, zoiets waarachtigs gehoord. Hij kroop naar Balthazar toe en fluisterde: 'Kunt u mij niet meenemen?'

'Nee, Marcus. Eerst moet jij net als alle andere mensen je plicht op aarde vervullen.'

De jongen knikte langzaam; eindelijk begreep hij het. En in de maanden die volgden, straalde hij van blijdschap.

Hij legde een genegenheid voor Me Rete aan den dag zoals geen van haar eigen kinderen of kleinkinderen haar ooit hadden betoond; hij verafgoodde haar, volgde haar overal en hielp zo goed hij kon met alles mee. Hij noemde haar 'moeder', zoals Anjalis deed.

Zij noemde hem nooit bij zijn naam, maar zei altijd 'míjn kind'.

Dag in, dag uit zat Anjalis in de bibliotheek in de toren, waar hij aan schrijvers zijn aantekeningen over de Romeinse goden en mensen dicteerde, al datgene wat niet in zijn verslagen mocht staan. Hij zag Marcus zo weinig dat hij na een maand of wat verbaasd was om te zien hoeveel de jongen gegroeid was, zowel qua lengte als rijpheid.

Toch zaten ze iedere avond samen tot diep in de nacht in de toren, met grote sterrenkijkers en kaarten van het hemelgewelf. Marcus had het gevoel alsof de fonkelende sterren boven de woestijn net zozeer zijn vrienden werden als de vreedzame mensen in de oase.

Toen Anjalis hem op een avond in bed stopte, zei de jongen: 'Ik wil niet naar huis.'

Anjalis bleef doodstil staan en sloot zijn ogen. De verleiding was gruwelijk. Hij zag echter Cornelius' zwaarmoedige gezicht voor zich en zei: 'Dat moet, Marcus. Wij moeten beiden terugkeren naar Rome.'

'Waarom?'

'Omdat iedereen de plaats moet innemen die hem op aarde is toegewezen.'

'Maar jouw plaats is hier.'

'Ja. Wij hebben samen nog maar één jaar voor de boeg, Marcus.'

Marcus tekende meer dan ooit tevoren. Hij maakte een groot portret van Balthazar, en iedereen in de nederzetting kwam om het te bekijken en de jongen ervoor te bedanken. Daarna maakte hij een afbeelding van Me Rete; er volgden zeker vijftig schetsen voordat hij tevreden was.

Op een dag had hij haar echter te pakken, met al het raadselachtige verdriet dat op haar mooie gezicht rustte.

'Jij lijkt op haar', zei hij tegen Anjalis. 'Maar zij is...'

'Mooier?'

'Nee, iets anders, menselijker.'

Anjalis moest zich afwenden om niet te laten zien hoe hard die woorden hem troffen.

Er kwamen en gingen voortdurend karavanen, helemaal uit India kwamen ze met kruiden en zijde voor het rijke Alexandrië. Twee brieven schreef Marcus aan Cornelius; bij beide waren portretten van Me Rete ingesloten.

Ze keerden pas na de winter in Rome terug.

Cornelius was buiten zichzelf van blijdschap toen hij Marcus zag.

'Hij lijkt wel volwassen geworden.'

'Ja, hij heeft het goed gehad', zei Anjalis. 'En hij is erg aan mijn moeder gehecht geraakt.'

'Dat heb ik uit zijn brieven begrepen. Als zijn tekeningen gelijken, dan moet zij wel een van de mooiste vrouwen op aarde zijn...'

'Misschien', zei Anjalis, die zijn trots niet onder stoelen of banken stak.

'Hoe is het met je vader?'

'Ik denk dat hij nog een jaar of wat op aarde te gaan heeft.'

Veel meer werd er niet gezegd. Marcus had een brief van Me Rete voor Cornelius Scipio bij zich.

Maar wat daarin stond, kwam noch Anjalis noch Marcus ooit te weten.

Opnieuw verstreken er in Rome een zomer en een winter, waarna in de wouden van Albanus de nieuwe lente aanbrak.

'WE KUNNEN ELKAAR ontmoeten, Marcus, ondanks de grote afstand kunnen we elkaar ontmoeten.'

Marcus' verstening werd doorbroken toen hij besefte dat Anjalis net zo verdrietig was als hij. Hij had zich echter afgesloten en was dankbaar voor de muur rond zijn lichaam en ziel.

'Ik begrijp niet wat je bedoelt.'

Hij wist dat als hij toegaf, als er ook maar het kleinste scheurtje ontstond, een zielige zesjarige zou gillen: neem mij mee!

Maar hij was geen zes jaar, hij was twaalf; hij was geen Chaldeeër en zou geen magiër worden. Hij was een Romein en hij moest soldaat worden zoals zijn voorvaderen dat al honderden jaren waren geweest. Nog een paar jaar en hij zou zijn wat het lot voor hem had bepaald: een Romeinse officier, dapper en beheerst, edel strijdend voor het vaderland. Anjalis was een sukkel, bang voor geweld en bloed. Moest je eens horen hoe hij klonk.

En Marcus luisterde niet meer naar de woorden; hij hoorde alleen nog de smekende ondertoon: 'Marcus, luister naar me. We hebben het er toch al vaak over gehad dat er een uiterlijke en een innerlijke werkelijkheid bestaat. Kun jij je de waterlelie nog herinneren van toen je klein en blind was?'

Marcus had zin om spottend te lachen en te zeggen: dus jij zult als een waterlelie binnen in mij voortleven, hè?

Hij kon zich er echter niet toe verlagen om over dromen en bloemen te praten.

Hij keek Anjalis lang aan met zijn nieuwe, harde blik. Het gevoel dat hij achter het masker verborg, was geen verdriet maar haat.

Ik haat je, kunstenmaker, dacht hij.

Anjalis liet het onderwerp rusten.

Hij herkende het versteende gezicht, had het vaker gezien; voor het eerst bij Mancinius in Tyrus. En hij had het zelf gewild, dat Marcus Romein werd, verankerd in de cultuur die vanaf zijn geboorte de zijne was.

Er waren uren dat ze het afscheid konden vergeten, in boeken, tijdens ritten door de wouden en spelend met Anco, die ondanks zijn gevorderde leeftijd nog steeds hield van een robbertje vechten op het grote grasveld.

Meestal was het Cornelius die hen naar de realiteit terughaalde. Hij kwam voortdurend met een nieuwe variant op dezelfde boodschap: 'Als je in moeilijkheden raakt...'

De betekenis was altijd dezelfde: Anjalis moest weten dat Rome en de familie Scipio Anjalis altijd een helpende hand zouden toesteken.

De enorme onbeholpenheid in het verdriet van de oude man was aandoenlijk. En irritant. Het gebeurde wel dat Anjalis zich moest verbijten om niet te gillen dat als hij in moeilijkheden raakte, het alleen maar door Rome kwam.

Het gebeurde ook wel dat Anjalis hen als zijn vijanden beschouwde, Cornelius, de flamen Dialis, de stoïcijnen op het Forum, en dat hij dacht: het kan voor mij een groot voordeel zijn dat ik jullie zo goed ken, met alle scheuren in de Romeinse ziel.

In het spoor van die gedachte volgde een prettig gevoel van samenhang; eindelijk zou hij die ambivalentie kwijtraken. Hij zou vrij zijn om Rome te bestrijden met alle middelen die hem ten dienste stonden.

Maar het kind?

Hij was door duizend draden met de jongen verbonden. Wanneer Marcus heel even zijn stenen masker afzette en zijn glimlach aangaf dat ze alles van elkaar wisten, dacht Anjalis soms dat geen god dit offer van hem mocht vragen.

'Als je ook maar de minste twijfel hebt...' zei Cornelius.

Het was de enige keer in die lange tijd van afscheid dat Anjalis zijn beheersing totaal verloor.

'Goeie genade, Cornelius', schreeuwde hij. 'Mijn twijfels zijn zo groot als de hemel. Begrijpt u dan niet dat ik niets liever zou willen dan blijven? Maar wat voor leven zou ik dan krijgen?'

'Maar Anjalis, een heerlijk leven, een groot filosoof in de hoofdstad van de wereld, succes, vrienden, misschien een vrouw en kinderen.'

'Voor iemand die zijn geloof en zijn eer verloochent, gaat alles over rozen. Ik heb u toch gezegd dat ik aan dezelfde heilige plichten ben onderworpen als u aan Rome.'

Anjalis vloog de kamer uit, Cornelius stond als aan de grond genageld en dacht als zo vaak tevoren: ik ben een idioot, ik ben altijd een idioot geweest wanneer het om mensen ging.

Na die uitbarsting werd het rustiger. Het was alsof ze er alle drie in slaagden een stenen masker op te zetten en het verdriet over het feit dat ze hun eigen leven achter gesloten gezichten leefden aan de kant te schuiven.

Slecht één keer deed Anjalis nog een poging om Marcus te bereiken: 'Je wilt nu niet luisteren en dat begrijp ik. Toch wil ik zeggen dat wat wij samen hebben, nooit kan worden kapotgemaakt. Onze herinneringen zullen hun eigen leven leiden in een grote ruimte in jouw hart en in mijn hart. Daar zullen we altijd naar kunnen terugkeren om kracht te vinden. Begrijp je me?'

'Nee', zei Marcus.

Ten slotte verlangden ze alle drie naar de dag van vertrek, en toen die eindelijk aanbrak, kostte het hun moeite hun opluchting voor elkaar te verbergen. De grootste wagen van Cornelius werd volgeladen met Anjalis' boeken en documenten, zijn kleding, schilderstukken en kostbare verzameling tekeningen. Het was de reeks van Marcus' zelfportretten vanaf dat hij zes jaar was tot het portret dat hij Anjalis op diens laatste verjaardag cadeau had gegeven en dat Marcus' gezicht liet zien, omsloten door de waterlelie.

Het vierspan voerde hen in vlot tempo naar Ostia. Ze wisten een gesprek op gang te brengen over het weer, en een nog langer gesprek over de scheepvaart, over de zeilkunst van de Egyptenaren en de manier waarop die zich van de Griekse en Romeinse onderscheidde.

Maar daarna waren ze door hun onderwerpen heen en veroordeeld tot stilte en eenzaamheid.

Pas toen Marcus het grote Romeinse schip aan de kade zag liggen, klaar voor vertrek, brak zijn versteende gezicht.

'Het is niet waar', riep hij. 'Het mag niet waar zijn.'

Anjalis hief Marcus' gezicht naar zich op en liet zijn vingers over diens voorhoofd en wenkbrauwen gaan, over de mond en de kin, net zoals hij gedaan had toen ze elkaar leerden kennen. De tovenaar sprak echter met gebroken stem toen hij zei: 'Ik heb het je gezegd, Marcus, dat het niet de hele waarheid is.'

Ze hadden niet veel tijd en dat was het enige goede aan deze kwade dag. Cornelius en Marcus gingen mee aan boord, maar de korte momenten die hen restten, glipten door hun vingers. De jongen zag lijkbleek. Cornelius zei: 'Ik heb een afscheidsgeschenk voor je.'

Hij deed zijn ketting af, de zilveren ketting met het leren zakje, die hij zolang Anjalis hem kende iedere dag had gedragen en die Anjalis vaak nieuwsgierig had gemaakt.

Nu hing hij Anjalis die ketting om.

'Deze is al honderden jaren in mijn familie en men zegt dat hij de drager ervan kracht geeft. Misschien zal hij jou van pas komen.'

Zwijgend schudden de twee mannen elkaar voor de laatste maal de hand, waarna Cornelius het schip verlaat, samen met de twaalfjarige, die geen afscheid had genomen en zich niet durfde om te keren.

Maar toen het schip langzaam van wal stak, riep Anjalis: 'Marcus.'

De jongen bleef staan en hief zijn witte gezicht naar Anjalis op. Deze stak zijn hand op en riep: 'Tot ziens, Marcus, tot ziens in Jeruzalem.'

Daarna draaide hij zich abrupt om en verdween in zijn hut, waar hij zich languit in de brede kooi liet vallen en probeerde te huilen – om Ariadne en Marcus, de twee grote verloocheningen in zijn leven. Hij raakte zijn verstening echter niet kwijt; er bestond geen eenvoudige weg naar bevrijding.

Pas de volgende ochtend, toen ze al ver op zee waren, dacht hij aan Cornelius' afscheidsgeschenk en hij onderbrak zijn lege gestaar over de wateren en keerde naar zijn hut terug om het leren zakje open te maken.

Hij hield zijn adem in. In zijn hand had hij de robijn uit de crypte in Heliopolis, die de vorm van een rozenknop had en even groot was.

Hij herinnerde zich hoe hij met de edelsteen in zijn hand had geslapen, bijna krankzinnig door de verleiding, door de belofte van roem die de steen zou inlossen. Als hij hem aanvaardde. En hij was 's ochtends ontwaakt met een brandwond in zijn handpalm, precies op het punt waar de levenslijn en de lotslijn elkaar kruisten.

Hier stond hij nu als eigenaar van de stralend rode steen.

Toen hij zijn hand rond de robijn balde en voelde dat deze nog steeds brandde, dat hij heet was alsof hij langzaam in de gloed van een uitdovend vuur was opgewarmd, schoten allerlei gedachten door zijn hoofd.

Even stond hij stil bij de honderdjarige in Heliopolis, de enige die hem misschien zou kunnen helpen om dit te begrijpen.

De oude man was echter al jaren dood, en het maakte ook eigenlijk niet uit. De mysteriën van het leven zijn persoonlijk en ieder mens moet de zijne oplossen.

'Grootvader, hebt u gehoord wat hij riep?'
'Ja.'
'Wat bedoelde hij daarmee? En waarom heeft hij dat niet eerder gezegd?'
'Ik denk dat het een plotseling inzicht was, zoals hij die soms wel vaker kreeg.'
'Zoals die keer toen hij wist over de legioenen in het Teutoburgerwoud?'
'Ja.'
Het bleef lang stil in de wagen, maar ten slotte zei Cornelius: 'Waarschijnlijk moeten we het zo interpreteren dat als jouw leven ooit onverdraaglijk wordt, hij dat dan weet en naar Jeruzalem reist.'
'Maar mijn leven is nu al onverdraaglijk, grootvader.'
'Nee, Marcus, je bent alleen verdrietig.'
'Wat moet ik dan doen?'
Marcus moest nu huilen en Cornelius had inmiddels wel zo veel geleerd dat hij hem niet probeerde te troosten.
'Ik denk dat Anjalis zou hebben gezegd dat je dan in je verdriet moet opgaan en er niet voor moet weglopen.'
'Ja', zei Marcus. 'Dat zou hij hebben gezegd.'
Na opnieuw een lange stilte zei de jongen: 'Hij wist alles over mij. En op de een of andere manier wist ik alles over hem.'

'Ja, dat heb ik wel gezien', zei Cornelius. 'Volgens mij is dat heel bijzonder. Het is iets om dankbaar voor te zijn, Marcus.'

'Voor die herinnering, bedoelt u?'

'Nee, voor het feit dat iemand je heeft gezien precies zoals je bent, voor het feit dat je je ware ik niet hebt hoeven te verbergen.'

'Doet u dat dan?'

'Ja, dat denk ik wel. Als je nooit iemand hebt leren kennen die je ziet, ga je je zelfs voor jezelf verbergen.

We moeten er maar het beste van maken', zei de oude man, en Marcus wist de troostende woorden te vinden die nodig waren: 'Ik denk dat dat wel lukt.'

Dat was de eerste leugen.

Cornelius' gedachten gingen echter in een andere richting.

'Jij wist alles over Anjalis, zeg je. Maar er was een groot geheim in zijn leven.'

'Ja, daarom moest hij ook vertrekken.'

'Dus je weet...?'

'Nee, niet wat het precies inhield, maar ik weet hoe hij dacht en hoe hij zich voelde.'

Voor het eerst realiseerde Marcus zich dat hij veel meer had dan alleen de herinneringen aan alle gelukkige dagen, dat hij nog steeds kracht aan Anjalis kon ontlenen. Als hij erin slaagde zijn hart te blijven openstellen.

Dat was wat hij bedoelde met de geheime kamer, dacht de jongen.

EEN KOUDE VOORJAARSLUCHT hing boven de blauwe eilanden toen ze aan de Griekse zuidpunt om Cythera heen voeren en in noordoostelijke richting koers zetten naar Efeze. Het was een groot vaartuig, een uit de lange reeks die Egyptisch graan naar Rome verscheepte. Nu, op de terugreis, laadde men wat er voorhanden was, en in dit vroege voorjaar zou het schip joden aan boord nemen die vanwege de grote paasvieringen op de terugreis naar Jeruzalem waren.

Nachtenlang had Anjalis met grote stappen over het bovendek lopen ijsberen; alleen met het uitzicht, de sterren en de zee had hij zich moe gelopen, bevrijd van gedachten.

Nu was hij leeg.

In de monding van de haven sloeg een harde landwind hun tegemoet; toen de zeilen werden gestreken, lag het schip te stampen op de ruwe golfslag en Anjalis hoorde de bevelen en de zweepslagen. Tegen het middaguur hadden de galeislaven de wind overwonnen en werd het schip aan de kade afgemeerd.

Anjalis zag de tempel van Diana schitteren tegen een achtergrond van blauwe bergen, maar met zijn gedachten was ook zijn nieuwsgierigheid verdwenen en hoewel er voldoende tijd was, ging hij niet aan land.

Hij was hier eerder geweest. En zonder dat het eigenlijk echt goed tot hem doordrong, wist hij dat hij een eeuwigheid voor de boeg had om Efeze te leren kennen.

Nu stond hij op het bovendek de joodse gezinnen gade te slaan, waarvan het aan boord krioelde en die heel het onderdek in bezit namen, het in een voortdurende strijd stukje bij beetje op de Romeinse stuurlui veroverden. Hele families installeerden zich daar beneden; ze bakenden hun terrein af met knapzakken, kookketels, leren ransels met voedsel, mantels en boekrollen. En kinderen.

De oude mensen waren mooi, dacht Anjalis, even mooi als de kinderen. Misschien de oude mannen in het bijzonder; die leken op profeten uit joodse geschriften.

De kinderen bezaten dezelfde waardigheid; de joodse kinderen die door iedereen met grote verwachtingen werden bejegend. Messiaanse verwachtingen.

Geen enkel volk heeft zo'n sterke mythe als de joden, dacht hij, maar hij kon het niet opbrengen zijn gedachtegang te voltooien en hij wilde de kinderen niet zien.

Dus trok hij zich terug in zijn hut, in de afzondering die hij voor geld had gekocht. De geluiden kon hij echter niet buitensluiten, de kreten van spelende kinderen die aan het gekwetter van vogels deden denken. En ook de geuren drongen tot hem door; het rook naar schapenvachten, wol, gedroogd vlees en brandende schapenmest.

Het was een aparte geur, die uit vele aroma's bestond en waaraan hij mettertijd zo gewend zou raken dat hij hem uiteindelijk niet meer rook. Maar dat wist hij nu nog niet, nu hij in zijn hut lag en wat korte momenten van bewusteloosheid probeerde te veroveren.

Aan de echte slaap durfde hij zich niet over te geven; daarin huisden de dromen die Marcus en Ariadne tot leven zouden brengen.

De volgende ochtend werd hij al vroeg gewekt door het geschreeuw van kinderen en daar was hij blij om, want hij was bezig weg te glijden in een droom waarvoor hij een vage angst voelde.

Ze hadden de wind mee, de koude winden uit het noorden die het schip een goede vaart naar Joppe gaven, waar ze dat gespuis van het onderdek zouden kwijtraken, zoals de kapitein het aan het ontbijt uitdrukte.

Anjalis voelde zich mijlenver verheven boven de dikke Romein, maar toch raakten diens woorden hem wel en hij bleef ermee rondlopen. Tegen de middag had hij zijn besluit genomen; ook hij zou in de joodse havenstad het schip verlaten, ook hij zou op bedevaart naar Jeruzalem gaan.

Het duurde niet lang of Anjalis had de kapitein overgehaald deze regeling te accepteren, maar pas nadat hij geld had laten spreken. Zijn kostbare bibliotheek en het grootste deel van zijn bagage zouden aan boord van het schip blijven tot Alexandrië, waar de priesters uit Heliopolis de spullen zouden afhalen. Aan hen moest de kapitein ook een brief overhandigen, waarin Anjalis uitlegde dat hij ervoor gekozen had de laatste etappe door het land van de joden af te leggen en dat hij binnen veertien dagen in Heliopolis zou verschijnen.

Anjalis was zelf verrast door zijn plotselinge besluit om aan de joodse plechtigheden in Jeruzalem deel te nemen, maar het gaf hem ook daadkracht. Pas toen hij vanaf de kust over de steile wegen naar Joppe liep, had hij spijt. De drukte, het geklets, de omgang met de vele mensen die te dicht bij hem kwamen, hun geloofsovertuiging en heilige vreugde, de liederen, gezangen – het trof hem allemaal onaangenaam. Halverwege kwamen ze Romeinse troepen tegen, en toen Anjalis de weerzin op het gezicht van de centurion zag, weerspiegelde dat zijn eigen gevoelens.

Bij Jupiter, wat had hij een hekel aan die joden.

Hij had ook een hekel aan Jeruzalem, een krioelende mierenhoop die op oosterse wijze tegen de bergen aan was gebouwd, arm, groezelig, een gat dat grootheidswaanzin had gekregen en een tempel had opgericht voor een god die groter was dan alle andere goden. En die dus een huis verlangde dat bijna even groot was als een piramide.

De stad was overvol; uit alle uithoeken van de wereld waren joden gekomen om het feest te vieren. De mensen werden in de huisjes gestouwd; kamers die bedoeld waren voor drie personen moesten er twintig of meer herbergen.

Anjalis maakte zich echter geen zorgen; hij vertrouwde op zijn talent om net als elders in de wereld ook hier te kunnen krijgen wat hij verlangde: een koele kamer voor zich alleen, een schoon bed en lekker eten.

En ook in Jeruzalem werkte de Chaldeeuwse kleding in zijn voordeel. Weldra vond hij een herbergier die zei: 'Steek het dal van de Kedron over en loop door het olijfbos in Gethsemane. Vraag naar Joachim, dat is de man die de olijfpers bezit. Hij bewaart altijd zijn beste kamer voor een rijke bezoeker.'

Er werd een lichte nadruk op 'rijke' gelegd en Anjalis begreep de boodschap. Hij betaalde de herbergier met klinkende munt en zocht zijn weg de stad uit, door de grote poort in de oostelijke stadsmuur.

In het Kedrondal bloeiden trotse anemonen, maar op de helling van de Olijfberg hadden de joden hun vele tenten opgeslagen.

Anjalis liep onder de oeroude bomen met hun zilvergrijze loofkronen door en vond algauw het huis van de olijfperser. Hier liet hij opnieuw zijn geld spreken en weldra had hij een grote kamer voor zich alleen.

Hij nuttigde een lichte maaltijd, dronk meer wijn dan hij gewend was. Het lukte hem de slaap te vatten.

In zijn droom zag hij hoe Marcus werd gekruisigd in een Jeruzalem waar de straten gilden van pijn. Zelf vluchtte hij voor de joden naar Gethsemane, en daar, onder de grote bomen, kwam hij een man tegen, een joodse man, nog jong maar met een gezicht zo vol liefde en verdriet als Anjalis nog nooit gezien had. Hij lag op zijn knieën te bidden.

Hij zei tegen Anjalis: 'Was u niet bij machte één uur met mij te waken? Waak en bid dat u niet aan beproevingen zult worden onderworpen.'

Anjalis werd wakker met hartkloppingen. Deze droom had echter een andere weerklank dan zijn vroegere nachtmerries in Rome; hierin zat eerder vertwijfeling dan angst.

Lang bleef Anjalis voor het raam staan om de zon achter de Olijfberg te zien opkomen. Opnieuw zag hij hoe Marcus gekruisigd werd, in de steek gelaten door Anjalis. Tot zover was de droom eenduidig. Maar wie was die man in Gethsemane en wat betekenden zijn woorden: waak en bid?

Hij dacht aan Oannes: gehoorzaam je dromen. Dit was een gebod om te gehoorzamen.

Maar wat waren die beproevingen?

Toen hij langs de stadsmuur naar de berg van Sion liep, won de pijn het van de leegte.

Bij de zuidelijke stadsmuur vond hij wat hij zocht, maar het was al laat in de ochtend voordat hij een regeling trof met een Syrische kameeldrijver die de volgende dag in zuidelijke richting naar Berseba zou vertrekken, en dan verder door de woestijn naar Egypte.

Nadien voelde hij zich rustiger; de stad was beter te verdragen nu hij zijn vlucht had veiliggesteld. Opnieuw liep hij naar de tempel, die enorme kolos die zijn vergulde spitsen en Korinthische zuilen uitstrekte naar de hemel.

De stank van bloed getuigde van de eindeloze offers die hier werden gebracht en Anjalis bleef aan de voet van de trap staan. Hij wilde verder niets meer zien van Herodes' pronkstuk.

Het heilig hart van het jodendom.

Het volgende moment zag hij daar op de trap een kind, vreemd eenzaam te midden van de krioelende mensenmassa. Toen wist Anjalis weer waarvoor hij was gekomen, waarom hij gedwongen was geweest een omweg te nemen over Jeruzalem.

De jongen stond stil, roerloos, en in zijn stilte verstilde ook de wereld, de enorme menigte bleef stilstaan, de tijd bleef stilstaan. De afstand was voor Anjalis te groot om zijn gelaatstrekken of de uitdrukking van zijn ogen te kunnen zien.

Toen het kind op de lange trap wat aarzelend een stap naar beneden zette, kwam de scène weer tot leven; de geluiden stegen op naar de hemel, de beweging plantte zich voort door de stad, door de wereld. Hij begon nu sneller te bewegen, slingerend, iedere beweging vervuld van de bruisende levenslust die zo typerend is voor twaalfjarigen.

Marcus.

Er bestonden overeenkomsten.

Anjalis voelde zijn hart kloppen in zijn keel. Met inspanning van al zijn krachten slaagde hij erin diep in te ademen en zichzelf weer onder controle te krijgen. Het volgende moment passeerde het kind hem. Het bleef heel even bij de lange tovenaar staan, keek naar hem op, verwonderd, nieuwsgierig, zoals alle kinderen altijd naar de Chaldeeër keken.

Diep in zijn ogen lag echter een seconde van herkenning en een verbazing die veel groter was dan normaal, en die overging in pijn.

De jongen worstelde met het mysterie van zijn eigen lot en onttrok zich aan de man die het raadsel kende.

Het volgende moment was hij in de menigte verdwenen.

Anjalis bleef lang staan, roerloos. Daarna daalde hij langzaam de berg af, liep het dal in, door Gethsemane, waar het geurde naar tijm.

Hij doorliep alle stadia van verwondering voordat hij zijn ervaring eindelijk onder woorden wist te brengen.

Hij had zojuist de ogen gezien van de enige ziende mens ter wereld.

Ogen die zagen.

Ze leken op, deden hem denken aan...

Pas veel later durfde hij dit te verwoorden: deze ogen hadden grote overeenkomsten met die van Marcus toen hij blind was.

De volgende ochtend was hij bij het krieken van de dag al op de been. Hij nam afscheid van Joachim en zijn vrouw. Toen hij met zijn lichte bepakking over de schouder naar de poort van Sion liep, waren zijn gedachten helderder dan de avond daarvoor.

Het godenkind was ook een mens, een gewoon kind dat gewone vragen stelde en zich zo goed als het kon aanpaste aan de plek waar hij was geboren. Hij had niet meer dan een vaag en angstaanjagend vermoeden van het raadsel in zijn leven en dacht helemaal niet aan de enorme taak die op aarde op zijn schouders rustte.

Toen hij op zijn kameel plaatsnam en aan de rit naar het zuiden begon, voelde Anjalis een grote genegenheid. Bij de grensovergang in Berseba, waar ze de volgende ochtend aankwamen, werd hij door de Romeinse officier die de wacht hield herkend.

'Ik heb uw lezingen op het Forum gehoord', zei hij vol bewondering.

Anjalis glimlachte en wees het aanbod van een Romeinse escorte door de woestijn vriendelijk maar beslist van de hand.

De Romein bleef de rijzige Chaldeeër lang nakijken en zag hem in de rode woestijn aan de horizon verdwijnen. En dat was de laatste aanblik die de filosoof Anjalis Rome bood.

DEEL 4

'Zie, gij allen die vuur ontsteekt,
u met brandpijlen uitrust,
gaat in de vlam van uw eigen vuur
en onder de brandpijlen die gij aangestoken hebt.'
JESAJA

'NOBENIUS HEEFT EEN zuur waar hij ontzettend voorzichtig mee is. Als je er ook maar een druppel van binnenkrijgt, ga je dood.'
Eneides, die op de grond lag te lezen, keek geïnteresseerd op.
'Je wordt blauw in je gezicht en al je ingewanden worden aangevreten en je gilt als een krankzinnige en daarna ga je dood', vervolgde Marcus.
'Waar gebruikt hij dat voor?'
'Om er brons mee te bewerken.'
'O.'
Nobenius was een van Rome's beroemde portretschilders en Marcus zat op zijn kunstenaarsopleiding. Hij had echter nog nooit met een woord gerept over al zijn lessen van die winter en dit was de eerste keer dat hij de naam van de kunstenaar noemde.
Zoals altijd wanneer hij iets interessant vond, kneep Eneides zijn ogen toe.
'Ze zeggen dat er Egyptische zeelui zijn die een poeder verkopen waar mensen aan doodgaan', zei hij. 'Dat is veel beter, want dat laat geen sporen na. Op het lijk, bedoel ik.'
Marcus was bezig poppetjes op een kleitablet te tekenen, maar daar stopte hij nu mee en hij keek zijn broer aan: 'Is dat duur?'
'Dat zal wel.'
Het was de laatste zomerdag die ze in de blauwe bergen doorbrachten, en het schuine namiddaglicht zocht zich door de toppen van de lindebomen en de open vensterluiken een weg naar binnen. De volgende dag zouden ze in Rome terug zijn.
'In september gaat Salvia op reis', zei Marcus. 'Ze gaat haar kinderen in Pompeï bezoeken.'
Meer werd er niet gezegd, maar al die eerste middag in de stad gingen de jongens op pad naar de havens aan de Tiber.
Er lag geen Egyptisch schip.
Eneides was opgelucht, maar Marcus teleurgesteld. Een paar dagen later zei hij: 'We maken een uitstapje naar Ostia.'
Salvia vond dat een goed idee; zij regelde een ransel met eten en

paarden, en sprak lang en nadrukkelijk met de slaven die de jongens zouden vergezellen.

Maar ook in Ostia lag geen Egyptisch schip.

De jongens gingen naar een nieuwe school die op de Capitolijnse heuvel was geopend en die de naam had de beste van Rome te zijn. Veel konden ze er echter niet leren, en ze waren de Griekse leraren en Cornelius dan ook tot last.

Dat najaar zouden ze veertien worden en pas volgend jaar zou Cornelius hen naar de academies in Athene sturen. Nu regelde hij lessen in zwaardvechten en paardrijden op het Marsveld, en hij was blij dat Marcus daarvoor belangstelling toonde. Eneides deed liever waar hij zin in had en zwierf rond in de havens, waar de talen die Anjalis hem geleerd had, goed van pas kwamen.

Over de Chaldeeër spraken ze nooit.

Toen gleed er op een dag in het grote havenbekken in Emporium aan de voet van de Aventijnse heuvel een Egyptische tweedekker naar de kade. Het schip was geladen met porfier en wierook uit de Oriënt, kruiden en koraal uit het verre India en papyrus uit Egypte.

De kostbaarste vracht was echter zijde. Die was langs de eindeloze karavaanwegen door de met sneeuw bedekte bergketens van Azië vervoerd, door de grote woestijnen naar de havens aan de Rode Zee, waar de Egyptische schepen wachtten.

Eneides was betoverd door zijde, door die glanzende stoffen, verleidelijk als de zonde, onweerstaanbaar en een voortdurend probleem voor de Romeinse staatskas. Terwijl de grote balen uit het schip werden gedragen en door de wagens van de zijdehandelaar werden opgeslokt, stond hij als vastgenageld op de kade.

Marcus was echter niet vergeten waarvoor hij was gekomen en toen hij de stuurman in de gaten kreeg die vanaf de kade toezicht hield op het lossen, verzamelde hij moed en liep naar de man toe. Hij sprak hem in zijn beste Egyptisch aan, maar de man lachte hem uit en zei in vet Grieks dat hij nog nooit over een dergelijk gif had horen praten.

Hij vond dat Marcus beter naar huis kon gaan, naar zijn moeder, in plaats van volwassen mensen die het druk hadden voor de voeten te lopen.

Marcus liet zijn schouders hangen van teleurstelling en merkte niet dat Eneides heel opgewekt was toen ze door de vieze stegen op de Aventijnse heuvel weer naar huis gingen, omdat Salvia ongerust zou worden als ze te lang wegbleven. Ze waren echter nog maar een paar huizenblokken ver toen ze door een van de zeelieden van het schip, een Nubiër, tot staan werden gebracht.

'Ik heb gehoord dat je naar de witte slaap vroeg', zei hij tegen Marcus. 'Ik kan je wel een paar ons verkopen.'

Eneides keek opgelaten, maar Marcus vroeg snel: 'Wat kost het?'

'Tweehonderd denarii. En je kunt niet afdingen.'

Eneides dacht dat ze zo veel geld nooit bij elkaar konden krijgen, maar Marcus zei: 'Kunnen we elkaar hier morgen om dezelfde tijd treffen?'

'In dat wijnhuis daar', zei de Nubiër. 'Ik wacht in de achterkamer bij de binnenplaats.'

Marcus knikte, maar toen ze door de steegjes verder liepen moest ook hij onder ogen zien dat het hopeloos was. Ze bespraken of ze een vaas uit Salvius' verzameling zouden stelen, maar beseften dat ze die nooit zouden kunnen verkopen zonder dat het ontdekt werd.

Eenmaal thuisgekomen vergat Eneides de hele zaak.

Marcus kon die avond echter de slaap niet vatten en opeens kreeg hij een idee: het afscheidsgeschenk van Me Rete.

Hij bewaarde dat in zijn ivoren kist, samen met de andere aandenkens aan de reis: de maanstenen die hij aan de Eufraat uit het zand had opgegraven, een kaart van de sterren die een van de Chaldeeërs voor hem had getekend, een kameeltje van houtsnijwerk waarvan de geur heel die fantastische reis bij hem opriep.

Op blote voeten sloop hij naar de kleedkist in de kamer en daar, op de bodem, vond hij zijn kistje.

Me Rete had hem een gouden ketting cadeau gedaan. Het was geen zware, maar hij was mooi geciseleerd. Aan de ketting hing een bedeltje van zilver en lapis lazuli, twee vissen die half uit de rivier kwamen, de een op weg naar boven, de ander op weg de diepte in.

Dat beschermt je tegen het kwaad, had ze gezegd, Anjalis' moeder, toen ze hem het geschenk overhandigde.

En Marcus bedacht dat dat goed uitkwam, dat het klopte. Maar hij was vooral nieuwsgierig hoeveel het sieraad waard zou zijn, of het genoeg zou opbrengen.

's Ochtends liet hij de ketting aan Eneides zien, die meteen zei: 'Je bent niet goed snik; die is veel meer waard dan tweehonderd denarii.'

'Dat maakt niet uit', zei Marcus.

De Nubiër was op het afgesproken tijdstip in het wijnhuis. Toen hij het sieraad te zien kreeg, begonnen zijn ogen verrukt te glimmen en hij kreeg opeens haast om tot zaken te komen.

Het halssieraad werd verruild voor een leren zakje waarin een afgestreken eetlepel wit poeder zat.

'Is dat voldoende?'

'Dat is voldoende om een paard mee dood te maken', zei de Nubiër, en weg was hij, verdwenen in het gekrioel van mensen in het steegje.

'Zag je niet hoe verbaasd hij was?' zei Eneides. 'Die ketting was veel meer waard. Je kunt die man niet vertrouwen; dat poeder kan wel zout of zand zijn. Je had het niet moeten doen.'

Onderweg naar huis bleef Eneides zijn bezwaren tegen Marcus herhalen, maar dat deerde Marcus niet. Hij was rustig en zeker van zijn zaak.

'We zien wel', zei hij.

Zoals afgesproken vertrok Salvia midden september. Over Nadina maakte Marcus zich geen zorgen; zij was nu zo oud dat ze slecht zag en de dagen slapend doorbracht.

'Je moet me alleen helpen om Ganymedes en de slaven uit de buurt te houden', zei Marcus, en Eneides knikte.

De jongens kozen een dag waarop Cornelius naar de curia ging, waar hij tot ver in de middag bezig zou zijn. 's Ochtends namen ze een paar uur deel aan de lessen bij de Grieken. 's Middags zouden ze naar de wedrennen op het Marsveld gaan. Alles was net als anders.

Toen ze midden op de dag thuiskwamen, doezelde het huis in

zijn middagrust. Marcus liep meteen door naar zijn kamer, waar hij het witte poeder in een beker water oploste. Vervolgens wachtte hij totdat hij Eneides hoorde roepen: 'Ganymedes, er is ingebroken bij Cornelius!'

Hij hoorde Ganymedes en de andere slaven door het atrium rennen, naar de overloop van Cornelius, waar opgewonden stemmen riepen dat het slot opengebroken was.

Marcus stond al in Cornelia's kamer. Ze sliep nog. Marcus pakte haar stevig bij haar hoofd, lichtte dat op van het kussen en zei: 'Drink maar, lieve moeder, drink.'

Ze deed haar ogen niet open, maar gehoorzaamde hem en dronk de beker tot op de bodem leeg. Ze trok een vies gezicht, maar toen Marcus haar lippen afveegde, was ze alweer verzonken in haar slaap.

Binnen een mum van tijd was alles achter de rug, en toen Ganymedes, de slaven en Eneides terugkeerden, kwam Marcus uit zijn kamer. Hij liep de trap af en zei: 'We moeten opschieten, Eneides, we moeten zo op het Marsveld zijn.'

De jongens verlieten het huis in een draagstoel. Cornelia zou gewoonlijk nog ruim een uur van haar middagslaap blijven genieten. Toen alle geluiden van de stad de draagstoel overspoelden, fluisterde Marcus: 'Het ging zo gemakkelijk, Eneides. Ze dronk gewoon en daarna viel ze in slaap.'

Eneides steunde en pas op dat moment zag Marcus dat zijn broer zo bleek als marmer was en misselijk leek te zijn.

'Niemand kan ons betrappen', zei hij geruststellend. 'Je weet wat we hebben afgesproken.'

Eneides dacht aan alles wat ze hadden afgesproken te zullen zeggen en besefte dat hun plan veilig was. Maar dat hielp niet; nog voordat ze het Marsveld bereikt hadden, moest hij de draagstoel verlaten om over te geven.

'Het was toch maar een spelletje, Marcus', zei hij. 'Maar een spelletje.'

'Natuurlijk', zei Marcus, die een warme glimlach afvuurde naar zijn broer. Na een poosje zei hij: 'Denk aan Seleme, Eneides.'

Die woorden brachten weer kleur op het gezicht van Eneides en even later zaten ze allebei op hun paard. Marcus reed als nooit tevoren, hij was als de wind, onmogelijk te verslaan, en met een gelukkige glimlach luisterde hij naar de paardrijleraar toen deze zei: 'Je lijkt helemaal je dag te hebben, Scipio.'

Pas toen de stad in de namiddag afkoelde, kregen ze tussen de toeschouwers Cornelius in de gaten en ze begrepen allebei direct wat dat betekende.

'Ik heb je iets... naars te vertellen, Marcus', zei de oude man. 'Je moeder is dood.'

Marcus vertrok geen spier, maar hij sloeg zijn ogen neer om zijn gevoelens niet te verraden. Eneides daarentegen begon totaal onverwacht te huilen.

Cornelius sloeg zijn arm om de jongen heen en zei kalmerend: 'Ze heeft niet geleden; ze is in haar slaap gestorven. En blij met het leven was ze toch niet.'

Eneides ontspande zich en Marcus herhaalde die laatste woorden: 'Blij met het leven was ze toch niet.'

Toen Marcus de kamer van Cornelia binnenkwam, had de dokter een frons op zijn voorhoofd, dat zag Marcus meteen. De amandelmelk die ze altijd dronk wanneer ze uit haar middagslaap ontwaakte, stond onaangeroerd. Ganymedes zweeg over de inbraakpoging. Hij had het slot van Cornelius' kamer laten maken en bezwoer dat hij de hele dag in het atrium was geweest en de slaapkamerdeur van Cornelia goed in de gaten had kunnen houden.

'Je weet zeker dat niemand haar heeft bezocht?'

'Heel zeker.'

De dokter, die zag dat Cornelius zijn vragen vervelend vond, haalde zijn schouders op.

'Dan zal het wel een hartaanval geweest zijn', zei hij en hij herhaalde de woorden van Cornelius, die in de weken daarna nog vaak gezegd zouden worden: blij met het leven was ze toch niet.

De enige die dit nooit zei en blijk gaf van een groot en onverwacht verdriet was Salvius, die men na lang zoeken uiteindelijk in de thermen had gevonden. Hij stortte zich op de overledene en huilde als een kind. Hij is dronken, dacht Cornelius met afschuw.

Flaminica was de enige buitenstaander die Cornelia's begrafenis met haar aanwezigheid vereerde. In de stad werd nauwelijks aandacht aan Cornelia's dood besteed; daar werd om de grote Augustus gerouwd en richtte men de ogen angstig op Tiberius, zijn erfgenaam.

En het nieuws over de moord op Agrippa Postumus, de verbannen jongeling van wie Augustus ondanks alles had gehouden, ging als een lopend vuurtje rond.

Na de begrafenis werd het vreemd stil in het huis op de Palatijnse heuvel, stil en op de een of andere manier schaduwloos. Salvia zei soms ronduit: 'Het is vreemd, maar ik mis haar af en toe gewoon een beetje.'

In oktober zou Marcus zijn tekenlessen bij Nobenius hervatten. Dat weigerde hij echter en ook tijdens een hooglopende ruzie met Cornelius hield hij voet bij stuk.

'Ik heb het Anjalis beloofd', zei de oude man.

'Ik ben niet van plan aan Anjalis' leiband te lopen', schreeuwde Marcus. 'Het was zijn droom dat ik kunstenaar zou worden, niet de mijne. En hij is weg. Ik ben van plan mijn eigen leven te leiden.'

Cornelius keek de jongen aan, niet zonder respect. Marcus wordt volwassen, dacht hij, en ook al was het schoorvoetend, hij gaf toe. Hij zei echter wel: 'Ik vraag me af waarom Anjalis daar zo halsstarrig in was.'

'Hij wilde dat ik net zo'n slappeling zou worden als hijzelf', schreeuwde Marcus.

Maar toen begon ook Cornelius te schreeuwen: 'Hij was geen slappeling en nu houd jij je mond!'

Cornelius ging zelf naar de kunstenaar toe om voor de plaats te betalen waar Marcus geen gebruik van zou maken.

'Wat jammer,' zei Nobenius, 'het begon net goed te gaan.' En raadselachtig voegde hij eraan toe: 'Ik weet natuurlijk wel dat het zwaar voor hem was.'

'Maar hij kan het zo goed', zei Cornelius verbaasd.

'Ja, en dat was nou precies het punt', zei Nobenius.

Tijdens de winter werd Salvius ziek. Hij ging met de dag achteruit. Hij kon geen eten binnenhouden en leed veel pijn.

De oude lijfarts kwam. Hij drukte op Salvius' buik en schudde zijn hoofd. Tegen Salvia zei hij: 'Het is kanker en hij heeft niet lang meer te leven.'

Op de dag dat de lente begon, werd Salvius vroeg in de ochtend eindelijk van zijn pijnen verlost. Eneides waakte bij hem toen hij de geest gaf, en dacht wat de anderen bij Cornelia's overlijden hadden gezegd: ook Salvius was niet blij met het leven.

Toen Cornelius die ochtend naar beneden kwam om afscheid van zijn schoonzoon te nemen, gingen zijn gedachten echter in een heel andere richting. Heel duidelijk herinnerde hij zich de woorden die Anjalis langgeleden had gesproken: deze twee leven hun haat op elkaar uit.

Korte tijd later verliet ook Nadina de wereld om voor altijd te gaan slapen. Eneides bracht zijn dagen en nachten huilend door; hij had meer verdriet over de oude vrouw dan over zijn vader.

Alleen Marcus ging door het leven zonder te huilen; zijn stenen gezicht bleef intact. Zowel Cornelius als Salvia sloeg het met verbazing gade. Hij is keihard, dacht Salvia.

Cornelius dacht aan de dood van Seleme en het kind dat blind werd, maar probeerde zich geen zorgen te maken.

Op een dag in maart, er scheen een kil zonnetje, zaten ze allemaal op het notariskantoor. Eneides was op het ergste voorbereid, maar toch voelde hij hoe mismoedig hij werd toen die droge stemmen een opsomming gaven van Salvius' nalatenschap.

Alles wat Salvius bezat was beleend, niet alleen het huis maar ook zijn hele verzameling kostbaar antiek, de kunst en de sieraden. En wat hij beleend had, was jaar in, jaar uit discreet door Cornelius afgelost.

Alleen het strandhuis in Antium kon Eneides erven.

'In mijn huis zul jij altijd Marcus' broer en mijn pleegkind blijven', zei Cornelius, maar Eneides sloeg zijn ogen neer.

Een bedeelde, uit een slavin geboren.

Hij haatte hen en bedacht dat hij op een dag, op een dag zou...

Toen zei de jongste van de notarissen opeens: 'We hebben ook een schenkingsakte voor Salvius Eneides, opgesteld door de Parthische onderdaan Anjalis, zoon van Balthazar.'

Het werd zo stil in de kamer dat de geluiden van de straat door de muren heen drongen. Het kostte Eneides moeite om het te volgen toen de notaris de akte voorlas waarin Anjalis al zijn inkomsten uit de jaren in Athene en Rome aan hem vermaakte; hij kon er vrij over beschikken wanneer hij zeventien jaar was geworden.

Het was geen gering bedrag.

Ten slotte fluisterde Eneides: 'Wordt er in de akte ook een reden genoemd, ik bedoel, waarom heeft hij dit gedaan?'

De notaris vertelde dat er een persoonlijke brief bij zat. Eneides nam hem aan, verbrak het zegel en dacht nog: er is vast een vreselijke voorwaarde aan verbonden.

Maar de brief was heel kort en vermeldde alleen dat de schenker wist dat zijn geld in goede handen terechtkwam en een zegen zou zijn.

Toen ze het kantoor van de notarissen verlieten, was Eneides een paar duim gegroeid.

SALVIA VERGEZELDE HEN naar Athene. Samen met zes van Cornelius' slaven richtte ze in een Romeinse villa aan de groene rand van de stad, niet ver van de grote landweg naar Piraeus, voor hen een plek in om te wonen.

Eneides en Marcus werden ingeschreven aan de Academie en bij de school van de epicuristen.

Ze hielden van de stad, vonden haar toegankelijk. Ze was opener, niet zo angstaanjagend en onberekenbaar als Rome. Athene had een wijde hemel en leek geen geheimen te koesteren.

Het was echter allemaal wel kleiner dan ze zich hadden voorgesteld. Ze waren opgegroeid met de grote Griekse dichters en bezochten de plaatsen die de poëten bezongen. Overal waren ze verbaasd over hoe klein het was, hoe eenvoudig, landelijk bijna. Nergens leek het land op het land dat ze in hun dromen hadden gezien.

Behalve de Acropolis, die hun fantasie overtrof. Ze brachten vele dagen door op de oeroude rots en leerden wat kunst is en wat die kan doen met een mens. Schoorvoetend had Marcus dat tijdens de lessen bij de schilder Nobenius al ervaren, en hij stemde dan ook niet van harte in met Eneides, die zei: 'Ik snap best wat de Grieken bedoelen wanneer ze zeggen dat wij alleen maar na-apen en dat onze kunstwerken bezieling missen.'

Eneides begrijpt niet hoeveel moed er voor die bezieling nodig is, dacht Marcus.

Urenlang bleef hij voor de Athena van Phidias staan, die hier bijna twaalf meter hoog over de zee stond uit te kijken. Hij werd betoverd door haar melancholie, de zweem van verdriet die je kon vermoeden zoals ze daar door de eeuwen stond terug te blikken en te peinzen over alles wat verloren was gegaan en nooit meer terug kon komen.

Nu waren het alleen nog de zee, de groene heuvels en haar glimlach die getuigden van wat de mens was kwijtgeraakt toen hij van zijn onschuld werd beroofd.

Wie lang in het gezicht van de Athena van het Parthenon keek, twijfelde niet aan de goedheid, de goedheid van de goede moeder die alles vergaf.

'Ze lijkt op Me Rete', fluisterde Marcus, maar hij schudde meteen zijn hoofd. Athena leek niet op de Egyptische met haar grappige driehoekige gezicht en haar verdrietige mond.

Eneides begreep echter wel wat Marcus bedoelde, want hij vond dat de godin op Seleme leek. Maar dat kon hij niet zeggen; hij was niet in staat over zijn moeder te praten. En hij snapte immers wel dat de beelden die hij van Seleme had, uit zijn dromen voortkwamen.

Op de pleinen en in de straten ontmoetten ze kilte, de kilte waarop Cornelius hen had voorbereid. Die trof de Romeinen overal in het imperium, had hij gezegd. En die moest je verdragen zonder ooit te tonen dat je die voelde of er de betekenis van begreep.

Daar hadden ze het 's avonds vaak over.

'Wij hebben anders wel orde en vrede gebracht', zei Marcus, die zich meer gekrenkt voelde dan hij wilde toegeven.

'Je bent niet goed wijs', zei Eneides. 'Wij hebben de stad gebrandschat, geplunderd, en we hebben kunstwerken gestolen. Waarom denk je dat het er hier zo armoedig en sleets uitziet? En daar zijn we nog steeds mee bezig, door onze vreselijke belastingen. En we maken slaven; ik heb een man gesproken die vertelde dat van bijna iedere familie hier wel een lid als slaaf in Rome is verkocht.'

Marcus zweeg.

'Maar je moet toch beseffen...'

Marcus wilde niets beseffen, hij wilde dat de enorme beminnelijkheid van de Grieken ook hem omvatte. Maar hij wist niet wat hij moest zeggen.

'Sulla...' zei Eneides, maar Marcus onderbrak hem.

'Kun je je mond niet houden?'

'Sulla', ging Eneides koppig door, 'heeft zich in Athene als een zwijn gedragen, brandend en plunderend. En dat is nog niet zo lang geleden.'

'Ben jij er dan niet trots op dat je een Romein bent?'

'Nee, ik was liever een Griek geweest, zoals mijn moeder.'

Er opende zich een kloof tussen hen en Eneides schaamde zich toen Marcus zei: 'Maar je kiest immers niet zelf, je mag toch niet zelf... je moeder kiezen, bedoel ik.'

'Je vader ook niet, en je familie en je vaderland evenmin', zei Eneides.

Op een avond lukte het hun te praten over wat hun was overkomen, konden ze herinneringen ophalen aan hun eerste levensjaren. Dat waren er niet veel en dat maakte hen oneindig verdrietig.

Toen raakten ze voor het eerst ook in gesprek over Anjalis. Aan hem hadden ze wel een groot en rijk web van herinneringen. Marcus vertelde over hun wandeling in de bergen, toen hij zijn gezichtsvermogen had teruggekregen.

'Denk jij dat hij kon toveren?' Eneides zette grote ogen op.

'Hij zei altijd dat hij geen magie gebruikte. Maar je weet, hij lachte wanneer hij dat zei.'

Allebei herinnerden ze zich Anjalis' lach, zijn glimlach die deed denken aan die van een faun en die even moeilijk te duiden was.

Eneides begon opeens te praten over die keer dat ze op strand aan de Tyrrheense Zee hadden gezeten en hadden gesproken over Seleme, het vogelmeisje.

'Anjalis troostte nooit iemand', zei hij.

'Nee, er bestaat toch geen troost', zei Marcus. 'Iedereen die iemand troost probeert te bieden, liegt.'

'Dat geloof ik niet', zei Eneides.

Ze dachten aan vervlogen tijden, toen Marcus blind was en Eneides de tovenaar voor het eerst zag.

'Ik dacht dat hij een koningszoon was.'

'Waarschijnlijk zijn die Chaldeeërs in de woestijn allemaal een soort oude koningen.'

Marcus wist te vertellen over de toren van de astrologen, over de enorme sterrenkijkers en over de bibliotheek die groter was dan de grootste in Rome.

'Ik had nooit kunnen denken dat er zo veel boeken bestonden', zei hij. 'De oudste, die al duizenden jaren oud waren, hadden vreemde tekens die in verschroeid leer waren gekerfd en die iedereen daar kon lezen.'

'Zoals de oude hiëroglyfen van de Egyptenaren?' Eneides raakte er opgewonden en buiten adem van.
'Nee, niet echt, dat heb ik nog vergeleken. Er waren namelijk ook oude Egyptische steentabletten.'
Eneides ergerde zich aan Marcus' geringe woordenschat en stapte over op een ander onderwerp.
'Ik zou hem graag willen schrijven.'
'Waarover dan?'
'Over alles; hoe het met ons is en zo.'
'Hij geeft niet meer om ons.'
'Dat denk ik wel. En ik wil hem bedanken voor zijn geschenk aan mij.'

Marcus had die avond moeite om in slaap te vallen. Zijn gedachten gingen eerst alle kanten op, maar bleven steken bij de herinnering aan hoe hij Cornelia het dodelijke drankje had toegediend. Geen moment had hij spijt gehad van die daad; iedere dag was hij er stiekem trots op.
Dat kon hij echter niet aan Eneides vertellen, die door nachtmerries over Cornelia werd geplaagd.
En die vreemd genoeg rouwde om Salvius.

De volgende dag kwamen ze midden op de Agora een Chaldeeuwse magiër tegen. Als een openbaring kwam hij hun tegemoet. Zijn gouden halsketting blonk in de herfstzon en zijn korte, lila gevoerde cape klapperde in de wind.
Ze bleven staan, als versteend. Vlak daarna schoot de magiër langs hen heen, zo dichtbij dat ze hun handen hadden kunnen uitstrekken om hem bij zijn cape te pakken. Maar dat durfden ze niet.
Hij sloeg af, een steeg in, en stapte een wijnhuis binnen. De jongens maakten zich los uit hun verstening en volgden hem. Eneides verzamelde al zijn moed en liep naar de tafel van de Chaldeeër. De man was kleiner dan Anjalis en niet zo knap. Maar er was een gelijkenis, een verwantschap.
'Mogen we gaan zitten?'

De Chaldeeër keek verwonderd naar de Romeinen, twee jongens, bijna volwassen.

'Ga je gang, maar ik verkoop geen toverkunsten', zei hij met een lach, een lach die de jongens herkenden.

'Daar gaat het niet om', fluisterde Marcus. 'Ik, wij... wij hebben Anjalis gekend.'

De man werd serieus en zweeg. Ten slotte knikte hij. Hij keek Marcus aan en zei: 'Aha, de Romeinse jongen...'

'U herkent mij?'

'Nee, ik was niet in Ur toen jij ons bezocht. Maar...'

Hij maakte zijn zin niet af, zweeg, sloot zijn ogen en dacht aan al het gepraat van de Oudsten over het Romeinse kind dat Anjalis had liefgehad en van wie hij afstand had gedaan. Hij had hen horen fluisteren over de schaduw van het godenkind.

De jongen die hier aan zijn tafel zat, had echter niets duisters over zich, alleen een verdriet zo groot als de oceaan.

De Chaldeeër vermande zich; hij moest zich wapenen tegen de tedere gevoelens die de jongen opriep. En hij zei wat ze hadden afgesproken dat ze zouden zeggen in het geval de Romeinen navraag zouden doen: 'Anjalis is in India. Hij gaat verder met zijn onderzoek naar de verschillende religies op de wereld en bestudeert nu het boeddhisme.'

'O...'

In de stem van de jongen klonk een zweem van hopeloosheid door toen hij fluisterde: 'Dat was dus wat hij moest gaan doen.'

De Chaldeeër wilde hem troosten: 'Hij kon niet anders. Wij moeten net als de Romeinse soldaten aan orders gehoorzamen.'

Daar was de jongen een beetje mee geholpen, want hij probeerde zich te vermannen. Maar toch straalden zijn ogen hopeloosheid uit en hij liet zijn schouders hangen.

Dit kan ik nooit aan Anjalis vertellen, dacht de Chaldeeër. De andere jongen, de vrolijke en levenslustige, stelde een vraag: 'Ik zou Anjalis zo graag een brief willen sturen... Dat zal toch niet verboden zijn?'

'En wie ben jij?'

'Ik ben Eneides, Marcus' halfbroer.'

De Chaldeeër knikte. Hij dacht na en zei ten slotte: 'Weet je wat? Schrijf maar een brief, dan neem ik die wel mee om hem aan zijn moeder te geven. Zij zal de brief bewaren totdat Anjalis thuis op bezoek komt.'

'Wilt u Me Rete de groeten van mij doen?' vroeg Marcus met woorden die van heel ver kwamen en eigenlijk niet naar buiten wilden.

'Dat zal ik doen. Wil je dat ik verder nog iets zeg?'

'Nee.'

Marcus zweeg een poosje, maar toen kwam de volgende vraag, al even aarzelend.

'Is Balthazar gestorven?'

'Ja', zei de Chaldeeër met een gelukkige glimlach.

'Waar kan ik de brief afgeven?' vroeg Eneides.

'We kunnen elkaar hier morgen weer treffen, even kijken... Kun je vroeg komen, al in het vierde uur, want tegen de middag vertrek ik met een zeilboot uit Piraeus.'

'Ik zal er zijn', zei Eneides. 'En ik ben u ontzettend dankbaar.'

Verder viel er niets meer te zeggen en onbeholpen stonden ze op, maakten een buiging en gingen naar buiten.

De Chaldeeër keek Marcus lang na en bedacht dat de jongen liep als een oude man.

Eneides werkte de hele nacht aan zijn brief. Hij schreef, schrapte en veranderde, maar toen Marcus bij het ochtendgloren wakker werd, was hij klaar.

'Wil je hem lezen?'

'Nee.'

'Moet ik de groeten van jou doen?'

'Nee.'

Marcus had nog nooit iemand zo gehaat als Anjalis. Zelfs Cornelia niet.

DE LEZINGEN OP de Academie waren bijna net zo saai als de moordende studies in de retorica in Rome waren geweest. Maar bij de epicuristen troffen ze een leraar die een groot kenner was van de filosoof Posidonius, een man die de geschiedenis vanuit andere perspectieven had bekeken dan die van de macht.

In zijn geschriften werden volkeren beschreven, hun goden en cultuur, zeden en gedachten en hoe dit allemaal verband hield met de natuur, de ligging en het klimaat van het land.

Gefascineerd hoorden ze over Keltische priesters, en Eneides bedacht dat dit Anjalis ook geïnteresseerd zou hebben. Ze besteedden wekenlang aan alles wat Posidonius over de Germanen te vertellen had.

'De jonge volkeren in het noorden zullen ooit Rome's ondergang worden', zei de leraar, die de Romeinen in zijn groep uitdagend aankeek. En Marcus dacht aan het Teutoburgerwoud en aan wat hij allemaal had gehoord over Kimbren en Zwaben, Langobarden en Helvetiërs, Marcomannen, Quaden en Goten. En over de legendarische Suiones, die grond bezaten helemaal in het noorden, waar de zee tot onbeweeglijkheid was verstild en de zon nooit onderging.

Ze volgden Posidonius naar geheimzinnige bosjes waar mysterieuze godinnen werden vereerd, ze leerden over eenvoudige zeden, geloofstrouw en oorlogszuchtige eer. Ze probeerden zich de hoofdman en zijn lijfwachten voor te stellen, jonge mannen die streden en stierven voor hun hoofdman omdat hij in zijn eentje streed en stierf voor zijn volk.

Maar toen de leraar begon te vertellen hoe lang en mooi de mensen in de Germaanse wouden waren, slaakten ze een zucht van verlichting. Ze hadden in Rome Germaanse gevangenen gezien. Barbaren.

En Marcus dacht aan de hondenfokker van Cornelius, de man met de vieze baard en ogen die hij verafschuwde.

Op een dag slopen de jongens stiekem weg uit de stoffige collegezalen. Ze gingen naar Piraeus om, net zoals ze in Rome hadden gedaan, langs de kades te lopen en naar de schepen te kijken. De Romeinse graanschepen deden hier als onbeholpen wastobbes aan, met hun hagedisachtige stevens en belachelijke voorzeilen.

'Dat zeil hebben ze alleen maar om het sturen te vergemakkelijken', zei Eneides, die zijn neus optrok. Marcus snapte niet waarom het verachtelijk was om een zeil te hebben om mee te kunnen sturen, maar hij vond de Griekse biremen mooier, met hun schitterende kleuren en de grote ogen die op de voorstevens waren geschilderd.

Er lag ook een Romeinse trireem, een vaartuig dat groter was dan alle andere. Maar ook die kon in de ogen van Eneides geen genade vinden.

'Dat is een onhandig schip, moeilijk om mee te manoeuvreren', zei hij.

Verrassend genoeg mengde zich nu een Griek in het gesprek: 'Jij lijkt verstand te hebben van boten.'

Toen ze zich omdraaiden om de man aan te kijken bloosden Marcus en Eneides allebei van plezier. Tot nu toe had geen Griek ooit vrijwillig een gesprek met hen aangeknoopt.

'Eigenlijk weet ik er niet zoveel van,' zei Eneides, 'maar ik heb er wel belangstelling voor.'

De Griek was een man van een jaar of veertig, met een krullende bruine baard en een krans van lokken rond een kale kruin. Zijn ogen waren echter het meest verrassend: donker, geamuseerd en intelligent. Hij was goedgekleed en had zijn lange Griekse toga elegant over de schouder geworpen.

'Jij ziet er niet zo Romeins uit', zei hij tegen Eneides.

'Mijn moeder was een Griekse, uit de Griekse koloniën in Bithynië.'

'Daar maken ze mooie masten', zei de man.

'Dat wist ik niet.'

'Jawel, wij haalden ons hout voor de masten altijd uit Bithynië toen we hier in Piraeus nog grote schepen konden bouwen...'

De beide jongens hadden het gevoel alsof er een wolk voor de zon schoof toen ze aan de beroemde scheepswerven van Piraeus dachten die door Sulla in brand waren gestoken.

'We hebben wel weer het een en ander herbouwd', zei de man alsof hij hun gedachten had geraden. 'Kom maar mee, dan laat ik het jullie zien.'

Ze liepen langs het strand. Het was een flink stuk voorbij de vissershaven, bij de monding waar een stevige pier als golfbreker diende. Van de branden van Sulla waren geen sporen meer te zien, maar de nieuwe scheepswerven die zich moeizaam uit de as hadden herrezen, waren klein.

'Tegenwoordig hebben we altijd geldgebrek', zei de Griek, maar Eneides hoorde hem niet, want hij was helemaal in de ban van een schip in aanbouw dat op stapel lag, en hij begon zijn vragen af te vuren.

Vooral het roer interesseerde hem.

Weldra klommen ze alle drie langs de beplanking van het schip, waarbij de Griek uitleg gaf, Eneides vragen stelde en Marcus hen probeerde te volgen. Het schip had een heel nieuwe constructie, met een roer dat je met je wijsvinger zou kunnen bedienen.

'Toen ik je over de stuurzeilen van de Romeinen hoorde praten, dacht ik al dat dit je wel zou interesseren', zei de Griek. 'Ik ben constructiewerker en scheepsbouwer. Willen jullie misschien mijn werkplaats zien?'

En of ze dat wilden!

De Griek stelde zich voor; zijn naam was Origenes en hij vertelde dat zijn familie al honderden jaren schepen bouwde in Piraeus. Zo zachtjes als hij kon zei Marcus: 'Scipio.' Maar Eneides glimlachte breed toen hij zich voorstelde: 'Ik ben Salvius Eneides.'

De werkplaats was groot als een kazerne. Uit hun verband gerukte en voor Marcus onbegrijpelijke onderdelen van modellen lagen verspreid over de vloer. Hij vond het echter wel een prettige ruimte, met het spelende licht dat door de glinstering van de zon in het water naar binnen viel.

Het duurde een poosje voordat de jongens begrepen dat ze zich boven zeeniveau bevonden, dat het gebouw voor het grootste gedeelte op palen in het water rustte. Marcus vond dat verbijsterend en een beetje angstaanjagend. Hij zocht naar spleten in de vloer, maar het hout was goed samengeklonken en Origenes zei: 'Je hoeft niet bang te zijn, Scipio. De palen zijn met Romeins ijzer aan de rots bevestigd.'

Hij kon een glimlach nauwelijks onderdrukken, maar Marcus zag dat niet; die bedacht dat de Griek zijn naam, die uitdagende Romeinse krijgersnaam, blijkbaar toch verstaan had.

Helemaal achter in de werkplaats, aan de zeekant, lag het atelier van de Griek en daar hingen de muren vol tekeningen, de ene papyrusrol naast de andere, met een ongelooflijke hoeveelheid details, van kielen, roeren, stevens en wanten.

Iedere tekening was omgeven met een krans van cijfers.

Eneides was gelukkig.

Op een grote tafel midden in het vertrek waren de lijnen voor weer een ander schip uitgezet, en zelfs Marcus begreep dat het een groot schip was, dat het groter zou worden dan enig ander vaartuig dat de wereld ooit had aanschouwd.

'Blijft zo'n grote boot wel drijven?' vroeg hij, maar ze hoorden hem niet, want Eneides zat vol vragen over de waterverplaatsing, het laadvermogen, het oppervlak van de zeilen en de berekende snelheid.

Hij had meteen begrepen dat het schip enorme mogelijkheden had.

'Als ik het geld had om het te bouwen, dan zou het met één vracht een grote stad een heel jaar lang van graan kunnen voorzien', zei Origenes. 'Maar daar komt heel wat bij kijken; een nieuwe werf, om maar een detail te noemen.'

Er klonk geen spoor van verbittering in zijn lach.

'Hebt u berekend hoeveel het zou kosten met een werf en alles erbij?'

Origenes noemde een bedrag in Griekse drachmen, en Eneides, die bliksemsnel was in hoofdrekenen, dacht nog: bij alle goden, mijn geld zou voldoende zijn.

Hij was echter verstandig genoeg om te zwijgen en meende dat de Griek de glinstering in zijn ogen niet had gezien.

Origenes liet kaas, brood en wijn komen en ze gingen in de grote werkplaats zitten eten, ieder van hen in dromen verzonken. Die van Eneides en de Griek kwamen met elkaar overeen, maar Marcus dacht eraan dat hij ontzettend graag een duik uit het raam van het gebouw zou willen nemen, zo de blauwe zee in. Als het niet zo laat in het jaar was geweest, en zo koud.

Op weg naar huis vertelde Eneides aan Marcus dat het geld van Anjalis voldoende zou zijn om dit project te realiseren. Marcus zette grote ogen op. Hij vond eigenlijk dat hij Eneides moest waarschuwen, maar hij kon niet bedenken waarvoor. En na een poosje werd ook hij aangestoken door Eneides' enthousiasme.

Ze zouden vele middagen doorbrengen in het gebouw boven het water. Marcus zat te tekenen, terwijl Eneides steeds meer betrokken raakte bij het grote project.

'Ik heb misschien mogelijkheden om aan geld te komen', zei hij op een dag voorzichtig.

Hij werd echter uitgelachen.

'Je bent een dromer', zei Origenes. 'Je moet begrijpen dat het om een vermogen gaat en dat er geen garanties zijn voor je geld.'

'Hij kan best een schurk zijn', zei Eneides op weg naar huis.

'Nee, dat geloof ik niet. Hij is fatsoenlijk.'

'Grieken zijn sluwer dan wij in feite in de gaten hebben', zei Eneides.

Op een dag vertelden ze aan Salvia hoe ze hun middagen doorbrachten en wat Eneides' plannen waren. Zij nam dat veel rustiger op dan ze verwacht hadden.

'Je kunt niet aan je geld komen voordat je de toga mag dragen. Cornelius is je voogd en zelfs jij zult hem niet omver kunnen praten.'

Het duurde nog een jaar voordat Eneides meerderjarig werd; hij had daar zelf ook al aan gedacht.

'Ik vertrek naar Rome om met Cornelius te praten', zei hij.

Toen besefte Salvia dat hij zich door niets zou laten weerhouden en schoorvoetend ging ze akkoord met zijn voorstel. Marcus zou in Athene blijven en zijn studies voortzetten, zei ze. En Eneides mocht niet alleen reizen; de twee oudste slaven van het huis zouden hem vergezellen.

Ze eiste dat hij binnen een maand terug was.

'Dat zweer ik op mijn eer, lieve tante', zei Eneides, die zo blij was dat hij helemaal straalde.

'Dat is niet veel waard', zei Salvia. 'Jongelui die spijbelen van school moeten niet zulke grote woorden over eer bezigen.'

Maar ze glimlachte; ook zij had Eneides altijd onweerstaanbaar gevonden.

'Jij moet naar de werf gaan om tegen Origenes te zeggen dat ik naar Rome ben vertrokken om te proberen aan geld te komen.'

'Ik', zei Marcus. 'Wat... Hoeveel mag ik vertellen?'

'Zo weinig mogelijk.'

Die Scipio is zelfverzekerder wanneer zijn broer er niet bij is, dacht de Griek toen Marcus de volgende dag zijn werkplaats binnenstapte. En dat was hij ook; rustig en op een volwassen manier vertelde hij over Eneides' plannen.

De Griek was zo verbaasd dat hij niet wist wat hij moest zeggen.

'Heeft hij echt geld?'

'Ja, maar hij kan er pas volgend jaar over beschikken. Mijn grootvader is zijn voogd.'

'Dat had ik nooit kunnen dromen; ik dacht eigenlijk dat hij aan het fantaseren was...'

De Griek was ontroerd, en Marcus dacht dat als ze voor de gek werden gehouden, Origenes de beste toneelspeler van Griekenland was.

Het bleef een hele tijd stil. In gedachten verzonken staarde Origenes over de blauwe watervlakte naar buiten. Toen hij weer in de werkplaats en bij Marcus terugkeerde, zei hij: 'Vertel eens over je grootvader.'

'Hij is een oude Romeinse veldheer en hij laat zich niet voor de gek houden.'

'Dat is goed. Ik wil... een kind niet voor de gek houden.'

'Wij zijn geen kinderen', zei Marcus gekwetst, maar plotseling hield hij zich in; zijn aandacht was getrokken door die belangrijke uitdrukking.

'Wat bedoelt u met voor de gek houden?'

'Je begrijpt toch wel dat het helemaal fout kan lopen. Het is een waagstuk, Scipio.'

'U bedoelt dat de boot te groot wordt en kan zinken?'

Toen moest Origenes zo lachen dat hij er tranen van in zijn ogen kreeg.

'Een zeeman zul jij nooit worden, Scipio. Maar je zou kunstenaar moeten worden.'

'Ik heb u toch gezegd dat ik soldaat word.'

De Griek had met grote belangstelling de tekeningen bestudeerd die Marcus had gemaakt tijdens de lange middagen waarin Eneides en hijzelf met de berekeningen voor het schip bezig waren geweest.

'Dat doe je knap', had hij gezegd.

'Ja, maar er ontbreekt iets aan.'

'Oefening baart kunst.'

'Alleen als je moedig genoeg bent.'

'Als je geen moed hebt, kun je ook geen soldaat worden.'

'Ach', had Marcus geantwoord. 'Het gaat om een heel ander soort moed; het is veel erger.'

Het lukte Eneides niet om te voorkomen dat Cornelius schrok toen hij in het huis op de Palatijnse heuvel opdook. Hij haastte zich dan ook om te zeggen: 'Met ons gaat het goed, met Marcus gaat het goed.'

'Maar...'

'Luister', zei Eneides.

En in de uren die volgden kon Cornelius er geen speld tussen krijgen. Eneides tekende, rekende, was een spraakwaterval en sloot zijn betoog uiteindelijk, behoorlijk moe, af door een berekening te presenteren die gebaseerd was op het vrachtvervoer van graan uit Afrika naar Rome.

'Je bent of gek, of een genie', zei Cornelius ten slotte. Hij glimlachte en voegde eraan toe: 'Ik ben geneigd te wedden op het laatst.'

Eneides slaakte een zucht van verlichting.

'Dan geeft u mij dus het recht om het geld te gebruiken?'

'Nee', zei Cornelius. 'Eerst wil ik alles weten wat er over die Griek van jou maar te weten valt. Daarna ga ik met je mee naar Athene om zelf een oordeel te vormen over de man en zijn werf. Als we het vervolgens eens kunnen worden, jij en ik, zal ik de helft van het kapitaal dat nodig is ter beschikking stellen.'

'Waarom?'

'Omdat ik je niet nog eens totaal berooid wil zien. Toen de nalatenschap van je vader werd verdeeld, heb ik wel begrepen dat je mij nooit om geld zult vragen.'

Er klonk een bittere ondertoon door in die woorden.

Toen Eneides die avond naar bed ging, bedacht hij dat Cornelius veel meer in de gaten had dan hij liet blijken.

Nog voordat Cornelius de volgende ochtend uit bed was opgestaan klopte Eneides bij de oude man aan.

'Toen dat testament destijds werd doorgenomen, was ik vreselijk uit mijn doen', zei hij. 'Door mijn vader en diens overlijden... en omdat het op dat moment allemaal zo duidelijk aan het licht kwam.'

En vervolgens, in plotselinge woede: 'Marcus is niet de enige die in het nadeel was, hoor.'

Cornelius keek verbaasd en vroeg: 'Wat wil je nou eigenlijk zeggen?'

Eneides werd vuurrood en hij antwoordde: 'Dat u altijd... dat ik dankbaar ben... voor uw geloof in mij. En dat ik weet dat u de enige was die geprobeerd heeft... mijn moeder te redden.'

Daarna vloog hij de kamer uit. Cornelius stond op, onderwijl de jongen vervloekend omdat die zo gevaarlijk was voor zijn hart.

Die ochtend kwam er weliswaar een cliënt op bezoek, maar hij liet bericht naar zijn raadslieden sturen met het verzoek of ze inlichtingen wilden inwinnen over een zekere Origenes in Piraeus. Hij had er niet erg veel vertrouwen in dat dit zou lukken en zei tegen Eneides dat ze waarschijnlijk in Athene een onderzoek zouden moeten instellen.

'Wil jij een scheepshut boeken op een schip dat uit Brundisium vertrekt?'

'Ja.' Eneides had er het volste vertrouwen in.

Diezelfde middag al kwamen de raadslieden met informatie over Origenes naar het huis op de Palatijnse heuvel. De man kwam uit een oud en bekend geslacht; ze bouwden al honderden jaren schepen in Piraeus. Ze waren hun hele vermogen kwijtgeraakt toen Sulla de werven in brand stak, precies zoals de Griek had gezegd.

In de Romeinse annalen stond niets nadeligs over Origenes; hij voldeed aan zijn belastingverplichtingen en voerde geen processen over schadevergoeding, zoals andere Grieken. Hij was getrouwd, had twee volwassen dochters maar geen zoon.

In het huis in Athene was de verrassing groot toen Cornelius in eigen persoon met Eneides arriveerde.

'Ik hoop dat u de jongen tot rede hebt kunnen brengen', zei Salvia.

'Ik wil eerst zelf een mening vormen.'

Marcus moest precies vertellen hoe zijn gesprek met Origenes was verlopen en bezwoer dat de Griek een fatsoenlijke man was.

Al de volgende ochtend vertrokken Cornelius, Eneides en Marcus in een gehuurde wagen naar Piraeus.

De Romein en de Griek namen elkaar van top tot teen op en probeerden in te schatten wat voor vlees ze in de kuip hadden. Beiden waren onder de indruk van de ander, maar dat hielden ze voor zich.

'Het was niet mijn bedoeling om Eneides tot wat voor besluit dan ook over te halen', zei Origenes.

'Daar was ik ook niet bang voor', antwoordde Cornelius Scipio. 'En hij laat zich ook niet zo gemakkelijk bedotten als je misschien zou denken.'

Dagenlang namen ze de berekeningen door.

'Ik wil niet onder stoelen of banken steken dat het een mislukking kan worden', zei de Griek.

'Alle veldtochten kunnen mislukken', zei Cornelius. 'Morgen komen we terug met onze raadsheren om een overeenkomst op te stellen. U zet uw kennis en het onroerend goed hier in, Eneides werpt zich op als eigenaar van het schip. Wanneer het vaartuig klaar is, betaalt Eneides het en is de werf weer van u. Van het kapitaal dat nu nodig is, stel ik de ene helft ter beschikking en Eneides de andere. Jullie delen de winst.'

'Maar dan blijft u met lege handen staan', zei de Griek verwonderd.

'Ik', zei de Romein, 'heb als enige taak het steunen van mijn pleegzoon.'

En met die woorden nam hij afscheid en verliet hij de werkplaats.

'Het was ontzettend Romeins', zei Origenes toen hij dit aan zijn vrouw vertelde. 'Je had hem moeten horen, hautain, sentimenteel, fantastisch.'

'Het is een gunstige overeenkomst', zei ze. 'En je bent in jaren niet zo gelukkig geweest.'

Zo kwam het dat Eneides in Griekenland bleef. Vier jaar later liep op de nieuwe werf in Piraeus het grootste vaartuig dat de wereld ooit had aanschouwd van stapel. Duizenden mensen waren er getuige van. Een van hen was de dichter Loukianos, die schreef:

'Wat een enorm schip was dat. Honderdtachtig voet lang, vertelde de scheepstimmerman mij, en de breedte meer dan een kwart daarvan, en vierenveertig voet vanaf het dek naar de diepste plek in het laadruim! En dan de hoogte van de mast, en de ra die deze droeg, en wat was er een groot voorstag voor nodig om deze overeind te houden! De achtersteven kwam prachtig omhoog in een zachte ronding die overging in een vergulde ganzenkop, in harmonie met de geleidelijk weglopende boog van het voorschip en de steven met zijn beeld van Isis, de godin die het schip zijn naam heeft gegeven! Het was allemaal ongelooflijk, de rest van de versieringen, de schilderstukken, het rode topzeil, de ankers met hun talies en lieren, en de hutten op het achterdek.
De bemanning was net een leger. Er werd mij verteld dat er zo veel graan in het schip geladen kon worden dat iedere mond in Athene daarmee een jaar lang gevoed kon worden.

En het wel en wee van het schip is in handen van een oud mannetje dat aan de grote roeren draait met een roerpen die niet groter is dan een stok. Ze hebben hem mij aangewezen: een fraai witharig, bijna kaal type – ik geloof dat hij Heron heette.'

Toen het schip met zijn eerste vracht Ostia naderde, ontstond er grote beroering. Maar inmiddels was op de werf in Piraeus de kiel van het zusterschip al gelegd. En had Eneides zijn vermogen verveelvoudigd.

ZE WILDE MARCUS.

Ze was eerlijk genoeg om toe te geven dat er omstandigheden waren die daaraan meewerkten: het feit dat Cornelius Scipio niet zo in de gunst had gestaan bij Augustus en daarom in de ogen van Tiberius weinig verdacht was, en het feit dat hij goedhartig, fatsoenlijk en moedig genoeg was om haar en haar moeder onder zijn hoede te nemen.

Er speelden ook andere dingen mee, zoals haar moeder een keer had gezegd toen ze de glinstering in de ogen van Marcia zag, op een feest waarbij Marcus hen met zijn lengte, kracht en kalmte had verrast: 'Zijn familie is ouder dan de onze. En ze zijn heel vermogend.'

De moeder zag de tekens aan de wand niet en natuurlijk kwamen de geruchten die in Rome rondgingen haar nooit ter ore. Alleen Marcia trok haar conclusies uit wat ze zag en hoorde. De angst in de ogen van haar vader aan de dinertafel, gasten die wegbleven van de recepties van de flamen Dialis, de vele gesprekken die verstomden zodra een lid van de familie van de flamen naderbij kwam. En die vreemde ongeruste ondertoon in de brieven van haar zussen, die allebei allang getrouwd waren met mannen die in dienst waren van het imperium – de ene in Syrië, de andere in Gallië.

Moeder is net een blinde kip, dacht Marcia vertederd.

Marcia was altijd haar moeders zorgenkindje geweest. Toen ze zes jaar was had haar vader haar met hulp van Augustus willen overdragen aan de tempel van Vesta, waar ze een eerzaam en deugdelijk leven zou krijgen. Ze kon zich haar vrees nog herinneren, en de zachte stem van haar moeder die nachtenlang op haar vader inpraatte, een stem die overging in razernij en dreigementen, totdat de flamen van zijn besluit was afgestapt.

Marcia was het niet vergeten; ze vergat trouwens nooit iets. Vooral die laatste woorden uit het lange overleg tussen haar ouders niet, die in haar geheugen gegrift stonden: 'Vanaf nu moet jij de verantwoordelijkheid voor het meisje maar alleen op je nemen.'

Weldra, dacht Marcia, moet ik de verantwoordelijkheid voor mijn moeder alleen op me nemen.

Toch zou ze zich nooit zo goed hebben voorbereid en zo resoluut zijn geweest als ze Marcus niet had willen hebben.

Liefde, de mensen hadden het over liefde. En misschien was dat ook wel wat ze voelde voor Marcus.

Tederheid was er, was er altijd geweest tussen haar en Scipio's kleinzoon. En een bepaalde aantrekkingskracht, iets mysterieus.

Anjalis hield van hem, dacht Marcia.

Haar moeder was nu minder bezorgd dan vroeger. Marcia werd binnenkort twintig jaar en had natuurlijk allang getrouwd moeten zijn, maar dat het niet tot een huwelijk was gekomen, werd niet veroorzaakt door de eigenschappen van het meisje, zoals Flaminica door de jaren heen verdrietig gevreesd had.

Marcia was mooi geworden, lang en sierlijk; haar gebit, dat veel te groot was geweest toen ze nog een kind was, paste nu perfect bij haar, en ze droeg haar vlammend rode haar als een gouden kroon op haar hoofd. En het mooiste van alles: ze was slim genoeg om haar intelligentie te verbergen. Ze liet zich door jongemannen onderwijzen en alleen wie haar goed kende, kon iets van een spottende glimlach rond haar mondhoeken vermoeden.

Marcus was met zijn opleiding te velde bezig en Marcia wist dat hij een moed en een uithoudingsvermogen aan den dag legde waarvan zelfs de meest ervaren centurions onder de indruk waren. Bovendien kocht de jonge tribuun nieuwe soldaten voor het legioen.

Ze wilde hem. Toen ze hem bij een familiediner tegenkwam, gebruind door de zon en knap in zijn met rode biezen afgezette tunica van de tribunen en zijn vergulde helm met witte veren, was ze daarvan nog meer overtuigd. Flaminica had erover gesproken hoe statig hij was.

Een man, had ze gezegd. Een echte vent.

De flamen had niet gereageerd; hij luisterde steeds minder.

Al de volgende dag gingen Flaminica en haar dochter op visite bij Cornelius. Marcia was oogverblindend mooi in goudkleurige zijde en met een blauwgroen voorhoofdsbandje, waardoor haar ogen nog groener leken dan ze al waren. Zij en Marcus zaten in de oude bibliotheek waar Anjalis hun had lesgegeven, maar Marcus zei niet veel en zij begreep algauw dat ze beter niet over de Chaldeeër kon beginnen.

Hij is altijd al traag geweest, dacht het meisje, dat geïrriteerd opstond. Marcus kwam nu snel overeind en daar stonden ze, elkaar aankijkend.

Hij kon een glimlach nauwelijks onderdrukken. Als hij mij uitlacht, sla ik hem in zijn gezicht, dacht ze, maar ze deed een stap naar voren, viel hem in de armen en kuste hem stevig op de mond.

Marcus dacht vooral dat hij niet moest laten zien hoe verwonderd hij was, maar dat vergat hij weldra, want de kus was zalig en opwindend.

'Wat wil je van me?' zei hij.

Ze boorde haar gezicht in zijn hals en fluisterde: 'Ik wil jou.'

Marcus duwde haar echter weg: 'Dat kan niet, ik... ik, ja, weet je...'

'Wat weet ik?'

'Ik mankeer iets, Marcia.'

Ze zei alles wat ze moest zeggen: dat ze altijd al van hem had gehouden, dat ze omwille van hem zoveel mannen die naar haar hand dongen had afgewezen.

Marcus wist van verbijstering niet wat hij zeggen moest, maar het kwam ook van iets anders, van dankbaarheid, en een stille maar onmiskenbare blijdschap.

'Ik had niet durven dromen dat...'

Maar toen ze bij Cornelius en Flaminica binnenstapten om over hun verloving te vertellen, dacht Marcia vooral aan zijn woorden dat hij iets mankeerde...

Natuurlijk heerste er grote blijdschap; de beste wijn van het huis kwam op tafel en Salvia werd erbij gehaald om plechtig mee te toosten op het pas verloofde stel.

Toch was Marcia er niet gerust op en na een poosje zei ze: 'Ik wil dat u alleen naar huis gaat, moeder. U moet onder vier ogen met vader praten en ik wil nog verder praten met Marcus.'

Flaminica zag niets vreemds in dat voorstel. Ze omhelsde haar dochter, gaf Cornelius een kus en Marcus een klapje op beide wangen, waarna ze vertrok.

'Ik stuur de draagstoel over een uur weer hiernaartoe', zei ze.

'Ik zal die tijd goed gebruiken', zei Marcia.

En dat deed ze. In de afzondering van de werkkamer van Cornelius vertelde ze over Tiberius en de flamen, en ze gaf met allerlei voorbeelden aan dat de flamen in ongenade was. Ze klonk zakelijk, maar aan het trillen van haar neusvleugels kon je zien dat ze bang was.

'Ik wil dat jullie dit weten', zei ze. 'Als het tegenzit, kan het zijn dat ik jullie meetrek in het ongeluk van de familie Cotta.'

Marcus kon het niet geloven; heel zijn jeugd had de familie van de flamen tot de uitverkorenen behoord, veilig als de keizer zelf en van hetzelfde onneembare niveau.

'Je verbeeldt het je vast, Marcia', zei hij.

Maar Cornelius was helemaal niet verbaasd; hij had de geruchten gehoord, en gezien welk gevaar al Augustus' vertrouwelingen bedreigde.

'Wist u het al?' vroeg Marcia met een benauwde stem.

'Ja', zei de oude man somber. 'Maar dat verandert er niets aan, Marcia. Ik ben al eerder in ongenade geweest, ik ben het gewend. En zolang ik in leven ben, zullen je moeder en jij bescherming vinden in mijn villa bij Albanus, of je nu trouwt met Marcus of niet.'

Dat laatste was duidelijk; hij zei het heel nadrukkelijk.

Toen begon Marcia te huilen: 'Mijn vader heeft nooit een vinger naar u uitgestoken.'

'Dat was zijn zaak', zei Cornelius. 'Dit is mijn zaak en ik ben niet zo eerzuchtig.'

Marcia moest huilen, nu tegen de schouder van Marcus.

Cornelius kreunde; hij was erg gesteld op Flaminica, was dat altijd geweest, maar ook hij durfde niet met haar te praten. Hij zei: 'Het is misschien maar het beste zo, Marcia. Laat haar maar zo lang mogelijk in de waan dat er niets aan de hand is.'

Toen klopte Salvia aan de deur om te zeggen dat Marcia's draagstoel wachtte. Het meisje droogde haar tranen en liep naar Cornelius toe om afscheid te nemen.

'Eén ding wil ik weten', zei de oude Romein. 'Ik wil zelfs dat je het zweert, Marcia. Bemin jij Marcus?'

Marcia hief haar hand op, strekte haar lange hals en keek Cornelius recht in de ogen, waarna ze zwoer: 'Bij alle goden en al wat heilig is zweer ik dat ik Marcus al bemin sinds hij een klein jongetje was en we tijdens Anjalis' lessen naast elkaar zaten.'

Cornelius was ontroerd, Marcus voelde zich enorm gegeneerd. Wat had hij zelf eigenlijk gevoeld? Hij herinnerde zich een grappig meisje, lelijk maar slimmer dan de rest.

Ze was aardig voor hem geweest, dat wist hij nog wel.

Die nacht sliep Marcus slecht. Toen hij tegen de ochtend na een droom die hij niet goed kon plaatsen wakker werd, lukte het niet om opnieuw de slaap te vatten en hij ging naar beneden, naar het atrium, waar hij voor de slaapkamerdeur van Cornelia bleef ijsberen en nadenken. Over het feit dat alle beslissingen buiten hem om werden genomen, dat hij een pion was in de handen van geroutineerde spelers. Hij moest ook aan Cornelia denken, die de gifdrank rustig had aanvaard; het was de eerste keer in zijn leven dat hij haar had aangeraakt.

Ook Marcia kon moeilijk in slaap komen. Ze was thuisgekomen en had haar moeder gekrompen aangetroffen, veranderd in een schaduw zonder vermogen om te luisteren of te begrijpen. De flamen had eindelijk de moed opgebracht met zijn vrouw te praten. Marcia kon zich goed voorstellen hoe dat gegaan was, hoe Flaminica naar hem toe was gerend, opgewonden, enthousiast, vol van het goede nieuws over de verloving.

En hoe hij een zucht van opluchting had geslaakt en Cornelius had gezegend voor zijn goede hart. Vervolgens had hij gezegd dat er haast bij de bruiloft was, dat het snel moest gebeuren. Flaminica had geprotesteerd en was genotvol gaan uitweiden over het grote feest en alle voorbereidingen die zo verrukkelijk en noodzakelijk waren.

En toen had hij het gezegd: dat zijn dagen geteld waren, dat de soldaten van de keizer ieder moment aan zijn poort konden kloppen.

Natuurlijk had ze het niet geloofd; de waarheid was slechts langzaam, barmhartig langzaam, tot haar doorgedrongen en had haar versteend en doen krimpen.

Toen Marcia bij haar vader binnenkwam, had hij er geen doekjes om gewonden en gezegd: 'Ik neem aan dat je bij Cornelius Scipio bent gebleven om hem van alle feiten op de hoogte te stellen?'

'Ja.'

'En wat zei hij?'

'Dat hij voor moeder en mij zal zorgen in zijn huis in Albanus.'

De flamen had opnieuw een zucht van verlichting geslaakt. Voordat hij de kamer verliet, had hij gezegd: 'Snel gehandeld, Marcia, en zeer weloverwogen.'

Ook al mocht ze hem niet, ze was de dochter van haar vader. En ze wilde geen problemen veroorzaken of hem kwetsen.

Toen de flamen Dialis zich de volgende ochtend in alle vroegte naar het huis van Cornelius liet dragen, sliep Flaminica nog, onder invloed van zware slaapmiddelen. De beide mannen sloten zich op in de werkkamer van Cornelius en wat daar gezegd werd, kreeg niemand te horen. Toen Marcus werd binnengeroepen, was het slechts om hem mede te delen dat het huwelijk al het aanstaande weekeinde voltrokken zou worden.

'Op mijn vermogen zal beslag worden gelegd,' zei de flamen, 'maar de bruidsschat van Flaminica zou gespaard moeten blijven, dus helemaal met lege handen kom je niet te staan.'

Marcus staarde de oude man aan.

'Ik trouw niet om het geld', zei hij.

'Nee, dat heb je natuurlijk ook niet nodig.'

Toen de flamen was vertrokken, vroeg Cornelius: 'Je wilt haar toch wel, Marcus?'

Het bleef lang stil voordat het antwoord kwam; het klonk als een vraag.

'Ja, ik geloof het wel.'

Hij ging echter niet bij Marcia op bezoek voordat hij terugkeerde naar zijn legerkamp, waar andere tribunen hun officieren en legioensoldaten trainden. Dag in, dag uit vocht Marcus met een houten zwaard en een gevlochten rieten schild, en zijn razernij was zo groot dat de oude centurion die hen trainde hem moest afremmen: 'Het is nog niet echt, Scipio.'

Marcus was een meester in paardrijden; zijn vermogen om met volledige bepakking in volle galop op en van een paard te komen werd door iedereen bewonderd. 's Avonds werden strategieën doorgenomen voor aanvallen en belegeringen, en Marcus werd keer op keer gewaarschuwd voor de gedurfde manier waarop hij zijn belegeringstorens inzette in het nagemaakte landschap op de tafel in het gebouw van de tribunen.

Hij slaagde er bijna in om Marcia te vergeten.

Het gerucht over de bruiloft ging echter al snel door het kamp, en in de felicitaties die hij ontving klonk een eigenaardige verlegenheid en een aarzelende bewondering door.

Cornelius liep te ijsberen in de grote bibliotheek van zijn huis op de Palatijnse heuvel. Hij maakte zich zorgen. Niet dat hij opnieuw zou gaan behoren tot degenen die werden buitengesloten, ook al vond hij dat spijtig. Hij mocht Tiberius graag en hij was een van de zeer weinigen die de grimmigheid en eenvoudige gewoontes van de nieuwe keizer waardeerden.

Toen Tiberius in barse bewoordingen de titel 'Vader des Vaderlands' afwees en het de Senaat verbood een tempel aan hem te wijden, had Cornelius zich tevreden gevoeld. En toen de keizer het voorstel afwees om de maand september naar hem te vernoemen en vroeg waar de Senaat de maanden vandaan wilde halen als Rome meer dan twaalf keizers kreeg, ja, toen had Cornelius hard moeten lachen in dat eerbiedwaardige gezelschap. Later deed Tiberius een poging om paal en perk te stellen aan de prostitutie in de steeds schaamtelozere stad en begon Cornelius op een nieuwe tijd voor Rome te hopen.

Maar die hoop vervloog al snel toen Cornelius Tiberius een paar weken vanuit de Senaat had geobserveerd. Er zat iets wonderlijks in de moralistische geestdrift van de keizer, in de hartstocht die voortdurend leidde tot nieuwe geboden tegen luxe en een losbandig leven.

Cornelius probeerde het te begrijpen, maar verloor zich in verwondering. Hij had de geruchten niet gehoord die in de stad de ronde deden en waarin gefluisterd werd over Tiberius' schaduwzijde: dat hij zich aangetrokken voelde tot kinderen en perverse wreedheden.

Wat Cornelius zag, was een gesloten mens die onder schuldgevoelens gebukt ging. Er zat angst in de scherpe blik, en Cornelius herinnerde zich dat er tijdens de veldtochten in Illyrië werd gezegd dat Tiberius in het duister kon zien.

Hij was echter een goede veldheer. Scipio had zelf in Pannonië gevochten en wist welke problemen er waren. Het was duidelijk dat Rome Tiberius veel dank verschuldigd was voor de overwinning. Cornelius kon zich goed voorstellen wat er had kunnen gebeuren als de Pannoniërs de kans hadden gekregen zich aan te sluiten bij de Germanen, die na de nederlaag van Varus in het Teutoburgerwoud in de roes van de overwinning verkeerden.

Cornelius probeerde zich te herinneren wat hij over de jeugd van de keizer had gehoord. Hij was als kind steeds samen met zijn ouders op de vlucht geweest.

Waarschijnlijk in voortdurende angst.

De jongen was door zijn waanzinnig eerzuchtige moeder echter ook tot ongehoorde proporties opgeblazen. Toen Livia van hem in verwachting was, hadden de vreemdste voortekens zich aan haar geopenbaard. Zuchtend herinnerde Cornelius zich de astroloog Scibonius, een charlatan die Livia's verwachtingen nog verder had opgeklopt door haar zoon een schitterende toekomst te voorspellen.

Bang werd Cornelius pas toen Aelius Sejanus, chef van de pretoriaanse lijfgarde en vriend van Tiberius, de garde in Rome bijeenbracht in een pas gebouwde kazerne.

Toen brak de dag aan waarop een vleierige pretor aan Tiberius vroeg of de rechtbank bijeen moest worden geroepen om een proces tegen majesteitsschennis te voeren. Tiberius' antwoord was ongewoon helder, want in het algemeen was hij breedsprakig en moeilijk te volgen. Nu zei hij slechts dat wetten er waren om te worden nageleefd, en de oude mannen in de Senaat wisten dat Rome een nieuw tijdperk van terreur te wachten stond.

De oude wet had betrekking op misdrijven tegen de majesteit van het Romeinse volk, nu zou hij betrekking krijgen op misdrijven tegen de majesteit van de keizer. En de geringste fout zou majesteitsschennis genoemd worden; na bizarre processen en bekentenissen onder marteling zouden er koppen rollen.

De bloedige drama's begonnen meteen. Bijna iedereen verkeerde in gevaar en Sejanus, de verschrikkelijke, zorgde er wel voor dat allen die zijn eerzucht in de weg stonden, het veld moesten ruimen.

Velen in Rome pleegden zelfmoord om aan marteling en vernedering te ontkomen.

Er bestond geen twijfel over dat de flamen Dialis in gevaar was; iedereen wist dat hij grote kennis bezat van verborgen zaken aan het hof van Augustus. En volgens hardnekkige geruchten was hij de enige die werkelijk op de hoogte was van Augustus' ambivalente houding ten opzichte van Tiberius.

De oude Jupiterpriester mocht niet blijven leven.

Cornelius' besluit om de echtgenote van de flamen te helpen zou niet gewaardeerd worden, maar hij dacht niet dat Sejanus tot openlijke vervolging van het geslacht Scipio zou overgaan. Dat had zelfs Augustus niet aangedurfd. Zelf zou Cornelius zich terugtrekken; hij was inmiddels de zeventig gepasseerd en kon onder verwijzing naar zijn leeftijd de Senaat verlaten.

Zonder vrienden en met slaven die alles rapporteerden, zou hij een rustig leven in zijn villa kunnen leiden.

Degene over wie Cornelius zich zoals gewoonlijk echt zorgen maakte, was Marcus. Keer op keer had hij de jongen verzekerd dat een huwelijk niet noodzakelijk was, ook al zouden Flaminica en haar dochter er wel beter door beschermd zijn.

Marcus voelde zich echter aangetrokken tot het mooie meisje. En hij had gezegd dat hij haar om haar openheid en wijsheid bewonderde.

Wijs, ja, dat was ze.

Anjalis had gezegd dat ze hoogbegaafd was.

Net als haar vader.

De flamen had altijd veel meer hersens dan hart gehad.

Cornelius had een poging gedaan zijn zorgen met Salvia te bespreken en geopperd: 'Misschien is het een nogal kil meisje?'

Zij had voorzichtig geantwoord: 'Marcus is ook niet bepaald iemand met een warm karakter, dus misschien passen ze goed bij elkaar.'

En zoals vrouwen deden, was ze over kinderen begonnen, over achterkleinkinderen die Cornelius' ouderdom glans zouden geven. Hij vond het belachelijk, maar putte er toch troost uit.

Hij ging zitten om een lange brief aan Eneides te schrijven. Deze was nog in Piraeus en zou niet op tijd kunnen thuiskomen voor het huwelijk van zijn broer. Zoals altijd schonken de gedachten aan Eneides Cornelius rust en blijdschap.

Tijdens de huwelijksvoltrekking sprak de flamen het jonge stel zelf toe, en Marcia trachtte dat dapper en ontroerend te vinden. Cornelius' bewondering voor de man was grenzeloos, maar Marcus vond de speech pijnlijk.

Flaminica bewoog als een pop; het was niet duidelijk of ze zich überhaupt bewust was van de betekenis van het feest.

Er was geen schare uitgelaten jongelui om de bruid naar de echtelijke slaapkamer te voeren, en de weinige gasten die er waren vertrokken vroegtijdig.

Cornelius had snel de gastenvleugel van zijn villa voor Marcus en Marcia in gereedheid laten brengen. Marcia had gehoopt dat ze haar angst kwijt zou raken wanneer haar ouders haar alleen lieten, maar ze ontdekte dat die haar nu juist helemaal in zijn greep had.

'Moet je je niet uitkleden?' vroeg Marcus aan het meisje, wier wijdopen ogen naar hem staarden zonder hem te zien.

Ze gehoorzaamde als een kind.

Toen ze naakt naast hem kwam liggen, trilde ze over haar hele lichaam.

'Marcus,' zei ze, 'lieve Marcus.'

Ze was oneindig aandoenlijk en hij raakte zijn zelfbeheersing totaal kwijt. Hij wierp zich op haar en toen ze om genade gilde, legde hij een kussen op haar gezicht. Marcia begon voor haar leven te vrezen en staakte haar verzet. De verkrachting was een feit en het meisje schreide stilletjes. Op het moment dat hij in haar binnendrong, deed het verschrikkelijk veel pijn en ze bloedde overvloedig.

Toen Marcus in zijn orgasme opging, was hij er absoluut van overtuigd dat hij zou sterven, dat hij de dood waarnaar hij zijn hele leven al verlangde, nu had bereikt.

Hij keerde echter weer terug tot het leven, hoorde haar huilen en probeerde zich te verontschuldigen zoals hij dat ooit tegenover de Chaldeeër had gedaan.

'Vergeef me', zei hij. 'Ik vraag je om vergeving.'

Een poosje later zei hij: 'Ik heb je gewaarschuwd.'

'Ik begreep het niet', zei ze.

'Je hebt het verdomd goed begrepen, Marcia, jij snapt altijd alles heel snel. Maar je hebt je geborgenheid gekocht en nu moet je de prijs daarvoor betalen.'

Marcia had niet de kracht om te antwoorden dat Cornelius had toegezegd dat hij haar en haar moeder ook zonder huwelijk zou beschermen, want ze jankte als een hond.

Een teef die haar pups kwijt is, dacht Marcus, die voelde hoe een duister verdriet zijn lichaam in bezit nam.

Tegen de ochtend slaagde Marcia erin een poosje te slapen. Marcus was wakker en lag naar haar te kijken, naar de fijn getekende haarinplant op het hoge voorhoofd en de mooie mond die zelfs in de slaap nog trilde van het huilen. Zij was fatsoenlijk, wijs en mooi, en nog veel meer dat hij niet verdiende.

Hij was een zwijn.

Zij werd wakker doordat hij lag te huilen als een kind.

Al de volgende avond kwam er bericht uit het paleis van de flamen Dialis. Flaminica verzocht hun afscheid te komen nemen van de hogepriester en ze stuurde haar draagstoelen naar de Porta Appia, waar Marcus en Marcia in de wagen naartoe kwamen.

Een officier uit de lijfgarde had een bericht gebracht dat de arrestatie ophanden was. Ondertussen wist iedereen in Rome dat dit betekende dat Tiberius zijn slachtoffer de gelegenheid gaf om zelfmoord te plegen.

In vol ornaat wachtte de hogepriester van Jupiter hen op. In de grootste badkamer van het huis was een warm bad in orde gemaakt. De flamen ging waardig in de badkuip liggen en sneed zijn polsen door.

Flaminica zat naast het bad en zag, zonder naar haar man te kijken. De overige aanwezigen stonden er in een kring omheen en niemand sprak een woord toen het water langzaam rood kleurde en de flamen het leven liet.

Het was de beide vrouwen niet toegestaan iets uit het huis mee te nemen behalve de kleren die ze aanhadden. Alles in het grote paleis, meubels, spiegels, schilderstukken, beelden en slaven, werd eigendom van de staat.

Cornelius sloeg een grote bontmantel om Flaminica heen. Ze was onrustbarend kalm toen ze hem gehoorzaam volgde naar de draagstoel en later naar de wagen die bij de stadspoort wachtte.

Ook Marcia huilde niet. Met een rechte rug als een soldaat zat ze in de wagen en ze paste goed op dat ze niet te dicht bij Marcus in de buurt kwam.

De volgende dag verliet Marcus het huis in de bergen; zijn verlof was ten einde.

De dood van de flamen en de plundering van zijn beroemde schatten in het paleis op de Palatijnse heuvel wekten beroering, zelfs in het Rome dat aan de ongelooflijkste wreedheden gewend was geraakt. Maar het werd allemaal overschaduwd door het gerucht dat nu als een lopend vuurtje door de stad ging: dat Germanicus dood was, op last van Tiberius vermoord.

ZONDER DAT IEMAND dat zo bedacht of gepland had, bekommerde Cornelius zich om Flaminica terwijl Salvia zich aan Marcia wijdde. Als een kind kroop Marcia in bed tegen Salvia aan, die haar de warmte gaf die een zuigeling nodig heeft. Ze sloeg haar armen om het meisje heen en voelde zich enorm opgelucht toen de tranen eindelijk kwamen.

Het huilen ging al snel over in een enorm geweeklaag en daarna in een ijzingwekkend gehuil, dat de dienaren die de beide vrouwen warme drankjes en eten kwamen brengen de stuipen op het lijf joeg.

Marcia schreeuwde haar vertwijfeling uit, over de dood van haar vader en het vreselijke onrecht dat hun was aangedaan.

Maar ze beklaagde vooral haar eigen leven en haar angst voor Marcus. Ze had haar zelfbeheersing totaal verloren en kon niets verborgen houden voor Salvia, wier medelijden oneindig was als de zee. Woorden van troost had ze wel, maar Marcus' gedrag kon ze met geen enkel woord goedpraten.

Toen Marcia het ergste verdriet achter de rug had, kwam ze op een ochtend tot het inzicht dat ze er een vriendin bij had gekregen, een bondgenote in haar strijd tegen Marcus.

'Het is niet Marcia die kil is', zei Salvia tegen Cornelius.

Maar hij luisterde niet naar haar; hij maakte zich zorgen over Flaminica, die maar niet uit haar verstening kwam.

In deze dagen moest Cornelius voortdurend aan Anjalis denken, en aan wat hij van de tovenaar had geleerd. Net zoals Anjalis destijds met Marcus had gedaan, liep nu Cornelius met Flaminica door de tuinen en de stallen om haar te vertellen over rozen, paarden en de exotische kruiden die hij probeerde te kweken.

Hij beschreef ze voor haar, maar zij bleef versteend en Cornelius verloor zijn geduld. Hij werd barser; de toon waarop hij sprak veeleisender en bitser dan hij wilde.

Vreemd genoeg was het zijn nijdigheid die uiteindelijk door haar pantser heen brak, en op een dag hurkte ze neer om onkruid te wieden rondom zijn rozen, alsof ze hem milder wilde stemmen.

Hij schaamde zich, maar Marcia, die nu weer op de been was, vond dat het werk in de tuin haar moeder goed deed en dat ze ermee moest doorgaan.

De elegante Flaminica lag nu iedere avond met gebroken nagels, bruin van de zon en smerig, aan aan het diner. Marcia probeerde dat te negeren en haar moeder te benaderen met alle tederheid die ze kon opbrengen. Maar het was tevergeefs.

Ten slotte greep Salvia in. Zij begreep wat de reden was van de onnatuurlijk grote pupillen van Flaminica. Zonder een woord te zeggen doorzocht ze de kamer van de voorname vrouw en algauw had ze het witte poeder gevonden waaraan Flaminica haar rust ontleende.

Ze ging ermee naar Marcia en samen verbrandden ze het gif. Toen Flaminica ontdekte wat er was gebeurd, ging ze zo fel tekeer dat Marcia en Salvia, die tijdens deze lange voorjaarsweken steeds bij Marcia was blijven waken, er bang van werden.

Aan tranen kwam Flaminica nooit toe, maar ze leerde wel te leven zonder de valeriaan en hernam haar waardigheid.

'Ik heb hem nooit gemogen', zei ze op een avond tegen Cornelius.

Ze zaten op het terras en zagen de nevelen uit het vulkaanmeer in het dal opstijgen. Cornelius was blij dat het donker was, zodat zijn verbazing verborgen bleef. Het huwelijk van de flamen Dialis was voor de Romeinen een voorbeeld: harmonieus en trouw.

'Hij was zo koud als een vis', zei Flaminica. 'Ik heb ermee moeten leren leven, omwille van de kinderen en de glansrol van echtgenote van de flamen.'

Opeens begon ze over Cornelia te praten.

'Ik moet vaak aan vroeger denken, toen ik hier als kind bij haar op bezoek kwam', zei ze. 'Maar het was moeilijk om intiem met haar te worden en haar te snappen.'

'Ja', zuchtte Cornelius.

'Ik had haar na de geboorte van Marcus kunnen helpen', vervolgde Flaminica. 'Toen had ze een doel; ze wilde ingewijd worden in de mysteriën van Juno. Maar de flamen verbood mij dat.'

'Ik geloof niet dat er iemand was die Cornelia had kunnen helpen.'

De stem van de oude man klonk afwijzend en Flaminica zweeg.

Toen de zomer op zijn heetst was, kwam Marcus opnieuw met verlof naar huis, totaal onverwacht.

Marcia trilde van schrik en zei tegen Salvia: 'Ik neem een dolk mee in bed.'

'Nee', zei Salvia. 'Zo mag je Cornelius niet bedanken. Je moet je erin schikken, Marcia, toegeven, zacht en gewillig zijn.'

'Maar hij is gek, Salvia.'

'Nee, ik denk dat het jouw verzet is dat hem gevaarlijk maakt.'

'Je hoeft niet bang te zijn', zei Marcus toen ze die eerste avond alleen waren. 'Ik zal je niet aanraken, ik zal je nooit meer aanraken.'

Marcia voelde zich zo opgelucht dat ze geen oog had voor zijn verdriet.

Het werd een regenachtige week; zware wolkenvelden dreven iedere avond vanaf zee over het land, waar ze zich in donderend onweer en zware regenval ontlaadden wanneer ze op de hitte van de bergen botsten. Na de maaltijd kwam het gezelschap in de bibliotheek bijeen; aan gespreksonderwerpen was geen gebrek.

Ik heb een nieuw gezin gekregen, dacht Cornelius, maar hij durfde zich nog niet helemaal aan zijn vreugde over te geven.

Op een avond hadden ze het over Anjalis. Marcia zei dat ze teleurgesteld was over zijn verslagen, ondanks alle schitterende conclusies.

'Er was veel waar hij geen oog voor had', zei ze. 'Heel het grote verlangen van het Romeinse volk naar diepgang en zingeving ontging hem. Om nog maar te zwijgen over al die oosterse religies, het jodendom en de Mithrascultus.'

'Hij moest onder heel beperkende voorwaarden zijn werk doen en ieder verslag moest door jouw vader worden goedgekeurd', zei Cornelius, die geen enkele kritiek op Anjalis duldde.

Marcus barstte in bulderend gelach uit en verraste iedereen daarmee.

'Je hebt het mis, Marcia', zei hij. 'Anjalis zag alles.'

En hij begon te vertellen over de lange dagen in de woestijn, toen de Chaldeeër met vier schrijvers in de toren van de Oudsten had gezeten om de aantekeningen te dicteren die geen Romein onder ogen had gehad.

'Ik was te jong om het echt goed te begrijpen', zei hij. 'Hij had het voornamelijk over de stoïcijnen op het Forum. En ik kan me herinneren dat hij voortdurend terugkwam op de Romeinse behoefte aan mystiek, op het grote verlangen dat in de Romeinse volksaard zit. Hij zei verbijsterende dingen over de Mithrascultus, die vervlakt was en de banden met de grote Zoroaster had doorgesneden.'

Marcus zat in levendige en kleurrijke bewoordingen te vertellen, en Marcia keek met verwondering naar hem.

'Wat deed jij wanneer hij aan het werk was?'

'Ik was bij zijn moeder', zei Marcus. 'Zij was, is, fantastisch.'

In zijn stem klonk verdriet en verlangen door, en Marcia realiseerde zich dat ze nu van hem kon houden.

Cornelius was onaangenaam getroffen.

'Helemaal loyaal was hij dus niet...'

Maar toen viel iedereen over hem heen, en getroost besefte Cornelius dat Rome de voorwaarden had bepaald en dat de beperkingen die Anjalis waren opgelegd, hem hadden gedwongen te handelen zoals hij had gedaan.

'Hij was toch in de eerste plaats trouw aan zijn opdrachtgevers', zei Flaminica. 'Ik vraag me af waar hij nu is.'

'Hij is in India', zei Marcus tot ieders stomme verbazing, en kalm vertelde hij over de Chaldeeër die Eneides en hij in Athene waren tegengekomen.

Toen de jongelui 's avonds op hun kamer kwamen, nestelde Marcia zich op Marcus' schoot en ze fluisterde: 'Kunnen we het niet opnieuw proberen?'

Hij kreeg echter geen erectie en huilde vertwijfeld in Marcia's armen. Dat beangstigde haar bijna evenzeer als zijn gewelddadigheid.

De volgende ochtend zei hij bij het ontwaken: 'Het is jouw schuld; jij bent zo mager als een hongerende vaars en ik heb je altijd lelijk gevonden.'

Daarna verkrachtte hij haar en liet haar ontzet en in tranen achter.

De volgende dag vertrok hij weer naar het legerkamp.

Enige tijd later probeerde Marcia hierover met haar moeder in gesprek te komen, maar Flaminica zei alleen maar: 'Lieve kind, dit is wat vrouwen moeten verdragen en Marcus is vast niet erger dan andere mannen.'

'U bedoelt dat u ook... dat u... zich hierin ook hebt moeten schikken?'

'Ja, natuurlijk.'

'Bent u blij dat hij dood is?' Marcia fluisterde; in al zijn schaamteloosheid beangstigde die vraag haar. Maar haar moeder keek haar aan zonder te verblozen en zei slechts: 'Ja.'

Toen Marcia zweeg, begon ze spontaan te vertellen dat ze het hier in het huis tussen de bergen naar haar zin had en dat ze zich bij Cornelius veilig voelde.

De raadslieden hadden goede hoop dat ze haar bruidsschat konden redden. Het was geen groot vermogen, maar voldoende om haar zelfrespect te geven. Ze zou geen genadebrood hoeven eten. Tegen Marcia zei ze ten slotte: 'Daar heb ik me door de jaren heen zorgen over gemaakt, meisje. Dat jij het moeilijk zou vinden om je in je lot als vrouw te schikken.'

'Zit er dan geen blijdschap in dat lot?' Marcia fluisterde nog steeds.

'Jawel', zei Flaminica met een brede glimlach. 'Kinderen, Marcia, kinderen, die ook jij zult krijgen.'

Marcia geloofde echter niet dat ze kinderen zou kunnen krijgen. Toen ze 's ochtends misselijk begon te worden, verbond ze daar dan ook geen conclusie aan, totdat Salvia zei: 'Meisje lief, je krijgt een kind.'

Marcia was in de eerste plaats opgelucht vanwege Cornelius; er was haar veel aan gelegen om hem zo snel mogelijk te vertellen dat ze aan haar verplichtingen voldeed. Al diezelfde avond ging ze naar hem toe toen hij met Flaminica op het terras zat.

De lach van haar moeder was vol blijdschap. Cornelius keek alsof hem een koninkrijk werd geschonken.

Hij wist niet wat hij moest zeggen en sloot zijn schoondochter voor het eerst in de armen. Toen Marcia hem naar het altaar zag lopen waar de huisgoden stonden, deed hij zo plechtig dat ze er bijna bang van werd.

'De Scipio's zijn nooit bijzonder vruchtbaar geweest', legde Flaminica uit. En trots voegde ze eraan toe: 'Maar wij wel, lieve kind.'

Het bleef een koele zomer; de regenwolken kwamen bijna dagelijks vanaf zee om hun inhoud over de bergen uit te gieten.

Op een dag kwam er bericht dat Eneides voor zaken in Rome was. Hij zou naar hen toe komen en een week in het huis in de bergen blijven.

Flaminica en Marcia waren allebei verwonderd over Cornelius' blijdschap. Om nog maar te zwijgen over Salvia, die door het huis vloog en alles wat al schoongemaakt was, nog een keer liet schoonmaken en urenlang samen met de kok in de keuken doorbracht.

Het leven is eigenlijk best goed, dacht Marcia.

Maar dat was voordat Cornelius een bericht naar Marcus' legerkamp stuurde met het verzoek of hij verlof kon krijgen.

Eneides arriveerde de volgende ochtend al vroeg en Marcia realiseerde zich dat ze was vergeten hoe knap en opgewekt hij was. Als een stormwind nam hij het huis in bezit; hij tilde Salvia hoog op en zwierde met haar rond, omhelsde Cornelius en zei: 'U zult verwonderd zijn, oude Romein. En blij.'

Zijn blauwe ogen stonden wat afstandelijk toen hij Marcia begroette, maar Flaminica's hand nam hij in zijn beide handen: 'Ik heb de flamen nooit gekend, maar u heb ik altijd gemogen. Het spijt me erg voor u.'

Daarna, weer tot Cornelius: 'Blijf hier, blijf de hele winter hier.

Rome wordt geregeerd door angst; iedereen zegt dat er van alles kan gebeuren.'

Het is te veel, dacht Marcia, hij is te veel, hij is onwaarschijnlijk. Marcus moet het moeilijk hebben gehad.

Na het grootse diner waar Marcia misselijk van werd, ging Eneides met haar wandelen in de tuin. De maan scheen en ze zag de serieuze blik in zijn blauwe ogen toen hij zei: 'Heb je een moeilijk leven met Marcus?'

'Ja.'

'Dat begrijp ik best.'

Ze voelde dat dit waar was, dat hij de eerste was die het echt begreep.

'Hij is voor mij een raadsel, Eneides.'

'Ja, hij is een raadsel. Ook voor zichzelf, Marcia.'

De Marcus die de volgende dag door de heuvels kwam rijden en het zadel uitvloog om zijn broer te omhelzen, had echter niets raadselachtigs over zich. De twee tuimelden door het gras zoals toen ze nog kinderen waren, als één lichaam met vier armen en evenzoveel benen.

Ook ditmaal won Marcus de worsteling, maar niet omdat Eneides zich vrijwillig gewonnen gaf.

Hij is net een kind, dacht Marcia, en er school tederheid in die gedachte.

Toen Marcus haar begroette, was dat echter met een bijna openlijke vijandigheid, en ze moest haar ogen neerslaan om haar angst niet te tonen.

Ze ging die avond vroeg naar bed; ze wilde de broers gelegenheid geven om bij te praten. Het was al laat in de nacht toen Marcus bij haar kwam en ze begreep dat hij hoopte dat ze al sliep, maar ze moest hem natuurlijk haar nieuwtje nog vertellen.

Ze stak een flakkerend olielampje aan en zei: 'We krijgen een kind, Marcus.'

'Ik weet het', zei hij. 'Cornelius heeft het me verteld. En omwille van hem hoop ik dat het van mij is.'

Ze liet zich in de kussens vallen en drukte haar gebalde vuisten tegen haar schoot. Omwille van het kind, dacht ze, omwille van het kind moet ik proberen kalm te blijven.

Zoals Salvia haar geleerd had.

Marcus lag stil op zijn rug in bed en probeerde te verzinnen met wie van de slaven zij gehoereerd had. Hij wist echter dat hij zichzelf voorloog, dat het zijn kind was dat geboren zou worden en dat hij een slecht mens was.

Eneides bracht vele uren met Cornelius door, aan wie hij een volledig verslag uitbracht over de nieuwe werf in Piraeus en alle bijzonderheden van de grote schepen. De oude man was meer onder de indruk dan hij prettig vond.

'Vlieg niet te hoog, Eneides', waarschuwde hij.

Eneides lachte alleen maar en zei: 'U hoeft zich nergens zorgen over te maken, Cornelius Scipio.'

De broers reisden gezamenlijk naar Rome; Marcus op doorreis naar zijn kamp en Eneides om het overleg met zijn raadslieden af te ronden. Ze brachten echter nog wel een avond samen in de stad door, en Eneides maakte van de gelegenheid gebruik om Marcus in contact te brengen met Imitri, de oudste en moederlijkste prostituee in een van de betere huizen van de stad.

Marcus geneerde zich, maar hij herinnerde zich dat Anjalis hier altijd naartoe was gegaan, en dat zei hij ook.

'Inderdaad', zei Eneides. 'Wijd je nu maar aan Imitri; ze kan je nog veel leren.'

Toen het kind geboren werd, was Marcus te velde. Over de passen in de Alpen trok hij naar de Germaanse wouden. De Romeinse weg die met tomeloze energie door het massief was gehouwen, de witte sneeuw, de wind, de gele adelaars tegen de blauwe hemel – dat alles droeg ertoe bij dat de tocht vreugdevol was.

De lindes op het grote erf voor Cornelius' huis waren al uitgelopen toen het hele huishouden op een ochtend in alle vroegte op de been was. Zowel Flaminica als Cornelius zag bleek van ongerustheid, maar de dokter en Salvia hadden er allebei het volste vertrouwen in.

Marcia bleek goed een kind te kunnen baren: ze werkte doelbewust en begreep dat ze tussen de persweeën door rust moest nemen.

Voor het middaguur zag hij het daglicht: een nieuwe Scipio met de karakteristieke familietrekken, maar van een lichter type, met een zweem blond erin.

Cornelius wist niet hoe hij Marcia moest bedanken, en toen hij met het kind in zijn armen stond, had hij tranen in zijn ogen.

Marcia zelf werd overvallen door verwondering over de bijna heftige blijdschap, het geluk dat haast als een pijnscheut door haar hart ging toen ze in bed naar haar zoontje zat te kijken. Ze was zo blij dat Salvia zich haast even zorgen om haar maakte. Voor het geval er iets zou gebeuren.

Maar er gebeurde niets; de jongen sliep, dronk en groeide, en iedereen was het er roerend over eens dat het een buitengewoon flink kind was. En Marcia werd een heel goede moeder.

Marcus ontving de brief tijdens de lange mars naar het noorden. Cornelius had hem geschreven: er was een nieuwe Scipio geboren en iedereen zei dat hij in alles op zijn vader leek.

Met het schaamrood op de kaken herinnerde Marcus zich wat hij tegen Marcia had gezegd over het vaderschap, woorden die zij nooit zou vergeten. Dat had hij inmiddels wel geleerd: dat ze nooit iets vergat.

En ze had veel om zich te herinneren. Ook hijzelf zou zijn vertrek aan het eind van zijn laatste verlof nooit vergeten. Haar zwangerschap was toen al vergevorderd en ze had een buik die haar voortdurend in de weg zat.

'Je ziet eruit als een vogelverschrikker', had hij gezegd, en zij had met vochtige ogen om genade gesmeekt.

'Marcus, wees barmhartig.'

'Ik bedoelde niet...' had hij gestameld, 'ik bedoel alleen dat... je kleren zo strak zitten; ze scheuren.'

Toen had ze geschreeuwd: 'En waar moet ik het geld vandaan halen om fatsoenlijke kleren te kunnen kopen?'

Hij had het gevoel gehad alsof ze hem een klap in zijn gezicht gaf, en zijn schaamte werd onverdraaglijk toen ze bleef gillen: 'Zelfs de slaven hier in huis zijn beter gekleed dan mijn moeder en ik. Ze lachen ons uit.'

Ook Cornelius had zich diep geschaamd. Hij werd kwaad op Flaminica: 'Waarom heb je niets tegen ons gezegd?'

'U hebt toch zelf ogen in uw hoofd, Cornelius. En als u het niet pijnlijk vindt dat Marcus' vrouw, de moeder van een nieuwe Scipio, slechter gekleed is dan een slaaf...'

Daarna was ze in huilen uitgebarsten en Cornelius was te paard weggevlucht voor een gesprek met zijn raadslieden.

Marcus verdween ook; in de wagen naar Rome, met Salvia aan zijn zijde. Hij keerde terug met naaisters en rollen zijde en katoen. Alles wat Marcia nodig had, zou worden besteld: voor haar, het kind en voor Flaminica.

Na de ruzie met Cornelius had Flaminica ingebonden en geprobeerd aan Marcus uit te leggen hoe onverdraaglijk pijnlijk het was dat Setonius haar bruidsschat vervallen had verklaard. Hij had in een korte brief uitgelegd dat ze medeschuldig was aan de daden van haar echtgenoot en dat de staat daarom beslag legde op al haar eigendommen.

'Ik weet zeker dat hij het geld in eigen zak steekt', had ze gezegd.

Cornelius keerde de volgende dag tegen de middag terug. Hij had zijn raadslieden bij zich en een heleboel documenten. In de eerste akte werd bepaald dat een deel van Marcus' erfenis hem nu al toeviel. Verder was er een schenkingsakte waardoor Flaminica een bedrag ontving ter grootte van haar verloren bruidsschat.

Ten slotte werd er een volmacht gepresenteerd waarin Marcus zijn vrouw het recht gaf vrij over zijn vermogen te beschikken.

Terwijl een van de raadslieden de documenten voorlas, zaten ze rond de tafel in de bibliotheek. Zonder aarzeling tekende Marcus de volmacht voor Marcia.

Marcia schaamde zich inmiddels.

'Ik ben degene die ons allemaal in een pijnlijke positie heeft gebracht', had ze gezegd. 'Ik wil me daarvoor verontschuldigen, maar het is zo moeilijk om plotseling arm te worden.'

'Maar dat ben je nu niet meer', had Marcus gezegd, terwijl hij een poging deed naar haar te glimlachen.

Het was een hartverwarmende herinnering voor Marcus toen hij zijn tocht vervolgde door de bergen, Helvetia in.

's Avonds trakteerde hij de officieren in zijn cohort op wijn. 'Een toost op mijn zoon die net in Rome is geboren', zei hij, en iedereen juichte.

's Avonds in de tent kwamen er ook andere troostrijke gedachten bij hem op. Hij wist opeens weer hoe blij ze waren geweest, Marcia en Flaminica, met al die mooie weefsels, hoe ze als vlinders rond de stoffen hadden gefladderd en zijn advies hadden willen horen.

'Marcus, moet ik die groene zijde nemen of vind jij dat die me te bleek maakt?'

Ze had zitten koketteren, dat besefte hij nu wel. Maar hij had gezegd, en daar had hij erg zijn best voor gedaan: 'Jij bent zo mooi, Marcia, alles staat je.' Ze hadden het beter gekregen, niet goed, maar beter.

Hij had van Imitri geleerd; hij was vaak naar haar toe gegaan en had veel troost ontvangen. Geleidelijk had ze hem geleerd zijn tempo aan het hare aan te passen, om het genot te rekken, om ook de vrouw een kans te geven.

'Je bent leergierig, jonge Scipio. Maar je hebt niet veel aanleg voor de liefdeskunst.'

Hij herinnerde zich die woorden duidelijk en wist wat hij had gedacht en gezegd: dat het kwam door die verdoemde handen van hem, die brede vierkante handen die hij haatte.

Maar Imitri had hem niet geloofd.

'Handen kunnen alleen maar uitdrukken wat het hart voelt', had ze gezegd. 'Het ontbreekt je aan tederheid, Scipio; daarin moet je je bekwamen...'

Zij wist niets over Salvius en hij kon dat natuurlijk ook niet vertellen.

Hij had echter geleerd zijn doodsdrift tijdens het orgasme in te dammen, er zijn hoofd een beetje bij te houden. Hij was niet langer gevaarlijk voor zichzelf en Marcia.

En zij was zacht geworden in zijn handen, en dankbaar. Genot kon hij haar niet schenken, maar bang hoefde ze niet meer te zijn. Dat was ze alleen nog voor zijn gevit, voor de vreselijke woorden die nadien uit zijn mond ontsnapten met een kracht die hij niet kon beheersen.

Hij had geprobeerd het aan Marcia uit te leggen, maar zij begreep het niet. En dat kon hij haar niet verwijten; hij begreep het zelf immers ook niet.

Waar kwamen die woorden die hij niet meende vandaan?

Terwijl hij insliep, probeerde hij aan het kind te denken, het te zien. Hij kon zich echter geen voorstelling maken van een pasgeboren baby.

BIJ HET KRIEKEN van de dag werd het legerkamp opgebroken; het eenentwintigste legioen zou verder trekken in de richting van de grens bij de Rijn. Ze hadden juist een marscolonne gevormd toen de hoorn van de wacht op de linkerflank de stilte doorkliefde. Meteen daarna kwam een Romeinse groep ruiters in volle vaart af op de veldheer van het legioen, de oude Visellius Varro.

De mannen waren even moe en smerig als hun paarden, maar ze droegen hun vaandel hoog, het teken van het zesde legioen.

Het Gallische legioen.

Marcus was slechts één van de zesduizend die opeens moesten denken aan de geruchten in Rome, het onderlinge verhitte gefluister dat er vierenzestig Gallische stammen waren overgelopen en met de Germanen uit de grensstreek gemene zaak maakten. Hij had dat echter niet serieus genomen; in Rome gonsde het altijd van de geruchten, die allemaal geloofd werden en steeds verder werden opgeblazen.

Cornelius had op het gepraat over het Gallische oproer schouderophalend gereageerd. In Rome werd de vrede als ellendig ervaren, dus waren er genoeg mensen die oorlog en daadkracht wensten, had hij gezegd, en hij had erop gewezen dat Tiberius noch van verblijfplaats noch van gewoontes was veranderd. De keizer was net als anders: hij ging op in zichzelf en was onbereikbaar.

'En ondanks alles is hij wel een groot strateeg', had Cornelius gezegd.

Hier, in het kille ochtendlicht, besefte Marcus dat Cornelius ongelijk had gehad. Hijzelf en zijn mannen stonden stil als standbeelden.

Een poosje later werden alle officieren bij Varro geroepen, waar hun een nieuw marsbevel werd gegeven en ze kort werden ingelicht. Gajus Silius, de bevelhebber in Gallië, was bezig de gebieden van de Haeduers in te trekken na langdurige gevechten in het woud van de Ardennen. Daar waren de Romeinse legioenen erin geslaagd alle uitwegen te blokkeren voor de Treveren, wier aanvoerder zelfmoord had gepleegd. Nu resteerde het gevecht tegen de beduidend talrijkere Haeduers, wier hoofdman de hoofdstad Augustodunum had ingenomen met veertigduizend man, waarvan achtduizend bewapend als legionairs en de rest voorzien van jachtsperen en messen.

De oude Varro sprak met een krakende stem. Toch bleef de tijd stilstaan; de kracht van het ochtendlicht nam niet toe. Marcus voelde zijn hart bonken; hij moest met zijn ogen knipperen om de tranen te verdrijven en zijn uitzinnige vreugde niet te tonen.

Toen hij echter in de schare van jonge tribunen en ervaren centurions rondkeek, zag hij in hun ogen hetzelfde gevoel, dezelfde verrukking. Op dat moment werd het leven groots en eenvoudig. Hier was geen sprake meer van een aantal individuen met elk een raadselachtig innerlijk leven, geheime gedachten, verborgen verdriet en openlijke geldingsdrang. Hier werden ze tot één lichaam gesmeed, verenigd door één wil.

Tijdens de ijlmarsen naar het westen zou Marcus verbijsterd raken over wat met deze wil kon worden bereikt. Etmaal na etmaal trokken ze op, met slechts onderbrekingen om te eten en twee uur te slapen. Ondanks de eisen die er aan hen werden gesteld, was er niemand die klaagde. Ze kwamen andere boodschappers tegen die op weg waren naar andere legioenen; de Romeinse oorlogsmachinerie werkte en alles functioneerde met de vanzelfsprekende kracht van de raderen in een wateruurwerk.

In hetzelfde tempo passeerden ze op de derde dag het woud van de Ardennen en doodden ze alle Treveren die bezig waren hun doden te zoeken en te begraven. In de middag haalden ze de troepen van Silius in en hoorden ze dat hij met twee legioenen was opgetrokken naar Augustodunum, en dat hij hulptroepen vooruit had gestuurd, troepen die de dorpen van de Sequanen aan het plunderen waren.

Enkele uren later sloot het eenentwintigste legioen zich aan bij de hoofdmacht, waar ze met gejubel werden begroet. Het wonder geschiedde opnieuw; de zesduizend werden met de twaalfduizend tot één lichaam verenigd.

De kreten gingen van vaandeldrager naar vaandeldrager door de rijen: dat er geen pauze zou worden gehouden voordat ze de vijand tegenover zich hadden. Ook 's nachts sloegen ze geen kamp op, maar toch sliepen ze in de duisternis onder de blote hemel diep en met een eigenaardig gevoel van geborgenheid. De volgende ochtend bereikten ze tijdens zonsopgang de vlakte en daar, achter de twaalfde mijlsteen stond het leger van Sacrovir.

Gezeten op zijn paard zag Marcus de onafzienbare menigte.

Op dat moment wist hij dat hij niet wilde sterven.

Het Gallische opstandelingenleger van Sacrovir bleef goed in slagorde staan; vooraan stonden zijn in ijzer gehulde gladiatoren als een muur opgesteld, en op de vleugels goed bewapende cavalerie. De ontelbare stammenkrijgers met hun jachtpijlen vormden de achterhoede, een zee van brede en lange mannen – groter dan welke Romein ook.

Even later hoorde Marcus Gajus Silius roepen: 'Sla ze neer en neem wie vlucht gevangen!'

De strijdkreten van de Romeinen klonken op naar de hemel, wild en primitief. Maar ze bleven gedisciplineerd; de infanterie rukte op naar het centrum van de vijand terwijl op datzelfde moment de cavalerie de flanken omsingelde.

In enkele uren hadden ze de hele troepenmacht neergemaaid en stonden ze opeens voor de van speren voorziene achterhoede, razende krijgers die niet anders konden doen dan overwinnen of sterven. De Romeinen moesten van tactiek wisselen en verloren veel mensen voordat ze de strijd weer konden hervatten, nu met bijlen en hakmessen.

Rond Marcus veranderden levende mensen in een kleverige, stinkende massa. De paarden gleden uit in de darmen en het bloed, en urine en ontlasting spoten omhoog in de gezichten van de legionairs. Marcus, die met zijn cavalerie vanaf de rechterflank aanviel, raakte zijn paard kwijt in de kluwen van vechtenden, maar hij vond weldra een ander en ging weer op in de strijd, zij aan zij met zijn vaandeldrager. De gebeurtenissen volgden elkaar nu zo snel op dat je bijna geen details meer kon onderscheiden; alles vloeide ineen in een roes, een waanzinnige en grenzeloze vreugde.

De werkelijkheid verloor grond onder de voeten, verdween tussen de uitwerpselen en ingewanden onder de paarden. Slechts enkele beelden bleven in de herinnering achter. Hij herinnerde zich een Galliër met blauwe ogen die overtuigd was van de overwinning, maar die enorm verbaasd keek op het moment dat Marcus op het punt stond zijn schedel te splijten. Hij herinnerde zich dat hij een seconde had geaarzeld toen hij het zweet van zijn voorhoofd wiste om beter te kunnen zien, en zag dat zijn hand rood van het bloed was. Opeens voelde hij angst en een sterke levensdrang.

En hij zou de avond na de slag nooit vergeten, toen de gebeurtenissen vertraagden en op het enorme slagveld de duizenden gewonden hun pijn en hun angst voor de dood uitschreeuwden. Net als de andere officieren ging hij zoeken naar zijn gesneuvelde manschappen, en hij voelde een heftige pijn toen hij de oude centurion vond die hem in het kamp aan de rand van Rome getraind had.

Toen Augustodunum door Romeinen die in de roes van de overwinning verkeerden werd geplunderd en verkracht, dichtte de stad 's nachts rouwliederen.

Pas tijdens de dageraad werd duidelijk dat Sacrovir ontkomen was, en Marcus leidde de Romeinse troepen die met behulp van foltering enkele matrones van de stad zover kregen dat ze zijn schuilplaats verraadden.

Tijdens zonsopgang reden drie cohorten naar de boerderij waar Sacrovir en zijn naaste vertrouwelingen hun toevlucht hadden gezocht. Deze hadden echter allemaal de hand aan zichzelf geslagen en de Romeinen moesten genoegen nemen met het verbranden van hun lijken.

De overwinning hield het Romeinse lichaam nog een paar dagen in stand, maar daarna viel het uiteen in oude tegenstellingen. De rivaliteit tussen de veldheren Varro en Silius bleef niet langer verborgen. Het eenentwintigste legioen, dat grote verliezen had geleden, wilde versterking hebben voordat de opmars naar de Rijn werd hervat, verschillende vaandeldragers gaven verschillende weergaves van wat er tijdens de slag was gebeurd en kregen hierover ruzie, en de legionairs vochten om de buit.

De afgunst schreeuwde zijn rauwe boodschap uit en discipline was ver te zoeken. Marcus was veel tijd kwijt aan zijn troepen; de mannen zaten te zeuren als kinderen en klampten zich aan hem vast.

Opnieuw verraadden de gezichten van de officieren geen enkele persoonlijke emotie. Het leven was voor velerlei uitleg vatbaar en moeilijk te begrijpen.

Marcus Scipio ontving uit handen van Gajus Silius een onderscheiding. In zijn toespraak drukte de veldheer zijn tevredenheid uit over het feit dat zoons uit oude geslachten niet altijd degenereerden. Die woorden waren gericht tot de jonge Cato, een collega-officier van Marcus, die tijdens de slag al vroegtijdig gewond was geraakt en het veld had moeten ruimen.

Alles was weer net als altijd.

Marcus was terug in de eenzaamheid die zijn lot was.

Hij had pas weer tijd om aan Marcia en het kind te denken toen ze het legerkamp aan de grens bij de Rijn hadden bereikt. In het begin was zijn herinnering vaag, onscherp en onwerkelijk alsof ze niet bestonden, de vrouw en het kind.

Alsof hij hen gedroomd had.

Maar met de tijd kregen de beelden meer contour, en met ieder detail dat hij won, nam zijn vertwijfeling toe. Zij was nu gelukkig, dat zag hij wel, geborgen en gelukkig met het kind dat haar domicilierecht bij Cornelius verschafte.

In haar wereld was Marcus niet meer dan een boze schaduw.

Ze zouden wel bericht hebben gekregen over de slag bij Augustodunum en inmiddels weten dat Marcus de naam Scipio eer had aangedaan. Cornelius zou daar verheugd over zijn, maar Marcia? Hij vroeg zich af of ze ook teleurgesteld was dat hij niet was gesneuveld.

Na verloop van tijd vroeg hij zich dat niet langer af. Hij wist het, en in de duisternis van de nacht zei hij luid: 'Ik heb je niet de dienst kunnen bewijzen om te sterven, Marcia. Ik heb geleerd dat ook ik wil leven.'

Het sneeuwde, het sneeuwde wekenlang. Net als veel andere Romeinen was Marcus verbijsterd over de winter, over de onwaarschijnlijke kou van de noordenwind en het witte dons dat alles in stilte inbedde.

Hier zou het gemakkelijk zijn om te sterven. Marcus speelde met de gedachte in een sneeuwhoop te gaan liggen slapen terwijl de vlokken langzaam hun vederlichte deken over hem heen spreidden.

Hij had de veteranen over de sneeuwdood horen praten als de aangenaamste van alle manieren om te sterven.

Voordat hij 's avonds insliep, probeerde hij te denken dat hij Marcia haatte, probeerde hij uit dat gevoel levenskracht te putten. Maar hij haatte niet, er zat geen kracht in zijn vertwijfeling.

Een enkele keer kwam de gedachte bij hem op dat hij al dood was.

Na de jaarwisseling werd het weer langer licht, de sneeuwvlakten kregen steeds meer schittering. Op een dag kwam het bevel dat ze het kamp gingen verlaten.

In april staken ze de Rubicon over en reden ze het groene voorjaar tegemoet. De Italiaanse lente lachte de huiswaarts kerende soldaten toe en bestrooide hun pad met anemonen. Op de Povlakte sneeuwde het van de amandelbomen, witte bloesem lag als dons over paarden en wapens. De soldaten lachten van dankbaarheid en blijdschap.

In het legerkamp aan de rand van Rome bracht Marcus verslag uit; hij had alles al lang op schrift gesteld. Nu kon hij gaan genieten van een welverdiend zomerverlof, zoals de oude Varro het uitdrukte toen ze afscheid namen.

Marcus maakte een omweg rond Rome en bereikte de Via Appia laat in de middag. Hij had thuis zijn komst niet aangekondigd.

In de schemering maakte hij zich langzaam los uit de schaduwen aan de bosrand. Hij zag hen bij elkaar zitten in de tuin voor de gebouwen. Het gevoel van onwerkelijkheid was zo groot dat het hem voorkwam alsof zij acteurs op een bühne waren, en hij deed zijn ogen dicht om hen niet te hoeven zien.

Het stuk dat ze opvoerden, had niets met hem te maken.
Maar toen kreeg Marcia hem in de gaten, en zijn onwezenlijke gevoel groeide uit tot paniek toen hij haar blijdschap zag en haar over het gras naar hem toe zag rennen, onderwijl zijn naam roepend.
Op dat moment had hij al zijn energie nodig om zijn paard niet abrupt te laten omkeren en weer het bos in te verdwijnen.
Hij hield zich echter in, liet zich uit het zadel glijden en omhelsde haar. Maar zijn kus was hard van vertwijfeling en hij voelde dat hij haar bang maakte.
Alles is net als anders, dacht hij.

Lang bleef hij over de wieg van het kind gebogen staan. Het jongetje sliep en Marcus verwonderde zich. Wat was dat kleine mensje ongelooflijk welgeschapen en mooi. Toen dat gevoel van tederheid, schrijnend en vol leven, tot zijn kern doordrong, deed het pijn.
Hij herkende dat gevoel.
Anjalis, dacht hij, en opeens moest hij ook denken aan zijn tekenlessen bij Nobenius, zijn falen, de moed die hem ontbrak. Het moment daarop sloeg het kind de ogen op, de helderste blik die er in de wereld bestond ontmoette de zijne en Marcus begreep dat hij het kind uit de weg moest gaan.

Marcia had zich van dit moment zo veel voorstellingen gemaakt dat ze niet zag wat er gebeurde. Oppervlakkig gezien klopte het immers allemaal: Marcus die thuiskwam, zijn zoon zag, van hem hield en begreep dat er een wonder was gebeurd dat zou maken dat zij zich voor elkaar en de liefde zouden openstellen.
Barmhartig langzaam drong tot haar door dat er paniek in Marcus' ogen school, een vrees die zo diep zat dat niets op deze aarde er iets aan kon verhelpen.
Alles is net als anders, dacht ze.
Toch pakte ze het jongetje op en legde hem in Marcus' armen. Ze kietelde het kind op zijn buikje en ontlokte hem een klokkende lach. Hij was betoverend. Marcus zag dat en zijn angst verdween, hij moest nu ook lachen. Totdat Flaminica zei: 'Hij lijkt zo op jou. Jij

zag er precies zo uit toen je een halfjaar oud was.'

'Ik weet zeker dat u ongelijk hebt', zei Marcus.

Marcia had tranen in haar ogen toen ze het kind van hem aannam om het te verschonen. Marcus constateerde opgelucht dat Cornelius hun gesprek niet had gehoord; hij was het huis in gegaan om samen met Salvia voorbereidingen te treffen voor het welkomstdiner.

En om op het voorvaderlijk altaar een offer te brengen.

De nacht werd beter dan ze hadden durven hopen. Marcia's lichaam was na de geboorte van het kind moediger geworden, en misschien had ze nu voor het eerst een vermoeden van wat er zich in Marcus' ziel afspeelde. Ditmaal barstte hij na afloop niet uit in grofheden, maar vertelde haar over de grote slag op de vlakte bij Augustodunum.

Ze luisterde, minder bang dan Marcus gevreesd had en opeens vond hij de woorden, niet alleen voor de verschrikkingen maar ook voor het zinvolle, voor de grote eenvoud wanneer het leven op de spits wordt gedreven.

Toen hij zweeg, zei ze met grote ogen van verwondering: 'Het is net als baren, Marcus, het is hetzelfde gevoel dat alles wat klein en ambivalent is, achter je ligt en dat het leven groots en mooi is.'

Hij knikte; dit kon hij wel begrijpen.

Opeens voelde hij hoe moe hij was.

'Ik geloof niet dat ik zo veel heb gepraat sinds... het vertrek van Anjalis.'

'We gaan slapen.'

Hij knikte dankbaar, maar de slaap wilde niet komen. Op de een of andere manier moest hij het haar zeggen over het kind; dat ze geen eisen aan hem mocht stellen en de jongen tegen hem moest beschermen.

Dus zei hij het, met weinig woorden, en de woorden die hij eraan vuilmaakte waren grof, zoals altijd wanneer hij door zijn gevoelens overmand werd. Toen hij eindelijk in slaap viel, hoorde hij haar huilen.

Zij zat al in een stoel bij het raam het kind de borst te geven toen hij de volgende ochtend wakker werd. Hij was zich vrijwel meteen bewust van zijn afgunst, van de kwellende jaloezie jegens het jongetje dat ze zo wellustig tegen zich aan hield.

Hij voelde de haat.

Ze keek op, zag dat hij wakker was en glimlachte naar hem: 'Ik heb nagedacht over wat je vannacht zei, Marcus, en ik denk dat je het mis hebt. Kinderen moeten de ouders die ze hebben gekregen accepteren. En een kind heeft zijn vader nodig.'

'Wat ben jij toch vals, verdomd uitgekookt vals!'

Schreeuwend vloog hij uit bed, griste zijn kleren bijeen en rende de trap af, het huis uit, naar de stallen en zijn paard, dat hem een paar uur respijt van het onvermijdelijke zou geven.

Bij alle goden, wat haatte hij haar en dat kind van haar, en haar walgelijke geluk.

Hun verhouding werd niet beter, maar ook niet slechter. Ze kwamen niet van elkaar los en behielden door de jaren heen hun vermogen elkaar te kwetsen.

Toen Marcus begin augustus vertrok, aangemoedigd door geruchten over een grote opstand in Nubië, was zij opnieuw zwanger.

Cornelius zei plechtig vaarwel en kon zich er niet van weerhouden over Scipio Africanus te beginnen en dat Marcus nu op hetzelfde grondgebied zou vechten als zijn grote voorvader.

Toen Marcus langs het meer reed, naar de Via Appia, was het warm in het bos. In het trainingskamp zou het ondraaglijk warm zijn, dacht hij tevreden, goede condities om voor een woestijnoorlog te oefenen.

In het kamp hoorde hij dat de opstandeling en deserteur Tacfarinas uit het binnenland van Afrika versterkingen had gehaald en de keizer een boodschap had gestuurd dat hij grond opeiste om zich vrij te vestigen met zijn volk.

Er werd beweerd dat Tiberius had gezegd dat dit de ergste schoffering van Rome in haar geschiedenis was en dat hij nog nooit zo geschokt was geweest.

De troepen werden over zee vervoerd in een van Eneides' grote schepen, die door de krijgsmacht waren gevorderd, en Marcus moest glimlachen toen hij bedacht hoe boos zijn broer moest zijn geweest.

In de oorlog in Nubië werd Marcus legaat, een bijzondere bevordering voor iemand van zijn leeftijd. Hij en zijn cohorten vormden een detachement dat zich moest bezighouden met het voeren van een guerrillaoorlog en weldra bleek dat die taak goed bij hem paste. Hij was sluw en moedig, en bezat een onfeilbaar instinct wanneer het erom ging Tacfarinas' soldaten te vinden in de vele schuilplaatsen in de woestijnbergen.

Toen de zomer op zijn eind liep, trok veldheer Junius Blaesus zijn troepen niet terug. Hij bleef de hele winter en tot ver in het voorjaar oorlog voeren, totdat Tacfarinas' broer gevangen werd genomen. Toen Marcus thuiskwam, was zijn tweede zoon al drie maanden oud.

Die zomer maakten ze de lange reis naar Piraeus, waar Eneides inmiddels getrouwd was en een kind had gekregen, een meisje.

Zijn vrouw was een Griekse, dochter uit een rijke koopmansfamilie uit Korinthe. Ze heette Ariadne en was vernoemd naar haar moeder, die weduwe was en priesteres bij het orfisch genootschap in Piraeus. De vorige herfst was Eneides al in Rome geweest om zijn echtgenote voor te stellen.

Marcus was de enige die haar nog nooit had gezien.

Toch kwam alles aan haar hem heel bekend voor. De eerste dagen piekerde hij onafgebroken over waar hij haar kon zijn tegengekomen. Hij had immers zo weinig vrouwen ontmoet.

Ze doet me aan iemand denken, dacht hij.

Ze was plezierig in de omgang, liefdevol en ging intens op in het moederschap, zowel dat van haarzelf als van Marcia. Hoewel ze een veel minder gecompliceerde persoonlijkheid had dan Marcia, waren ze vriendinnen geworden.

'Haar natuurlijkheid geeft me kracht', zei Marcia.

En niemand lachte zo hartelijk en zo vaak om Marcia's gevatte conclusies als Ariadne.

Toch bleef Marcus met zijn vraag zitten. Op wie leek ze en

waarom was de herkenning pijnlijk?

Op een dag besloot hij de kwestie te bespreken met Eneides zelf. Ze waren op weg naar huis nadat ze de grote scheepswerven hadden bezocht en bij Origenes waren langsgegaan.

'Jouw vrouw doet mij aan iemand denken.'

'Laten we de tocht even onderbreken.'

Ze pauzeerden op een rotsplateau langs de weg die naar het grote huis voerde dat Eneides op de rotsen boven de havenmonding had gebouwd en van waaruit je mijlenver over de glinsterende Griekse archipel kon uitkijken.

'Zelf zag ik het eerst niet', zei Eneides. 'Ik had bij haar een gevoel van thuiskomen, maar ik dacht dat dat erbij hoorde als je verliefd was. Maar toen we afgelopen najaar in Albanus op bezoek gingen, zei Cornelius dat Ariadne erg lijkt op... mijn moeder.'

'Seleme', zei Marcus, die zelf verbaasd was over het verdriet dat bij hem opwelde.

Ze bleven lang zitten, zo lang dat de paarden onrustig werden en Eneides ze losliet en in de schemering zelf hun weg naar huis liet zoeken.

In de jaren die verstreken kreeg Marcia vijf kinderen, vier zoons die allemaal de oude voornaam van de Scipio's kregen, maar het meisje dat werd geboren in het jaar dat Marcus in Dacië vocht, werd naar haar vernoemd.

Marcus was dat najaar thuis. Hij en zijn broer werden dertig jaar en ze gaven een groot feest in Albanus. Na het diner reden de broers 's nachts de oude weg naar het meer af, waar ze aan de oever een vuur ontstaken – vanwege de warmte en om spoken en wilde katten op afstand te houden.

Ze spraken over Cornelius, die niet aftakelde maar zichzelf bleef, helder en energiek, ondanks het feit dat hij al vijfentachtig was.

'Hij is gelukkig, daardoor komt het', zei Eneides. 'Hij heeft alles gekregen waarvan hij droomde: een hele schare kwieke Scipiootjes.'

'Ik geloof niet dat hij gelukkig is', zei Marcus. 'Hij maakt zich voortdurend zorgen over mij.'

'Dat heeft hij altijd gedaan.'

Marcus' lach schalde door de nacht.
'Daar moet hij dan voor betalen', zei hij.

Midden in de winter werd de vrede verbroken door de Friezen, een volk aan de andere kant van de Rijn, die Romeinse soldaten die de belastingen kwamen innen kruisigden. Lucius Apronius, die in Germanië propretor was, voerde vier cohorten, bestaande uit voetvolk en ruiters, op boten de rivier op, maar de Friezen waren klaar voor de strijd en joegen de Romeinen op de vlucht. Meer dan negenhonderd mannen sneuvelden en de Friezen juichten.

Toen Marcus met zijn legioen arriveerde, was de oorlog al beslist; Rome had voldoende troepen ingezet om het oproer definitief de kop in te drukken. Marcus en zijn manschappen kregen de opdracht strafexpedities uit te voeren.

Heel die lange winter zetten ze dorpen langs de rivier in brand en doodden ze de inwoners. In een van de eerste dagen van het voorjaar kreeg Marcus een pijl in zijn rug. Deze schampte langs zijn rechterschouderblad en boorde zich door de ribben in de richting van zijn nekwervel.

Zover kwam hij echter niet.

Marcus was bewusteloos toen de artsen de pijl uit zijn lichaam sneden. Gedurende een week had hij veel pijn en boze dromen en de dokter maakte zich zorgen over de koorts die maar niet wilde afnemen.

Wekenlang lag Marcus op zijn buik in de draagstoel waarin hij naar huis werd vervoerd en die hem wiegend over de bergpassen voerde en over de Gallische vlakte, naar zee, waar een schip wachtte.

Het grootste deel van die zware reis sliep hij, een gelukkige slaap. Wanneer hij gewekt werd was hij vaak verbaasd, zo zeker was hij van de dood.

Cornelius wachtte hem in Ostia op.

Toen zijn lichaam thuis rust kreeg, kwam het op krachten. Onwillig, want eigenlijk wilde Marcus sterven. De uren van slaap namen echter onverbiddelijk af en die van waken toe.

En wanneer hij wakker was, werd hij geconfronteerd met al zijn tekortkomingen en met Marcia en de kinderen.

Pas toen de rozen in mei in de knop stonden, begon Marcus weer buiten te komen, wandelingen door de tuinen te maken, Cornelius' paarden en honden te bekijken. Hij werd naar Rome geroepen om nieuwe onderscheidingen in ontvangst te nemen en tot zijn verbazing werd hij daar opgewacht door grote mensenmenigtes die zijn naam scandeerden.

Toen hij dat thuis vertelde, werd Cornelius bang; niets verontrustte de keizer méér dan wanneer oorlogshelden met oude en beroemde namen door de massa vereerd werden.

Marcus haalde zijn schouders op.

In september stierf Sulpicius Quirinius van ouderdom. Dat was een grote gebeurtenis in het Rome waar al jarenlang geen patriciër meer een natuurlijke dood was gestorven. Duizenden mensen begeleidden hem naar zijn laatste rustplaats.

Marcia had de oude zaal in het huis, die nog 'Anjalis' klas' werd genoemd, opgeknapt. Zij onderwees haar kinderen zelf, volgens de methodes van Anjalis.

'Het leek zo eenvoudig, zo vanzelfsprekend, zoals hij ons spelenderwijs kennis bijbracht, weet je nog? Maar het is moeilijk, Marcus.'

Hij veinsde niet eens dat hij haar belangstelling deelde, maar vroeg: 'Je bent toevallig geen tekeningen tegengekomen toen je het huis liet schoonmaken?'

'Jawel, die heb ik in de grote kast in zijn slaapkamer gelegd.'

Na het ontbijt liep Marcus naar die kamer, gevolgd door de vijfjarige Lucius. Dat was zijn derde zoon en degene die het hardnekkigst in contact probeerde te komen met zijn vader. En die Marcus dan ook meer irriteerde dan de andere kinderen.

Toen de jongen de kamer van Anjalis binnenglipte, werd Marcus woedend. 'Wegwezen', schreeuwde hij. 'Laat me met rust.'

Het kind verdween als een doodsbange pup.

Marcus vond enkele van de eerste tekeningen die hij gemaakt had nadat hij zijn gezichtsvermogen had teruggekregen. Hij zag het gezicht dat op het papyrus was ontstaan en kon zich nog herinneren dat hij heel bang was geweest, maar dat zijn hand desondanks de trekken en de grote vragende ogen van het angstige kind had weten te vangen.

Het volgende moment realiseerde hij zich opeens dat het gezicht op dat van Lucius leek, de bange vijfjarige die hij net de deur had gewezen. Marcus werd ongerust, kwam overeind en liep de trap af.

'Lucius, Lucius!'

Toen hij Marcia tegenkwam, begon hij te schreeuwen en zij werd aangestoken door zijn ongerustheid.

'Ik dacht dat hij bij jou was?'

'Hij is ervandoor gegaan.'

Marcus had geen tijd om zich voor die leugen te schamen; roepend renden ze door de tuinen, langs de stallen en het onderkomen van de slaven.

Na een poosje bracht Marcia hem tot staan: 'Rustig maar, Marcus. De kinderen zijn het gewend om zich vrij te bewegen.'

Maar Marcus luisterde niet.

'De vijver', schreeuwde hij. 'De vijver.'

Hij keerde zich om en trok haar mee, de heuvel op, naar de vijver.

Het kind lag roerloos op de bodem, op de plaats van de waterlelie, de bloem die nooit had bestaan. Al toen hij in het water sprong wist Marcus dat de jongen dood was.

Nachtenlang hoorde hij Marcia janken zoals het teefje ooit had gedaan.

Hij was niet in staat zijn hand uit te strekken om haar te troosten, en toen de jongen begraven werd, kwam hij niet uit bed. Veertien dagen later lag hij er nog, niet in staat om met iemand te praten.

Cornelius liep af en aan, trachtend de muur te doorbreken, maar Marcus was onbereikbaar.

Tot de dag waarop Cornelius zei: 'Ik geloof dat het tijd is dat jij naar Jeruzalem gaat.'

Ze keken elkaar lang aan, denkend aan de afscheidswoorden op de kade in Ostia: 'Tot ziens, Marcus, tot ziens in Jeruzalem.'

Toen hij uit bed kwam, in bad ging, zich schoor en aankleedde, stond Marcus te trillen op zijn benen als een pasgeboren kalf. Op de trap kwam hij Marcia tegen en hij zag dat ze verouderd was. Hij kon het echter niet opbrengen haar aan te kijken en zei: 'Het was mijn schuld.'

'Nee, Marcus. Het was het lot.'

Hij wilde tegen haar zeggen dat ze weldra van hem verlost zou zijn, dat hij zou vertrekken, maar hij kon het niet.

Cornelius en hij gingen in de bibliotheek zitten. Cornelius deed de deuren goed dicht en zorgde ervoor dat er geen slaven binnen gehoorafstand waren. Als eerste stelden ze vast dat Marcus' reis naar Palestina de goedkeuring van de keizer behoefde.

'En als hij weigert?'

'Dan moeten we andere oplossingen bedenken', zei de oude man.

Een ogenblik later dicteerde Cornelius aan Marcus een brief waarin hij in nederige bewoordingen audiëntie aanvroeg op Capri.

'Is dat nodig? Waarom kan ik niet per brief toestemming voor de reis vragen?'

Maar Cornelius, die Tiberius kende, schudde zijn hoofd.

'We moeten hem geen tijd geven in tegenstrijdige gedachtegangen verstrikt te raken', zei hij.

Op de lange reis van de Rijn naar huis was Marcus in gezelschap geweest van zijn persoonlijke kok en van een centurion, Pantagathus, die zelf lichtgewond was. Zij waren in Albanus gebleven als gasten van de familie Scipio. Ze joegen in de bossen en genoten van het leven. Pantagathus was een echte Romein, zoon van een bekende barbier, een snelle denker en goed van de tongriem gesneden.

'De centurion moet vanmiddag al met de brief vertrekken', zei Cornelius.

Een poosje later verscheen Pantagathus. Hij was klein en gezet, maar had onvermoede krachten en een speelse, intelligente blik. Tijdens de guerrillastrijd in Nubië was hij een van Marcus' naaste medewerkers geweest, maar hun vriendschap berustte niet alleen op het feit dat ze allebei sluw en meedogenloos waren. Marcus was op

Pantagathus gesteld omdat hij een opgewekt humeur had en in staat was in de moeilijkste situaties onverwachte oplossingen te bedenken. Pantagathus op zijn beurt hield van Marcus vanwege zijn serieuze inslag. Voor hem was Marcus Cornelius Scipio de laatste ware Romeinse edele in een boze tijd.

Al na vijf dagen keerde de centurion terug: Marcus had een afspraak bij Tiberius.

Op de afgesproken dag vertrok hij onder een heldere herfstzon naar het blauwe rotseiland dat de verblijfplaats van de keizer was geworden. Hij werd in de grootste van de twaalf villa's meteen door rijen zalen en kabinetten gevoerd, en bedacht dat het huis net zo was als de man: duister en gecompliceerd.

Sporen van verwerpelijke gebeurtenissen, waarover zoveel werd gesproken, zag hij niet.

Toen de officieren van de lijfgarde de deuren van de keizerlijke ontvangstkamer openden, kreeg Marcus hartkloppingen. Zijn goede opvoeding liet hem echter niet in de steek; zijn buiging was precies diep genoeg en hij wachtte zonder zichtbare nervositeit tot hij werd aangesproken.

'Wat een verrassing, jonge Scipio. Ik hoop dat uw grootvader het ondanks zijn hoge leeftijd goed maakt.'

Marcus kwam uit zijn buiging overeind en keek de keizer aan. Even schoot het door zijn hoofd dat hij nooit een ongelukkiger mens had gezien, maar hij antwoordde hoffelijk dat Cornelius in uitstekende gezondheid verkeerde.

Tiberius was foeilelijk; wat dat betreft klopten de geruchten. Als een door motten aangevreten, in zichzelf gekeerde oude baas zat hij daar; het ernstige eczeem in zijn gezicht met moeite door pleisters bedekt.

'Ga zitten', zei hij.

Marcus ging in de bezoekersstoel zitten en rook dat er in de kamer een vage geur van oude pus en sterke medicamenten hing.

'U neemt uw plaats in de Senaat niet in?'

'Nee, ik maak mij nuttiger te velde.'

Tiberius knikte; je kon zijn glimlach onmogelijk duiden, maar zijn stem klonk dreigend toen hij heel langzaam zei: 'U bent met een van de dochters van de flamen getrouwd.'

'Ik was verliefd', zei Marcus simpelweg.

De keizer knikte weer en zijn stem klonk bijna vrolijk toen hij vervolgde: 'En dat bent u nu niet meer. Ze schijnt op haar vader te lijken, die trotse Marcia.'

Marcus zweeg en er viel een lange stilte. De keizer nam in gedachten het rapport door dat hij die ochtend over de jonge Scipio had gelezen. Uitstekende militaire prestaties, toewijding en moed, en een vreemd gebrek aan eerzucht. Hij fronste zijn voorhoofd toen hij eraan dacht dat het plebs Scipio in Rome had toegejuicht, maar hij wist ook dat de jonge generaal de stad ontvlucht was en er niet was teruggekeerd.

'Hoe gaat het met uw verwonding?'

'Die geneest goed, dank u.'

Nu was Tiberius' geduld op: 'Waar komt u voor?'

Heel kort zette Marcus uiteen dat hij naar Palestina wilde reizen. Zoals Cornelius hem geïnstrueerd had, zei hij dat hij geruchten had gehoord dat Anjalis, zijn oude leermeester, daar zou zijn.

'Waarom zou hij daar zijn?'

'Hij bestudeert de joodse religie.'

Verrassend genoeg wekte dit Tiberius' belangstelling. Anjalis' werk over de Romeinse religie was belangrijk, zei hij. Het kwam wel eens voor dat hij, de keizer, dat herlas wanneer er lastige godsdienstige vraagstukken opdoken.

'Weet u waar hij gebleven is nadat hij Rome verliet?'

'Ja, hij is naar India gegaan om daar het boeddhisme te bestuderen.'

'Hebt u gecorrespondeerd?'

'Nee, ik heb nooit meer iets van hem vernomen.'

Marcus vertelde kort over de ontmoeting in Athene met de Chaldeeër uit Ur.

Daarna kwam de vraag die Marcus verwacht en gevreesd had: 'Waarom wilt u hem zien?'

'Om persoonlijke redenen. Hij was mijn leraar en... hij heeft veel voor mij betekend.'

'Om sentimentele redenen dus', corrigeerde Tiberius hem.

'Ja.'

'Als u hem in Judea vindt, moet u hem bij mij brengen. Ik wil hem ontmoeten. Niet om emotionele redenen, maar ik wil alles weten wat er over de joden en hun god te weten valt.'

Marcus maakte een buiging.

Meteen daarna pakte de keizer een pen en schreef een briefje aan Pontius Pilatus, de procurator in Judea. De brief werd door de secretaris gesloten en van het grote keizerlijke zegel voorzien.

De audiëntie was voorbij, Tiberius wuifde Scipio's dankzeggingen weg.

Pas op het schip terug naar het vasteland bedacht Marcus dat het gesprek Anjalis zou kunnen schaden. Als hij tenminste in Jeruzalem was.

Ook Cornelius werd ongerust; het was allemaal te snel, te gemakkelijk gegaan.

'Hoe kunnen wij weten wat er in de brief van de keizer voor Pontius Pilatus staat?' vroeg hij.

Over de procurator sprak de oude man met verachting: 'Hij is iemand van de botte bijl, afkomstig uit een oude slagersfamilie, en tijdens de burgeroorlog in de ridderstand verheven.'

De volgende dag al vertrok Marcus naar Brundisium, waar hij zou proberen een schip te vinden dat hem in eerste instantie naar Piraeus bracht. Hij wilde afscheid nemen van zijn broer. Pantagathus, de kok en zes met zorg uitgekozen slaven maakten deel uit van zijn gevolg.

Tegen Marcia zei hij dat Cornelius wel zou uitleggen wat de bedoeling van zijn reis was.

DEEL 5

'Maak mij indachtig, laat ons tezamen richten,
spreek op, opdat gij in het gelijk gesteld moogt worden.'
'Ik wikkelde mijn leven samen als een wever,
Hij snijdt mij af van de drom.
Dag en nacht geeft Gij mij prijs;
tot aan de morgen zoek ik tot rust te komen.'

JESAJA

ALS MARCUS AL hoop had gekoesterd, eenvoudige menselijke hoop, dan werd die door Eneides de grond in geboord.

'Dat is toch belachelijk', schreeuwde hij. 'Alsof je de wind achternazit. Je begrijpt toch best dat Anjalis die woorden alleen maar riep om jou te troosten.'

'Hij troostte nooit iemand.'

'Maar bij Zeus, hoe kan hij na twintig jaar weten dat jij vertwijfeld bent en naar Jeruzalem reist?'

'Achttien jaar', zei Marcus.

'Pilatus is een beest en Tiberius een vos. Alleen de onzaligen uit het dodenrijk kunnen weten wat er in die brief staat.'

'Dat risico moet ik nemen.'

'Maar waarom?'

'Er is geen andere uitweg, Eneides. Of ik maak die reis... of ik word krankzinnig.'

Eneides zag dat Marcus het meende. Opeens begreep hij het, maar hij zei: 'Het meest waarschijnlijke is dat je wordt vermoord.'

'Dat is ook geen slechte oplossing.'

'Marcus...'

De broers deden er lang het zwijgen toe. Ten slotte deed Eneides wat hij altijd deed: hij zocht kracht door handelend op te treden.

Marcus en zijn mensen zouden met een van Eneides' schepen varen, een snelle zeilboot die pas gebouwd was en Romeinse vaartuigen gemakkelijk vóór bleef. Ze zou tijdens Marcus' verblijf op het vasteland zeilklaar in Caesarea op de rede blijven liggen.

'Hoeveel weet jouw vriend, de centurion?'

'Niets.'

'Ik begrijp dat jij zoals altijd geen mond opendoet. Ik ga met hem praten.'

'Natuurlijk. Maar je moet eerst naar mij luisteren.'

Zoals altijd had Marcus weinig woorden nodig om te vertellen wat hij op zijn hart had: hij wilde dat zijn broer hem beloofde het leven en de bezittingen van Marcia en de kinderen te beschermen wanneer Cornelius stierf.

'Ik weet absoluut niet hoeveel er van de miljoenen van het geslacht Scipio over is', zei hij. 'En het kan trouwens best zijn dat daarop beslag wordt gelegd zodra de oude man overlijdt.'

'Een voldoende groot deel van het vermogen is hier; ik dacht dat je dat inmiddels wel wist', zei Eneides verwonderd. 'Marcia investeert al jaren in mijn rederijen.'

Marcus glimlachte: die Marcia was altijd even verstandig.

'Ik wil dat je nog een stap verder gaat', zei hij. 'Als het nodig is, moet je mijn gezin hiernaartoe halen en de kinderen adopteren.'

'Dat beloof ik', zei Eneides simpelweg.

Gek genoeg viel er weinig meer aan toe te voegen; ze hoefden er niet veel woorden aan vuil te maken. Ze zaten ieder aan een kant van de grote tafel in Eneides' kantoor en deden er het zwijgen toe. Ten slotte durfden ze elkaar niet meer aan te kijken.

Ik moet me vermannen, dacht Eneides, die de centurion liet komen.

Hij vertelde hem over het doel van de reis en de zorgen die hij zich maakte.

'Maar we hebben toch toestemming van de keizer', zei Pantagathus.

'Wat jullie hebben is een brief met een zegel dat alleen door Pilatus mag worden verbroken. Wat erin staat…'

Pantagathus liet zich op de eerste de beste stoel neerploffen. Hij moest aan Germanicus denken, een naam waarmee ook Eneides op de proppen kwam.

'We weten allemaal nog van de brief die Tiberius aan Piso schreef', zei hij. 'Die brief die nooit voor de rechtbank mocht worden voorgelezen, maar waarin waarschijnlijk het bevel werd gegeven om Germanicus om te brengen.'

'Ik ben Germanicus niet, ik vorm geen bedreiging voor de positie van Tiberius.'

Marcus klonk haast vrolijk, maar Pantagathus had de boodschap begrepen.

'We hebben een eigen kok bij ons', zei hij. 'Met uitzondering van enkele maaltijden…'

'Ja, dat is goed, Pilatus durft Scipio toch niet aan zijn eigen tafel te vergiftigen.'

Vervolgens zette Eneides zijn plan uiteen over het snelle schip dat gedurende de hele reis op de rede van Caesarea zou blijven wachten.

Pantagathus wilde dat er een boodschapper tussen hem en het schip kwam, en Eneides stemde daarmee in. Eens per week zou de centurion contact hebben met een van de stuurlui aan boord.

'Ik heb iemand', zei Eneides. 'Een jood. Hij is geen stuurman, maar het is wel iemand die heel gemakkelijk in de joodse massa kan opgaan.'

'En ik kan hem vertrouwen?'

'Ja.'

Toen de beide mannen zich in de details verdiepten, verliet Marcus de kamer om Origenes op te zoeken.

Ariadne was even kalm als altijd, dus ondanks alles hadden ze met elkaar een fijne avond. Toen iedereen van tafel opstond zei ze: 'Marcus, je zou mij een grote dienst kunnen bewijzen. Ik heb hier een joodse jongen die blind is. Dat werd hij toen de Romeinen... toen zijn vader werd gekruisigd. Ik heb hem beloofd dat hij naar zijn grootouders in een dorpje in de buurt van Jeruzalem gebracht zal worden. Zou jij niet...'

Eneides had aldoor geprobeerd zijn vrouw te onderbreken. Nu sprak hij: 'Marcus heeft geen tijd, Ariadne.'

Maar Marcus vroeg: 'Werd hij blind toen zijn vader vermoord werd?'

'Ja, is dat niet vreemd? En ik denk dat hij zijn gezichtsvermogen terugkrijgt als hij thuis is, begrijp je.'

'Hoe oud is hij?'

'Twaalf jaar.'

'Ik neem hem wel mee.'

'Dat was toch niet nodig? Dit maakt de zaken voor ons alleen maar ingewikkelder', zei Pantagathus tegen Eneides toen hij hoorde over de jonge Jozef.

'Je kunt nooit weten', zei Eneides. 'Misschien kan de jongen Scipio een beetje afleiden.'

En dat was ook zo. Tijdens de door voorjaarsstormen bemoeilijkte overtocht hield Marcus zich onafgebroken bezig met de blinde jongen. Hij beschreef het schip en de mensen, vertelde hem de oude Griekse sagen over Poseidon en al diens zeewezens – en dat alles met een geduld en tederheid waar Pantagathus van stond te kijken.

Hij had in Albanus immers gezien hoe weinig geduld Scipio voor zijn eigen kinderen kon opbrengen.

Jozef mocht in Marcus' kooi slapen, op de arm van de Romein. Dat gaf aan boord aanleiding tot enig gegniffel, maar daar maakte Pantagathus zich niet druk over. Hij gebruikte de reis om de jood te leren kennen die de verbinding tussen hem en het schip zou worden.

Hij raakte op de man gesteld.

Toen Caesarea eindelijk in zicht kwam, nam Marcus Jozef mee aan dek om te beschrijven hoe het land eruitzag dat voor hen uit zee opdoemde. Hij was zelf verbaasd over hoe groot en wit de nieuwe havenstad was. En opeens schreeuwde de jongen: 'Ik zie het, ik kan het zelf zien, o Scipio, ik kan het zien!'

Het was een gebeurtenis waarover iedereen aan boord nog lang zou napraten, over de kreten van de jongen die naar de hemel opstegen en over de blijdschap van de Romeinse generaal. Pantagathus beschouwde dit als een goed voorteken.

Ze gingen aan land; Pantagathus om paarden en verdere uitrusting voor de reis landinwaarts te kopen en Marcus om zich bij de procurator te melden.

Pontius Pilatus was echter niet in zijn residentie; hij was net de vorige dag naar zijn landhuis vertrokken. Na een kort overleg werd besloten dat Marcus een boodschapper zou sturen met een brief waarin hij verzocht of hij de volgende ochtend op audiëntie mocht komen.

PONTIUS PILATUS HAD een villa laten bouwen in de bergen boven de nieuwe stad, een licht en luchtig huis waarin hij zich kon terugtrekken om te rusten, en waar zijn vrouw, die aan migraine leed, zich beter voelde dan in het winderige Caesarea. Om nog maar te zwijgen over Jeruzalem, dat ze vreesde vanwege de striemende woestijnwind.

De procurator was net uit bad gekomen toen hij Scipio's brief ontving en hij kreeg een hartverzakking. Een Scipio hier. Een generaal. Bij alle goden, waarom, wat had dat te betekenen?

Hij schreeuwde zo hard dat hij meer wijn wilde, dat zijn vrouw aan kwam rennen en zij, altijd angstig, haar hand tegen haar hart moest drukken om het tot bedaren te brengen toen hij zijn vragen aan haar richtte.

'Wat doet hij hier? Wat wil hij? Wat is de bedoeling?'

'Je hebt toch niet...'

'In dienst van Tiberius kun je altijd iets hebben gedaan', brulde hij.

'De tetrarch Herodes?'

Ze kon alleen maar fluisteren.

'Jawel hoor, die verdoemde tetrarch schrijft zijn brieven en die komen nog aan ook.'

Pilatus had lange tijd pogingen gedaan om de briefwisseling tussen de tetrarch van Galilea en de keizer te stoppen; op diverse plaatsen waren boodschappers op weg naar Rome verongelukt, en de zoon van de grote Herodes had die zaak nooit bij de procurator aanhangig durven maken.

Nu riep Pilatus om meer wijn en zijn vrouw durfde niet te protesteren.

Tegen zijn gewoonte in at hij weinig tijdens het diner, maar toen hij naar bed ging was hij onvast ter been en sprak met dubbele tong. Het eerste wat hij de volgende ochtend zei, was dat ze er niet onderuit konden Scipio voor het diner uit te nodigen, maar dat alleen al was voldoende om Pilatus' vrouw hoofdpijn te bezorgen.

Maar toen Pilatus in de loop van de ochtend Marcus Cornelius Scipio en Pantagathus ontving, was hij kalm en vriendelijk; een onbewogen dienaar van Rome die een geëerde gast ontving.

'Ik voel mij vereerd', zei hij. 'Maar ook verwonderd. Het gebeurt niet vaak dat edellieden uit Rome en vrienden van de keizer deze onrustige uithoek van de wereld opzoeken.'

'Mijn reis draagt een privé-karakter', zei Marcus.

Privé. Pilatus probeerde de betekenis van dat woord te begrijpen, maar een vernederende angst zat hem in de weg. De man in de stoel tegenover hem representeerde alles wat hij het meest vreesde en verafschuwde: die verdoemde patricische superioriteit, ontwikkeling, heel die voorkeurspositie waarin Scipio geboren was en die hij vanzelfsprekend vond.

Hij was erg knap; Pilatus had gezien dat zijn vrouw begon te blozen toen ze een buiging maakte die veel te nederig was.

Marcus zag dat Pilatus zich de mindere voelde. In het begin amuseerde hem dat, maar algauw was hij verveeld. Met een handgebaar gaf hij aan dat Pantagathus verder het verhaal moest doen. Ook dat was een belediging, maar Pilatus was toch opgelucht toen de centurion het woord nam.

Zij konden met elkaar praten.

'Wij zoeken een wetenschapper, een Chaldeeuwse onderzoeker die jaren geleden de leraar van de generaal was', zei hij. 'U hebt vast wel gehoord over de beroemde Anjalis en zijn boeken.'

Dat had Pilatus niet, en dat was iedereen ook duidelijk toen hij antwoordde: 'Natuurlijk. Zou hij hier moeten zijn?'

'Zeker weten doen we het niet, we gaan alleen op geruchten af. En we hopen natuurlijk op uw hulp en bescherming.'

Langzaam drong tot Pilatus door dat de centurion niet loog, dat de reis echt een privé-karakter droeg en dat het verhaal over de verdwenen wetenschapper waar was. Hij was zo opgelucht dat hij dat niet wist te verbergen.

'Wij hebben een... een aanbevelingsbrief van de keizer bij ons', zei Scipio, die een seintje aan een van zijn slaven gaf dat hij de brief moest overhandigen. Pilatus nam hem aan. Hij zat zo te popelen dat hij niet in de gaten had dat Pantagathus van positie veranderde en recht voor hem kwam staan, zo dicht in de buurt als de fatsoensnormen toelieten.

Pilatus verbrak het keizerlijke zegel, las de brief langzaam en knikte instemmend, maar opeens veranderde zijn gezichtsuitdrukking en er verscheen een vastbesloten trek op zijn gezicht. Pantagathus voelde zijn ongerustheid toenemen en wist, nog voordat Pilatus zijn mond had opengedaan, dat de brief een geheim bevel bevatte en dat dit niet zou worden voorgelezen.

Pilatus keek Marcus strak aan, nu zelfverzekerder: 'U hebt de keizer persoonlijk ontmoet?'

'Ja.'

'Op Capri?'

'Ja.'

'Ik hoop dat de goddelijke... goed gezond was?'

'Hij leek zich goed te voelen', zei Marcus, die in lachen uitbarstte bij de gedachte aan hoe weinig goddelijk de stinkende oude baas was geweest.

Door die lach werd Pilatus weer onzekerder, maar hij vervolgde: 'Waar zou deze... eh...' – hij wierp een blik op de brief – '...Anjalis zich kunnen ophouden, als hij althans in het land is? Ik bedoel: hoe moeten we zoeken?'

'Hij heeft belangstelling voor godsdienst', zei Marcus. 'De tempel in Jeruzalem misschien? Tussen de priesters daar?'

'Mmm, mogelijk, maar wij kennen die priesters vrij goed. Heeft hij ook bijzondere kenmerken?'

'Ja', zei Marcus. 'Hij is buitengewoon lang.'

Hij had meteen spijt van zijn woorden, want hij wilde geen hulp van Pilatus bij het zoeken en was vastbesloten te voorkomen dat Anjalis ooit naar Rome en Tiberius zou worden gebracht.

'Ik was van plan om in het land rond te reizen en naar de verschillende heilige plaatsen te gaan, om rond te kijken en met de mensen in gesprek te raken.'

'Als je een Romein bent, raak je niet in gesprek met joden', zei Pilatus, en ditmaal was het zijn beurt om te lachen.

'Ik wil het toch proberen', zei Marcus. 'En ik ben u dankbaar als ik toestemming krijg om mij vrij in het land te bewegen. En voor uw hulp, voor het geval ik in de problemen mocht komen.'

'Natuurlijk', zei Pilatus. En met een oprechte glimlach van opluchting vroeg hij of hij hun wijn mocht aanbieden, ook al was het nog vroeg in de ochtend.

Scipio accepteerde de wijn en ging ook graag in op de uitnodiging om die avond aan het diner deel te nemen.

Het viel de procurator echter wel op dat geen van zijn gasten dronk voordat hij zelf de beker aan zijn mond had gezet.

'Ik had niet verwacht dat die os zijn masker zo goed zou weten op te houden', zei Pantagathus toen ze bergen uit reden naar de kade in Caesarea.

'Die brief kan dus het bevel inhouden… om mij uit de weg te ruimen?'

'Nee, dat kan ik me moeilijk voorstellen. Dan zou hij stugger zijn geweest.'

'Maar er stond een geheim in?'

'Ja,' zei Pantagathus ernstig, 'er stond een geheim in.'

Ze reden in stilte verder, maar voordat ze de nieuwbouwwijken van de stad hadden bereikt, stapte Pantagathus van zijn paard. Marcus volgde hem en ze gingen een poosje in het gras zitten alsof ze genoten van het uitzicht op zee.

'Hij drinkt te veel', zei de centurion. 'Zag je dat hij moeite had om zijn handen niet te laten trillen en dat hij zijn beker in één teug leegdronk?'

'Dat is me inderdaad opgevallen.'

'Vanavond', zei Pantagathus langzaam, 'ga ik Pontius Pilatus onder de tafel drinken, terwijl jij met dat broze vrouwtje van hem in de maneschijn gaat wandelen.'

Het was een overvloedig, vermoeiend en poenerig diner, en Marcus, die altijd weinig at, had moeite met de vele gangen. En met Pilatus' vrouw, die zo benauwd was dat ze voortdurend van het ene onderwerp op het andere overstapte. Het duurde een hele poos voordat hij iets vond waarover ze allebei met belangstelling konden praten.

Het ging over hoofdpijn en dromen. Welsprekend beschreef ze de pijnen die haar stiekem beslopen, in de nek begonnen en na verloop van tijd haar hele hoofd in bezit namen.

Hij betuigde zijn deelneming en vertelde over zijn rugletsel, en over hoe hij de hele weg van de Rijn naar Rome was gedragen met die open wond die maar niet wilde genezen.

Ze kreeg tranen in haar ogen van medelijden. Vervolgens wilde ze weten wat hij tijdens zijn ziekte had gedroomd.

Marcus herinnerde zich zijn dromen echter niet meer en luisterde maar met een half oor naar haar, in beslag genomen als hij werd door het steeds luider wordende gebrul van Pantagathus en Pilatus. Hij zag dat de centurion het goed deed; een van zijn vele buitengewone eigenschappen was dat hij kon blijven drinken zonder aangeschoten te raken. Aan alles te oordelen was het voor Pilatus precies omgekeerd.

De twee mannen werden steeds vertrouwelijker.

Toen de gastvrouw opeens haar voorhoofd fronste, speelde Marcus daar handig op in.

'Ik zie dat hoofdpijn op de loer ligt', zei hij. 'Kom, laten we een wandeling gaan maken in de tuin.'

Ze was aandoenlijk blij met zijn bezorgdheid en slaagde erin aan haar man duidelijk te maken dat ze frisse lucht nodig had en dat de generaal met haar mee naar buiten zou gaan. Pilatus knikte, maar stuurde wel een slavin als chaperonne mee.

'Een vreemde man', zei de procurator voorzichtig nadat zijn vrouw en Marcus de eetzaal hadden verlaten.

'Ja, Scipio is inderdaad eigenaardig', stemde Pantagathus in. 'Alleen al dat rare idee om naar een wildvreemd land te reizen om daar naar je oude leraar op zoek te gaan.'

'Ze zullen het wel gewend zijn om aan al hun grillen toe te geven', zei Pilatus.

'Ja, en aan middelen heeft het nooit ontbroken. Maar hij is een goede soldaat...'

'Hij is zo hooghartig als de keizer zelf, ik bedoel, alsof hij de keizer van Rome is.'

'Een beetje verwaand is hij wel. Maar hij heeft mij ooit in Nubië met gevaar voor eigen leven gered.'

Dat was maar half waar; Pantagathus wilde echter dat er een reden was voor zijn loyaliteit. Maar bovenal wilde hij terug naar de hoofdlijn.

'Ik was verbaasd dat de keizer hem toestemming gaf om hiernaartoe te reizen om te zoeken. Maar misschien wilde Tiberius de jonge Scipio een gunst bewijzen.'

'Nee.' Pilatus sprak nu met dubbele tong en glimlachte geheimzinnig. 'Tiberius wil Anjalis te pakken krijgen.'

'Aha', zei Pantagathus. 'Dat verklaart de zaak. Wat wil hij dan met die Chaldeeër doen?'

'Dat stond niet in de brief', zei Pilatus. 'De groten verklaren zich zelden.'

'Dat is waar', zei Pantagathus.

In de tuin vertelde de vrouw van Pilatus over de profeet uit Nazareth die in de plaatsen rond het meer van Galilea aan het prediken was.

'Men zegt dat hij blinden laat zien en verlamden laat lopen', zei ze.

Marcus werd heel stil.

'Waar is hij te vinden, zei u?'

'In een stadje aan de noordpunt van het meer. Het heet Kapernaüm.'

Toen ze volgende ochtend in de stromende regen Caesarea uit reden, was Pantagathus beter gestemd dan in lange tijd.

'Ik durf er mijn hoofd onder te verwedden dat die brief geen instructies bevatte om jou te vermoorden. Het is de keizer om die Anjalis te doen.'

'Dat dacht ik al', zei Marcus heftig. 'Toen ik met die verrekte brief op de boot uit Capri zat, dacht ik dat al. Dat maakt het nog moeilijker voor ons, Pantagathus. Tiberius mag Anjalis nooit van zijn leven te pakken krijgen.'

'Ik begrijp het', zei de centurion. 'Maar daar maak ik me op dit moment minder zorgen over; we hebben hem immers niet gevonden.'

'Maar wanneer we dat wel doen...?'

'Als...'

Na een poosje ontdekten ze dat ze gevolgd werden; een hele troep Romeinen zat hen op de hielen.

'Bij Jupiter, wat onbeholpen', zei Pantagathus lachend. Ze gingen meteen pauzeren en groetten de Romeinse soldaten, die nu wel verder moesten trekken, hoffelijk.

'Hij zal wel sluwer worden wanneer hij zijn roes heeft uitgeslapen', zei Marcus.

Jozef zat bij Marcus op het paard, in de mantel van de Romein gewikkeld, en was zo vrolijk als een pasgeboren vogeltje. Ze reden in noordoostelijke richting, over de vlakte van Saron naar het gebergte Karmel, waar de regen ophield en de zon het natte groen verrassend liet schitteren. Het land was bezaaid met bossen en tot Marcus' verbazing lieflijk.

'Dit is anders dan Judea en de woestijn', zei Jozef.

'Ja, dat begrijp ik', zei Marcus, die rilde toen de hoge terebinten hun regen boven hem en het paard afschudden.

Nadat ze de doorwaadbare plaats door de beek Kison waren gepasseerd, werd het landschap opener: er verschenen grazige weiden, en laaggroeiende mirte, brem en acanthus kropen tussen de glooiingen van de berghelling. Ze voelden de oostenwind die een frisse, kristalheldere lucht aanvoerde.

Toen ze in het oosten de eerste glimp van het blauwe meer van Galilea opvingen, pauzeerden ze en maakten een vuur om hun kleren te drogen. Het hele gezelschap sprak met verwondering over hoe mooi het was, het land van de joden, en Jozef was trots alsof dat zijn verdienste was.

Ze waren tijdens de reis mensen tegengekomen en Marcus had begrepen dat de joden er andere manieren op na hielden om de Romeinen buiten te sluiten dan andere volkeren.

'Ze zien ons niet', zei hij tegen Pantagathus.

'Nee, dat is me gisteren ook al opgevallen', zei de centurion. 'Ze kijken dwars door ons heen, alsof we lucht zijn.'

'Maar dat doen de Romeinen zelf ook met alle anderen', zei Jozef. Marcus en Pantagathus deden er beiden het zwijgen toe.

In de schemering naderden ze Tiberias, waar ze verrukt in de warme bronnen van het meer gingen baden. Marcus ging weg om bij de tetrarch van Galilea audiëntie aan te vragen, maar hij kreeg te horen dat deze naar Jeruzalem was vertrokken.

De volgende dag arriveerden ze tegen de middag in Kapernaüm, waar de slaven op zoek gingen naar een herberg die hen wilde opnemen. Ze keerden terug met het bericht dat iedereen al verwacht had: alle herbergen van de stad zaten vol. De centurion nam de jonge Jozef mee om, zoals hij zei, te kijken of hij ook met een verstandig iemand aan de praat kon komen. Hij keerde terug met het bericht dat in het huis van de tollenaar Levi, buiten de stad, kamers voor hen in orde werden gemaakt.
Het leven in Palestina zou niet gemakkelijk worden.
De kamers in het huis van Levi waren echter schoon en de man zelf was van groot belang voor Marcus, die de halve nacht opbleef om hem te horen vertellen over de wonderdoener uit Nazareth, van wie steeds meer mensen dachten dat hij de verwachte Messias was.

'En Hij trok rond in geheel Galilea en leerde in hun synagogen en verkondigde het evangelie van het Koninkrijk en genas alle ziekte en alle kwaal onder het volk. En het gerucht van Hem drong door tot in geheel Syrië; en men bracht tot Hem allen die ernstig ongesteld waren, gekweld door allerlei ziekten en pijnen, bezetenen en maanzieken en verlamden, en Hij genas hen. En Hem volgden vele scharen uit Galilea en Decapolis en Jeruzalem en Judea en het Overjordaanse.'

Marcus luisterde en voelde hoe de stilte zich steeds meer van hem meester maakte. Zelfs Pantagathus hield zijn oren wijd open, hoewel hij er alles aan deed om te kunnen slapen.

MARCUS ZOCHT STEUN tegen een cipres, een bijzondere boom en net als hijzelf een vreemdeling op de zachte glooiing boven Kapernaüm. De laagzittende takken konden hem niet aan het zicht onttrekken, maar toch voelde hij dezelfde geborgenheid als in een goede schuilplaats.

Eigenlijk was het niet nodig; de enorme schare mensen daar op de berg had alleen maar oog voor de man die aan het praten was.

De afstand was groot. Het zou voor Marcus eigenlijk onmogelijk hebben moeten zijn om er een woord van te verstaan, maar toch drong ieder geluid van het krachtige Aramees tot hem door, alsof de man zich rechtstreeks tot hem richtte.

'Zalig de armen van geest, want hunner is het Koninkrijk der hemelen. Zalig die treuren, want zij zullen getroost worden.'

De stilte die Marcus inwendig voelde, plantte zich voort in het landschap; er ging geen zuchtje wind door de toppen van de bomen en de vele mensen waren opgehouden met ademhalen. Helemaal leeg, stil, geen enkele gedachte, geen enkel gevoel huisde er in die stilte. Maar daar klonk de stem weer: 'Zalig de vredestichters, want zij zullen kinderen Gods genoemd worden.'

En Marcus voelde de pijn, het oneindige verdriet over zijn eigen verknoeide leven.

'Gij zijt het zout der aarde; indien nu het zout zijn kracht verliest, waarmee zal het gezouten worden? Het deugt nergens meer toe dan om weggeworpen door de mensen vertreden te worden.'

Eindelijk, dacht Marcus, eindelijk iemand die niet liegt.

'Gij zijt het licht der wereld. Een stad die op een berg ligt, kan niet verborgen blijven. Ook steekt men geen lamp aan en zet hem onder de korenmaat...'

Marcus liet de woorden tot zich doordringen; sommige dingen begreep hij niet, maar het leek wel of dat niet uitmaakte.

'...ik zeg u, in het geheel niet te zweren: bij de hemel niet, omdat hij de troon van God is... ook bij uw hoofd zult gij niet zweren, omdat gij niet één haar wit kunt maken, of zwart. Laat het ja dat gij zegt ja zijn, en het neen neen; wat daar bovenuit gaat is uit den boze.'

Dit heb ik altijd geweten, dacht Marcus, maar zijn pijn nam toe toen de man doorging en Marcus besefte dat ook dit waar was: 'Hebt uw vijanden lief en bidt voor wie u vervolgen, opdat gij kinderen moogt zijn van uw vader.'

Een poos later drong opnieuw een zinsnede door zijn pijn heen: 'Want waar uw schat is, daar zal ook uw hart zijn.'

Het kille zonlicht kreeg een gouden glans: 'Ziet naar de vogelen des velds: zij zaaien niet en maaien niet en brengen niet bijeen in schuren, en toch voedt uw hemelse Vader die. Gaat gij ze niet verre te boven... Oordeelt niet, opdat gij niet geoordeeld wordt.'

Na enige tijd – een uur? – een dag? – zag hij dat de profeet de berg af liep. Zonder verbaasd te zijn sloeg Marcus gade hoe de man zijn hand uitstrekte en een melaatse rein maakte.

Langzaam, tegelijkertijd vervuld van verdriet en geluk, ging Marcus Scipio de weg terug naar het huis van Levi. In de deuropening werd hij opgewacht door een van de slaven, die ongerust vertelde dat de jonge Jozef geheel onverwacht ziek was geworden.

Marcus ging snel naar binnen om naar de jongen te kijken. Deze had veel pijn maar wat nog erger was: hij was verlamd geraakt en kon daardoor zijn hoofd niet meer bewegen.

'Hij gaat dood', zei de slaaf, en Marcus vocht tegen dezelfde verstening die hem getroffen had toen Lucius stierf. Hij draaide zich echter om en rende de stad in, waar hij de profeet en zijn discipelen tegenkwam die op weg waren naar het huis van Simon Petrus.

Hij bedacht zich geen moment, maar liep recht op de profeet af en zei: 'Heer, mijn dienaar ligt verlamd thuis en heeft hevige pijn.'

'Zal ik komen en hem genezen?' vroeg Jezus, en Marcus hoorde het gevolg van de profeet opgewonden mompelen.

'Ik ben het niet waard dat u onder mijn dak komt', zei Marcus. 'Maar spreek slechts één woord, en mijn dienaar zal herstellen. Ik ben zelf een ondergeschikte met soldaten onder mij, en ik zeg tegen de een: "Ga heen", en hij gaat heen, en tegen de ander: "Kom", en hij komt, en tot mijn slaaf: "Doe dit", en hij doet.'

Marcus sprak vloeiend Aramees, maar hij bezigde een heel andere woordkeuze dan hij normaal deed. Hij zag de verbaasde blik van

Jezus toen deze zich richtte tot hen die hem volgden en zei: 'Voorwaar, ik zeg u, bij niemand in Israël heb ik een zo groot geloof gevonden. Ik zeg u dat er velen zullen komen van oost en west en zullen aanliggen met Abraham en Izak en Jakob in het Koninkrijk der hemelen; maar de kinderen van het Koninkrijk zullen uitgeworpen worden in de buitenste duisternis; daar zal het geween zijn en het tandengeknars.'

Marcus begreep deze rede niet; zijn hoofd en hart waren nu beide even leeg. Maar toen de profeet zich naar hem omdraaide, hoorde hij hem zeggen: 'Ga heen, u geschiedt naar uw geloof.'

Pantagathus, die vlak achter Marcus had gestaan, durfde de profeet niet te geloven en wilde verder zoeken naar een dokter, maar Marcus lachte hem uit en liep in de schemering lichtvoetig naar huis, waar hij Jozef gezond aantrof.

'Hij heeft honger', zei de kok, die de jongen geen eten had durven geven.

'Natuurlijk mag hij eten hebben. Brood en fruit. En vis,' zei Marcus, 'ze zeggen dat de vis uit Galilea lekker is.'

Toen tijdens de maaltijd het brood werd gebroken en ze zich bedienden van de ronde vis waarvan niemand de naam kende, werd er geen woord gezegd. Alleen Jozef, die niet begreep hoe ziek hij was geweest, praatte, en zijn taal was als het gekwetter van vogels: vrolijk en hoopvol.

Maar hij was moe en viel vroeg in slaap.

De volgende ochtend was het zo druk in het stadje dat de Romeinen dankbaar waren dat ze een herberg buiten de stadsmuren hadden gevonden. Pantagathus keerde na een bezoek aan Kapernaüm terug en wist te vertellen dat de profeet en zijn discipelen in een boot naar de overkant van het meer waren vertrokken. Gek genoeg was Marcus daar dankbaar voor. Hij had rust nodig om te kunnen nadenken over wat hem overkomen was.

Hij had die nacht niet geslapen. Een storm had het dak van het huis doen schudden; een stevige wind was over de bergen getrokken, maar die was opeens gaan liggen, alsof iemand hem vermanend had toegesproken. Het was echter niet de storm die Marcus Scipio uit de slaap had gehouden, maar het wonderbaarlijke dat hem was overkomen en dat ondanks alles niet te maken had met de woorden van de preek op de berg of met het herstel van de jongen.

Marcus kon net als iedereen alleen op zijn geheugen afgaan, en hij probeerde de ontmoeting in Kapernaüm opnieuw voor zichzelf op te roepen, beeld voor beeld, woord voor woord.

De herinnering ontglipte hem echter.

Hij kon zien hoe Jezus hem had aangekeken. Die blik wist alles wat Marcus gedacht en gedaan had in zijn leven, ook de meest afschuwelijke dingen.

Zijn verstand zei hem dat hij geen vergeving had ontvangen, dat het onmogelijk was dat zijn schuld niet tot het einde der tijden zou duren.

Maar toch...

Het was niet zozeer dat Jezus vergeving schonk, dacht Marcus, maar meer dat hij een begrip toonde alsof hij het allemaal vanaf het begin overzag.

Maar ook dat was niet het meest cruciale van de ontmoeting; dat was iets anders, iets vreemds maar toch bekends.

Ze besloten nog een aantal dagen in het huis van de tollenaar aan de rand van Kapernaüm te blijven om er zeker van te zijn dat de jongen het aankon om de reis te hervatten. Pantagathus wilde dat ze de weg langs de Jordaan zouden nemen, in zuidelijke richting naar Bethanië, Jozefs geboortedorp in de Judese bergen. Ondanks alles wat hun was overkomen, was de centurion zijn opdracht niet vergeten en hij vertelde dat hij Pilatus' spionnen in de menigte had gesignaleerd.

Ze hadden nog niets te verbergen, daarover waren ze het eens. Tijdens het gesprek voelde Marcus een plotselinge vermoeidheid opkomen en hij verontschuldigde zich en trok zich terug om een poosje te rusten.

Hij viel meteen in slaap en belandde weldra in een lange, heldere droom. Die ging over Anjalis en het begin was zo bekend dat hij dacht dat dit hem langgeleden een keer moest zijn overkomen.

Anjalis stond tegenover hem in de oude bibliotheek in Albanus. Hij was lang en oogverblindend mooi, maar zijn ogen stonden vol verdriet toen hij smekend tegen Marcus zei: 'Luister naar me. We hebben het er vaak over gehad dat er twee werkelijkheden zijn: een uiterlijke en een innerlijke. Herinner je je de waterlelie nog van toen je klein en blind was?'

Marcus kon de bloem duidelijk door de waterspiegel heen zien glinsteren en daar, in de kelk, tussen de gouden meeldraden, straalde Lucius' gezicht hem tegemoet, het zoontje dat moest sterven omdat zijn vader een ander kind zocht.

Anjalis' stem bracht hem echter weer terug naar de bibliotheek: 'Je wilde niet luisteren en dat begrijp ik wel. Toch wil ik zeggen dat wat wij samen hebben gehad, een eigen leven zal gaan leiden in een ruimte in je hart. Daar zul je altijd naartoe kunnen gaan om kracht te vinden.'

Het volgende moment stond Marcus plotseling opnieuw voor de profeet, die naar hem lachte, zijn hand ophief en hetzelfde gebaar maakte als toen hij de melaatse genas. Ditmaal beroerde zijn hand echter niet het gezicht, maar het hart, en opeens werd het Marcus allemaal duidelijk.

Toen hij wakker werd, was hij banger dan hij ooit geweest was. Dat wat hij zijn leven lang het meest had gevreesd, was gebeurd. De deur naar zijn geheime kamer was opengezet. Het was er leeg en stil, en hij voelde een grenzeloze tederheid en een onverdraaglijke pijn.

Op reis naar het zuiden overnachtten ze in Jericho, de oeroude stad waarvan de enorme springbron een zegen was voor de grond. Hier werden ze door de zomer begroet, vruchtbaar en groen, en Jozef vertelde over de oase waarvan de koningin van Sheba had gehouden en die ze als geschenk van koning Salomo had verlangd.

In een stevige vesting in Jericho waren Romeinse troepen gelegerd, dus het vinden van een overnachtingsgelegenheid leverde geen problemen op. De bevelhebbende centurion was een oude strijdmakker van Pantagathus en hij was even verrukt als ontzet toen hij de naam en rang van Marcus hoorde.

De jonge Scipio was echter opvallend zwijgzaam en ging al vroeg naar bed. 's Avonds werd het gezellig en Pantagathus wist zijn vriend over te halen de spionnen die generaal Scipio zonder reden volgden aan een nader onderzoek te onderwerpen.

'Die zijn we mooi kwijt', zei Pantagathus lachend toen het gezelschap de volgende ochtend al vroeg vertrok. Marcus had er echter een onprettig gevoel bij; hij dacht dat de centurion in Jericho moeilijkheden met Pilatus zou krijgen.

'Hij is toch jouw vriend', zei hij.

'Ach, hij is zo'n type dat zich altijd weet te redden', was het antwoord.

De Dode Zee zagen ze niet, maar ze hoorden Jozef wel vertellen over het meer dat zo zout was dat niemand erin kon verdrinken. En toen ze in oostelijke richting tussen de heuvels door reden naar Efraïm waren ze verbijsterd over de hoge bergen in de woestijn. In Efraïm boog de weg af naar het zuiden, naar Bethanië en Jeruzalem.

De ijskoude woestijnwind ging dwars door hun kleren heen, door merg en been.

Ze hadden verwacht dat Jozef vrolijker zou worden naarmate hij dichter bij huis kwam, maar voor op het paard gezeten bij Marcus liet hij zijn hoofd juist hangen.

'Denk je dat je niet welkom bent?'

'Jawel.' Daar was de jongen van overtuigd, maar na een poosje fluisterde hij: 'Maar ze zullen jullie niet ontvangen; dat mogen ze niet.'

'Dat weet ik', zei Marcus kalm. 'Ik begrijp dat wel.'

Jozef ontspande zich.

Even dacht Marcus dat het misschien het barmhartigst was om buiten het dorp te pauzeren en de jongen het laatste stuk naar huis in zijn eentje te laten afleggen, maar hij wilde met eigen ogen zien hoe zijn beschermeling door de grootouders werd ontvangen.

Dus reden ze verder door het dorp, waar de mensen zoals gewoonlijk deden of ze lucht waren. Ze kwamen aan bij een huis op een heuvel, waar Jozef van het paard sprong en in de armen van een oudere vrouw viel. Marcus zag hoe blij ze keek en dat ze God aanriep en haar man erbij haalde.

Deze was jonger en sterker dan Marcus verwacht had, en even blij verrast als zijn vrouw.

Toen ze Jozef meetrokken het huis in, riep hij luid: 'Wacht op mij, Scipio, wacht, ik wil in ieder geval...'

Daarna ging de deur dicht.

Terwijl de Romeinen naar de put op het plein liepen om hun paarden water te geven en zelf ook hun dorst te lessen, verzamelden de mensen zich om hen heen, en het bijzondere was dat ze opeens naar de vreemdelingen keken, met grote niet-begrijpende ogen...

Marcus en zijn mannen wachtten geduldig en Pantagathus zei met een bulderende lach: 'Nu hebben ze toch een probleem, die onzichtbaarmakers.'

Ook Marcus kon een glimlach niet onderdrukken.

En daar was Jozef weer; gevolgd door zijn grootvader en enkele van de oudsten van het dorp.

'Ik weet niet hoe we u moeten bedanken', zei de grootvader en hij maakte een onbeholpen buiging voor Marcus, ook onzeker over het feit of deze voorname vreemdeling de taal wel zou verstaan.

'U kunt mij bedanken door ervoor te zorgen dat de jongen het goed krijgt', zei Marcus. 'Ik ben erg aan hem gehecht geraakt, alsof...'

Hij had willen zeggen: alsof hij mijn eigen zoon is, maar hij hield zich in toen hij zich realiseerde dat dit een leugen was.

De oude mannen maakten opnieuw een buiging. En nog eens. De stilte begon erg pijnlijk te worden.

Het werd nog erger toen Marcus zei: 'Misschien kan ik hier in het dorp ergens overnachten met mijn mensen?'

Ten slotte maakte een jongere man zich uit de groep los. Hij liep op Marcus af en zei: 'Wij zijn een gastvrij volk en we zouden ter uwer ere een feest moeten aanrichten. Maar dat kan nu eenmaal niet.'

'Ik weet hoe het is', zei Marcus, die medelijden met de dorpsbewoners begon te krijgen. 'Maar we moeten wel ergens overnachten.'

'Ik denk dat ik dat wel kan regelen', zei de man, die klein van stuk was en blauwe ogen had. Hij had een verbijsterend heldere oogopslag, straalde een groot natuurlijk gezag en een buitengewone rust uit.

'Mijn naam is Lazarus', zei hij. 'Ik ben pottenbakker hier in het dorp. Er staat hier een huis leeg. Het is een groot en goed huis, pas gebouwd door een Syrische koopman die er nooit is. Hij woont in Jeruzalem en we kunnen daar wel een boodschapper naartoe sturen om te vragen of u het kunt huren.'

Er ging een opgelucht gemurmel door de mensen op het plein. Marcus glimlachte en Pantagathus moest lachen toen ze inzagen hoe slim het plan van de man was. Een huis dat door een Syriër gebouwd was, was al onrein...

'Laat het ons maar eens zien', zei Marcus.

Het was het laatste huis van het dorp, groot en opvallend goed uitgerust; het huis van een rijke man. Maar het mooiste van alles was het uitzicht op de hoge bergen, die nu in de zonsondergang met een geelgouden glans lagen te stralen.

Pantagathus knikte herhaaldelijk toen ze het huis bezichtigden. Hij sprak snel in het Latijn tot Scipio: 'Een beter nest dan dit kunnen we niet krijgen. Van hieruit kunnen we iedere drommel die naderbij komt zien aankomen, en het kan niet meer dan een halfuur zijn naar Jeruzalem.'

'Als je over een goed paard beschikt nog minder', zei Marcus, die ook de voordelen zag. 'Ga maar met de boodschapper mee naar de stad en probeer of je het huis kunt kopen.'

'Tegen elke prijs?'

'Ja. Vraag de Syriër of hij mij morgen bij de bankier Aristainos in Jeruzalem wil ontmoeten.'

Er was slechts één, wat armoedige, herberg in het dorp, en Marcus en zijn mannen gingen in de tuin zitten wachten op Pantagathus en de boodschapper. Ze kregen lekkere wijn voorgezet en een poosje later arriveerden Jozef en zijn grootmoeder met knapperige lamsboutjes en verse groente. Toen kwamen ook de andere vrouwen van het dorp, ieder met haar geschenken: kaas, fruit en wittebrood.

Marcus Scipio en zijn mannen aten hun buik rond van dankbaarheid.

De pikzwarte nacht was al ingevallen toen een tegelijkertijd tevreden én boze Pantagathus terugkeerde. De zaak was rond, maar de Syriër had een schandalig bedrag gevraagd voor het huis, dat al een hele tijd te koop stond.

Marcus lachte luid van blijdschap; hij had nu in Palestina een thuis gekregen tussen mensen wier haat slechts formeel was en die hun vriendelijkheid niet konden verbergen.

De jonge Jozef was nog het gelukkigst van allemaal.

Marcus sliep die nacht als een kind en werd de volgende ochtend wakker doordat Pantagathus zat te bulderen van het lachen. De spionnen van Pilatus hadden hen ingehaald en hun nadelige positie ingezien. Niemand in het dorp zou hun een kamer aanbieden en op de weg van en naar Jeruzalem waren ze al van verre zichtbaar.

Later in de ochtend reden Marcus en Pantagathus, allebei in volledige uitrusting en Scipio's borst bedekt met gouden onderscheidingen, langs de Olijfberg, door het dal van de Kedron en de oostelijke stadspoort Jeruzalem in.

Zoals afgesproken ontmoetten ze de Syriër, aan wie Marcus zonder een spier te vertrekken de overeengekomen prijs voor het huis betaalde. Pantagathus liet volgens afspraak een verzegelde brief bij de bankier achter, geadresseerd aan de jood op Eneides' schip.

Wat later richtten ze hun schreden naar de burcht Antonia om een bezoek aan de tetrarch af te leggen. Deze ontving hen overdreven vriendelijk.

Hij had bericht over Scipio's bezoek en wat hij in Palestina kwam doen van de procurator gekregen, zei Herodes. En net als Pontius Pilatus was hij uiterst verbluft.

'Charlatans die zich uitgeven voor Chaldeeuwse magiërs zijn er immers genoeg, hier net zo goed als in andere plaatsen', zei hij. 'Waarzeggers en sterrenkijkers, u kent het type wel. Maar een echte Chaldeeër uit het legendarische Ur hebben we in dit land al jaren niet meer gezien.'

'Hoeveel jaren dan al niet?' Het kostte Marcus moeite niet te enthousiast te klinken.

'Er gaat een verhaal rond, waarschijnlijk een sterk verhaal, dat er ooit drie zijn opgedoken in Bethlehem, en dat zal zo'n... ja, zeker dertig jaar geleden geweest zijn', zei de tetrarch, die eraan toevoegde: 'Aangezien oude mensen daar nu nog over praten, begrijpt u vast wel dat dat een heel ongewone gebeurtenis was.'

Toen ze het paleis verlieten zei Pantagathus ongerust: 'Waarom was hij zo schichtig?'

'Dat is hij al vanaf zijn geboorte', zei Marcus, die moest denken aan de vader van de tetrarch: Herodes de Grote. En de krankzinnige.

Maar met die verklaring nam Pantagathus geen genoegen, en toen ze de steile stegen van de stad naderden, stuitten ze op Pilatus' spionnen.

Pantagathus groette hen overdreven vriendelijk.

Ze liepen langs het paleis der Hasmoneërs naar de tempelhof, waar ze stom van verwondering bleven staan. Ten slotte wist de centurion uit te brengen: 'Wij hebben vele goden en als we al hun tempels bij elkaar zouden voegen, zouden we misschien kunnen wedijveren met deze hier. Als je maar één god hebt, dan...'

Marcus probeerde te lachen en zei dat de enige god van de joden over een vreselijke macht moest beschikken. Het kostte hem echter moeite de angst die het enorme gebouw hem inboezemde kwijt te raken. Hij moest denken aan de profeet die de god van de joden 'vader' had genoemd.

Toen ze naar huis reden, stond de zon hoog aan de hemel. Marcus zat te peinzen over het verhaal dat de tetrarch verteld had over de Chaldeeërs in Bethlehem.

Na het eten bleven ze in Marcus' kamer lang aan tafel zitten en probeerden ze een plan te maken. Maar ook het hoofd van Pantagathus, die altijd veel ingevingen had, was nu net een uitgeblazen ei, zoals hij het zelf uitdrukte. Marcus wilde naar Bethlehem reizen, een stad die ze weldra op de kaart vonden en die niet ver van Bethanië verwijderd lag.

'Daar zouden nog oude mensen moeten zijn die het zich kunnen herinneren', zei Marcus.

'Scipio, luister, dat is langgeleden gebeurd, toen die Anjalis van jou nog een kind was. Als het al gebeurd is.'

'Er kan een verband bestaan.'

'En hoe moeten wij dat ontdekken? Ons grootste probleem is wat Pilatus ook zei: dat we niet met de mensen in gesprek kunnen komen.'

'Jozef', zei Marcus, maar hij wist dat Pantagathus gelijk had toen deze antwoordde: 'Die is te jong.'

Na de middagrust maakte Marcus een tekening. Aarzelend probeerde zijn hand zich te herinneren hoe Anjalis er had uitgezien. Hij overdreef het fauneske, de schuine ogen en de grote glimlachende mond, maar ontdekte dat zijn portret goed geleek; het was weliswaar wat grof, maar het leek. Het hele gezelschap werd rond de tafel verzameld en Pantagathus zei: 'Ergens in Jeruzalem moeten we deze man vinden. Hij kan als straatventer optreden, of als priester, hij kan in feite elke vermomming hebben aangenomen. Hij kan in een paleis wonen, maar ook in de sloppenwijken, in een herberg, een bordeel of in het huis van de hogepriester.'

'En als we hem vinden?'

Die vraag kwam van Hyperides, de oudste van de slaven, een man die zich Anjalis nog kon herinneren uit zijn tijd in het huis van Cornelius.

Marcus dacht na.

'Als jullie hem vinden, moeten jullie hem zonder dat iemand het hoort zeggen dat Marcus Scipio in Jeruzalem is. In het Latijn.'

'En dan?'

'Dan', zei Marcus langzaam, 'is de volgende stap aan hem.'

Bijna een week lang liepen ze alle straten door; ze bezochten iedere markt, wachtten voor elke synagoge en mengden zich in herbergen en wijnhuizen onder allerlei mensen. Zelfs Marcus en Pantagathus, die toch gewend waren aan lange legermarsen, kregen pijn in hun voeten van de zoektochten door de stegen.

En het was allemaal vergeefs.

Op de derde dag dachten ze dat ze een beetje geluk hadden. In het huis in Bethanië arriveerde laat in de avond de jood van hun schip en Marcus realiseerde zich meteen: dit is de man die voor ons in Bethlehem informatie kan inwinnen.

Met nauwkeurige instructies vertrok de jood naar het stadje en hij kwam met een ongelooflijk verhaal terug. Iets meer dan dertig jaar geleden was er een nieuwe, heldere ster boven Judea verschenen. Deze was langs de hemel getrokken, maar blijven staan boven een stal in Bethlehem. Engelen waren uit de hemel neergedaald...

'Ik word gek', zei Pantagathus.

'De herders die buiten op de velden in de buurt van de stal bij hun schapen waakten, hoorden een lied. Enkele dagen later kwamen er drie Chaldeeuwse wijzen op hun kamelen door de bergen gereden. Ze vroegen waar de nieuwe koning was.'

'Zeiden de mensen ook hoe die gekleed waren?'

'Ja, ze konden hen tot in detail beschrijven: zwartfluwelen tunica's en capes die gevoerd waren met lila zijde. Verder droegen ze zware gouden kettingen.

De Chaldeeërs stapten af bij de stal, waar pas een kind geboren was.'

'Maar dat is toch absurd', zei Pantagathus. 'Joodse vrouwen brengen hun kinderen toch niet in een stal ter wereld.'

'Ze zeiden dat de stad vol was met mensen die waren gekomen voor de volkstelling, en dat er voor de moeder geen plaats was in een herberg.'

'Wat een onzin', zei Pantagathus. 'Joden hebben overal familieleden die hen kunnen opvangen.'

Zelfs de jood geloofde dit verhaal niet – althans enige tijd niet.

'Je hebt gelijk', zei hij. 'Het is absurd.'

'Ga verder', zei Marcus.

'De Chaldeeuwse magiërs hadden geschenken voor het kind bij zich: goud en kostbare kruiden.'

'En toen?'

'Toen verdwenen ze weer. En de dag daarna is het gezin met het kind gevlucht voor de massamoord waarvoor Herodes opdracht had gegeven. De oude mannen in Bethlehem hebben uit de schrift voorgelezen: "Een stem is te Rama gehoord, geween en veel geklaag: Rachel, wenend om haar kinderen, weigert zich te laten troosten, omdat zij niet meer zijn."'

De Romeinen die rond de tafel zaten, keken elkaar aan, niet in staat iets zinnigs in deze wonderlijke geschiedenis te ontdekken. Maar Marcus zag dat de joodse man diep geraakt was en hij vroeg: 'Wat betekent dit allemaal?'

'Dit komt overeen met de oude profetieën over de geboorte van de Messias', zei de man, en Marcus moest denken aan de profeet in Kapernaüm.

Net zoals alle andere nachten die hij in het huis in Bethanië doorbracht, droomde Marcus ook deze nacht over Anjalis. Hij zag hoe deze hem door de stegen van Jeruzalem tegemoet kwam, zijn schitterende mantel fladderend in de wind en met een lach die ieder moment van achter de zware oogleden kon doorbreken. Mooi als een god was hij, en het gebeurde wel dat Marcus huilend wakker werd; er lag weer een dag van troosteloos zoeken voor hem.

Op een keer ging hij naar de pottenbakkerij in Bethanië, waar hij buiten bleef staan wachten totdat Lazarus hem zou ontdekken. Toen de man met de blauwe ogen naar buiten kwam, zag hij er moe uit, met een doorschijnendheid waardoor het bijna leek of hij ziek was.

'Ik wil graag met u praten', zei Marcus. 'Waar...?'

'We kunnen hier wel bij de oven gaan zitten', zei Lazarus, die een plaats koos die vanaf de dorpsstraat goed uit het zicht lag.

'Gaat het niet goed met u?'

'Ik heb slechte longen; dat is vanaf mijn jeugd al zo.'

Lazarus ging met zijn rug tegen de warme ovenmuur zitten. Hij wiste zich het zweet van het voorhoofd en keek Marcus vragend aan. De Romein vertelde het hele verhaal, het hele lange verhaal over de Chaldeeër die hem het leven en het gezichtsvermogen had geschonken en die hem had beloofd dat ze elkaar in Jeruzalem zouden zien wanneer het leven voor Marcus onverdraaglijk werd.

'En dat is nu zo?'

'Ik heb mijn zoon verloren...'

Er werd gezegd wat er gezegd moest worden, de zinnen wisselden elkaar af en Lazarus was vriendelijk en meelevend, maar opeens wist Marcus... dat de man hem voor de gek hield, dat hij iets wist maar dat zou verzwijgen.

Het besef duurde maar heel even, maar toch was Marcus er zeker van en onderweg naar huis bad hij voor het eerst in zijn leven tot de god die hij niet kende.

Hij was zo overtuigd van zijn zaak dat hij het aan Pantagathus vertelde. Deze lachte hem niet uit.

'Ik heb hetzelfde gevoel,' zei de centurion, 'datzelfde onwankelbare gevoel dat ze iets weten, dat heel dit verrekte dorp iets weet. Heb jij de zusters van Lazarus gezien, de trotse Martha en de mooie Maria? Heb je gezien hoe ze kijken?'

'Nee.'

'De oudste kijkt bang en de jongste heel meelevend', zei Pantagathus, en Marcus bedacht dat ook de centurion na hun ontmoeting met de profeet van Nazareth veranderd was.

Toen ze die avond uit Jeruzalem terugkeerden, vertelde de kok dat er een jood op een paard bij Lazarus op bezoek was gekomen. En dat hij na korte tijd weer was verdwenen.

'Hij reed alsof het paard door de duivel op de hielen werd gezeten', zei de kok.

Pantagathus was bezorgd en die nacht zette hij wachtposten uit. 's Ochtends kwam de jonge Jozef met versgebakken brood voor hun ontbijt. Hij zei: 'Alles zal weldra goed komen, Marcus Scipio.'

Hij wilde er weer tussenuit knijpen, maar Pantagathus pakte hem stevig in zijn nekvel en liet hem niet gaan: 'Jij hebt heel veel aan de generaal te danken, Jozef. Wordt het geen tijd dat je nu aan je afbetaling begint?'

'Dat doen we toch, dat is toch wat we doen?' zei Jozef, en Marcus brulde: 'Laat die jongen los!'

Toen Jozef door de tuin huppelde, hoorden ze hem luid lachen van blijdschap en allebei voelden ze hoop, een plotselinge en ongemotiveerde hoop die de atmosfeer verwachtingsvol deed trillen.

Pantagathus gooide de luiken open van de grote kamer waarin Marcus zijn intrek had genomen. Het kille zonlicht stroomde over de kale bergen. Alles was net als anders en na een poosje vonden ze het moeilijk om in hun eigen hoopvolle stemming te geloven.

Maar de zoektochten in Jeruzalem werden voor die dag afgelast. Terwijl 's avonds de laatste zonnestralen over de bergen gleden en ze in een gouden gloed zetten, riepen de slaven die de wacht hielden: 'Er komen Romeinse troepen aan!'

Marcus en Pantagathus beklommen de trap naar het dak en zagen twaalf man van het wachtbataljon uit Jeruzalem recht op hen afkomen.

'Ze hebben hem gevonden', zei Pantagathus somber. 'Ze zijn ons vóór geweest.'

Toen de soldaten Bethanië bereikten, was er geen mens op straat en verschanste het dorp zich rond zijn geheimen.

Marcus trad de officier van het bataljon in de deuropening tegemoet en zag meteen dat de man bang was en in verwarring. Ze hadden een paar uur geleden bij een routinecontrole in Efraïm een man opgepakt, een oude joodse schoenmaker, zo rapporteerde hij. De jood had in een leren zakje onder zijn kleren een grote edelsteen gedragen en was naar Jeruzalem meegenomen voor verhoor. Hoewel ze hem zweepslagen hadden gegeven, had hij geweigerd te vertellen hoe hij aan de kostbare robijn was gekomen, maar toen de dienstdoende officier de steen aan een nader onderzoek onderwierp, had hij aan de onderkant het ingegraveerde wapen van de Scipio's aangetroffen.

'Dat is hem!' schreeuwde Marcus.

'Een joodse schoenmaker.' In de stem van Pantagathus klonk twijfel door.

'Hij heeft die robijn van Cornelius Scipio gekregen toen we in Ostia afscheid namen.'

Marcus zat al in het zadel toen hij die woorden sprak. In razende vaart reed hij de bergen uit, dicht op de hielen gezeten door Pantagathus en de Romeinse soldaten.

Toen Marcus en Pantagathus kwamen binnenstormen in de duistere kelderruimtes onder de burcht Antonia lag de robijn dreigend rood en fonkelend op de tafel van de dienstdoende officier. Deze verbleekte toen Marcus schreeuwde: 'Dat is hem, hij heeft de vorm van een roos. Waar is de man?'

'Ik ben bang dat hij er niet zo best aan toe is', zei de officier, en Marcus schreeuwde: 'Als het Anjalis is, zult u ervoor boeten met uw leven.'

Terwijl Marcus door de keldergangen rende, moest hij vreemd genoeg denken aan Cornelius. De oude man had hem de roos ooit laten zien en gezegd dat dit het teken van de goden was dat de Scipio's een uitverkoren geslacht waren.

Waarom had hij die steen verdomme aan Anjalis gegeven?

De verhoorkamer stonk naar ontlasting en urine, en tussen de naakte stenen van de muur was een eenzame olielamp bevestigd die een flakkerend licht door de kelderruimte verspreidde. Toch duurde het even voordat hun ogen aan de duisternis gewend waren.

Op wat stro in de hoek lag een oude jood die veel pijn had. Zijn lange witte baard was vergroeid met een flinke bos verrassend zwart haar.

Geen krullen, zoals de joden hebben, dacht Pantagathus, die Marcus vragend aankeek. Deze schudde langzaam zijn hoofd en liet met een gevoel van hopeloosheid zijn schouders hangen. De centurion moest toegeven dat de oude man op de vloer geen gelijkenis vertoonde met het portret dat Marcus had getekend.

'Toch moet hij iets weten.'

'Hij heeft de robijn waarschijnlijk alleen maar gevonden', zei Marcus.

De kwetsbaarheid en kinderlijke vertwijfeling in zijn stem doorbraken de duisternis van de jood; de grote mond van de man vertrok wat en zijn nog halfgesloten ogen kwamen tot leven. Met een verrassend krachtige en mooie stem zei hij in klinkend Latijn: 'Dus nu zien we elkaar weer, Marcus Scipio. Zoals afgesproken: in Jeruzalem.'

Marcus liet zich langzaam op zijn knieën vallen en pakte de smalle hand. Hij herkende die nu, ook al was hij versleten en zat hij onder de eeltplekken, als na hard werken, slavenarbeid.

In de gangen van de kelder hoorde hij Pantagathus schreeuwen. Er moest eerst een dokter komen, en warm water en medicijnen. Daarna volgde een stroom van verwensingen: degene die de vriend van de keizer, de filosoof op wie Tiberius in Rome zat te wachten en die Marcus Scipio hier kwam ophalen, had mishandeld, wachtte de ergste straf.

Pantagathus had zijn zelfbeheersing verloren.

Toen kwam de dokter, een Griek, vergezeld door zijn assistenten. Anjalis werd op een draagbaar gelegd en naar een grotere en lichtere ruimte gebracht, vlak achter de wachtkamer. Zijn hele lichaam werd gewassen en hij werd op zijn buik gedraaid, zodat de dokter de diepe wonden van de zweepslagen op zijn rug kon schoonmaken.

Het rook naar onverdunde alcoholazijn, en toen de dokter met geroutineerde handen een verband om zijn lichaam aanlegde jammerde Anjalis.

'Hij is jonger en sterker dan hij eruitziet', zei de dokter tegen Marcus. 'Maar zorg ervoor dat de wonden schoongehouden worden zoals ik het heb gedaan. En geef hem veel te drinken.'

'Mag hij vervoerd worden?'

'Natuurlijk, hoe verder hij van deze plaats weg is, hoe beter hij zich zal voelen.'

'Wilt u bij ons langskomen? Wij wonen in Bethanië.'

'Dat weet ik', zei de dokter. 'Ik kom overmorgen. Maar hij is niet in levensgevaar; hij redt het wel.'

De vermoeide ogen van de dokter keken de Romein strak aan en er school een smeekbede of een waarschuwing in zijn blik. Op hetzelfde moment besefte Marcus dat hier, in deze kamer, gevaar loerde.

'Laat een draagstoel komen', zei hij, en een van de soldaten verdween.

Maar de officier zei: 'Hij is onze gevangene.'

Marcus' wenkbrauwen schoten omhoog en hij zei met een uiterst afgemeten stem: 'Beseft u wel tegen wie u praat?'

De officier sloeg zijn ogen neer en liet hen passeren.

De dokter en zijn assistenten liepen mee naar buiten en gaven Pantagathus medicijnen en verband mee. Voordat ze afscheid namen zei de dokter heel zachtjes: 'Zorg ervoor dat u zo snel mogelijk een boodschapper naar de keizer stuurt, Cornelius Scipio.'

Marcus knikte; de man had natuurlijk gelijk. Maar het was ook evident dat ze geen bericht naar Rome konden sturen.

Marcus liep naast de draagstoel. Toen ze de Olijfberg op liepen, realiseerde hij zich hoe slecht ze ervoor stonden, maar hij was zo enorm blij dat hem dat nauwelijks kon schelen. De enige mensen op wie ze nu moesten vertrouwen, waren de dorpsbewoners.

Pantagathus was vooruit gereden, veel bezorgder dan Marcus. Die verdoemde officier in de burcht Antonia kon ieder moment tot bezinning komen, en dan zou de legaat Scipio op weg naar huis het slachtoffer worden van een eenvoudige en betreurenswaardige roofoverval. De vraag was alleen of de officier zonder toestemming van Pilatus zou durven handelen.

De centurion had de groep slaven snel op de been, en in een stevige formatie reden ze de draagstoel tegemoet. Pantagathus was er zich echter maar al te goed van bewust dat ze gering in aantal waren en dat zijn mannen geen soldaten waren.

Hij maakte zich nog meer zorgen toen hij in de bergen mensen meende te ontwaren.

Ik verbeeld het me, dacht hij. Ze kunnen niet nu al spionnen hebben uitgezonden.

Door de koude avondlucht kwam Anjalis bij kennis en hij duwde het gordijn van de draagstoel opzij. Nu keek hij naar Marcus; zijn grote spottende ogen zochten naar het gezicht van de Romein.

'In mijn herinnering ben je altijd een kleine jongen gebleven, generaal', zei hij.

Marcus glimlachte en in zijn stem klonk een gelukkige lach door toen hij antwoordde: 'Ik had ook zo mijn beelden, Anjalis. En ik kan mijn verbazing nauwelijks onder woorden brengen.'

'Natuurlijk, Marcus, ik ben je een lange verklaring schuldig.'

'Morgen, Anjalis.'

'Ja.'

Hij leek weer in te slapen, maar voordat ze het dorp en het huis hadden bereikt, keerde zijn stem terug en ditmaal klonk hij verwonderd.

'Wanneer een man wordt gemarteld, Marcus, is het niet de beul die de vijand is, maar de wrok die hij diep in zijn binnenste heeft begraven. De verborgen woede.'

'Voelde je een grote woede?'
'Groter dan ik me bewust was.'

Pantagathus kwam hun met alle dienaren uit hun huis tegemoet.
'Ik denk dat er gewapende mannen in de bergen zitten.'
'Zo snel kunnen ze er toch niet zijn.'
'Toch zitten ze er', zei Pantagathus, die begon te vloeken maar door de stem uit de draagstoel werd onderbroken.
'Dat zijn mijn mensen; jullie hoeven je niet ongerust te maken.'
Pantagathus keek Marcus veelbetekenend aan en ze slaakten allebei een diepe zucht toen ze zich realiseerden dat dit waar moest zijn.

Anjalis was net in Marcus' bed gelegd, toen er aan de deur werd geklopt. Er stapte een man naar binnen, zonder uniform maar toch op en top een soldaat, gewend aan de strijd, beheerst, getraind om bevelen uit te delen.

Hij wierp een blik op de slapende Anjalis en zei: 'Ik zeg niet wie ik ben, maar ik wil een vertrouwelijk gesprek met Scipio en de centurion.'

Hij sprak het perfecte Grieks van een ontwikkeld mens.

Ze gingen in de kamer van Pantagathus aan tafel zitten.

'We zijn in een vreemde situatie beland, generaal. Voordat ik verder vertel, wil ik weten wat jullie plannen zijn met de man die jullie Anjalis noemen.'

'Ik wilde hem zien, hij was...'
'Dat weet ik.'
'Ik hoopte de hele tijd dat ik hem eerder zou vinden dan de mannen van Pilatus. Het spijt me verschrikkelijk dat...'
'U bent niet van plan hem naar Rome te voeren?'
'Nooit.' Marcus schreeuwde bijna. 'Nooit van zijn leven gaat Anjalis naar Tiberius.'
'Bent u bereid daar een eed op te zweren?'
'Ja.'
De Zeloot, want Marcus en Pantagathus hadden inmiddels allebei begrepen dat ze een Zelotische aanvoerder tegenover zich hadden, nam hen de eed af, en Marcus zwoer bij de geesten van zijn

voorouders, de eer van zijn familie en alle Romeinse goden.

'Dit is een vreemde samenwerking,' zei de Zeloot, 'maar wij bieden u bescherming zolang Johannes zich bij u bevindt.'

'Johannes?'

'Zijn naam is Johannes en hij is een discipel van Jezus van Nazareth', zei de Zeloot, die in de richting knikte van de kamer waar Anjalis sliep.

'Ik had het moeten weten', fluisterde Marcus.

Maar Pantagathus zei: 'De Romeinen zijn nu natuurlijk al op de Olijfberg, op weg hiernaartoe.'

'Dat denk ik niet', zei de Zeloot. 'Ze wachten tot morgen en dan zetten ze alleen wachtposten neer.'

Hij lachte: 'Het zou mij zeer verbazen als ze het huis zouden bestormen. Maar als ze dat mochten doen, dan zijn jullie al weg. Op dit moment is het 't belangrijkste dat we een boodschapper naar het schip in Caesarea sturen.'

Marcus kon het niet opbrengen om te vragen hoe het kon dat de man op de hoogte was van Eneides' schip. In plaats daarvan vroeg hij: 'Hoe krijgen we daar een boodschapper naartoe?'

'Dat regelen wij wel', zei de Zeloot. 'Als de dageraad aanbreekt, hebben wij al een man op het schip.'

'Zorg ervoor dat het uitwijkt naar Tyrus of een andere havenstad die niet onder Pilatus' gezag staat.'

De Zeloot knikte en nam Pantagathus mee om hem de vluchtwegen naar de bergen te wijzen. Toen de centurion terugkeerde, was hij heel tevreden.

'Binnen een mum van tijd zitten we in de grotten van de Zeloten', zei hij. 'Ga nu maar slapen, Scipio, we zijn zo veilig als jonge vogels in hun nestje. Het is een lange dag geweest.'

NOG VOORDAT HIJ die ochtend zijn ogen had opengedaan wist Marcus dat alles goed was, dat hij een kind was en er voor hem gezorgd werd en dat hij niet droomde.

Hij keek Anjalis aan en zei: 'Kun je die baard niet afscheren?'

En de bulderende lach, die Marcus zich al die jaren had proberen te herinneren, rolde door de kamer.

'Dat is misschien wel een goed voorstel', zei Anjalis. 'Maar mag ik eerst ontbijten?'

Zijn gezicht vertrok van pijn toen hij opstond, en op weg naar de badkamer moest Marcus hem ondersteunen. Toch had hij wel trek en hij at met smaak.

'Goeie genade', zei hij toen hij weer terugkeerde. 'Ik heb mezelf al jaren niet meer in de spiegel gezien. Ik geloof dat je gelijk hebt over die baard.'

Marcus was trots op zijn barbier, die vlotte handen had en zeer bekwaam was. De barbier op zijn beurt had eindelijk iets te doen gekregen dat zijn meesterschap waardig was.

Pantagathus was verbijsterd toen hij een poosje later binnenkwam.

'U wordt steeds jonger', zei hij. 'En u gaat steeds meer op de tekening van Scipio lijken.'

'Mag ik die eens zien?' vroeg Anjalis.

'Het is een karikatuur', zei Marcus, maar hij zag wel dat Anjalis' verbazing iets anders gold toen deze de schets bestudeerde.

'In de bergen wemelt het nu van de Romeinse spionnen', zei Pantagathus, die zich geen zorgen maakte maar wel wilde dat iedereen in huis de spullen onder handbereik had die ze bij een snelle vlucht nodig zouden hebben.

'Het is goed dat u uw uiterlijk hebt veranderd', zei hij tegen Anjalis. 'Over een paar dagen zal geen Romeinse beul u meer herkennen.'

'Ben je overgelopen?'

'Je moet in het leven voortdurend overlopen', antwoordde Pantagathus. 'Als je tenminste wilt overleven.'

En daarna waren Marcus en Anjalis eindelijk alleen.

'Ben je in staat om te vertellen?'

'Jawel, Marcus, de vraag is alleen waar ik moet beginnen. Maar ik denk dat ik doe wat we deden toen jij nog klein was, en dat ik ver terugga in de tijd.'

'Duizend jaar geleden...' zei Marcus, en Anjalis glimlachte toen hij hem corrigeerde.

'Duizenden jaren geleden berekenden de oude Soemeriërs dat de aarde ongeveer om de tweeduizend jaar een nieuw astrologisch teken binnenging', zei hij. 'Volgens hen werd er bij ieder tijdperk op aarde onder de mensen een nieuwe gedachte geboren en kwam er langzaam maar onverbiddelijk een verandering tot stand. Ik geloof dat ik nog niet eens had leren praten toen ik al wist dat we bezig waren het tijdperk der Vissen binnen te gaan en dat God in een menselijke gedaante geboren zou worden.'

'Om aan die nieuwe gedachte uitdrukking te geven?'

'Ja.'

Anjalis vertelde hoe Saturnus vlak bij de aarde met Jupiter samenkwam en dat er toen een nieuwe ster ontstond die een poosje bleef stralen en daarna in het heelal verdween.

'Wij hadden al onze aandacht op die ster gericht', zei hij. 'Waar de ster bleef staan, zou God worden geboren.'

'En hij bleef staan boven een stal in Bethlehem?'

'Dat weet je al?'

Marcus vertelde over de jood die hij naar Bethlehem had gestuurd, en Anjalis zei glimlachend: 'Een van die wijzen was Balthazar.'

'O', zei Marcus. 'Ik weet dat hij is overleden. En Me Rete...?'

'Zij heeft nog jaren geleefd, op het laatst verbleef ze voornamelijk in Egypte. Maar ze is vijf jaar geleden gestorven.'

Ze deden er beiden een poosje het zwijgen toe. Daarna vervolgde Anjalis zijn verhaal.

'Ik was een van degenen die werden aangewezen om het godenkind te volgen', zei hij. En hij vertelde hoe zijn reizen naar Griekenland en Rome eigenlijk alleen maar een oefening waren geweest voor zijn grote opdracht: om in Nazareth in de buurt van het kind

te leven om het allemaal te kunnen vertellen.
'Maar je bent toch naar India gegaan?'
'Nee.' Anjalis was heel verbaasd toen Marcus vertelde over zijn ontmoeting met de Chaldeeër in Athene en over wat deze had gezegd.
'Ze zullen wel bang zijn geweest dat de Romeinen navraag gingen doen', zei Anjalis. 'Het was immers geen onderdeel van het plan dat ik in Rome beroemd zou worden, snap je. Ik ben direct naar Jeruzalem gereisd, en daar was ik zo verdrietig over als een mens maar kan zijn.'
'Ik weet het.'
'Toen je daar op de kade stond, Marcus, was je gezicht zo gesloten alsof het uit marmer gehouwen was.'
Marcus besefte dat ze de herinnering aan het afscheid in Ostia moesten laten voor wat die was en hij zei: 'Maar wat gebeurde er daarna?'
'Ik zag een jongen op de trap van de tempel. Dat was de eerste keer dat ik me realiseerde dat hij even oud was als jij. Toch was er iets anders, dat nog belangrijker was. Ik realiseerde me...'
'Wat?'
'Dat hij ook een mens was, een kind, dat veel tijd en zorg nodig had om het te begrijpen, om het te accepteren...'
'Hij wist niet wie hij was, bedoel je?'
'Inderdaad. En hij was immers net als andere kinderen; hij ging ervan uit dat iedereen was zoals hij, dat anderen zagen wat hij zag... O, goeie genade, Marcus, hij was zo... kwetsbaar...'
'Dat begrijp ik, ik denk dat ik dat wel begrijp', zei Marcus.
'Alle kinderen hebben een herinnering aan Gods heerlijkheid. Jij had dat in ruime mate, Marcus, hoewel jij veel hebt meegemaakt. Maar hij had alleen dit, begrijp je, en ik maakte me zorgen over wat hem zou overkomen wanneer hij begreep dat de mensen gebrek aan liefde hebben.'
'Ik begrijp het', zei Marcus opnieuw.
'Ik denk dat het door zijn kwetsbaarheid kwam dat ik de moeilijke opdracht aanvaardde en een joodse schoenmaker werd.'
'Maar schoenen maken is toch niet zo moeilijk?'

Anjalis' bulderende lach vulde de kamer. Marcus hoorde de vensterluiken ervan trillen, en de slaven op de bovenverdieping begonnen te giechelen.

'Schoenen maken niet, nee, Marcus, maar jood worden wel. Om te leren lopen, staan, zitten, eten en praten als een jood. En op een joodse manier te denken. Ik geloof niet dat iemand dat zal kunnen begrijpen...'

'Ik in ieder geval niet. Hoe ben je te werk gegaan?'

'Ik werd door een joods ambachtsgezin in Alexandrië geadopteerd en kreeg hun naam. Ik ging deel uitmaken van hun gezin om in het joodse patroon te worden ingeweven, en dat is veel ingewikkelder dan je je kunt voorstellen.'

'Wisten ze het?'

'Ja, zij behoorden tot de weinige ingewijden. Het zijn fatsoenlijke mensen, Marcus, of eigenlijk zijn het in veel opzichten fantastische mensen. En ergens was dat nog het ergste...'

'Ik kan je niet volgen.'

'Nee, jij zult wel nooit hebben begrepen hoe enorm hoogmoedig ik was, jij hebt die enorme, onmetelijke arrogantie van mij nooit gezien.'

Opnieuw vulde zijn bulderende lach de kamer.

'Ik begin het te begrijpen', zei Marcus. 'Daar zat de hoogopgeleide filosoof Anjalis, een man van de wereld die altijd grootse perspectieven voor ogen had en verbijsterende conclusies trok...'

'Precies, Marcus. Daar zat hij in een klein wereldje, waar de problemen bestonden uit de vraag wat men die dag moest eten, of de arme buurman wel geld zou hebben om de sandalen die hij besteld had te kunnen betalen en wie het vuilnis buiten moest zetten en water moest halen.'

'Maar het zullen toch wel... vrome mensen zijn geweest?'

'Ja', en Anjalis' stem sloeg over toen hij vervolgde: 'En weet je, dat was bijna nog het ergste. Ze hadden geen problemen met de zin van het leven en de zekerheid van de dood. Ze hadden het woord van God en er viel niets te discussiëren...'

'Dat klinkt... benijdenswaardig.'

'Zeker, en dat maakte het ook zo vreselijk.'

'Ik heb jouw... profeet horen zeggen: zalig zijn de armen van geest.'

'Dat heb ik ook gehoord, maar ik geloof niet dat hij deze mensen bedoelde. Want zalig zijn ze niet; ze maken vaak ruzie, en ze zijn kortzichtig en bevooroordeeld. Om nog maar te zwijgen over hun verveling; ze vervelen zich zo gruwelijk, Marcus. Het kan niet Gods bedoeling zijn dat de mens klein is en zich zo verveeld.'

Anjalis zocht naar bevestiging, maar Marcus' gedachten gingen in een andere richting.

'Was jij er ook bij in Kapernaüm?'

'Ja. Maar ik heb je niet gezien. En vlak daarna ben ik naar Nazareth vertrokken, om zijn moeder te bezoeken. Ik was niet meer in Kapernaüm toen jij hulp kwam vragen voor de jongen.'

'Vreemd, hè', zei Marcus, en Anjalis knikte. Na een poosje vervolgde hij: 'Toen ik terugkwam, was het net of hij mij iets wilde zeggen. Maar hij verkoos te wachten en ik ben met hem en de anderen naar de Jordaan gegaan. Pas vanochtend kwam het bericht van Lazarus, en toen begreep ik meteen wie die Romeinse officier in Kapernaüm was. Toen ben ik weggegaan om naar Jeruzalem te trekken. En werd ik in Efraïm opgepakt.'

Marcus zag dat Anjalis moe en bleek was en dat hij pijn had.

'We moeten je verband verschonen', zei hij.

'Is dat nodig?' Anjalis' blik sprak boekdelen.

'Ik denk van wel. Maar misschien wil je eerst eten.'

'Ik doe nog steeds alles wat nodig is om onaangename dingen voor me uit te schuiven', zei Anjalis. Ze glimlachten naar elkaar en hun gevoelens waren zo sterk dat ze er allebei verlegen van werden.

'We hadden je baard niet moeten afscheren', zei Marcus met troebele stem. 'Je gaat steeds meer op vroeger lijken.'

Op de slagvelden in Germanië en in de kampen in Nubië had Marcus al eerder wonden verzorgd. Hij deed het handig, maar maakte zich zorgen over de ontsteking rond de diepe vleeswonden.

Anjalis jammerde niet. Hij wil het niet te moeilijk voor mij maken, dacht Marcus, die over Eneides begon te vertellen, over de grote rederij die uit Anjalis' schenking was voortgekomen. Hiermee wilde Marcus Anjalis afleiden, en dat lukte, want Anjalis luisterde belangstellend, vergat de pijn en stelde een heleboel vragen.

Toen ze de luiken hadden gesloten en waren gaan liggen om middagrust te houden informeerde Anjalis naar Cornelius.

'Hij moet nu heel oud zijn.'

'Nee, het gekke is dat hij niet ouder wordt. Hij is niets veranderd, hij is nog precies zoals toen jij in Ostia afscheid van hem nam.'

'Dat is vaak zo met mensen die vroeg oud worden', zei Anjalis. 'Rond de vijftig zijn ze oud, maar daarna verouderen ze niet verder.'

Na een poosje veranderde Anjalis' ademhaling; die werd traag en zwaar, en toen Marcus zag dat de Chaldeeër sliep, glimlachte hij tevreden.

Zelf was hij klaarwakker. Hij lag op zijn rug met zijn handen onder zijn nek naar het plafond te staren en hij was buitengewoon verheugd. God zelf had Anjalis nodig gehad.

Morgen is het mijn beurt om te vertellen, dacht hij. Ik weet dat hij mij zal begrijpen.

Tijdens de lange middaguren was Anjalis vermoeider, zijn verhaal kwam er hortend en stotend uit.

'Het is moeilijk om het allemaal uit te leggen, Marcus, al die jaren nadat ik van Alexandrië naar Nazareth was verhuisd en alleen nog maar een maand per jaar thuiskwam in Ur. Ik zat mijn schoenen te naaien in de werkplaats van Jonathan. Dat is een broer van Zebedeüs de visser, en familie van het gezin in Alexandrië. Wanneer het leven tot rust komt, valt er niet zoveel meer te vertellen; ik leefde voor de momenten waarop het kind langskwam.'

Hij ging op in zijn herinneringen. Dit viel ook niet te beschrijven: de donkere werkplaats, zijn rug die pijn deed en krom werd, de futiliteiten waarover Jonathan mopperde, en dan opeens ging de deur open en stond de jongen daar met een paar schoenen die gerepareerd moesten worden, of met een boodschap van zijn moeder. Dan lichtte het vertrek op, blijdschap drong door in elke hoek en ieder hart. Die grote vanzelfsprekende blijdschap, wit als het licht dat het kind uitstraalde.

'Ik besefte al snel', zei hij, 'dat de jongen minder hulp nodig had dan ik had gedacht. Want weet je, hij heeft een sterke moeder.'

Ze deden er lang het zwijgen toe, maar toen Anjalis weer verder ging met zijn verhaal had zijn stem een vollere klank: 'Ik zou je graag een beeld van Maria schetsen.'

'Is ze mooi?'

'Ja, dat geloof ik wel, maar net als bij Jezus is het bij haar ook zo dat niemand zich herinnert hoe ze er nu eigenlijk uitziet. Het lijkt wel of uitverkoren mensen geen sporen nalaten in de wereld die wij met onze zintuigen kunnen waarnemen.'

'Dat klopt', zei Marcus. 'Ik heb veel nagedacht over hoe hij er nu eigenlijk uitzag, de man die mij in Kapernaüm de ogen heeft geopend.'

'Wat is er toen gebeurd, Marcus?'

'Nee, vandaag is het jouw beurt. Morgen zal ik mijn verhaal wel vertellen.'

Anjalis knikte en hernam zijn beschrijving van Maria.

'Ze moet de waarheid vanaf haar geboorte hebben geweten en daarom totaal onkwetsbaar zijn. O, Marcus, het heeft zo lang geduurd voordat ik begreep wat het wezenlijke is: dat alleen de leugen kwetsbaar is. De waarheid kan niet worden gekwetst of kapotgemaakt.'

Marcus voelde zich nu voor het eerst niet op zijn gemak en ging in de verdediging.

'En wat is de waarheid?'

'Die vraag kun je niet op die manier stellen. Het gaat meer om oprecht zijn.'

'En wie is oprecht?'

Het bleef lang stil voordat Anjalis' antwoord kwam, maar dat was dan ook eenduidig: 'Degene die het onschuldige begrijpt, en dat tot het punt heeft gemaakt van waaruit hij de wereld bekijkt.'

'En dat doet Maria?'

'Ja.'

Marcus stond op en zette de laatste luiken open. Het werd met de dag warmer; het voorjaar waar de grond van droomde, was onderweg en er lag een glimlach over het schrale landschap.

'Je zult wel gelijk hebben, Anjalis', zei hij. 'Ik ben nooit in de buurt gekomen van de waarheid, en wat onschuld is kan ik me niet eens voorstellen.'

Hij draaide zich om en keek Anjalis aan. Hij zou het liefst in diens bed kruipen, een nestje maken onder diens oksel en zijn neus tegen de hals van de Chaldeeër willen vlijen. Zoals vroeger.

Zijn blijdschap verdween toen hij besefte dat dit onmogelijk was.

'Morgen, Anjalis. Morgen krijgen we een heel zware dag.'

'weet je, ik heb mijn moeder vermoord.'

Anjalis sloeg zijn zware oogleden neer voordat Marcus zijn blik kon zien; zijn gezicht werd vlak en gesloten, als het masker van een acteur in een Grieks drama.

'Het was simpel, Anjalis, er was niets aan. En ik werd er niet zwakker van, integendeel. Ik heb door de jaren heen, wanneer ik mijn... bijzondere positie... moest beschermen, kracht aan die herinnering kunnen ontlenen. Het was net een kostbaar geheim, dat ik de moed had kunnen opbrengen voor zo'n ongelooflijke daad.'

'Je hebt nooit spijt gehad.'

'Nee. Nu nog heeft de herinnering iets stralends, een gevoel van simpele, hemelse rechtvaardigheid. Ik kan er nooit aan denken zonder me eveneens te herinneren hoe Cornelia Seleme aan de slavenhandelaar overdroeg. Dat zijn twee gebeurtenissen die een diepere betekenis krijgen wanneer ze met elkaar worden verbonden. Jij maakt daar geen deel van uit, Anjalis; ze trekken een streep tussen de tijd van de vijfjarige die blind werd en van de veertienjarige die eigenhandig wraak nam.'

'Ik begrijp het. Wat is er daarna met je gebeurd?'

'Daarna was ik niet bang meer.'

Marcus' antwoord was opgewekt en eenvoudig, zoals blijdschap is voordat ze wordt overschaduwd door het verstand. Anjalis hoorde die toon en zei: 'Dus al jouw angst was van haar afkomstig.'

'Ja.'

'Maar het moet toch ook andere gevolgen hebben gehad?'

Marcus deed er lang het zwijgen toe en dacht na.

'Ik zei toch dat de moord jou buitensloot, jouw invloed op mijn leven. De deur naar de innerlijke kamer ging dicht, zo zwaar en definitief dat ik er zeker van was dat hij nooit meer zou opengaan. Zo zeker', herhaalde hij.

Nu sloeg Anjalis zijn ogen weer op en hij richtte zijn donkere blik op Marcus. Net als vroeger, dacht de Romein, net als vroeger kijkt hij dwars door mij heen, en hij ziet iets waar ik mijn ogen voor sluit.

'Ik ben opgehouden met tekenen', zei hij.
'Weet je ook waarom?'
'Ik vond het niet leuk meer. Er was veel gezeur over; Cornelius was teleurgesteld, maar toen hij zei dat hij jou had beloofd dat ik een kunstenaarsopleiding zou krijgen, wist ik dat mijn besluit juist was. Dus hield ik voet bij stuk, ook al schaamde ik me... vooral tegenover de kunstenaar bij wie ik les had.'

Hij zag het voor zich: de kamer waarin hij zat met Nobenius, de vele schildersezels, mensen die zich als schaduwen bewogen, bezig met de taak van vlees en bloed te worden, substantieel. Het vertrek had een dakraam op het noorden, en het licht dat daardoor naar binnen viel zette het atelier ongeacht het weer in een gelijkmatig grijs licht, stilstaand als een tere eeuwigheid.

Nobenius was klein en stevig, bijna dik, en had een smalle mond en een grote, vlezige neus. Hij leek totaal niet op Anjalis en in het begin was dat Marcus, de jongen die niemand meer tot zich zou toelaten, tot troost geweest.

Maar toen kwam hij tot de ontdekking dat Nobenius net zo keek als Anjalis, dwars door iemand heen, en dat hij dezelfde overgave eiste.

'Een lijn', zei hij, 'moet van het mysterieuze middelpunt van de aarde dwars door het menselijk hart de kosmos in gaan. Om die lijn te kunnen trekken is moed en een grote tederheid nodig.'

Marcus' lijnen waren gedreven en precies.

'Luister, jonge Scipio. De wereld heeft jouw tekeningen niet nodig om eruit te zien zoals ze eruitziet. Als jij vanuit jouw innerlijk de sprong in het onbekende niet durft te maken, heb je hier niets te zoeken.'

Terwijl het grijze middaglicht hen in stilte inbedde, bleef Marcus tekenen; heel knap, maar absoluut zonder talent.

'Ik weet gewoon dat je het kunt!' schreeuwde Nobenius. 'Ik heb de portretten bekeken die de Chaldeeër mij heeft laten zien. Bij alle goden, heeft hij jou alle kracht ontnomen toen hij verdween, die tovenaar?'

Marcus was dertien jaar, een leeftijd waarop een jongen liever sterft dan huilt. Hij probeerde zijn stem vast te laten klinken toen hij zei: 'Misschien is dat wel zo.'

In de wagen die hem door het donker naar huis bracht, durfde hij zich over te geven aan zijn allesomvattende gevoel van verlatenheid.

Maar de volgende dag keerde hij naar Nobenius terug, en de dag daarna ook.

Misschien had de kunstenaar de vertwijfeling van de jongen gezien, want hij hield op met vitten. En na een paar weken begon hij over Marcus' schouder instemmend te knorren, bij tekeningen die steeds onbeholpener werden.

'Je bent op de goede weg', zei hij.

Gek genoeg begreep Marcus hem.

Het kostte hem de hele winter om zijn handigheid achter zich te laten, en in zijn tekeningen het onrijpe te bereiken, het pijnlijke snijpunt waarop een lijn vol aarzeling is. Nobenius knorde steeds vaker.

Opeens moest Marcus denken aan de jongen die aan de ezel naast hem had gestaan, met een zoekend gezicht en ogen die brandden van een gepassioneerde verwondering... Hoe heette hij ook alweer?

Die jongen had zijn vriend kunnen worden.

Hij had wat Marcus miste: moed, de bereidheid om de sprong te wagen. Maar hij was geen knappe tekenaar.

'Ik zal jullie ziel uit jullie lijf trekken en ze goed door elkaar husselen voordat ik ze terugzet', zei Nobenius.

Ze moesten om hem lachen, en Marcus zei: 'Maar ondanks alles bent u toch geen god, hoor.'

Ook op het lelijke gezicht van Nobenius verscheen een onverwachte glimlach.

'Misschien moeten we daar alle drie maar blij om zijn.'

Naarmate het voorjaar verstreek, werd het steeds lichter in het grote atelier. Het grijs ging stralen en op een dag haalde Marcus diep adem; hij sloot het model op het podium buiten en begon een kindergezicht te tekenen. Hij wist de lijn van de tederheid te treffen waar Nobenius het over had gehad. Snel, recht uit zijn hart trok hij die, via zijn hand naar de tekening – terwijl hij doodsbenauwd was.

Wanneer de tekening af is, ga ik dood, dacht hij.

De ogen van het kind waren niet-ziend.

Hij is blind net zoals ik was.

Marcus merkte niet dat Nobenius achter hem stond, stil en even bang als hijzelf. Het kind had zijn niet-ziende blik ver in de eeuwigheid gericht.

Toen sprak Nobenius, zo zachtjes dat de woorden bijna niet te verstaan waren: 'Wat is het dat hij niet wil zien?'

Marcus draaide zich om naar zijn leraar en zag dat deze onstuimige man een enorm tedere blik in zijn ogen had.

'De waterlelie', zei Marcus.

'En jij kunt die ook niet zien?'

'Nee.'

'Heeft de tovenaar die meegenomen?'

'Nee', zei Marcus. 'Die heeft hij juist aan mij gegeven, maar ik... ik ben hem kwijtgeraakt.'

Opnieuw gleed er een ongebruikelijke glimlach over het gezicht van de kunstenaar.

'Als dat alles is', zei hij. 'Dan moeten we hem gewoon zoeken.'

De volgende dag dreef er een grote gele waterlelie in een schaal met water op Marcus' tafel.

'Die heb ik vannacht gestolen in de tuin bij het Capitool', zei Nobenius.

'U bent niet goed wijs', schreeuwde Marcus, die het risico kende van ieder simpel vergrijp in dit Rome waar de oude keizer stervende was en de atmosfeer vibreerde van angst.

'Natuurlijk niet', zei Nobenius. 'Ik dacht dat je dat wel begreep: dat gekte in feite de voorwaarde vormt.'

Marcus verplaatste zijn blik van het vlezige gezicht naar het gedeelte van het atelier waar Nobenius' eigen werk stond, en hij zag de tederheid en de totale overgave in diens schilderstukken.

'U bent weerloos', zei hij.

'Precies, Scipio. Alleen degene die zelf geen defensieve houding heeft, kan door de muren van de toeschouwer heen breken...'

Heel die middag zat Marcus met houtskool in zijn hand te kijken naar de waterlelie in de schaal. Hij zag hoe deze zich sloot en zich met een vanzelfsprekendheid en zonder weerstand te bieden, voorbereidde op de dood. Maar hij zette geen streep op papier.

Hij gaf het niet op; de herinnering aan de bloem, aan haar ziel, haar wezen, stond ook de volgende dag nog op zijn netvlies gebrand. En de dag daarna ook.

Hij slaagde er echter niet in haar te vangen.

Toen het zomer werd en de school dichtging, zei Nobenius: 'Vergeet haar maar een poosje, Marcus. Laat ze haar eigen geheime leven in jouw hart leven.'

Misschien had ze dat gedaan, misschien was ze er nog, dacht Marcus, en er ging een lichte verwondering over zijn gezicht terwijl hij naar Anjalis keek zonder hem te zien.

Dat najaar had hij Cornelia haar dodelijke drankje toegediend en pas nu, hier in dit huis in Judea, hoorde hij zijn eigen stem weer toen die zei: 'Drink maar, moeder.'

Het was de eerste en enige keer geweest dat hij haar 'moeder' had genoemd, en misschien was het uit dankbaarheid voor dat woord dat ze hem had gehoorzaamd.

Er kwam nog een herinnering bij hem boven, aan de jongen die vaak op een blauw rotsplateau bij Cornelius' huis in de bergen had gezeten, waar een bedwelmende geur van rozen hing. De jongen keek naar de tekening van het kind, het enige waardevolle dat hij tijdens de vele lessen bij Nobenius had voortgebracht. Nu, na Cornelia's dood en Salvius' vreselijke ziekte, had het beeld hem iets nieuws te vertellen: dat dit kind dat weigerde om te zien, wijsheid en verstand bezat.

Traag verscheurde hij de tekening en hij nam het besluit om nooit meer naar de lessen terug te keren.

Marcus staarde in de verte, maar nu keerde hij terug en richtte zijn blik langzaam op Anjalis.

'Zoals gewoonlijk heb je gelijk', zei hij. 'Maar een veertienjarige is niet zo absoluut; hij kan voor het gedeeltelijke zien kiezen.'

'Het uiterlijke?'

'Ja. Toen ik ophield met tekenen kon ik worden waarvoor ik

geboren was: een Romeinse soldaat. Mijn innerlijke kamer werd niet groter meer en ik kon mijn plaats in de wereld innemen.'

'Jij ziet het als een verdeling van terreinen?'

'Meer als een verdeling van energie. Met tekenen was het alsof ik mijn kracht verloor. Niemand begreep dat, zelfs jij niet.'

'Wat dan?'

'Dat ik niet zoveel kracht had, dat ik was geboren met een verlamde wil om te...'

'Een verlamde wil om te leven', zei Anjalis somber.

'O, je wist het dus wel.'

Ik ben nog nooit zo verdrietig geweest als nu, dacht Marcus. Vreemd dat ik er niet aan doodga. Maar ik weet dat er nog veel meer is, en dat hij mij niet zal laten gaan voordat alles eruit is.

Anjalis, die Marcus' gedachten altijd al had kunnen raden, zei: 'Je bent getrouwd?'

'Ja, met Marcia.'

'De sterkste dochter van de flamen', zei Anjalis knikkend. 'Heb je gelukkige tijden gekend?'

'In het begin... Ik had de vage verwachting dat ze... dat ze me zou zien.'

'Het arme kind.'

'Ja, ik heb haar gekwetst, haar vrouwelijkheid gekwetst. En wie gekwetst wordt op grond van haar geslacht, kan dat moeilijk vergeven.'

Vervolgens stelde Anjalis de vraag die al de hele dag in de lucht hing.

'Waarom ben je naar Jeruzalem gegaan?'

Marcus wilde vertellen over zijn overleden zoontje, maar zei: 'Misschien dat ik me van mijn dankbaarheid wilde ontdoen.'

Voor het eerst in hun gesprek had hij Anjalis gekwetst. Deze sloot opnieuw zijn ogen, zijn spotzuchtige mond vertrok van pijn en hij sprak met troebele stem: 'Je bent me niets verschuldigd. Wat ik van jou ontving, was kostbaarder dan het leven; dat is met de liefde van kinderen altijd zo. Dat is ook wat Jezus bedoelt wanneer hij zegt dat we allemaal als kinderen moeten worden.'

Marcus stond bij het raam en zag hoe de duisternis over Judea inviel. Achter de bergen in het oosten verscheen de eerste ster aan de hemel, en Marcus besefte dat alles wat hij nu ging zeggen belangrijk was, dat hij moest ophouden met spotten en oprecht moest zijn.

Dat het waarheidsgehalte van ieder woord gewogen moest worden.

'Ik ben gekomen om te sterven', zei hij. 'Ik wil dat al een hele tijd, misschien mijn hele leven al. Maar jij verhinderde dat en jouw kracht is groot.'

'Ja.'

'Weet je het al?'

'De innerlijke kamer is altijd sterker, vooral als je doet wat jij hebt gedaan: de deur sluiten en het ontkennen. Maar ga verder.'

'Het is alsof jij een contract met mij had gesloten. Ik ben gekomen om dat te verbreken.'

'En als ik weiger?'

'Als je nog iets van liefde overhebt, Anjalis, dan doe je dat niet. We hebben nog een paar dagen samen hier in dit huis in Judea. Als we die goed gebruiken, ontslaan we onszelf van de afspraak, paragraaf voor paragraaf.'

Enige tijd later was het alweer tijd om Anjalis' verband te verschonen. Marcus' handen waren teder alsof hij een kind verzorgde, en licht als vogelvleugels. Toch kon Anjalis een jammerkreet niet onderdrukken toen de pus uit de open wonden werd geveegd.

'Het doet vanavond buitengewoon veel pijn', zei hij. Marcus' hart bonkte bezorgd en hij dacht: waarom geneest het zo langzaam?

'Ik haat die Romeinse beulen', zei hij. 'En ik ben zelf een van hen.'

DE VOLGENDE OCHTEND hernam Anjalis het gesprek alsof de nacht en de slaap er niet waren geweest.

'In de jaren dat ik in Nazareth zat, heb ik veel Romeinse soldaten gezien. Sommigen keerden terug uit de grensoorlogen aan de Eufraat en keken gelukkig. Anderen, degenen die deel uitmaken van de bezettingsmacht hier, zijn altijd bang; die leven in een angst die hen wreed maakt.'

'Ze leiden een gevaarlijk leven.'

'Ja, ik kan hen wel begrijpen. Toch zit er ook iets raadselachtigs aan en ik heb me vaak afgevraagd wat zich in de ziel van een krijger afspeelt.'

'En tot welke conclusie ben je gekomen?'

Marcus' vraag was niet spottend bedoeld en hij glimlachte om de scherpe kantjes er wat af te halen. Anjalis moest lachen.

'Maar Marcus, mijn vragen leiden altijd tot nieuwe vragen, dat weet je toch nog wel? Het is niet de observator die de antwoorden vindt.'

'Wie dan wel?'

'Ik denk wel eens dat degene die handelend optreedt, zoals de soldaat...'

'Nee', zei Marcus zeer resoluut. 'Het mooie van handelend optreden is dat vragen dan uitgesloten zijn. Tijdens de strijd heb je geen tijd om dingen te overwegen, trouwens überhaupt niet om te denken. En wanneer je dienst doet in landen waar oproer is, zoals hier, heb je slechts één gedachte en dat is een simpele.'

'Maar gedachten zijn immers maar één onderdeel van je ervaring, een verwerking van wat dieper verborgen ligt?'

Marcus schudde zijn hoofd.

'Datgene waar de krijger tegenover komt te staan, betekent het eind van alle vragen.'

'De nabijheid van de dood?'

'Ja, pas dan krijgt het leven zin. Dat is zo'n sterk en duidelijk gevoel, Anjalis. Op de een of andere onverklaarbare wijze wordt het leven midden in de slachting heilig. Zelf heb ik altijd dood gewild, en toen ik naar mijn eerste treffen ging, was ik wild van verlangen. Maar op het moment dat ik het enorme, angstaanjagende vijandelijke leger zag, dat in perfecte slagorde was opgesteld, bad ik net als alle anderen: laat me overleven. Die overlevingsdrang was zo overweldigend... en zo fantastisch... dat ik net als alle andere gekken het gevoel kreeg dat het een belofte inhield.'

Hij lachte en schudde zijn hoofd. Opeens was hij in staat te vertellen over de jonge Galliër tijdens de slag bij Augustodunum, de eerste die hij had gedood. Hij vertelde over de enorme verwondering in de blauwe ogen van de man toen hij besefte dat hij zou sterven.

'Ik heb zijn hoofd in tweeën gespleten', zei hij. 'Maar ik zag zijn enorme verbijstering nog wel. Ik moest daar verschrikkelijk om lachen, een lach die uit de onderwereld komt en dwars door je lichaam gaat. En als je dat een keer gezien hebt, dan wil je het opnieuw zien, verlang je er aldoor naar dat bliksemsnelle moment te zien waarop die grote verwondering zich verspreidt op het gezicht van de stervende. En naar de lach, je eigen lach uit de afgrond. Als je tijd hebt en een beetje geluk, dan kun je zien hoe die verbijstering er ook in de dood nog is.'

Marcus vertelde verder over de extase, het ongelooflijke gevoel van bevrijding wanneer duizend individuen, zesduizend, twaalfduizend, één lichaam werden met één wil. Wanneer alles wat hen scheidde verdween.

'Dat is een overweldigende ervaring', zei hij hunkerend terwijl hij naar Anjalis' gezicht keek.

Dat was bloedrood. Van woede?

'Waar jij het over hebt, is je ontdoen van je verantwoordelijkheid als mens.'

'Ja', zei Marcus simpelweg.

Ze werden onderbroken door de kok die het ontbijt kwam brengen. Marcus moest denken aan de antilopen in het woestijnbergte van Nubië wanneer honderden dieren zich bewogen alsof ze één waren, en hoe mooi dat was, hoe functioneel. Hij glimlachte naar Anjalis en zei: 'Jij vroeg me toch of ik wilde vertellen?'

Anjalis erkende dat meteen: 'Ja, vergeef me. Maar er is op deze wereld bijna niets wat mij zo bang maakt als de massa die zich tot één ziel en één lichaam verenigt, bereid tot wat voor weerzinwekkendheden ook.'

'Maar wat denk je dan dat een slagveld is?'

Ze aten zwijgend. Anjalis had trek. Marcus, die Anjalis' verwondering voelde, zei: 'Ik weet natuurlijk niet hoe anderen het ervaren, er wordt niet over gepraat. Er zullen wel soldaten zijn die de waanzin willen overleven, vanwege de eer van Rome, Gods grootheid, de vrijheid van het volk, of wat dan ook. De joden zijn daar een goed voorbeeld van.'

Anjalis knikte, en in gedachten ging hij ver terug in de tijd.

'Ja,' zei hij, 'de joden zijn daar een voorbeeld van. Pas toen ik jood werd, begreep ik wat een cultuur is; dat dat betekent dat je ieder afzonderlijk fenomeen in de samenhang van het dagelijks leven op een heel specifieke manier bekijkt.

De flamen Dialis zei over mijn Griekse verslagen dat ik de Griek vanuit Chaldeeuws perspectief bekeek. Ik probeerde te begrijpen wat hij bedoelde, maar toen ik doorlas wat ik had geschreven vond ik dat hij ongelijk had. Pas nadat ik jaren in dat joodse schoenmakersgezin had gewoond, begon ik te begrijpen hoe de wereld verandert als je van perspectief wisselt.

Ik heb geleerd om te denken en te geloven zoals zij, maar dromen was moeilijk, Marcus, het is moeilijk om te dromen als een jood. En het gebeurt nog wel dat in mijn nachtelijke dromen Athene tot leven komt, of Korinthe en de vrouw van wie ik hield. En Rome en het kind dat ik in de steek liet.'

Anjalis sloot zijn ogen, hij zag angstaanjagend bleek.

'Misschien moeten we wat rusten', zei Marcus bezorgd, maar Anjalis vervolgde: 'Joden zoeken altijd naar verstandige redenen om in het onverstandige te geloven; ze willen redelijke feiten voor het absurde. Daar is passie voor nodig; jood worden wil zeggen dat je een gepassioneerd zoeker naar de juiste antwoorden wordt.'

'Antwoorden die er niet zijn.'

'Dat besef, Marcus, is strijdig met de joodse wet en mag niet worden uitgesproken. Zelf vond ik dat heel moeilijk, omdat ik mijn vragen altijd heb gebruikt om gevoeligheid te temperen.'

'Daar begrijp ik niets van', zei Marcus. 'Zelf heb ik het gevoel dat ik mijn hele leven heb geleefd met de eisen die jouw gevoeligheid stelde.'

Anjalis keek verwonderd.

'Misschien gebruik ik de verkeerde woorden', zei hij. 'Ik bedoel dat ik altijd afstand hield, een afstand die het mogelijk maakte de werkelijkheid anders in te delen. Om die in stukjes te verdelen, ieder stuk afzonderlijk te bekijken en altijd te zeggen hoe gecompliceerd de wereld is, hoe tegenstrijdig en gewiekst in al haar verschijningsvormen ze iemand tegemoet treedt.'

'Ja, jij zei altijd dat we geen zicht konden krijgen op de werkelijkheid. En nu ben je tot het inzicht gekomen dat de waarnemingen door de waarnemer worden gekleurd.'

'Ja. Maar er is nog iets anders, Marcus, iets veel belangrijkers. Op een dag begon hij te spreken, de profeet, zoals jij hem noemt, en eindelijk zag ik dat de werkelijkheid één en ondeelbaar is. Dat wij die gecompliceerd maken, omdat we het niet kunnen verdragen om alleen maar te zijn.'

'Dat kan toch niet.'

'Jawel. Het is het enig mogelijke: dat wat is, bevestigen. Je kunt het met je verstand niet bevatten, maar je kunt het wel omarmen. Het is net tederheid, het spel van de wind met het gras, het eenvoudige fatsoen van werk.'

'Zoals schoenen maken!'

Opnieuw moest Anjalis lachen en hij knikte.

'Ja, zoals schoenen maken of een gedicht schrijven. Het leven is een oorspronkelijke situatie, zoals tussen de regen en de aarde, het zaad en de bomen.'

'Tussen de vos en de kip die hij doodmaakt.'

'Natuurlijk, ook in die daad zit niets gecompliceerds. Zie je het dan niet, Marcus, dat het leven in wezen een stadium is, en dat je kunt stilstaan om het te voelen. De tederheid te voelen die alles verbindt.'

Marcus schudde zijn hoofd. De smekende ondertoon was uit Anjalis' stem verdwenen toen hij zei: 'Misschien ben jij te serieus, te volwassen. Of misschien komt het door mij, dat ik te veel woorden gebruik terwijl er eigenlijk helemaal geen zijn.'

'Ik heb hem horen prediken', zei Marcus. 'Ik heb niet alles begrepen, maar ik realiseerde me wel dat er nog nooit iemand heeft gesproken zoals hij. Dus ergens begrijp ik wel wat je bedoelt met die eenvoud. Zoals hij sprak over de Vader en het Koninkrijk der hemelen; hij was als een kind, zo vol vertrouwen.'

'Marcus, weet je waar hij zegt dat het koninkrijk is? In jezelf, in je hart...'

Marcus' ogen vernauwden zich in een poging zijn woede te verbergen.

'Hij heeft de deur van mijn hart wijd opengezet, en daar was niets, hoor je, niets. Alleen het licht waardoor ik wel moest gaan zien.'

'Wat zien?'

'De waarheid over mezelf, wat anders?'

'De waarheid zal ons bevrijden, zegt hij.'

'Waarschijnlijk zal ik nooit kennis nemen van jullie eenvoud, maar ik weet dat hij mij de vrijheid gaf om te kiezen.'

'En jij kiest de dood.'

'Ja. Jij doet de hele ochtend al een beroep op mij om te kiezen voor het leven. Alles wat je zegt heeft de verborgen bedoeling mij van mijn besluit af te brengen. Waarom wil je dat ik blijf leven?'

'Omdat ik van je houd.'

'Je liegt, en ik had nooit gedacht dat je dat zou doen. Ik heb je toch gezegd dat je mij moest opgeven omwille van je liefde.'

'Dat heb je inderdaad gezegd. Maar mijn liefde kent alleen de menselijke maat, en die wil jou zien leven en gelukkig zijn. Er is een nieuw begin mogelijk, Marcus, een geboorte.'

Marcus' lach doorkliefde de ruimte.

'Eenzaam in de woestijn terwijl jij je profeet volgt. Of wat bedoel je, verdomme?'

'Ik ben vrij... over een paar jaar. Vrij om met het grote werk te beginnen in een of andere uithoek van de wereld.'

'Ik had me er voorstellingen van gemaakt hoe je zou zijn veranderd, Anjalis. Maar ik had nooit gedacht dat je een naïeve idioot zou zijn geworden. Je kent mij niet, en je weigert onder ogen te zien dat je alles wat ik in mijn leven gedaan heb, moet verafschuwen.'

Anjalis had zijn ogen gesloten; in gedachten ging hij terug naar de oever van het vulkaanmeer in Albanus op de dag waarop Marcus de pups de keel had afgesneden. En hij herinnerde zich dat hij destijds had overwogen om weg te vluchten van het harteloze kind. Maar net als toen weerklonken ook nu in zijn hoofd de woorden van Balthazar: dat de liefde die op dit moment op aarde geboren werd, onvoorwaardelijk was.

Nu wist hij dat, en kon hij dat ook tegen Marcus zeggen.

Maar de Romein schudde zijn hoofd en voor het eerst dacht Anjalis: ik ken hem niet.

'Jij bent slecht en jij moet sterven', zei hij.

'Ja. Jij bespot me en laat het klinken als een vlucht, en dat zal het ook wel zijn. Maar het gaat niet alleen om mij, het gaat ook om Marcia en de kinderen. Als je zo sterk verlangt naar de dood als ik, gaat alles wat je aanraakt dood.'

O, Marcia, die nachten! De herinneringen schoten door Marcus' hoofd en hij gilde het uit.

'Op het moment van de liefde, Anjalis, is de wens naar de dood het sterkst. In de versmelting huist de vernietiging.'

'Dat weet ik.'

Marcus dacht aan de geruchten over Anjalis' liefdesaffaires, maar hield zijn gedachten voor zich.

'Hoe zou een vrouw zoiets kunnen vergeven, of begrijpen?'

'Er zal toch ook wel iets zijn geweest wat jij haar niet kon vergeven?'

Opeens was het Marcus duidelijk en wist hij het onder woorden te brengen: 'Ja, haar levensdrift. Voor haar was iedere geslachtsgemeenschap de belofte van een nieuw kind. Ik haatte haar, o Jupiter, wat haatte ik haar en de kinderen die ze baarde. Maar dat mocht ik niet van jou, want jij dwong me om altijd het meisje te zien dat ik pijn deed.'

Opeens schreeuwde hij: 'Ik moet naar buiten, ik moet lucht hebben voordat ik stik.'

Heel dat hete middaguur hoorde Anjalis zijn voetstappen op het dak, waar hij liep te ijsberen als een gekooid dier. Toen hij terugkeerde, was hij warm van de zon en van woede.

'Wat bedoel je met een leven samen? Ga je nu het allemaal te laat is je heilige plichten opgeven voor mij? Want toen ik twaalf jaar en nog onschuldig was, kon je dat ook niet.'

'Mijn taak hier nadert zijn voltooiing. Wat resteert is het grote werk van de ware exegese.'

Toen hij die woorden uitsprak, glimlachte hij erbij, alsof hij er aanhalingstekens bij plaatste.

'Waarom loopt jouw taak op zijn einde?'

'Hij gaat sterven.'

'De God?' vroeg Marcus fluisterend.

'Ja.'

'Hoe weet je dat?'

'Hij heeft het bij verschillende gelegenheden op diverse manieren kenbaar gemaakt. Zijn discipelen willen het niet begrijpen, maar ik denk dat het binnenkort zover is... misschien nu, dit voorjaar. Ze zullen hem doden, hij krijgt een langzame wrede dood.'

'Door de Romeinen?'

'Wie het werktuig is, doet er niet toe. Hij kan niet op een andere manier sterven dan hij zelf bepaalt...'

'En hij kiest een langzame en wrede dood? Waarom?'

'Ik denk omdat met die dood misschien het medelijden in de wereld geboren zal worden.'

Marcus zweeg. Hij had zijn ogen opengesperd, alsof hij vergeefs probeerde te zien en te begrijpen.

'Sterft hij als een offer aan God, om hem mild te stemmen en over te halen ons kwaad te vergeven?'

'Nee, dat is een primitieve gedachte uit de oude tijd. God ziet in het verborgene en heeft geen offers nodig. Ik denk dat Jezus ervoor kiest te sterven om de mens met de dood te verzoenen, hem te laten zien dat de dood geen macht over het leven heeft.'

'Hij kan niet sterven, bedoel je.'

'Net zoals jij dat niet kunt.'

Het was stil in de kamer, zo stil dat ze op de stoffige binnenplaats de woestijnwind in de top van de vijgenboom konden horen ruisen.

Ten slotte zei Marcus: 'Ik was vergeten hoe sterk jij bent, hoe onoverwinnelijk. Toch ga je ditmaal verliezen.'

Ze waren beiden erg moe toen de jonge Jozef versgebakken brood kwam brengen en ze bekeken het joodse kind met een tedere blik. Nadat hij was vertrokken zei Anjalis: 'Ik ben je nog iets vergeten te vertellen over de joden. Er is een grote liefde onder hen; een genegenheid die altijd bereid is het bijzondere van ieder afzonderlijk te zien. Het is algemeen bekend dat de joden het eerste volk waren dat wist dat God één is, maar ze waren ook de eersten die begrepen dat ieder kind dat geboren wordt uniek is en dat de volwassenen het eigen karakter van het kind moeten koesteren.'

Zoals jij bij mij deed, dacht Marcus, maar hij zei: 'Dat wisten ze in jouw familie toch ook al. Ik denk aan je moeder.'

'Dat is waar', zei Anjalis.

De rest van de lange middag verdreven ze slapend.

Marcus droomde over Eneides. Zijn broer en hij maakten allebei een snee in hun middelvinger en lieten het bloed in de beker met de gifdrank druppelen. Vervolgens legden ze een eed vast op een stuk perkament, de heilige belofte dat ze nooit zouden verraden wat er was gebeurd toen Cornelia stierf.

De beker en het document begroeven ze onder de sycomoor waar Seleme van gehouden had, de stille boom buiten bij de slaapkamer van Salvius.

Midden in zijn droom werd Marcus wakker. Hij lag lang te peinzen of dit een herinnering was aan iets wat werkelijk was gebeurd, maar hij kwam er niet uit.

Toen de avond inviel, arriveerde tot Marcus' grote opluchting de Griekse arts uit Jeruzalem. Hij verschoonde Anjalis' verband en zei dat de wonden goed genazen; de ontsteking stelde niet veel voor en zou weldra vanzelf verdwijnen.

Hij ging minder voorzichtig te werk dan Marcus had gedaan en maakte de diepe wonden met onverdunde azijn schoon, maar Anjalis jammerde niet. Nadat de dokter was vertrokken zei hij: 'Je kijkt blij.'

'Ja, ik maakte me zorgen omdat het zo langzaam geneest.'

Toen verscheen op Anjalis' gezicht zijn oude spottende glimlach: 'Zie je niet hoe onredelijk je bent? Jouw liefde voor mij verlangt dat ik overleef, terwijl mijn liefde... moet toestaan dat jij sterft.'

Marcus liet zich niet vermurwen: 'Het kwaad moet weg om plaats te maken voor het nieuwe. Dat heeft jouw meester gezegd, dat heb ik zelf gehoord.'

'Maar zo eenvoudig kun je zijn woorden niet uitleggen. Alleen God kan beoordelen wat kwaad is en wat goed. Meer dan wat ook behoort het oordeel tot datgene waarover we het eerder hebben gehad, de dingen die we niet begrijpen en in stille eerbied moeten overlaten aan de enig ziende.'

Die woorden deden Marcus niets. Hij wist veel meer over het kwaad dan Anjalis, over de eenvoud ervan, over hoe gemakkelijk het voortwoekert, de aarde en de mens verovert.

'Wat jij nooit hebt begrepen, Anjalis, is dat het kwaad niet afhankelijk is van kwade wil. Het redt zich toch wel. Maar iemand die er ooit aan toegegeven heeft, moet verdwijnen, want via hem krijgt het kwaad nieuwe kracht.'

'Jij praat erover alsof het een natuurwet is, alsof de menselijke wil niet bestaat. Hebben wij er niets tegen in te brengen?'

'Heel weinig. We beschikken noch over genoeg liefde noch over genoeg slechtheid om een beslissing te nemen. Om nog maar te zwijgen over ons gebrek aan scherpzinnigheid, aan oordelingsvermogen wanneer we denken dat we kiezen.'

'Dan blijft alleen het lot over?'

'Ja, Anjalis, het lot dat jij je hele leven al ontkent.'

Ze deden er een poosje het zwijgen toe, maar daarna vervolgde Marcus: 'De laatste tijd heb ik veel aan jouw profeet moeten denken, en aan hoeveel mensen er slecht zijn omwille van de goede zaak. Maar kun je wel onderscheid maken wanneer het om het kwaad gaat? Natuurlijk is de zaak van de profeet groter dan die van ons, die alleen maar Rome betreft. Maar ik denk er toch over na hoe dat zal gaan, Anjalis. Hij is een jood, net als al zijn discipelen. Ik bedoel niet dat de joden verfoeilijker zijn dan andere volkeren, maar ze zijn wel een tikje gekker.

Ik heb erover gepiekerd waarom de mensen zo'n hekel aan de joden hebben en ik geloof dat ik dat dit voorjaar in Jeruzalem ben gaan begrijpen. De joden kwellen de hele wereld doordat ze de enigen zijn die weten hoe je moet leven en wat goed en fout is.'

'Ja, ze hebben het alleenrecht op de moraal', zei Anjalis glimlachend.

Maar Marcus was serieus en vervolgde: 'Ondanks alles is jouw profeet een van hen, en God alleen weet hoeveel slechts eruit kan voortkomen als je altijd gelijk hebt, uit die verschrikkelijke rechtvaardigheid.'

Hij was verwonderd toen hij zag hoeveel indruk zijn woorden op Anjalis maakten.

Marcus ging naar de keuken om brood en kaas te halen. Hij bracht water aan de kook en goot dat over gedroogde kruiden. Rozemarijn, dacht hij, rozemarijn versterkt het geheugen.

Toen hij terugkwam was Anjalis uit bed opgestaan. Hij zat in een stoel bij het raam, een beetje voorovergebogen om de pijn van de wonden op zijn rug te verlichten.

'Ik zat te denken aan de reis naar Ur die we ooit samen hebben gemaakt. Je was destijds pas elf jaar, maar je herinnert je het vast nog wel.'

Marcus' hart bonkte zo dat hij het dienblad bijna liet vallen. Hij zette het neer, schonk de thee in en gaf daarna pas antwoord.

'Ik herinner me er alle geuren van, iedere windvlaag, iedere hand die mij streelde. De woestijn, de sterrenhemel, Me Rete die zoveel genegenheid toonde, de ogen van je vader.'

Het bleef even stil, waarna Marcus vervolgde: 'Ik geloof dat Balthazar de enige echt door en door goede mens is die ik heb gekend.'

Anjalis keek verwonderd, maar hij knikte en zei: 'Hij leefde een eenvoudig leven, met maar één doel en een groot geloof.'

'Toen ik nog een kind was, deed ik een spelletje met de herinneringen aan de reis', zei Marcus. 'Ik speelde dat het allemaal kostbaarheden waren die ik in een duur kistje bewaarde, een doos van goud die onzichtbaar en geheim was. Maar later ben ik dat kistje kwijtgeraakt, net als de waterlelie.'

Voor het eerst moest Marcus openlijk huilen, niet luid als een kind, maar geluidloos, stil. Anjalis wachtte. Zoals hij altijd deed, dacht Marcus dankbaar. Ten slotte vroeg hij: 'Waarom komen de herinneringen aan die reis nu bij je op?'

'Voor mij betekende die reis een enorme verleiding. Het zou zo gemakkelijk zijn geweest om toen met jou te verdwijnen, Marcus. De woestijn in, voorbij de Eufraat, waar de Romeinen niet kunnen komen. Me Rete zou me hebben geholpen, dat heeft ze gezegd. En Balthazar deed wat Me Rete wilde. We hadden dat best aangekund, dat wist ik, en tijdens slapeloze nachten heb ik erover liggen dromen dat Cornelius het wel zou begrijpen. Maar ik had hem mijn belofte gegeven.'

Anjalis sloot zijn ogen en dacht aan Cornelius op het terras in Albanus, aan hoe hij Anjalis klem had gezet en met angst in zijn blik had gezegd: 'Beloof me, zweer bij alles wat je heilig is dat je met de jongen terugkeert.'

En Anjalis had het gezworen.

'Ik weet het', zei Marcus. Hij sprak nu weer met heldere stem; hij had de brok in zijn keel weggeslikt.

'Voordat ik vertrok heeft Cornelius me dat verteld', zei hij. 'En hij zei ook dat hij daar al die jaren spijt van heeft gehad.'

'Had hij daar spijt van?' Anjalis was zo verwonderd dat hij met overslaande stem sprak.

'Ja. Veel plezier heeft hij immers niet van mij gehad, hoewel ik alles heb gedaan wat hij van mij verwachtte, onze oude naam nieuwe glans verleende en kinderen kreeg.'

Anjalis wist nog steeds niet wat hij moest zeggen, dus na een poosje vervolgde Marcus: 'Je ziet het toch. Zelfs jij had niet de kracht om je tegen het lot te verzetten en een beslissing te nemen. Een belofte is immers niets anders dan een manier om geen verantwoordelijkheid te hoeven nemen. Je had best tegen Cornelius kunnen zeggen dat je je niet aan banden liet leggen.'

'Ja. Mijn liefde is nooit groot genoeg geweest.'

'Nee, en je scherpzinnigheid ook niet. Want wie kan zeggen dat je juist zou hebben gehandeld, als je had gehandeld?'

'Inderdaad.'

Net als de vorige avond stond Marcus door het raam te kijken naar de ster die aan zijn tocht boven de kale bergen begon.

'En toch geloof ik dat', zei hij. 'Ik was misschien niet zo'n geslaagde Chaldeeuwse tovenaar geworden, maar ik had niet zoveel kwaad aangericht als nu.'

'Je was een groot kunstenaar geworden', zei Anjalis terwijl ze elkaar lang aankeken, met dezelfde vertwijfeling.

'We moeten slapen', zei Marcus ten slotte.

HUN MOMENTEN SAMEN werden rustiger, vol melancholie. De volgende ochtend regende het en Marcus zei: 'Herinner jij je die nachten in het bos nog, Anjalis?'

Beiden zagen ze het voor zich: de lange tovenaar en het kleine jongetje onder de grote bomen, toen de jongen in de duisternis begon te zien.

'"Ik ben een astronoom uit Moab, duizenden jaren geoefend om in de duisternis in het land van de Babyloniërs te zien."'

'Nee,' zei Anjalis, 'dat kan ik niet hebben gezegd.'

Maar Marcus liet zich niet van de wijs brengen: 'Je hebt iets belangrijkers gezegd: dat het licht dat we zien uit onszelf komt.'

'Dat erken ik.'

'Ik begreep het niet en ik was het vergeten, totdat ik jouw profeet tegenkwam.'

'Ik heb zitten nadenken over wat jij me gisteren vertelde, Marcus, over de oorlog, over het zinvolle van de ontmoeting op het slagveld. De liefde is verbonden met de dood... waar de dood is, is ook altijd de liefde, alsof ze onlosmakelijk verbonden zijn. Misschien moet je wel van de dood houden.'

Marcus werd overvallen door een gevoel van enorme verwondering.

'Maar dat heb ik immers altijd gedaan. En toch heb ik geen liefde.'

'Dat klopt niet, Marcus. Jouw tekortkoming is van een andere aard, maar even ernstig. Jij bent niet in staat liefde te aanvaarden.'

'Dat is waar', fluisterde Marcus terwijl hij aan hen allen dacht: Cornelius, Eneides, Anjalis, Marcia en de kinderen.

'Mij ontbreekt het aan moed, zoals Nobenius zei.'

Marcus' verwondering was echter weldra verdwenen en er verscheen een harde blik in zijn ogen: 'Nu zal ik je over mijn zoon vertellen, Anjalis. Hij was net zo oud als ik, toen ik blind was. Maar hij stierf en hij had geen tovenaar aan zijn zijde.'

'Ik luister.'

Het was moeilijk, moeilijker dan Marcus gedacht had. Toch deed hij zijn verhaal over de kinderen die hij verwaarloosd had. En over Lucius.

'In de vijver van de waterlelie?'

'Ja, op precies dezelfde plek. Marcia jankte zoals de teef destijds deed, maar ik ging in bed liggen, en daar ben ik blijven liggen totdat Cornelius met het voorstel kwam dat ik naar Jeruzalem zou reizen.'

Ze spraken over de god.

'Hij heeft een enorme razernij', zei Marcus.

'Ja, in het begin was dat moeilijk, ook al was dat niet het ergste. En na een tijdje begreep ik het.'

'Wat begreep je?'

Anjalis zocht naar woorden, maar werd steeds zekerder.

'We zijn voortdurend op zoek naar liefde... Maar die kun je niet zoeken. De orfisten in Griekenland probeerden mij dat al duidelijk te maken, dat je niet kunt zoeken naar iets wat er altijd en overal is. Het is je taak om de belemmeringen te verwijderen, je te bevrijden, je defensieve houding te verbrijzelen. Met de waarheid is het net zo, Marcus. Daar hoef je ook niet naar te zoeken. Maar je moet wel zoeken naar wat vals is en dat vernietigen.'

Marcus deed er lang het zwijgen toe. Hij probeerde het te begrijpen, maar het was net als toen hij de profeet had horen spreken: hij snapte het niet, maar wist wel dat er iets wezenlijks was gezegd. Ten slotte vroeg hij: 'Je zei dat dit niet het ergste was?'

'Nee, het moeilijkst vond ik... dat hij ook een ongeletterde jood is, bijgelovig. Mijn trots kon ik afleggen, het ene kledingstuk na het andere, ik kon het verdragen om arm te worden en vernederd, maar...'

'Maar je intellectuele voorsprong wilde je behouden?'

'Ja, mijn trots daarop, mijn hoogmoed. Daar stond die robijn symbool voor.'

Hij zei het met een verwondering alsof het hem nu pas duidelijk werd.

'Kennis', zei hij, 'is bedwelmend; je raakt eraan verslaafd en het berooft je van de scherpte in je beleving.'

'Maar dat hangt toch af van hoe we die kennis gebruiken? Als je wilt vechten voor de overwinning van het goede, dan heb je ook wapens nodig.'

'Ik denk dat de overwinning van de liefde alleen de haat iets kan schelen.'

De deur naar de kamer van Pantagathus stond open. Dat was al dagen zo. Het was net of het drietal een stilzwijgende overeenkomst had gesloten dat de centurion zou luisteren, dat het zijn taak zou worden om te proberen het naderhand uit te leggen.

Nu werd er aan de deur geklopt en ze hoorden dat Pantagathus ging opendoen.

'Het is Martha', zei hij toen hij terugkeerde. 'Ze zegt dat ze Johannes moet spreken.'

Anjalis stond op: 'Vraag of ze buiten onder de vijgenboom wacht.'

Hij zuchtte; hij had moeite met Martha en al haar goede daden. Nu was ze echter zeer vertwijfeld. Lazarus was ziek, zieker dan ooit.

'Als er niets wordt gedaan, Johannes, gaat hij dood.'

'En een dokter...?'

Ze trilde over haar hele lichaam van verbittering.

'Er is geen dokter die kan helpen, alleen de Here zelf. Je moet naar hem toe gaan.'

Anjalis sloot zijn ogen. Hij stond in tweestrijd, maar wist dat ze razend zou worden als hij Marcus' naam zou noemen.

'Zelf ben ik ook niet helemaal gezond', zei hij.

Dat zag ze; ze moest toegeven dat hij bleek was. Maar dat wilde ze niet en ze gilde: 'Die Romein is belangrijker voor jou.'

'Martha!'

'Wie is hij?'

Toen hij zijn donkere ogen op haar richtte, zweeg ze.

'Hij is mijn zoon', zei hij. 'En ik probeer zijn leven te redden.'

Ze vermande zich. Heel haar stevige lichaam verstrakte en ze fluisterde: 'Je liegt. Hij is de ander, het kwaad.'

'Wie heeft dat gezegd?'

Hij kreeg geen antwoord, want ze huilde en was ontroostbaar, en hij zei: 'Zeg tegen de Zeloten dat ik zal gaan. Morgenavond.'

Toen hij in de kamer terugkeerde, was Marcus op bed gaan liggen met zijn arm voor zijn ogen.

'HET KONINKRIJK DER hemelen, willen de mensen zijn koninkrijk wel?'
'Ik ben bang dat er maar enkelen zijn die dat durven.'
'Durven?'
'Die durven loslaten, kapotgaan, zich in het vertrouwen waarmee de wereld wordt geschapen durven overgeven.'
'Die het durven te laten gebeuren, bedoel je?'
'Die de moed hebben het te laten gebeuren, ja.'
'Je moet je vergissen', zei Marcus. 'Zo heb ik geleefd. Ik was nooit bang, ik liet het gebeuren. Maar degene die het overnam, was de duivel, zoals de joden zeggen.'
'Je liegt', zei Anjalis kortaf. 'Jouw angst was zo groot dat je die zelf nooit hebt gezien. Als je had gedurfd wat Nobenius van je verlangde, de lijn die uit jouw binnenste via je hart naar de kosmos gaat...'
'Dan was Seleme opnieuw verdwenen, zoals jij, Anjalis.'
'Nee, Marcus, nou geef je voor het eerst een ander de schuld. Als je het had gedurfd, had Cornelia jou opnieuw ter wereld gebracht.'
'Dat zou ze nooit gedaan hebben, dat weet je best. Je verdedigt je, Anjalis. Een monster brengt een monster ter wereld, en het was allemaal tamelijk eenvoudig geweest als jij niet door de bergen was komen trekken, met je fluit en almachtig alsof God Zelf jou had aangewezen om een mens te scheppen. Als je barmhartig was geweest, je schouders had opgehaald en was doorgelopen, dan had ik zonder pijn, misschien zelfs met blijdschap, kunnen worden wat ik ben geworden en doen wat ik heb gedaan.'
'Ben jij de zesjarige vergeten, weet jij niet meer wie dat was?'
Marcus hield zich in; hij moest aan Jozef denken. Zijn aarzeling duurde echter maar kort: 'Jouw machtswellust, Anjalis, is groter dan die van de meeste mensen, en van een andere aard, geraffineerder. Ik bedoel daarmee je macht over zielen... Ik kan me voorstellen dat Marcus, zes jaar oud en blind, jou aantrok.'

'Dat was niet mijn belangrijkste drijfveer en dat weet je. Er was een grote...'

'Praat me niet over de liefde, Anjalis.'

Later die dag kwamen ze terug op de profeet, op hetgeen Marcus in Kapernaüm had gehoord.

'Zoals ik al zei: ik begreep eigenlijk niet wat hij bedoelde. Toch wist ik dat het waar was, dat iemand eindelijk de waarheid sprak.'

'Ja', zei Anjalis. 'Hij beschikt over het woord zoals dat in den beginne was, bedoeld om de verbinding tussen God en de mens te vormen.'

Marcus deed er lang het zwijgen toe. Hij dacht aan de woorden die al zijn hele leven rondom hem raasden, die beperkten, buitensloten, in een uitzonderingspositie plaatsten, verdeelden, verleidden, logen, logen... Al die woorden die met de werkelijkheid worden verwisseld en iedereen tot een vreemdeling in het leven maken.

'Wij zijn de oorspronkelijke woorden kwijtgeraakt, bedoel je?'

'Ik denk wel eens dat ze nog in onze dromen zijn achtergebleven, dat ze daar leven wanneer woord en beeld één worden, zoals het ooit was.'

'Maar dromen zijn immers zo verwarrend...'

'Alleen wanneer je er naderhand aan terugdenkt, wanneer je wakker bent. Dan zie je ze vanuit het centrum van je ik, vanuit je bewustzijn. Maar dromen hebben veel middelpunten, verschillende perspectieven, vluchtig, veranderlijk. Om die reden zijn ze waarachtiger; alleen in je droom kun je ervaren dat je niet alleen de vis bent die in het net wordt gevangen, maar ook de visser, het net en het water in de rivier; en de rivier die de hemel naar het water draagt, die ben jij ook.'

Die nacht waren ze in diepe slaap verzonken. 's Ochtends vroeg werd Marcus bezocht door een droom.

Hij was op weg naar de man die de waarheid bezat en trok over de bergen van Judea en door de wouden van Germanië langs de kruizen op de rotsen bij de Rijn, waar de gekruisigden hun langzame dood stierven terwijl hun vrouwen en kinderen werden verkracht. De geur van de bossen, de stank van bloed – o God – hij moest verder, glibberige boomwortels, hij viel, bleef lang liggen met zijn gezicht in een poel, alsof het rottende water het gegil van de stervenden zou kunnen buitensluiten of het vermogen had om hem te verdrinken. Maar de poel was niet diep genoeg en hij stond op om zijn tocht te vervolgen, en de bergen werden opnieuw kaal als in de woestijn van de joden en nu zag hij hem, de profeet die daar zat te wachten en die Marcus zou verzekeren dat hij God was en het recht op vergeving bezat.

Terwijl hij de laatste rots beklom, maakte hij zijn vraag helemaal helder, kant en klaar geformuleerd: bent u Gods zoon?

Maar toen hij aankwam, toen hij eindelijk in die ogen keek die niet-ziend waren en daarom alles zagen, zei hij: 'Ik heb gedood.'

Terwijl de man van Nazareth antwoordde, klonk er een grenzeloze tederheid in zijn stem en een liefde groter dan de hemel: 'En daarom zul je sterven.'

Gesterkt door zijn droom werd hij wakker. Hij had het recht aan zijn zijde, hij zou Anjalis dwingen om dat in te zien en het contract verbreken. Al tijdens het ontbijt begon hij: bruusk en in weinig woorden beschreef hij de strafexpeditie langs de Rijn.

Dorp na dorp, de kruizen die op de rotsen werden opgericht, mijlenver te zien. Vrouwen die verkracht werden – tot de dood erop volgde. De kinderen...

De centurion die met een schuine glimlach aan Marcus vroeg: 'Moeten we aan de wetten van Rome gehoorzamen dat maagden niet mogen worden geëxecuteerd?'

Marcus, die hetzelfde antwoord gaf als Tiberius had gedaan toen hij de terreur in Rome liet losbarsten: 'Wetten zijn er om te worden nageleefd.'

Zelfs heel jonge meisjes konden worden verkracht – voor de ogen

van hun vaders, die aan het kruis hingen.
'Waren het er veel?'
Anjalis sprak met troebele stem.
Marcus glimlachte en zei: 'Doet dat er iets toe?'
'Nee, eigenlijk niet.'
'Het zullen er duizenden zijn geweest.'
Anjalis zat roerloos in zijn stoel. Al op het moment waarop Marcus begon te vertellen had hij zijn ogen gesloten en hij opende ze pas weer toen deze de kamer verliet.
Marcus had Anjalis overwonnen. Eindelijk.

In feite namen ze nooit afscheid van elkaar.

TOEN DE SCHEMERING inviel kwam de Zeloot, en Anjalis ging met hem door het verborgen gat in de muur, via de tuin van de buren met het manshoge struikgewas de tunnel van de Zeloten in, die door de rotsen voerde naar plaatsen die de Romeinen nooit zouden kunnen vinden.

'Ik kom morgen terug om de rest van jullie groep op te halen', zei de Zeloot. 'We brengen jullie naar de grens, maar verder moeten jullie jezelf zien te redden. Jullie schip ligt in Tyrus te wachten.'

'Afgesproken', zei Pantagathus.

De Zeloot keerde de volgende avond op het overeengekomen tijdstip terug. Met Johannes ging het goed, zei hij; hij kon meer aan dan je eigenlijk van hem had kunnen verlangen.

Alle Romeinen hadden hun spullen gepakt. Behalve Marcus.

'Ik blijf', zei hij, terwijl hij de wantrouwende blik van de Zeloot weerstond zonder met zijn ogen te knipperen.

'Waarom?'

'Om naar Jeruzalem te gaan en met Pilatus te dineren', zei Scipio. 'Ik zal hem zeggen dat ik geen boodschapper naar Tiberius heb gestuurd.'

'U kent de prijs?'

'Ik ken de Romeinen, misschien wel net zo goed als u.'

Marcus Scipio begon te lachen, de Zeloot glimlachte.

'U houdt mij niet voor de gek?'

'Ik zweer het.'

Pantagathus zag heel bleek en zei: 'Ik blijf ook.'

'Jij gehoorzaamt je orders', zei Scipio. 'En jouw orders zijn om rapport uit te brengen aan Eneides, Cornelius en Marcia, de robijn te overhandigen en te proberen het hen te laten begrijpen.'

Er stonden tranen in de ogen van de centurion en onverwachts sloeg Marcus zijn armen om hem heen.

'Ga nu.'

'Probeer het huis er te laten uitzien alsof iedereen er nog is', zei de Zeloot. 'Open en sluit de vensters...'

'Ja.'

In de deuropening keerde de jood zich om. Hij liep recht op Marcus af: 'Als u mij voor de gek houdt, kom ik daar achter. En zal mijn hand ook uw kinderen treffen.'

Marcus werd bang: 'Hoe kunt u weten dat ik mijn belofte niet zal verbreken?'

'Het teken voor waarheid is zilver op steen', zei de Zeloot, die zich omdraaide en wegging.

Marcus begreep het niet, maar zijn angst verdween. Hij vertrouwde de man.

Toen hij eindelijk alleen was, was zijn hart zo licht alsof het niet bestond. Heel zijn lichaam voelde licht, leeg, en hij dacht: nu mag ik eindelijk in de leegte blijven waarin ik mij thuisvoel. Er bleef zo weinig over; de plichten die hij moest vervullen waren gering in aantal.

Twee dagen lang leefde hij met die lichtheid, zonder gedachten. Hij deed de luiken open en sloot ze weer, wandelde op het dak zoals hij altijd had gedaan, volledig zichtbaar voor de Romeinse wachtposten. Zonder gevoelens.

Er was zelfs geen verdriet.

Op de ochtend van de derde dag ging hij ervan uit dat zijn mensen het schip in Tyrus inmiddels veilig moesten hebben bereikt. Hij pakte zijn bezittingen op zijn paard, trok zijn uniform aan met alle onderscheidingen, en sloot het huis af.

Hij nam van niemand afscheid, zelfs niet van Jozef.

Langzaam reed hij de bergen uit. Hij zag dat de anemonen onder de oude olijfbomen in bloei stonden en dat de beek Kedron vol stond met voorjaarswater.

In Jeruzalem begon het druk te worden met mensen die uit alle hoeken van de wereld kwamen om het grote feest te vieren. Maar overal werd plaatsgemaakt voor de Romeinse generaal op zijn paard. Bij de bankier ondertekende hij een schenkingsakte voor Jozef: hij liet hem het huis na en tienduizend denarii.

Vervolgens reed hij op zijn gemak naar de burcht Antonia om een bezoek aan de tetrarch af te leggen. Deze ontving hem hartelijk en stelde geen vragen.

Natuurlijk was het een grote eer voor zijn huis als Scipio zijn gast wilde zijn.

Marcus dankte hem.

Pontius Pilatus werd bij het feest in de stad verwacht, zo vertelde men hem.

Enkele dagen later kwam Marcus een man uit Bethanië tegen die hem vertelde dat Lazarus was overleden, en weer enige tijd later hoorde hij het absurde gerucht dat de profeet van Nazareth de dode tot leven had gewekt.

'Ze zijn gek', zei Pilatus, die die avond in de stad was aangekomen.

'Dit jaar zal het joodse feest nog erger zijn dan anders', zei hij, en Marcus, die aan zijn tafel was uitgenodigd, deelde zijn zorgen.

Pilatus' echtgenote had boze dromen, zo vertrouwde ze Marcus toe. Hij keek met een zeker begrip naar haar, zag dat het waar was en voelde zelf ook de angst die in haar ogen te zien was.

Maar die angst was niet afkomstig van de vrouw; die was in de stad aanwezig, had houvast gezocht bij de oude muren, sloop door de stegen, drong door in de huizen, in de geesten van de mensen. De woestijnwind wakkerde hem aan, die droge wind die alle zenuwen tot het uiterste spande met zijn noodlottige en definitieve boodschap: dat de mens nu gereed was voor het misdrijf dat nooit zou worden vergeten.

'De jonge Scipio droomt vast niet', zei Pilatus, die zich schaamde voor zijn vrouw en wilde dat ze haar mond hield.

'Nee', zei Marcus en hij glimlachte zo onverwacht naar Pilatus dat deze ervan schrok. 'Ik heb mijn laatste droom gehad.'

De bedoeling van de uitnodiging voor het diner was duidelijk. Met veel omhaal van woorden sprak Pilatus over de betreurenswaardige vergissing die gemaakt was toen Anjalis werd opgepakt en... verhoord. De officier die... het onderzoek had geleid, had zijn straf gekregen, zo verzekerde hij Marcus, die geen spier vertrok toen Pilatus eraan toevoegde dat de vergissing niettemin verklaarbaar was; het was immers niet gemakkelijk om in de oude jood die de robijn van de Scipio's bij zich had de filosoof te herkennen.

De Romeinse landvoogd was bang. Marcus glimlachte toen hij dacht aan de grensbewaking, waar men tot iedere prijs het rapport van Scipio aan de keizer moest tegenhouden. Een brief was er vast niet doorheen gekomen, maar een man met een boodschap... onmogelijk te ontdekken in de voortdurende stroom van huiswaarts kerende Romeinen, tribunen, centurions en soldaten – al diegenen die de Scipio's beminden en gehoorzaamden.

Marcus' glimlach werd breder toen Pontius Pilatus begon te zweten, maar hij luisterde hoffelijk en zonder een woord te zeggen. Hij genoot van de haat van de ander en kon diens gedachten lezen: die verdoemde patriciërs, zo arrogant en harteloos.

Ten slotte had Pilatus geen keus, hij moest de vraag wel stellen: 'Hebt u het de keizer medegedeeld?'

'Nee, ik zal persoonlijk rapport uitbrengen wanneer ik in Rome terugkom.'

Hij wist dat hij zijn eigen doodsvonnis tekende en glimlachte nog breder toen hij opnieuw Pilatus' gedachten las: die jonge Scipio is een idioot.

Op hetzelfde moment liet een dienaar een zilveren lepel vallen op de harde marmeren vloer. Pilatus vloekte, maar kalmeerde toen hij merkte dat Scipio net deed of hij het lawaai niet gehoord had.

Marcus voelde een grote bewondering voor de Zeloten.

Tijdens de rest van de maaltijd was Pilatus vrolijk en ontspannen.

Enkele dagen later zag Marcus de profeet op een witte ezel de stad binnen rijden, omringd door juichende mensenmenigtes die riepen: 'Hosanna, de zoon van David!'

Vervolgens hoorde hij diezelfde mensen roepen: 'Hij moet gekruisigd worden, hij moet gekruisigd worden!' En op Golgotha zag hij God sterven, de langzame kruisdood. Slechts enkelen waren op het laatst bij hem: zijn moeder en Anjalis, die zijn blik op de stervende gericht hield en een arm om de vrouw had heen geslagen.

Alsof er hoop was.

Verwonderd zag Marcus dat Anjalis lang en recht was, net zo oogverblindend mooi als hij in zijn jeugd was geweest.

De rotsen scheurden en een vreemde duisternis kwam over Jeruzalem, een grijze donkerte, zonder schaduwen.

Toen Marcus de plaats verliet en naar de burcht Antonia liep, was hij minder eenzaam dan hij in lange tijd geweest was.

Er was voldoende licht, hij liep met vaste tred en was weldra in de grote zuilengalerij.

Vreemd genoeg hoorde hij het projectiel, vreemd genoeg dacht hij nog dat dit een gemakkelijker dood zou worden dan hij verdiend had, en dat dit Anjalis zou verheugen.

En dat de joden de schuld zouden krijgen, omdat de slinger hun wapen was.

Het moment daarop werd hij met een enorme kracht door de strik tegen een van de zuilen getrokken en brak zijn nekwervel.

Marianne Fredriksson bij Uitgeverij De Geus

Als vrouwen wijs waren

Marianne Fredriksson geeft in dertien beschouwingen haar visie op hoe overeenkomsten en verschillen tussen de seksen het (dagelijks) leven beïnvloeden.

Anna, Hanna en Johanna

Als Johanna dement is en de vragen van haar dochter niet meer kan beantwoorden, probeert Anna zelf te achterhalen wat voor iemand Johanna's moeder, haar grootmoeder Hanna, was. Fredrikssons reis door het leven van drie generaties Zweedse vrouwen voert in vele landen de bestsellerlijsten aan. Het Nederlandse lezerspubliek riep deze roman unaniem uit tot Boek van het Jaar 1998.

De elf samenzweerders

Met haar dochter Ann, die psychologe is, schreef Marianne Fredriksson een gedramatiseerde documentaire over de groepsprocessen die Afdeling Vijf van een groot bedrijf doormaakt. Tot wat voor prestaties is zo'n groep in staat? Als de groep in een crisis belandt, is het tij dan nog te keren?

Elisabeths dochter

Katarina en haar moeder Elisabeth gaan wat afstandelijk met elkaar om. Wanneer Katharina zwanger is groeit er langzaam een vertrouwelijke band. Beide vrouwen ontdekken hoe zij elkaars levens wederzijds beïnvloed hebben.

Inge en Mira

Twee vrouwen van achter in de veertig ontmoeten elkaar in een tuincentrum. De levens van Inge, een gescheiden Zweedse vrouw en Mira, een Chileense vluchtelinge, komen samen als er tussen hen gaandeweg een diepe verbondenheid ontstaat. Verschenen i.s.m. Rainbow Pocket.

Simon

Ondanks de oorlogsdreiging heeft Simon in het niet-bezette Zweden een geborgen jeugd bij zijn adoptiefouders. De ontdekking dat hij, net als zijn beste vriend Isak, van joodse afkomst is, is bepalend voor zijn groei naar volwassenheid.

Volgens Maria Magdalena

Marianne Fredriksson geeft in deze roman een stem aan de vrouw die het aanzien van de wereld had kunnen veranderen. Maria Magdalena vertelt op indringende wijze over haar leven en haar ontmoetingen met Jezus. Verschenen i.s.m. Rainbow Pocket.

Het zesde zintuig

Sofia en Anders zijn kinderen met een bijzondere gave. Als ze in een gezamenlijke droom tijdens de adventsmis de dorpskerk uit zweven, is het Zweedse plaatsje Östmora in rep en roer.